经验、体式与诗的变奏

晚清至"五四"诗歌的"言说方式"

赖彧煌 著

社会科学文献出版社
SOCIAL SCIENCES ACADEMIC PRESS (CHINA)

序

王光明

无论是中国最早的诗学《诗大序》把诗定义为"在心为志，发言为诗"，还是近代英国伟大的诗人叶芝认为诗人也是"一个向人们说话的人"，实际上都把诗歌当作一种话语，把写诗作为一种言说方式。但是从诗经到楚辞，到唐诗、宋词、元曲和"新诗"，中国诗歌真有点像冯至《十四行集》里的《我们天天走着一条小路》，永远是那么熟悉，又是那么陌生；熟悉的事物中有许多你没有发现的深邃和生疏，而一时觉得陌生的路径说不准曲径通幽正是我们记忆中的家园。因此，即使《诗大序》那样的经典论述我们也无法照单全收，因为所谓诗之"六义"，虽然诗法"赋、比、兴"与世长存，诗体"风、雅、颂"却被时间的风沙所覆盖。而那些突破平仄、对仗、押韵等传统指标，没有建行分节规律的写作，也堂而皇之地戴上了诗的桂冠。

20世纪中国诗歌语言与形式的变革，作为社会与文化现代转型的有机部分，已经成功改变了许多人的诗歌观念、写作方式和欣赏趣味。不过，人们逐渐接受、习惯了一种新的诗歌类型与艺术趣味，却未必真正理解这次革命的性质。这是"新诗"一百多年来始终争议不断的根源，也是它的写作者大多仅凭"天性"和模仿，而不是自觉摸索新的规律的原因。认识上不去，行动便跟不上，转型中的中国诗歌要有更广阔的前程，不仅有待诗人们的自觉实践，也有待人们认识和梳理百年行程积累的经验与问题。

彧煌师从郜积意教授攻读硕士学位时，做的是传统学问：最后一位大师和现代学术第一位大师王国维的诗学研究，博士论文选择晚清至"五四"诗歌的变革话题，是有学术准备和学术底气的。记得开题前我似乎曾经建议他做新诗"自我"问题研究，因为它是新诗之所以为新的一个重要指标。现在看来，彧煌以"言说方式"来聚集和梳理早期新诗的问题，学术效果更加明显。因为"自我"固然是新诗的标识，或者说是新诗的"话语据点"，但它究竟是一种话语立场和话语姿态，有不少心理层面而在学理上说不清楚的东西。而"言说方式"的打破与重建，尽管论题较大，头绪纷繁，却是新诗变革的显现形态，有相对确定的范畴和路径可以追寻：毕竟，始起晚清的"新诗"运动，无论作为名词还是动词，起点是"言说方式"即语言形式的革新，目的也是找到一种凝聚现代经验的"言说体制"和"言说规律"。

将晚清开始的诗歌变革定性"言说方式"的重建，体现了彧煌对文学形式自律与他律辩证互动关系的深入认识。他十分清楚作为想象方式的诗歌体式实际上是一把双刃剑，既可以接纳与聚合不断变化的新鲜经验，也可能扭曲和排斥陌生的经验与感觉。因此，他努力"从美学自律与经验冲击的双重挑战予以考量"，通过语言介质观察"经验与体式之间不断角力、相斥和包容的运动"，并得出了与一般文学史、诗歌史不同的结论：在一般文学史、诗歌史著作中，"新诗"早已功成名就，而在彧煌看来则是未竟的事业，"与其说完成了体式与经验互为抹擦中诗的变奏，不如说它仍在变奏之中"。而在具体的论述中，无论对古典诗歌延续到晚清后封闭与分裂状态的分析，"五四"新诗人对白话诗这一新的"言说方式"的发现，还是从代际差别中发现新诗在获得合法性后在诗艺上、精神上的自我超越，包括通过对散文诗"以局部的散文结构反总体的散文结构"特点的独到理解，都体现出一种独特的处理材料的分析论述能力。一般的文学史、诗歌史都是用材料证明观点，而或煌却努力向人们提供自己对材料的认识与理解，这是难能可贵的。

也许还不能说或煌已经完全实现了理论梳解与历史描述的有效对接，找到了一种更贴近中国新诗特点的研究方法，但他在这方面作出的努力相信会得到读者们的认可。目前的中国新诗研究，大多数人的兴趣都在史的归类描述一边，然而不重视对材料、史实的辨析与分析，其问题与意义就难以得到彰显。更何况我们面对的还是尝试着自我建构"新诗"，简单承认"存在的就是合理的"远远不够。即使是历史研究，也不是复原历史，而是要求提供对历史的深入理解。

2015 年 7 月 26 日

目录 Contents

导论　变奏中的诗与"言说方式"的重建 / 1

第一章　闭抑和分裂的古典 / 22

　第一节　古典和革新之间的恩怨 / 22

　　　一　革新意识的"成色" / 23

　　　二　作为深度"装置"的古典 / 31

　　　三　黯淡的"新"诗前景 / 38

　第二节　复古的困境 / 43

　　　一　两类复古取向：求正与求变 / 44

　　　二　古典的冲突与分裂 / 48

　　　三　走向闭抑的古典 / 53

　本章附录

　从活力到僵化的以古鉴今之路

　　——论林庚的新诗观念 / 58

第二章　发现新的"言说方式" / 71

　第一节　新文学场的出现 / 72

　　　一　"逼上梁山"和打开新的可能 / 72

　　　二　文学场形成的理路 / 79

第二节 从白话诗到新诗 / 87
　　一 含混的白话诗写作 / 87
　　二 暧昧的诗体认识：与古典格式周旋 / 92
　　三 诗体解放和自由诗的发现 / 100
　　四 如何"新"诗：课题与问题 / 106

第三章 新诗的锻造：延展与分化 / 113

第一节 抒情方式的更新 / 113
　　一 代际差异的凸显 / 114
　　二 与旧格式关系的复杂性 / 119
　　三 从"呈现"到"发明" / 127
　　四 "发明"：作为一种新美学 / 134

第二节 新的美学向度的展开 / 143
　　一 后起者的预备期和不满 / 143
　　二 诗艺和经验的紧张 / 147
　　三 诗艺与情感的纠葛 / 151
　　四 走向不同的抒情向度 / 156

第四章 作为观念建制的新诗 / 161

第一节 不同框架中的诗之构想 / 161
　　一 反对派的谱系 / 162
　　二 美学范式的失效 / 167

第二节 被规训的"旧诗" / 170
　　一 重新规划历史："整理"的意识形态 / 171
　　二 文学史评判体系的介入 / 180

结语 "必须自力更生,自己替自己制定规范" / 187

附论一 诗歌"言说方式"的当代议题 / 190

在经验与语言的互动中打开更广阔的诗世界
　　——2000年以来的新诗写作 / 190

美学自律与经验冲击的挑战
　　——"地震诗歌"的诗学问题再思 / 206

在难以祛魅的世界理解经验、语言和现实
　　——论刘洁岷的诗 / 217

性别想象中的经验与技艺问题
　　——论沈杰、青苠、水丢丢和梅花落的诗 / 236

发现和承担经验的复杂性
　　——近期诗歌中"民生关怀"的言说 / 250

附论二 诗歌"言说方式"的西方视野 / 262

韵律的废退与反抗"散文气味"
　　——散文诗的美学问题 / 262

主要参考文献 / 277

导论　变奏中的诗与"言说方式"的重建[*]

一

诗歌史叙述中，体式的转换往往被视为晚清至"五四"诗歌演变的基本特征，这在胡适的《谈新诗》《五十年来中国之文学》等文中也有不厌其烦的申说。在形式规范层面，体式一般具有可计量、易辨别的特点，经常用于不同时期、不同类型诗歌的区分，例如古典诗歌被分为四言诗、五言诗、七言诗等，新诗被分为自由诗、格律诗、半格律诗等。然而，体式作为凝定形态的诗文类标识，只能起到笼统的、抽象的聚合作用，它是一种难以涵纳诗所遭遇的经验冲击以及它的书写策略、美学特质的分类。如果把体式中心化，那么，对该时段诗歌的考量，必定是表面和片面的，诗的迁延、转折和激变本关涉诸多要素，却几乎成了具有自主性的形式的重组：旧诗无外乎以或远或近的关系在某些古典诗歌的格式下写就，而以自由诗为鹄的的早期新诗则努力摆脱古典诗歌的格式（包括词调和曲调）。正如一种体式的探索、萌生和形成无法一蹴而就，另一种体式的动摇、瓦解和崩溃也有一个漫长的、藕断丝连的过程，无论旧体式的调适、变形还是新体式的实验、新建，体式本身既不具备使诗持守不易的自足性，也不具备使诗聚合转变的原动力，毋宁说，体式不过是诗的变奏过程中部分形式要素的成型与征显。

以诗歌体式的变动为标志，至多只表明了某种既定的、外在的诗歌形态特征，它无法标记诗歌写作在具体历史语境下遭遇压力及其形变的过

---

[*] 本书导论系国家社科基金项目"新诗观念史上的关键词谱系研究"（基金号：11CZW059）的阶段性成果。

程，也很难指示体式本身的活力或惰性，更遑论分疏出业已深刻介入文类内部的经验等问题，以及诸要素之间长期的冲撞、分裂与暂时的平衡、媾和。这意味着，尚需引入其他维度才能更好地彰显该时段诗歌的特性。值得注意的是，晚清以降的诗歌较之过往的任何时代，都更深刻地受制于外部的挤压与牵引，它经由文化与社会系统得到展现，这是诗歌书写的语境和现场。但是，源于现实情势和语言策略之间的非决定论关系，如何处置诗的外部和内部，在该时段的诗歌研究中将更费思量。

在成熟的、有活力的体式中，外部冲击几乎无一例外地被形式结构吸纳，成为内心情致和语言节律的交响，并生动隐现于语言的坡度、拐弯和褶皱中，最终呈现为已然被形式化的体制和外观。有鉴于此，就必须强调，密集的诸多事件无论裹挟多少或峻急或迂缓的声浪，诚其被物化成了语言的现实，对它们的谛听从来都不是外部的，而是内部的语言秘纹中的声响，也只有在这里，声响才不是它自身的空洞回声。一如折射定律惟有在光线、物质和观看之间才能成立。这就是为什么，在深刻书写家国情怀的屈原和杜甫那里，几乎难以将他们的遭际从文本中剥离出来，相反，只有深入到内部，才能更好地听到和看见。倘若企图以切割和分离的方法还原、捕捉"外部"，以为它是可以从诗中轻易度量、轻松揭取的"外部"，必将误入歧途。

有人或许会说，楚辞与唐诗作为诗的类型在其时已高度成熟，是为可依傍的体式，再假以天才自是辉煌的创造，水乳交融后的形质当然再难以也没有必要分离，而转到不成熟甚至备受质疑的体式时，"外部"与"内部"的捍格如此扎眼，在技术层面，自可以将它们分离出来。然而，在某种体式中调适自我的诗，无论有多少权宜性、短暂性和不稳定的特点，无论时势与语境中的世界之表象多么难以呈现，"外部"从来难以自外于"内部"，"内部"也从来不能独善其身，而是一同隐没在诗的编织物之中。内与外之间的缠绕使得人们不能轻忽如下事实：诗必得从美学自律与经验冲击的双重挑战予以考量，而该时段诗歌较之以往，譬如盛唐时期在既有体制上加富增华的诗歌，益发深刻体现为矛盾重重的探求、质询乃至重建——如何既不自外于美学自律性的准则，又不自闭于对经验的开放。这其实昭示了，诗作为非透明的媒介，对它的探讨必将遭遇的困难，语言不可能在真空自我建构，同样，文化与社会系统也不可能自我表征，它们错综于、混杂在具体的形制的实践中，成了诗的"制品"。

在我们这里，理解晚清至"五四"的诗歌，自然也要面向如下目标，即诗最终必以内部反应的方式面对"外部"。但是，作为对内外关系的分辨而不是分离，叙述策略上却必须以"外部"作为起点。只有这样，才能更好地突出"外部"的双重性：它既是强大的势能，又是有待确认的后果。换言之，"外部"是一个绝对的、却有待在语言中彰显和检验的"前见"，它成了人们打量该时段诗歌的入口。

当然，外部世界在具体诗人那里的亲疏关系或大相径庭，有人拥抱现实急切于诗歌之力的挥发，又有人背对时势幻想于纯粹的吟哦，但即如后一种类型，一方面他们的语言态度也不过是以拒绝的姿态重叙外部，并显现为伦理态度的折光，这是因为，无论拒绝还是沉溺，在语言的维面必将反映相应的曲径，实际是作为承受者的语言被改写的写照。另一方面，"外部"也被语言改写，哪怕前一种类型亦然，源于"外部"进入诗中时，绝无可能无抵抗地长驱直入，这和语言特质相关。

毋庸讳言，势能指的是现代性在经验层面的运动，作为动力或压力展现于诗所寄身的文化与社会系统中，体现的是普遍性，后果指的是经验介入和语言策略之间的异质性问题，它沉积在语言的维面，体现的是特殊性。就前一种情形而言，现代性业已成了颇具代表性的、对近现代中国的文化和文学研究影响甚巨的框架。在今日的理论视域中，尽管质疑和非难它的内涵与外延的声音不断涌现，尽管近代以来中国政治生态、文化格局也处于戏剧性动荡的语境中，但是，转播、重组或者关闭现代性的话语频道都将颇费踌躇，因为无论与后现代性或别的什么理论路径进行对话，它仍旧是要求不断发掘、拓展的解释学问题。

为此就能理解，用现代性的框架处理该时段的文学为何被相当广泛地运用着，尽管背后的动力与诉求经常悬而未决。显而易见的是，现代性作为"问题"在近年来晚清文学的重评以及清季民初思想史的研究中，被不断"意识"到且获得了有力呈现。王德威对晚清小说被"五四"遮蔽予以了颠覆性的反拨,振聋发聩地追问:"究竟是什么使得晚清小说堪称现代,并以之与'五四'传统所构造的现代话语相对应?又是什么阻止我们谈论晚清时期被压抑的多重现代性?"① 将"现代"的标杆予以前置,对于拆除"五四"新文学强硬的权力话语樊篱,的确功不可没,把"五四"老套视野中充满歧见与压抑的"他者"眼光有力地转到了晚清对"自我"的呈现,生机勃勃的晚清和"五四"之间不是差价关系,而是"共谋"关系。② 重新张扬被"压抑"的晚清不仅表现在文学上,史学上亦然。王汎森梳理晚清"新史学"的命题时发现,自梁启超《新史学》的出场,一种足以"从头写史"的格局被奠定了。③ 从晚清的"新史学"中人们既能感到强烈的政治意味,也能体会现代时间试图展开新规划的冲动,后者意味着强大的现代性诉求。

以渗透和流动为特征的现代性具有强制性和普遍性只是一个方面,另一方面是,语言这种介质却要以一定的方式对现代性作出反应,正是在这里,无界别的绝对主义被奇妙地收缩、黏着在时空落差、语言特性所盘踞的部落之中,再次被多重差异纽结而成的特殊性所标定。因此,尽管王德威重评晚清小说的现代性富于启迪,④ 但是,诗文类与小说有巨大的差异,它在承受、汲取或拒斥现代性时可能和小说不同。比如晚清诗歌的评价问

---

① 王德威:《被压抑的现代性——晚清小说新论》,宋伟杰译,北京大学出版社,2005,第5页。
② 陈平原梳理中国现代学术史时指出:"古史辨运动与晚清经学的联系脉络清晰,常被论者提及;至于哲学、文学的变革以及考古学、心理学、社会学等新学科的建设,也都适合于戊戌生根、五四开花的论述思路。"从学术范式更新的层面考量,则可以说是戊戌、五四两代人的"共谋"。(陈平原:《中国现代学术之建立——以章太炎、胡适之为中心》,北京大学出版社,1998,第6页)
③ 参阅王汎森《晚清的政治概念与"新史学"》,罗志田主编《20世纪的中国:学术与社会·史学卷》(上),山东人民出版社,2001。
④ 李杨详细分析了王德威《被压抑的现代性——晚清小说新论》中"没有晚清,何来'五四'"的命题:其一,挑战了"中国现代文学乃至现代性的'五四起源说'";其二,这是一个"能够帮助我们超越或质疑'何为现代、何为传统的旧范式'的典范","通过解构'晚清'与'五四'的二元对立来进一步解构'传统'与'现代'的二元对立,并进而质疑历史的进化论、发展论和方向感。"(李杨:《文学史写作中的现代性问题》,山西教育出版社,2006,第145~159页)

题，它的命运是否如王德威对晚清小说所作的断言，有着"被压抑的多重现代性"？倘若更多地留意诗文类成规的制约性，是否将挖掘出另一种景观？事实上，必须看到晚清诗歌深陷于古典型的美学机制中，这是一幅古典与现代性相互缠绕的图景，进而言之，某种未得张扬的现代性的压抑很可能来自古典本身。

我们并非对诗歌遭遇的现代性之强弱表示犹疑的权衡，它相当深刻地载入到了其时中国的政治和日常生活的各个层面，无论被迫承受还是主动追慕。然而，面对诗中的现代性问题时，一方面，不能把文化与社会系统凌驾于诗之上，企图以此立判诗的高下，如此极易滑入浅陋的机械决定论难以自拔；另一方面，不能将诗仅仅视为纯粹的语词符号的组合，陷入某种康德式的抽象，后者惯于与外部掩面相对。因此，该时段诗歌应当理解为自外部策动的历史语境与从内部持守的文类规范之间，即经验与体式之间不断角力、相斥和包容的运动，只有这样，才能体察出它如何在异动中走向变奏。

二

有鉴于此，必须就语言维度之中的对现代性的特定反应作进一步梳理。但明眼人必已看出，我们不仅绕过了现代性从西方进入中国时的文化差异性，甚至忽略了对现代性在西方的源起与发展的辨认，径直奔向现代性在语言特殊性中的表征问题，在承认现代性作为"前见"的同时，有意抹去了有待分辨的现代性的多义且充满歧义的"内容"，是为置语境的限定于不顾的理念化地使用现代性。从严格的逻辑关系看，无疑是一种僭越。的确，在"内容"层面，现代性有丰富且复杂的面相。

在与文化身份、政治意识密切相关的一类研究中，譬如思想史的研究，没有具体时空的限定和差异性的社会人类学方向是不可思议的，因为它的逻辑起点即是破除文化统一性的幻觉，这意味着需要重新界定和解释现代性。显然，作为来自西方的概念，现代性在中国语境中有尺度与范围的争议。本杰明·史华兹就严复遭遇的中西文化冲突困境指出："在对待西方与任何一个确定的非西方社会及文化的冲突问题上,我们必须同时尽可能深刻地把握双方的特征。我们所涉及的并非是一个已知的和一个未知的变量,而是两个庞大的、变动不居的、疑窦丛生的人类实践区域。"① 在史华兹看来,西方和中国均非不言自明的"已知量",应谨慎地深入各自文化差异的内部把握研究对象的特征。就中国而言,封建帝国崩溃过程中伸展的现代性诉求,它的品格不能以西方(欧洲)的理性和启蒙动力作为绝对的评判标准,无论发展阶段还是远景目标均和西方有相当的差别。

不惟如此,从西方现代性概念的复杂性看,也没有某种口径统一的理论能够轻便征用。有马克思、韦伯的建基于资本主义生产关系或者资本主义"新教伦理"原则上的现代性,也有哈贝马斯的试图弥合工具理性与价值理性分裂的现代性,等等。哈贝马斯把现代性工程更深地扎入到发达资本主义生活世界的经验现象中,既作为对马克思、韦伯的现代性的修正与拓展,又作为对后现代理论冲击下的这项"未竟事业"的辩护。② 但无论哈贝马斯伸延到"现在"(尤其是后现代语境中)的现代性理论多么雄辩,不可轻忽的是,在很大程度上,他的雄心与梦想源于应对时代语境抛给他的压力——改

---

① 本杰明·史华兹:《寻求富强:严复与西方》,叶凤美译,江苏人民出版社,1990,第1~2页。
② 尼格尔·多德出色地梳理了哈贝马斯在修正或者拓展马克思、韦伯的现代性构想方面的努力。(尼格尔·多德:《社会理论与现代性》,陶传进译,社会科学文献出版社,2002,第126~154页)从后现代视角对现代性理论冲击最有力的或许是利奥塔,现代性被认为是与启蒙相关的宏大叙事,必须遭到清算和否弃。后来利奥塔发展出以后现代性涵括或吞噬现代性的观点,以此彻底悬搁现代性的合法性,他抓住现代性不断伸延和超越的时间问题:"后现代性总是在现代性之'后'到来。我应当说,正相反:在现代中已有了后现代性,因为现代性就是现代的时间性,它自身就包含着自我超越,改变自己的冲动力。现代性不仅能在时间中自我超越,而且还能在其中分解成某种有很大限度的稳定性,比如追求某种乌托邦的计划,或者解放事业的大叙事中包含的简单的政治计划。现代性是从构成上,不间断地受孕于后现代性的。"(让-弗朗索瓦·利奥塔:《非人——时间漫谈》,罗国祥译,商务印书馆,2000,第26页)哈贝马斯不能同意这种思路,因为在他看来,现代性是"自我决定"和"自我实现":"现代性的自我理解不仅表现为理论的'自我意识',表现为针对一切传统的自我批判立场,而且也表现为'自我决定'和'自我实现'的道德观念和伦理观念。"(尤尔根·哈贝马斯:《现代性的概念——两个传统的回顾》,《后民族结构》,曹卫东译,上海人民出版社,2002,第181页。)

进（装）过的马克思等人的原则如何与当下的资本主义现实展开周旋和抗争。①

实际上，现代性在西方和中国的争议，均围绕它在相应文化语境中量值的多少展开，从文化政治学的角度，这种分辨意义深远，某种程度上，只有推定现代性的量值，才能推定与此紧密关联的文化与政治，反之亦然。但是，对于已经进到诗中的现代性，应予以关注的重心与其说是它的量值，毋宁说它成了一个关系项进到诗中时引致的语言策略的反映问题。比如分属两个不同背景的梁启超和刘大白，他们表达的现代性体验，"内容"上虽有鲜明差异，但进行精细辨认的任务应该交给思想史，因为它对于把握晚清至"五四"时期诗歌的更内在特性，几乎毫无助益。梁启超在《二十世纪太平洋歌》中写道：

> 亚洲大陆有一士，自名任公其姓梁。尽瘁国事不得志，断发胡服走扶桑。扶桑之居读书尚友既一载，耳目神气颇发皇。少年悬弧四方志，未敢久恋蓬莱乡。誓将适彼世界共和政体之祖国，问政求学观其光。乃于西历一千八百九十九年腊月晦日之夜半，扁舟横渡太平洋。其时人静月黑夜悄悄，努波碎打寒星芒。海底蛟龙睡初起，欲嘘未嘘欲舞未舞深潜藏。其时彼士兀然坐，澄心摄虑游窅茫。正住华严法界第三观，帝网深处无数镜影涵其旁。漠然忽想今夕何夕地何地，乃是

---

① 帕特里克·贝尔特言简意赅地表彰哈贝马斯："哈贝马斯的事业无疑是勇敢无畏的。在法兰克福学派的方案已被大多数人抛弃的时候，哈贝马斯旨在为批判理论找到新的哲学基础。"（帕特里克·贝尔特：《二十世纪的社会理论》，瞿铁鹏译，上海译文出版社，2002，第190页）当然，哈贝马斯要应对多方面的危机，在回应卢曼的系统理论时，他申说了生活世界和系统之间的关系，并批评马克思对系统分化不够注意："就资本主义经济而言，马克思未能区分系统分化的新层面（它是随着由媒介控制的经济系统的出现而形成的）与这种新层面在不同阶级那里所获得的制度化。"针对卢曼的系统理论拒斥生活世界的观点，哈贝马斯进而强调主体间性和实践哲学的重要性，并特别看重生活世界的合理化，其中文化和美学的力量尤为突出："自主的公共领域只有依靠不断合理化的生活世界所提供的资源才能显示出其优势。文化尤其如此。所谓文化，包括科学和哲学解释世界和解释自我的潜能、普遍主义法律观念和道德观念所具有的启蒙潜能，以及审美现代性的激进经验内涵等。"（于尔根·哈贝马斯：《现代性的规范内容》，《现代性的哲学话语》，曹卫东等译，译林出版社，2004，第398页、409页）

> 新旧二世纪之界线，东西两半球之中央。不自我先不我后，置身世界第一关键之津梁。胸中万千块垒突兀起，斗酒倾尽荡气回中肠。独饮独语苦无赖，曼声浩歌我二十世纪太平洋。①

将"新世纪"这种现代时间作为主体确立自我的标杆，所谓"乃是新旧二世纪之界线，东西两半球之中央。不自我先不我后，置身世界第一关键之津梁"，时间和自我认同于此合流了。在梁启超这里，现代性是有待主体拥抱的崭新事物，它向未来无限伸延。但是，在刘大白的《淘汰来了》②中情形已变得截然不同，现代性既是动力也是焦虑："回头一瞧，淘汰来了！／那是吞灭我的利害东西哪！／不向前跑，怎的避掉！／待向前跑，也许跌倒！／唔！就是跌倒，／挣扎起来，还得飞跑！／要是给他追上，／怎禁得他的爪儿一抓，牙儿一咬！"在"向前跑"和"淘汰"之间划出截然的界线，强调现代性的断裂特征，人们甚至可以从"就是跌倒，／挣扎起来，还得飞跑"体会到现代性特有的英雄主义意味。

晚清至"五四"的时段中，可以找出更多类似的诗歌文本，就它们承载的林林总总的现代性体验而言，人们将会认同福柯对现代性的描述：

> 可以把现代性想象为一种态度而不是一个历史的时期。所谓"态度"，我指的是与当代现实相联系的模式；一种由特定人民所做的志愿的选择；最后，一种思想和感觉的方式，也是一种行为和举止的方式，在一个相同的时刻，这种方式标志着一种归属的关系并把它表述为一种任务。无疑，它有点像希腊人所称的精神气质（ethos）。③

然而，在该时段的诗歌中，无论现代性体验多么强烈，作为"思想和

---

① 任公：《二十世纪太平洋歌》，1902年《新民丛报》第一号。
② 大白：《淘汰来了》，许德邻编《分类白话诗选》，人民文学出版社，1988，第352页。
③ 米歇尔·福柯：《什么是启蒙》（汪晖译），汪晖、陈燕谷主编《文化与公共性》，三联书店，2005，第430页。

感觉的方式""行为和举止的方式"的"态度"多么丰富乃至驳杂,都只能交织进诗歌文本,借着相应的语言和体式彰显自身。现代性的介入既已成了物化的后果,对它的考量也惟有深入诗的美学机制,才能把握到现代性在形式媒层的运作及其反弹(在这一点上,毋宁说,社会学或思想史的深入必须依赖形式和结构的分析,海登·怀特等人走向后现代的历史诗学实为有章可循),更重要的是,才能探析到不再纯洁的语言和体式走向形式重组的路径。这也再次说明,承认强制性和普遍性的现代性作为该时段诗歌的"前见"只是第一步,有待更深入地分辨,语言策略以何种方式因应现代性的介入。前引梁启超的《二十世纪太平洋歌》,从中可以看到强大的现代性诉求只是一个方面,另一方面却是诗歌旧有体制的因袭(梁启超采用大盛于唐诗的歌行体,李白用此种体式写出了大量气势磅礴的诗篇),因而它并没有指向固有美学范式的变更。刘大白也仅着眼于"内容"的表现,全部嘱意只是为了表达"进步"意识。但无论哪一种现代性(包括伪现代性、反现代性),诚其需要表达,就无法悬浮于最终将吸纳和改装它们的语言的形式与结构之上。

胡适在《建设的文学革命论》中宣称,"有什么话,说什么话;话怎么说,就怎么说",[①] 固然从语体和语用、书面语和口头语、文学语言和日常语言的关联与差别等层面,可以对他不无简单、粗糙的逻辑予以有力批判,但是,就晚清以降的诗在"说话"、表达上的困境而言,胡适实质上深刻触及了"内容"的介入与形式的承载之间的矛盾。的确,该时段的诗歌始终处于如下境遇:"说什么"和"怎么说",而后者无疑更为突出,因为"怎么说"不仅是其时尖锐的诗的现实,更是紧迫的诗的使命。为此,我们更着意于"说"的"方式"而非"内容","言说方式"自然就是本书的核心命题。

现代性的介入成了诗歌调适自我的压力与动力,是诗走向变奏时既是外部的又是普遍的推动,但现代性的运作既是发挥,也是挥发,并化合进诗的形制之中,在此意义上,引入"言说方式"的框架,是为了将经验冲

---

① 胡适:《建设的文学革命论》,《新青年》4卷4期。

击内化到美学的反应。需要强调的是，虽然我们完成了研究的方法论的申说，却不能把"言说方式"仅仅视为诗学层面①的一个概念，尽管它标示了由外而内、以内应外的路径，从美学自律与经验冲击的双重考验来把握诗的实际运作，也为克服诗歌（文学）研究内外分治的局面指示了方向，但是，对于有一定时间的长度且诗的体式形态前后迥然有别的区间，"言说方式"作为一种架构，不仅要应答诗学层面的要求，而且要容纳诗歌史的眼光，质言之，只有统一于诗学与诗歌史的双重目标，它的有效性与合法性才能切实地彰显。

三

粗看起来这几乎是悖论性的。一方面，"说"的问题作为诗学命题，"说什么"被涵纳在"怎么说"，现代性介入的普遍性得以和它申说自身时的特定反应驳接起来，反应最终被视为语言策略的，"言说方式"成为共同的使命贯穿于、回旋在晚清至"五四"的区间，展现为同质的、共时的结构；另一方面，诗歌史的要求是，"言说方式"不能妨碍对差异、分裂和转折的辨认，借此才能确定方向，体现出异质的、历时的运动。但是，诗学的形式化是内指的，以定型为目标，而诗歌史的演进是外指的，以不定型为动力，两者似乎不可弥合地分裂着。

文学理论史上，这通常被视为共时性和历时性的关系，因为它的不可逾越性，总是顽强地出现在理论家的视域中，尽管表现各异，但只要他们试图确定理论的系统与方法，它就是一个有待求证却难以处置的悬设成了元问题的一部分。即使像韦勒克这样举足轻重的理论家，解决上述问题时也显得极不成功。在其重要论文《文学理论、文学批评和文学史》里，他

---

① "诗学"是一个充满争议的概念，其内涵和外延在不同的使用中时有变动。在我们这里，当指涉对一部作品（无论叙事性还是抒情性的）的形式、结构进行分解和辨认时，称之为诗学分析，与此相应，当作为一个概念，如下文将要提到的"言说方式"，它牵涉诗在语言特质的维面中的运作，则称之为诗学层面的命题。此外，在亚里士多德的传统中，诗学则是与后来的文学理论互换的两个指称，本质上看，诗学着重的是和语言特质密切相关的可在技术层面分解的理论与方法。

清醒地意识到它们之间互为支援的必要性，然而，源于他过度信奉文学应采取内部研究的方法，归于"外部"的历史研究在他那里即使不被明目张胆地放逐，也是作为臣服于内部研究的附属物被偏置在决定论的关系中。韦勒克更欣赏的是法国思想家马尔罗在《无墙的博物馆》中践行的理念，必须清除历时性的栅栏、围墙和壁垒，艺术作品的美学特质只能展现于共时性的结构中："同造型艺术一样，同马尔罗的沉默的声音一样，文学最后也是一种声音的合唱——贯通各个时代的声音，这种合唱说出人类对时间和命运的蔑视，说出人类对克服暂时性、相对性和历史的胜利。"① 显而易见，韦勒克争辩的是，文学理论体现的共时性优于文学史追求的历时性，历时性的问题实质上被共时性消解了。有必要指出的是，这篇文章中的"文学理论"指采用内部研究的方法，更多着眼于作品的形式、结构特点的诗学分析，是一个可以和诗学相互置换的指称，而非他与沃伦合著的《文学理论》所指向的、范围更广的作为概念和实践系统的"文学理论"，因而，前者是后者提供、划分和规定的几个单元之一。

事实上，作为概念和实践系统的文学理论，面对诗学与诗歌（文学）史、共时性与历时性的关系时，难以摆脱其间的主从设置，因为系统的运作乃至重组均离不开系统内部各单元之间的偏侧与抑扬，哪怕重新选择研究路径亦然。譬如德国理论家姚斯，他采取彻底历史化的策略，所谓"文学史作为向文学理论的挑战"。他认为，形式和结构的"共时性"体现为美学的特性，但只要诉诸审美感知，就不可能自我封闭和长存："因为每一共时系统必然包括它的过去和它的未来，作为不可分割的结构因素，在时间中历史某一点的文学生产，其共时性横断面必然暗示着进一步的历时性以前或以后的横断面。"② 在极端的情况，共时性最终被历时性的黑洞吞噬了。

韦勒克和姚斯的处理，从逻辑上说，印证的是时间性问题的二律背

---

① 韦勒克：《文学理论、文学批评和文学史》，《批评的概念》，张金言译，中国美术学院出版社，1999，第18页。
② H. R. 姚斯：《文学史作为向文学理论的挑战》，姚斯、霍拉勃：《接受美学与接受理论》，周宁、金元浦译，辽宁人民出版社，1987，第47页。

反——侧重可凝定的、共时性的维面，必须跳脱于时间的约束之外，侧重不定型的、历时性的维面，则必须开放到时间的运动之中，解决它的不二之途无疑是，摆脱诗学与诗歌史、共时性与历时性之间对峙的困局。然而，时间性问题首先是巨大的哲学疑难，为此有必要从20世纪哲学和美学的进展提取有益的参照。

时间性的难题曾被海德格尔异常尖锐地凸显于他的实存哲学。他的《存在与时间》试图回答的是，存在问题必须引渡到时间性的地平线才能追问和推定。众所周知，哲学史上这部著作几乎颠覆性地重置了探讨本体论和形而上学问题的方法与立场，内中纠集了极为复杂的、盘根错节的运思，却并未有相对鲜明、直接的对诗（艺术）之时间性问题的探讨，尽管后来将对艺术命意的关切体现在另一重要著作（实际上是在演讲基础上形成的单篇论文）《艺术作品的本源》，但即使在这里，海德格尔也没有以简洁、清晰的话语勾勒出时间性问题在艺术中的实际运作，而是延续和深化了此前他对存在这个元命题的关注。在此，不妨从另一个哲学家关于艺术作品的时间性命题的一篇论述集中的论文谈起。这就是伽达默尔的《审美的时间性问题》。固然从伽达默尔整体的哲学追求看，他与海德格尔之间差异大于相似，但是，时间性作为一种哲学疑难，伽达默尔与海德格尔有相当一致的致思步骤，背后是共同的形而上学悬设和处置方案。伽达默尔采取的策略是从美学的维度提取证明，这与本文的目标更贴切。因而，我们的方法是，先缕述伽达默尔解决时间性疑难的方案，再回到他与海德格尔一致的哲学立场。

伽达默尔此文的中心命意是，"同时性"（共时性）将投掷在"现时性"（历时性）中，而"现时性"折射和确认着"同时性"。"同时性"作为一种绝对的时间，它寄身于艺术作品的结构，与作品的表现相关，而时间性则体现在审美感知中，"现时性"的审美意识印证艺术作品的"同时性"。关于"同时性"，他如是强调：

> 艺术作品的特有存在不能与它的表现割裂开来，艺术作品只是在

其表现中才产生它的结构的统一性和自身性（Selbigkeit）。依赖于自我表现乃是艺术作品的本质。它意味着，不管在表现中会出现多少变化和创新，表现总归是表现。这每种表现的联系恰恰显示出，它本身包含着与艺术构成的关系，并且把从构成中提取出来的准确性设定为一种尺度，甚至个人的极端境遇的一种全然创新的表现也证实了这一点。只要表现即意指构成本身被判定为构成本身，那它就是创新。就表现的一种不可消解、不可磨灭的方式来看，表现有着重复相同的东西的特征。重复在这里自然不是指，在独特的意义中重复某物，即返回到本源性的东西中心，毋宁说，任何重复都是原初地成为作品本身。①

在这里，伽达默尔通过克服客体与主体的二分来解决共时与历时的对峙。因而，客体的维面即作品的表现作为共时性的表征只是一个方面，另一方面是主体的意识即审美感知以其每一个特定的时刻表现历时性的特点。在他看来，倘若没有"亲历其中"的意识置入，对象仍旧是空洞的对象，但"亲历其中"并非据有对象，而是以此时此地的意识为开端，确认同时性。他如此解说现时性与同时性的关系：

> 无论如何艺术作品的存在总是与同时性相关。这同时性构成"亲历其中"的本质。同时性不是指审美意识的共生性，因为这种共生性指的是在一种意识中各种审美对象的同时存在和同时有效。与此相反，"同时性"在这里是要说一种独一无二的东西自行诉诸我们，哪怕它的来源是那么遥远，但在其指述中它便获得了完满的现时性。同时性也不是指意识中的一种给定性的方式，而是向意识提出的一项使命，一种根据自己所要求行使的作为。同时性还在于，它把握住事情本身，从而这种"同时性"得以显示，而且这也意味着，在整个现时

---

① 伽达默尔：《审美的时间性》，《美的现实性》，三联书店，1991，第114~117页。

性中所有中介都被扬弃了。①

在伽达默尔看来，不仅可以实质性地克服共时性和历时性的矛盾，从形而上学的层面看，甚至有望解决本体论和认识论的矛盾。同样，具体到晚清至"五四"期间的诗歌问题，循着伽达默尔的致思路径则是，诗学关注的即为他所言的艺术作品的表现问题，它牵连着本体的维度，诗歌史关注的则是艺术作品的感知问题，它关涉着认识②的维度。借鉴伽达默尔意义重大，它不仅事关为"言说方式"确立的诗学与诗歌史的双重目标提供依据，也为在更大的背景下——即诗学研究说到底是一种与美学活动有关的运思方式——提供启示。可以说，伽达默尔重新校正了理解艺术作品的美学路径。

显而易见，上文所引的"本源性的东西""自行诉诸"以典型的海德格尔式的话语显露了后者作为资源和方法的重要性，为此，必须回到海德格尔的《艺术作品的本源》作进一步的论述。他在其中反复追问的是，譬如凡·高的油画《农鞋》，它的意义是否在于它对于某一双鞋的质地、外观以及这双鞋的所有者一时一地的精神状貌的直观性涂抹，以表象的方式对物的摹仿或是对某个柏拉图式的理念的分有？是否在于它体现了形式与质料的统一，成为感觉物和体验的对象？他认为这幅画得以成立有更深刻的根源，即"真理的自行置入"——艺术作品表征的不是别的什么，而是真理本身，是存在的敞开和显现，与此同时，真理又

---

① 伽达默尔：《审美的时间性》，《美的现实性》，第 123~124 页。
② 在这里，"认识"遵循的是康德哲学系统中的一个概念。通常认为，康德在探讨 The judgement of taste（鉴赏判断）时，将认识论的框架排斥在外，所谓审美的愉悦是不涉概念的。实际上，从主体感知的层面，康德处理的审美经验问题仍旧是认识论框架下的运作，他着意了断规定性判断力（关涉概念运作的能力）和反思性判断力（关涉心意情志的愉快或不愉快的能力）之间的纠缠，而后强调，前者乃由判断生愉悦，后者乃由愉悦生判断。愉悦本质上是想象力与知性的谐和一致的游戏，正是在这一点上，我们认为鉴赏判断的致思中反认识论的康德仍旧属于认识论，至少是有限制的认识论，为此，我们也在审美经验范畴限制性地使用"认识"这一概念。

保证了表征的展示。① 这表面上有些循环论的思路和海德格尔的独特运思有关，不如征引伽达默尔在《〈艺术作品的本源〉导言》中的解释更直截了当："海德格尔所密切注视的这一特有的存在是被遗忘了的人的存在，它并不处在固定的现存状态中，而是在操心的动荡状态中为自己的存在担忧，忧虑着它自己的将来。人的'此在'是这样突现出来，即从他自己的存在出发去领悟自己的'此在'自身。由于人的'此在'不得安息地要追问自己的存在的意义，因而，就人来讲，对存在的意义的追问是受着时间的地平线的规定的。"② 在这里，存在的"同时性"和此在的"现时性"之间不再是单向的决定论关系，而处于互为关涉的"保证"与"显现"的双向抱持格局之中。为此，我们愿意略加回顾，诗学的方法出现在作为源头的亚里士多德那里时原本即有的丰富性，它在路径上和伽达默尔如出一辙。

如果说诗（纯文学观念兴起后，诗成了和小说、戏剧并列的文类，在亚里士多德那里，诗则是指整个艺术门类）的核心命题是"言说"的问

---

① 海德格尔以充满诗意的笔触如是描述凡·高的《农鞋》："从鞋具磨损的内部那黑洞洞的敞口中，凝聚着劳动步履的艰辛。这硬邦邦、沉甸甸的破旧农鞋里，聚积着那寒风料峭中迈动在一望无际的永远单调的田垄上的步履的坚韧和滞缓。鞋皮上粘着湿润而肥沃的泥土。暮色降临，这双鞋底在田野小径上踽踽独行。在这鞋具里，回响着大地无声的召唤，显示大地对成熟谷物的宁静馈赠，表征着大地在冬闲的荒芜田野里朦胧的冬眠。"（第 18~19 页），在这修辞化的表述中，应注意海德格尔的致思路径，即生动的、甚至可以触及的那些感觉（它们是在时令、季候中展现的）恰恰为一种不变的本质所保证，即存在者为存在所保证，所谓"作品绝不是对那些时时现存手边的个别存在者的再现，恰恰相反，它是对物的普遍本质的再现。"（第 22 页）为此，艺术的真理就是对存在的敞开，"农妇（按：农鞋的使用者）却有一个世界，因为她逗留于存在者之敞开领域中。器具以其可靠性给予这个世界一种自身的必然性和切近。由于一个世界敞开出来，所有的物都获得了自己的快慢、远近、大小。"（第 31 页）以上引文均见《艺术作品的本源》，《林中路（修订本）》，孙周兴译，上海译文出版社，2004。

② 伽达默尔：《〈艺术作品的本源〉导言》，《美的现实性》，第 94 页。伽达默尔、海德格尔探讨时间性问题的背后有深邃的神学根源，但包括后者隐秘的独断论以致和纳粹有过关涉均不在我们的论述范围。有必要强调的是，伽达默尔与海德格尔不同的地方是，他仍旧将艺术作品设置为一种有待感知的对象，后者则更彻底地远离了主体-客体的路径，也正是这一点，有人认为作为哲学同时又是美学论述的《艺术作品的本源》是反美学的。（此点参阅埃克伯特·法阿斯《美学谱系学》，阎嘉译，商务印书馆，2011，第 353~383 页）

题，而戏剧的核心命题则是"观看"的问题（现有《诗学》的存本主要探讨悲剧，悲剧观实为亚氏的诗学观）。尽管在古希腊时期用于表演、观看的戏剧和今日主要用于阅读、聆听的诗截然不同，但是，亚里士多德阐述悲剧观的理路，实际上可以成功地支持上文所设定的，即"言说方式"应和诗学（结构的、本体的）与诗歌史（运动的、感知的）的双重目标。亚里士多德从两个层面设置他的悲剧观念。第一，悲剧作为客体即观看对象的规定性，它在技术层面如悲剧长度、剧情转折、性格特征等方面被约定为一种自足的、绝对的结构，在此结构中，悲剧的本质体现为普遍性和绝对性，所谓"偶然的事件又符合因果关系"，悲剧的进展"按可然或必然的原则"结构而成。第二，悲剧自足和绝对的结构必须靠具体的感知（观看）实现，因而关联到观众实际的审美反应，正是在观看中，绝对性的悲剧每一次得以重临。[①] 本质上看，亚里士多德将他的诗学处理为结构与运动、客体和主体的辩证法，在美学史而非文学理论史上，体现了极大的启发性，譬如较之康德悬搁对象、转向主体的承担，毋宁说，他将审美的问题设置成了约定（对象层面的）和发现（观众或感知层面的）之间的回路。

[①] 亚里士多德的《诗学》作为一种资源在国内文学理论著述的征引中，往往被片面化了，主要体现为，将亚氏的"模仿论"视为一种技术观和世界观的混合体，亚氏对悲剧的技术分析几乎被发展成一种形式主义的方法，比如结构和程式。在我们看来，这无疑极大地低估了亚里士多德的重要性，进而制约了对"诗学"最重要源头的《诗学》的全面、深刻理解。实际上，亚里士多德在《诗学》中处理的问题主要有两个。第一，将悲剧之本质上升到本体论的位置。他认为"写诗这种活动比历史更富于哲学意味，更被严肃的对待；因为诗所描述的事带有普遍性，历史则叙述个别的事。"（第29页）在论及悲剧的效果时如是说："悲剧所摹仿的行动，不但要完整，而且要能引起恐惧和怜悯之情。如果一桩桩事件是意外的发生而彼此间又有因果关系，那就最能，[更能]产生这样的效果。"（第31页）悲剧通过其情节的构造展现出的普遍性决定悲剧性。第二，悲剧在观看中出现心理上的转折，所谓"借引起怜悯与恐惧来使这种情感得到陶冶"（第19页）。在这里，因为主人公性格上的欠缺，犯下过失，引人怜悯，又因性格与观众相似，观众亦有可能重蹈覆辙，引人恐惧，但观看的空间和时间上的距离使得观众可以从怜和惧中超脱，得到升华，绝对的悲剧性因而从"畏"被转换成了"敬"。至此，观看悲剧作为一种美学活动得以完成（参阅亚里士多德《诗学》，罗念生译，人民文学出版社，1997）。

四

颇费周章地为"言说方式"的共时性与历时性之统一陈说依据,无非为了强调,它是有充分依据的考量,其结构性的特征绝不静止、封闭,而体现为结构与运动的辩证法。换言之,诗学以它的共时性结构展望历时性的"感知",诗歌史的确认本质上是对诗学特性的感知,且为"结构"中的感知。这几乎可以视为研究中国新诗的一条重要途径,而不只为晚清至"五四"时段的诗歌所独有。因为诗歌演进的辩证法无外乎是,诗之特性的维护如果不是理念化的,必得在历史川流中不断检视,以保证何为诗的追问,反之,诗歌史的脉络如果不织进诗之特性中,则名之为社会史亦可,名之为文化史亦无不可(从破除学科壁垒的角度,我们并不反对诗的阅读、理解和研究有多种途径,当时势与语言媒介几乎已转折性地改变,进行政治阅读无疑具有特别隆重的意味,但是,如果试图从美学活动的变化来把握诗,则有难以跨越的路径需要穿透)。的确,这是诗歌(文学)研究特别的疑难之所在。

"言说方式"面向诗学和诗歌史的双重目标,共时性和历时性之间的双向关联诚如上文展望的,既类同于海德格尔的存在与此在,也相近于伽达默尔的结构与感知,同样,也类似于亚里士多德的约定与观看之间的关系。正如海德格尔的存在作为绝对的又有待检验的悬设那样,古希腊典范的悲剧也在形式规范层面首先被约定为结构性的,但它不能自我彰显,只能在观看中被感知。这意味着,诗学和诗歌史、共时性和历时性之间也应确立一种海德格尔式的悬设。毫无疑问,应该选择共时性的结构作为绝对和待检验的一极,据此,对一个时段的诗的把握,既不能过于决断地将它理念化,仿佛它是某一体式自设的结果,也不能过于仓促地将它放逐到线性伸展的链条,仿佛它只是某些诗人个体和群落的流水作业。

将经验冲击内化为美学反应的诗歌,因而必定深刻地体现如下特点:形形色色的诗人们无论在实践上成功或失败、在观念上进步或保守,均不可能在经验与体式互为抹擦之外重置他们的语言和世界。作为一套显现语言策略的机制，"言说方式"超越代际、身份和诉求，成为共同的使命。与此同时，经验与体式抹擦之下的具体作为却丰富多样甚至相互对峙，"言说方式"就成了梁启超、黄遵宪、胡适、郭沫若们位置的生动标定，醒目勾连在诗歌史历时性的辨认与感知中。

这种结构与运动的辩证法，将进一步彰显出曾经被简单化的体式问题在诗歌研究中的位置、功能和局限。我们愿意重申，体式的凝定或破格说到底均不是诗的自足性的表现，哪怕在予以微调的梁启超或予以固守的王闿运那里亦然，比它更重要的问题却是，古典性作为经验与体式之关系的一个表征，它闭抑与分裂的特点，尖锐地凸显了诗建构新的"言说方式"的紧迫性。再如用诗表达个性与精神之解放的康白情和郭沫若，他们的差异在笼统的自由诗体式中难以有效辨认，更内在的命题是，经验冲击如何催逼出新的观物方式，使得立足物象的康白情，在主体性的建构上落后于立足心象的郭沫若，后者把平面、黏滞的物象的临摹变而成为心象的发明。实际上，"发明"成了一种崭新的美学并界分出康、郭在"言说方式"上的差异。不惟如此，经由"言说方式"的考察，才能更好地辨明康、郭对峙的诗歌史意义，它首先不是诗潮的更替，恰恰相反，正是在"言说方式"的共时性系统中的聚合，才能洞察出，体现在美学风格上的再现与表现、自然主义与浪漫主义的差异如何进入了诗歌史。

的确，只有紧扣"言说方式"的共时性结构，视之为诗的基本机制，才能重新评估闻一多、梁实秋与俞平伯、康白情的分野，他们的分歧在于对经验与形式、素材与技巧的不同侧重；与此相似，正是激赏汪静之《蕙的风》在情感的直接性、经验的贴近性等方面的新鲜、大胆，鲁迅诸子才会不遗余力地鞭挞和无视胡梦华美学与伦理的双重诉求，辩驳双方有巨大的观念落差，由此才能理解，前者在同情和鼓呼新诗张扬自我、个性的同时，才会宁要其"显"而不要其"隐"的表情方式，尽管他们的知识学养对古老的"温柔敦厚"之诗教并不陌生。

有人或许仍不免疑惑，为何不直接仰仗诗歌史的尺规，将诗人们的作为放到有深刻目的叙事线索上，以此让他们之间的合作、分歧、疏离以及彻底的分道扬镳显现出来呢？表面上看，晚清至"五四"诗歌的表层图像似乎是，有一条从"旧"走向"新"的明晰线索，这很大程度上却是借助传统/现代的模式想象出来的。这并不是说，从文学代际和文学先锋的意义上，该时段多样多向的诗歌没有守成与开新的区别，而是强调，"言说方式"指示的是从诗学到诗歌史的路径，必须以诗学层面的结构性特点来征显诗歌史的变动性特点。例如就晚清诗歌而言，要避免用"五四""发明"晚清的陷阱，就应把对象还原到它的自我纠缠。然而，在相应的研究视角的预设中，通常是借助诗歌史的脉络，认为黄遵宪不如胡适"革命"，然后轻松抵达"不够进步－进步"的结论。这显然掩蔽了如下更可行的路径：应该以黄遵宪等人的写作纠集的问题本身作为考察基点，通过他们身上的"古典性"质询古典本身。至于胡适们可能的"革命"意义，也不能按照他们的新/旧、白话/文言、新诗/旧诗的逻辑来肯定，而应从语言策略的因应显现的作为，即超脱古典的层面予以评价。这意味着，应当首先将两个世代的诗人对经验与体式之间关系的反应（在结果上他们或迥然不同），放置在"言说方式"的共时性系统中予以估量，如此既是对结构性的辨明，也是对变动性或差异性的确认，诗歌史的叙述才能合法地彰显。

只有在共时性的结构中才能展望历时性的感知，这一要求与原则不只对判定不同世代、不同诗人有效，对同一个诗人的观察亦然。譬如俞平伯这个后来"弃新从旧"的诗人，几乎在刚参与新诗不久就对诗艺锤炼的必要性表现了难能可贵的关注，甚至延续到1920年初致信新潮社诸友还保持着这份热情，但在1921年前后，他的写作和观念几乎有180度的拐弯，诗艺的要求放到了极其次要的地位，代表现代诉求的平民化主张被有力地张扬起来。他由美学而伦理的急剧转向，似乎可以径直从时势的转变找到依据——俞平伯的确是一个时期诗人的心灵和时代相互纠缠的风向标——这似乎是一种历史的定位，但是，恰恰在"言说方式"的共时性系统中，经验冲击下的美学反应出现了多重关系的滑动，由此才征显俞平伯在历时性层面的变化，而"言说方式"作为厘定其特征的机制，则体现出结构性的特点。再如闻一多，他于1925年前后以《诗的格律》为后来的格律诗派定下规则，但是，自初涉新诗坛始，他却经历了诗歌观念不断调适的过程，从早年为郭沫若的《女神》鼓呼，到后来严厉批评郭沫若直露的情感，从批评俞平伯的《冬夜》时尚未发明贴切于诗艺要求的话语，到逐渐发展出相对圆通的形式观念，这个过程表面上是历时性的，但此种历时性只有放到"言说方式"的共时性系统中才能得到显现。

如果说，在共时性的结构中，能够为诗歌史的描述提供坚实的、可辨识的诗学上的依据，同样，当转向诗歌史的问题时，共时性的结构作为一个目标就得到了凸显。只有这样，五四时期诗的观念上的新旧纠缠，就不仅应该看到人们祭起诗歌传统的背后；诗歌史尺度所具有的建构力量，更重要的是，内中作为机制的"言说方式"的考量才是诗歌史叙事的根本驱动力。这就是为什么，在新诗反对派的梅光迪诸人那里，他们采取理念化的诗歌观念否弃新诗，同样，新诗人的诗歌（文学）史焦虑——胡适是最突出的代表，实际上是试图通过文学史的结撰，为自身的写作确认一个能够自我决断的、与古典无关的共时性系统，如此新诗人即可以在其中生动地、有合法性地展开他们的实践与建构，确立诗歌写作的位置。这也就是为什么，整理国故背景下重新解释诗经、旧诗今译表面上是新的历史观的推动，实质上是"言说方式"作为一种共时性系统造成的压力——他们要通过建构自身的历史评判确立现时性——相对于古史辨派和新诗人的共时性系统。因而，历时性的评判不仅是第二步的，更重要的是，历时性的叙述实际上是对共时性系统的确认和争夺。为此，对于反对派的美学理念，他们对新诗的攻击必须放在"古典型"和"现代型"的诗学对峙中予以审视；而颇有声势的整理国故运动和改写"旧诗"的背后，"新"历史的冲动契合的则是"现代型"美学的创制要求。

作为新生的文类，新诗在美学特质的认定、文学史的评价等方面都遭遇着特殊的困难。它从正典的古典诗歌脱胎而出，倘若要建立自主性的身份、标识，则必须和古典诗歌构成差异性的关系，因之是较之古典诗歌走向变奏的崭新的诗歌。但是，诗文类作为美学的沉积，是它在破坏与承袭中始终无从割断的背景和框架,这使得新诗的研究必须在差异性与关联性之间保持张力——即使现代性的诸种体验突兀地矗立于梁启超、黄遵宪、胡适、郭沫若们面前,也必须把它们内化到诗的考量之中,这既是诗学层面的,也是诗歌史的要求。

第一章 闭抑和分裂的古典

由于晚清诗歌身处两大强势话语之间,屡屡被轻视乃至"刊落",准确地对它予以历史定位因而显得颇为棘手。较之古典诗歌深厚的艺术资本,晚清诗歌似乎过于贫瘠,不但趋新者的诗歌被认为取径不高,[①]甚至复古的一派,在长长的名单上也只得屈居一隅或者被隐没。[②] 在强调新诗源头纯粹性的人看来,作为一项不成功的诗歌改良,源于它与古典的暧昧纠葛而显得不够进步,黄遵宪们可以一笔带过乃至只字不提,更遑论逆"新"而动的复古派诗歌。

然而,晚清诗歌和古典之间的关系值得细加打量。这是因为,无论试图革新诗歌的黄遵宪、梁启超等人,还是企图以复古的方式为诗歌写作寻找资源与活力的王闿运、陈三立等人,古典作为美学和文化的沉积,是他们从事写作的最主要"基座"。从革新诗歌的层面看,古典是一种深度"装置",诗歌革新被深刻阻遏在古典之内,从复古者寻求写作可能性的层面看,被宗奉的古典在内外交困中走向了闭抑与分裂。

第一节 古典和革新之间的恩怨

对于黄遵宪、梁启超等人的诗歌革新,不同的文学史编制给出了截然

[①] 钱锺书对黄遵宪的评价是此中的代表,认为他的诗"取径实不甚高,语工而格卑;伧气尚存,每成俗体。"(《谈艺录·补订本》,中华书局,1984,第23页)
[②] 比如严迪昌的《清诗史》,两卷600余页,仅以20余页的篇幅将"同光体"诗人和"诗界革命"派并置一节匆匆打发。(浙江古籍出版社,2002)

不同的评价。胡适站在新文学的立场，谨慎地分配"文学革命"的功绩，仅仅有限地肯定黄遵宪的《拜曾祖母李太夫人》一类的诗，然后豪迈地转到自己引领的"文学革命"。① 作为"新诗的老祖宗"（唐德刚语），胡适为了张扬新诗，在评判晚清时有抑扬上的侧重在所难免，甚至不无权力等级制约下的偏见。郑子瑜不满于胡适们头顶文学革命功臣的桂冠，认为在文学史上，黄遵宪应该和胡适、陈独秀辈一同分享文学革命的倡导之功，② 这种观点体现了回到黄遵宪身上追认新诗起点的强烈诉求。但是，无论胡适以新文学的立场巩固自身的开新之功，还是郑子瑜企图重新推定新诗的发端，要恰当定位黄遵宪诸人，得先测度出他们的诗歌革新之深度。质言之，只有厘定出它与古典诗歌的距离，才能把握它和新诗的亲疏关系。

一 革新意识的"成色"

或许因为"诗界革命"的影响过于深远，讨论晚清的诗歌革新时，黄遵宪、丘逢甲、蒋智由等人往往被归入到了"诗界革命"的旗号下。③ 又由于"诗界革命"辟出了发表作品的场地，则必须考虑到具有体制性特点

---

① 胡适：《五十年来中国之文学》，姜义华编《胡适学术文集·新文学运动》，中华书局，1993，第117~124页。
② 郑子瑜认为，黄遵宪"实在是个先知先觉者……但向来的文学史家，都说公度只是旧诗的革新者，最外说他是白话诗的'先导'，而将文学革命的倡导之功，归之于胡、陈辈，我以为是不大公平的。"（《人境庐丛考》，载《诗论与诗纪》，台北书林出版有限公司，1996，第7页）
③ 最有代表性的是陈子展，他把晚清的诗歌"革新"直接等同于"诗界革命"，以谭、夏诸人在1896、1897年间写作"新诗"作为诗歌"革新"的起点，而黄遵宪是"诗界革命"中"革新"诗歌成就最大的诗家（《中国近代文学之变迁》，上海古籍出版社，2000，第8~21页）。又如钱仲联在谈到诗人个性的差别时，也把黄遵宪和丘逢甲一并归在"诗界革命"中进行比较（魏中林整理《钱仲联讲论清诗》，苏州大学出版社，2004，第2页）。再如关爱和也认为黄遵宪是"诗界革命的一面旗帜"（关爱和：《黄遵宪的诗学》，《东岳论丛》2005年第2期）。也有人认为康有为是"诗界革命"运动的旗帜，而把黄遵宪、谭嗣同、夏曾佑、梁启超等人看作"诗界革命"的中坚（陈永正：《康有为诗文选·前言》，广东人民出版社，1983）。

的"场域"对他们的"吸附力"。① 固然黄遵宪们或多或少都在这些发表平台上露过面,但他们和"诗界革命"的亲疏关系还有待厘清。一部分诗人如蒋智由完全沉浸其中,另一些诗人如丘逢甲只和"诗界革命"有过偶然的交会,而直到去世,黄遵宪对"诗界革命"也未置一词,似乎始终游离其外。② 这意味着,除了"诗界革命"场域中的诗歌活动需要疏解,在它之外展开的诗的写作和观念同样值得注意。

毕竟,"诗界革命"难以轻易绕过。一方面,它给晚清诗歌开启了激越的意识形态想象景观;另一方面更重要的,"诗界革命"的氛围体现了它的操控力量,使该场域的诗歌活动显得相当吊诡,这就是,某种政治诉求抽空了诗歌的革新意识,古典没有成为有待调整或者更新的对象,美学的命题和实践被悬搁了。古典要么没有作为"问题"被意识到,要么作为有效的乃至根本的部件被醒目强调。这说明革新意识的匮乏,它普遍存在于"诗界革命"之中。

作为"诗界革命"的揭橥者③和最主要的理论家,梁启超对"诗界革命"的影响甚巨。某种程度上,所有追随者对"诗界革命"的想象与追随均和梁启超有关。梁在《汗漫录》中构想的"诗界革命",鲜明地体现了他的诗歌观念。这篇文章写道:

---

① 《清议报》和《新民丛报》分别辟出了"诗文辞随录"和"诗界潮音集"栏目。在此应当注意到,报刊的兴起带来了一定的公共空间,它在发表和流通的过程中凝聚了大量直接、间接的参与者。而作为《清议报》和《新民丛报》的主事者,梁启超又是当时思想界的灵魂人物,本身有着广泛的交游和许多追随者。查这两个栏目,发表诗作在900首上下。所以说,随着发表场地的开辟,"诗界革命"形成了强大的氛围和场域。场域的概念参照布尔迪厄的提法:"一个场也许可以被定义为由不同的位置之间的客观关系构成的一个网络,或一个构造。由这些位置所产生的决定力量已经强加到占据这些位置的占有者、行动者或体制之上。"(布尔迪厄:《文化资本与社会炼金术——布尔迪厄访谈录》,包亚明译,上海人民出版社,1997,第142页)

② 1902～1905年间,黄遵宪和梁启超通过书信往返(写于1902年的"致梁启超信"就有7封),相当广泛地交换了对各种问题的看法,即使涉及诗艺探讨时,黄遵宪对"诗界革命"也只字未提。这些信件收入陈铮编《黄遵宪全集》(国家清史编纂委员会·文献丛刊本,中华书局,2005)。

③ 关于"诗界革命"的发生时间和发起人,陈建华通过细密的考证发现,系梁启超于1899年在《汗漫录》中揭橥的(《晚清"诗界革命"发生时间及其提倡者考辨》,载《中国古典文学丛考》第一辑,复旦大学出版社,1985)。

第一章　闭抑和分裂的古典

余虽不能诗，然尝好论诗，以为诗之境界，被千年来鹦鹉名士（余尝戏名词章家为鹦鹉名士，自觉过于尖刻）占尽矣，虽有佳章佳句，一读之，似在某集中曾相见者，是最可恨也。故今日不作诗则已，若作诗，必为诗界之哥仑布、玛赛郎然后可。尤欧洲之地力已尽，生产过度，不能不求新地于阿米利加及太平洋沿岸也。欲为诗界之哥仑布、玛赛郎，不可不备三长：第一要新意境，第二要新语句，而又须以古人之风格入之，然后成其为诗。不然，如移木星金星之动物以实美洲，瑰玮则瑰玮矣，其如不类何。若三者具备，则可以为二十世纪之诗王矣。……时彦中能为诗人之诗而锐意造新国者，莫如黄公度。其集中有今别离四首、又吴太夫人寿诗等，皆纯以欧洲意境行之，然新语句尚少，盖由新语句与古风格常相背驰。……要之支那非有诗界革命，则诗运殆将绝，虽然，诗运无绝之时也。今日革命之机渐熟，而哥仑布、马赛郎之出世必不远矣。上所举者，皆其革命军月晕础润之征也，夫诗又其小焉。①

以哥仑（伦）布、马赛郎期许有志于"革新"诗界的诗人，似乎有种开疆拓域以至另起炉灶的雄心。不过，激进否定旧诗界的同时，又不无保守地强调"新意境""新语句""须以古人之风格入之"。在梁启超看来，只有在"古人之风格"或古典之中，新意境、新语句才能带来旧诗界的更新。不妨说，革命家的梁启超对诗歌比较隔膜，所谓"今日革命之机渐熟"才是他提出"诗界革命"的最重要动因。② 但是，用古典承载政治诉求耐人寻味：在高涨的"革命"心境下，古典不是有待改进甚或质疑的对象，相反，它作为必须坚守的部件组合在梁启超的"革命"规划中。

事实上，梁启超激赏的具有革新之品格的诗人驳杂多样，他的《广诗

---

① 任公：《汗漫录》，《清议报》第三十六册至三十八册。
② 陈建华对"诗界革命"的意识形态内涵作了出色的梳理，认为"诗界革命"包含了暴力欲望（《论现代中国"革命"话语之源》，《"革命"的现代性——中国革命话语考论》，上海古籍出版社，2000，第42页）。

中八贤歌》中，被讴歌的"八贤"成分比较复杂，有"驱役教典庖丁刀，何况欧学皮与毛"的蒋智由，"枚叔理文涵九流，五言直逼汉魏道"的章太炎，"义宁公子壮且醇，每翻陈语逾清新"的陈三立。梁启超或阐扬诗人能彰显欧洲新精神新思想，或褒奖他们的诗格近于汉魏、诗风雄浑醇厚。①

不惟梁启超未着意古典的变动甚至革新，许多参与"诗界革命"的诗人都将之撂在一边，径直奔向政治诉求。实质上，"诗界革命"的提出，最激动人心的是可以期许某种"诗歌之力"，而不是展开新的美学建构。有人就梁启超倡导的"诗界革命"写了感怀诗，在诗歌革命和政治革命之间划出"等值"关系："吾徒思想好，发达在精神。革命先诗界，维新后国民"。② 很明显，作者只重视作为目标的政治革命，却忽略了诗歌的语言策略问题。也有人模仿梁启超的《壮别》，③ 鼓呼用诗歌从事政治活动，所谓"诗从革新命，书号自由篇"④。由此可见，尽管"革命"的口号可能一呼百应，但这些追随者在奔赴"革命"时，均没有把调整或变更古典当作要津。最突出的代表是蒋智由，他可能是"诗界革命"中出镜率最高的诗人，在《清议报》和《新民丛报》发表了 62 首诗。其诗作几乎充斥着激烈的政治诉求，例如脍炙人口的《卢骚》，全诗涨满了"革命""平等""自由"的政治符码。纵观他的全部诗歌活动，根本看不到古典引致的焦虑或思考，古典似乎成了一种不置可否的"无意识"被悬搁起来。

蒋智由没能展现诗歌革新的意识，源于他的政治热情压倒了对诗歌承载方式的关注。实际上，蒋智由对诗歌技艺比较隔膜，对于艺术地转换思

---

① 任公：《广诗中八贤歌》，《新民丛报》第三号。该诗歌颂的八贤除上面三家外分别是严复、曾广经、丁叔雅、宋平子、吴彦复。
② 振素庵主：《感怀十首即示饮冰子》，《清议报》第四十七册。
③ 梁启超的《壮别二十六首》是在 1898 年底往夏威夷途中写成的。据《汗漫录》中记载，"舟中十日，了无一事，忽发异兴，累累成数十章，因最录其同体者题曰《壮别》，得若干首。"（《清议报》第三十六册）
④ 聘庵：《赠别复广》，《清议报》第九十册。

想内容不够会心,因而诗作比较粗疏。① 但是,像更谙熟诗艺的丘逢甲,他甚至被比喻为"诗坛都头领",② 当他进入"诗界革命"的场域时,革新意识又怎样呢?这位保台勇士的《岭云海日楼诗钞》收入自 1895 年起的诗作,③ 他和"诗界革命"的关系比较松散,尽管很早在《清议报》发表诗作,但迟至 1902 年才在《论诗次铁卢韵》④ 中对"诗界革命"作明确的呼应,此后就看不到丝毫参与的迹象,甚至自始至终也见不到他在《新民丛报》露面。⑤ 在《论诗次铁卢韵》中,他豪迈地喊出"迩来诗界唱革命,谁果独尊吾未逢",不过,丘逢甲之所以呼应"诗界革命",是因为期待"革命"的巨大政治能量。该诗一开篇即亮明自己的诗歌旨趣——判定各类写作在美学上的孰优孰劣并非其用意,所谓"元音从古本天生,何事时流务竞争?"相反,诗艺上划分疆域、分明壁垒的争执被认为忽略了比诗艺更重要的问题:"彼此纷纷说界疆,谁知世有大文章?"所谓"大文章"即某种政治理想。丘逢甲是比较关注诗歌形构的诗人,在"革命"想象的驱动下,源于诗歌之力的诱引而无暇顾及诗艺的重要性,可见"诗界革命"对革新意识的抽空之普遍。

通过梳理"诗界革命",不难看出,政治诉求与美学意识之间并无必然的关联。无论把古典的"问题"悬搁起来(蒋智由、丘逢甲等),还是

---

① 梁启超在《饮冰室诗话》中把蒋智由和黄遵宪、夏曾佑并称"近世诗界三杰",钱仲联于此很不以为然,他觉得"然蒋诗实较为粗率,非二家之比"。(钱仲联:《近百年诗坛点将录》,《中国近代文学研究》第一辑,1983)

② 汪辟疆指出,"仙根诗本负盛名,惟鲜与中原通声气,至有不能举其名者,功力最深,出入太白、子美、东坡、遗山之间,又能自出机杼,不拘拘于绳尺间。"(汪辟疆:《光宣诗坛点将录》,《汪辟疆说近代诗》,上海古籍出版社,2001,第 84 页)而钱仲联把丘逢甲和黄遵宪并举为"诗坛都头领",丘逢甲被比譬为"天罡星玉麒麟卢俊义"。(钱仲联:《近百年诗坛点将录》,《中国近代文学研究》第一辑)

③ 《岭云海日楼诗钞》最初于 1913 年出版,内中诗作均按创作年代编排。今人编有比较齐备的《丘逢甲集》(广东丘逢甲研究会编,岳麓书社,2001)

④ 《论诗次铁卢韵》列于"岭云海日楼诗钞"卷八即辛丑(1901)、壬寅(1902)稿中。据李尚行考证,该诗作于 1902 年(参阅《〈岭云海日楼诗钞〉篇目编年校订》,载吴宏聪等编《丘逢甲研究——一九八四年至一九九六年两岸三地学者论文集》,世界河南堂丘氏文献社印行,1998)

⑤ 丘逢甲在"诗界革命"发表阵地露面的诗都集中在《清议报》,署名沧海君,共计 10 首。

更直接地宣扬据守古典（梁启超），他们的观念均没有展现新的美学诉求。由是观之，以政治的激进看待美学的"先进"颇成问题。不过，梁启超们把承担现代民族国家的诉求注入诗歌，的确带来了诗歌功能的变化。诚如有学者敏锐指出的："这是一种诗歌趣味与理想的现代性位移，一种诗歌语言功能的时代性变化，由思维与想象的语言转向行动的语言，由审美的媒介变成了社会解放的工具。"[1]

在"诗界革命"场域之外的一些人如黄遵宪，较之被"革命"想象挟制的蒋智由们，他的革新观念又是另一种面貌。现今人们往往把"革新"古典的光环聚焦在黄遵宪头上，需要辨析的是，革新以何种面目出现在黄遵宪30余年的写作历程中呢？从时间上看，他是一位天才式的早慧的自觉者吗？从深度上看，是出自对古典的激烈反抗抑或相对温和的调适？

黄遵宪作于1869年的《杂感》如下：

……俗儒好尊古，日日故纸研，六经字所无，不敢入诗篇。古人弃糟粕，见之口流涎，沿习甘剽盗，妄造丛罪愆。黄土同抟人，今古何愚贤？即今忽已古，断自何代前？明窗敞流离，高炉蒸香烟。左陈端溪砚，右列薛涛笺，我手写我口，古岂能拘牵。即今流俗语，我若登简编，五千年后人，惊为古斓斑。[2]

它曾被广为征引，甚至被当作他立意改革古典诗歌的宣言，[3] 此中的确显露了对惟正典是从的鄙夷和不满，但并不意味着黄遵宪对古典的激烈反抗乃至决裂。钱仲联认为："此公度二十余岁时所作，非定论也。今人每喜揭此数语，以厚诬公度。公度诗正以使事用典擅长。"[4] 钱氏指出黄遵宪相当传统的一面。事实上，反对一味崇古、将俗语入诗，只是重复了许

---

[1] 王光明：《现代汉诗的百年演变》，河北人民出版社，2003，第58页。
[2] 下引黄诗除注明外均据钱仲联《人境庐诗草笺注》，上海古籍出版社，1981。
[3] 胡适在《五十年来中国之文学》中，认为这首诗"很可算作诗界革命的一种宣言"。《胡适学术文集·新文学运动》，第118页。
[4] 钱仲联：《梦苕庵诗话》，张寅彭编《民国诗话丛编·六》，上海书店，2002，第160页。

多先贤已有的认识或实践。比如明代袁宏道强调"当代"的高贵:"诗之奇之妙之工之无所不及,一代盛一代,故古有不尽之情,今无不写之景。然则古何必高,今何必卑哉?"① 而比黄遵宪早一个世代的金和,同样发出了破古人窠臼的呼声:"乃有真丈夫,于此独攘臂。万卷读破后,一一勘同异。更从古人前,混沌辟新意。"② 认为流俗语可以植入诗中也不乏前人,宋人张戒强调一切语皆诗语:"王介甫只知巧语之为诗,而不知拙语亦诗也。山谷只知奇语之为诗,而不知常语亦诗也",他甚至从杜甫的诗中看到"遇巧则巧,遇拙则拙,遇奇则奇,遇俗则俗,或放或收,或新或旧,一切物、一切事、一切意,无非诗者"的特点。③ 同为宋人的罗大经更是在杜甫的诗中发现了高妙的"常俗语",并推崇有加:"余观杜少陵诗,亦有全篇用常俗语者,然不害其为高妙。"④ 把黄遵宪和前人并置在一起观察,可见黄的"狂论"并不显得多么先锋。

不愿亦步亦趋地规摹古典而泯灭"自立"是一方面,另一方面,古典却可以仰赖。黄遵宪在1873年致信周朗山时声称,书写"为我之诗"、不被古人束缚,强调古典的扶助之功,即当自我的才力有所不逮时,需要"藉古人而扶助之,而张大之"。⑤ 可见,他并未把古典当成整体的对立面

---

① 袁宏道:《丘长孺》,"锦帆集之四——尺牍",钱伯城编《袁宏道集笺校》,上海古籍出版社,1981,第284~285页。
② 金和:《题阳湖孙竹庼诗稿》,收《秋蟪吟馆诗钞》,此处据钱仲联主编《近代诗钞》(壹),上海古籍出版社,1993,第453页。
③ 张戒:《岁寒堂诗话》卷上,丁福保辑《历代诗话续编》,上册,中华书局,1983,第464页。
④ 罗大经:《以俗为雅》丙编"卷之三",《鹤林玉露》,王瑞来校点,中华书局,1983,第285页。
⑤ 黄遵宪:《致周朗山函》(同治十一年十二月中下旬,1873年1月中下旬),原载《岭南学报》第二卷第二期。这封信中说:"苟能即身之所遇,目之所见,耳之所闻,而笔之于诗,何必古人?我自有我之诗者在矣。……不能率其真,而舍我以从人,而曰吾汉、吾魏、吾六朝、吾唐,无论其非也,即刻画求似而得其形,肖则肖矣,而我则亡也。我已忘我,而吾心声皆他人之声,又乌有所谓诗者在耶?……虽然,吾身之所遇,吾目之所见,吾耳之所闻,吾愿笔之于诗,而或者其力有所未能,则不得不藉古人而扶助之,而张大之,则今宪所为,皆宪之诗也。"

造反，而有它区别看待的相对性。① 即便出使日本、眼界开阔之后，古典也经常是黄遵宪表达诗歌见解的基础和框架。比如品评日本友人冈千仞的诗，认为家法、格律、句调、风骨均应当讲求和遵循，他的诗之不足在于"炼格间有未纯，造句间有未谐；树骨甚峻，亦过于露立，过于怒张。"② 不难看出，对炼格、造句等问题的谈论，均以古典作为话语资源，尤其说到风骨过于"露立""怒张"，沿袭着古典诗歌中典型的温柔笃厚的路数。

当然，时势的压力毕竟使黄遵宪注意到某一类不切实用的古典。这鲜明地表现在《赠梁任父同年》中：

> 佉卢左字力横驰，台阁官书帖括诗。
> 守此毛锥三寸管，丝柔绵薄谅难支。

"佉卢左字"指左行文字，③ 当和黄遵宪对时势、新闻的认识有关，④

---

① 此种"相对性"的认识还体现在更早的一组诗中。黄遵宪在自己手定的《人境庐诗草》中，以《感怀》开篇打头，相当激烈地抨击了崇古而不知"当世事"的现象："古人岂我欺，今昔奈势异。儒生不出门，勿论当世事。识时贵知今，通情贵阅世。卓哉千古贤，独能救时弊。贾生《治安策》，江统《徙戎议》。"其中强调时势之变，不能盲从古人，但对于能够深谙他自己所处时代的古人却推崇备至，所以应时势之急的《治安策》《徙戎议》的作者贾谊、江统就被作为"千古贤"来赞扬。《感怀》虽然是从"经世"的角度来区分"古典"的，但这种认知方式无疑体现了黄遵宪对待"古典""有用与否"的辩证性。
② 黄遵宪：《冈千仞诗评》（光绪五年十二月十九日，1880 年 1 月 30 日），《黄遵宪全集》，第 245 页。黄遵宪出使日本时结交的均是日本的旧派人士，"余所交多旧学家"（《日本杂事诗·自序》）。值得注意的是，在黄遵宪出使日本前后，明治文学也迎来了它的改革。1882 年，《新诗体抄》作为"模拟西洋风的一种新体诗"出现了（市吉贞次《日本文学史概说》，东北师范大学出版社，1987，第 217 页），它甚至被认为是"一本完全不同于传统和歌，俳谐的欧化诗集，成为日本新诗的先驱。"（吕元明《日本文学史》，吉林人民出版社，1987，第 190 页）
③ 参见钱本《人境庐诗草笺注》对《和钟西耘庶常德祥津门感怀诗》中"今见佉卢置左书"的注释，第 165 页。
④ 黄遵宪和汪康年讨论《时务报》的经营方针时，已经注意到了所谓"报馆之文""能使九品人读之而悉通"的重要性，他批评章太炎的文章"甚雄丽，然稍嫌古雅。此文集文，非报馆文。"（光绪二十三年二月十一日《致汪康年函》，《黄遵宪全集》，第 396 页）

当时梁启超刚被黄遵宪招至上海创办《时务报》，赠诗中提及台阁体、帖括诗，它们的"不及物性"遭到刻薄的嘲弄和批评。

古典被黄遵宪区别对待，就必须审慎地申议它的复杂内涵。在古典诗歌的长河中，写作活力的保证往往在与传统对话时得以实现。写作者们反对盲目崇古、张扬自我的个性与才力，推进写作的可能性，通常在偏离和对接传统的张力中展开自我的抉择与建构，唐宋诗之争即为有说服力的例子。① 正是源于认识到此种相对性，古典中"有用"的部分，成了黄遵宪写作和观念中的结构性部件发挥作用。在《酬曾重伯编修》中，他提出"新派诗"，认为写作生命力的保证源自"善变"，并强调这是弘扬《风》《雅》的正典性："风雅不亡由善变，光丰之后益矜奇。"② 换句话说，实现"善变"实际是为了对接堪称典范的那部分传统。

由此可见，无论专注于诗艺探讨的黄遵宪，还是被"革命"想象裹挟的梁启超、蒋智由们，古典远不是提出"革命"或者"革新"能够轻易挥去的暗影，它在他们的写作和观念中生机勃勃地活着。

二　作为深度"装置"的古典

人们或许会说，与古典的吊诡关系纵然彰显了"革新"意识的稀薄甚至匮乏，但他们的写作却显露了某种新变。比如新名词、新事物大量进入诗歌。这类作品不仅在《清议报》和《新民丛报》中司空见惯，也遍布他们的集子。小说家李宝嘉甚至以诙谐、调侃的语调写过《新名词诗》，可见新名词的热潮。③《新小说》刊载的"杂歌谣"，有人甚至视之为变革古

---

① 唐诗、宋诗孰优孰劣的争论由来已久，这种纷争不拟在此细论。但在如何看待唐诗、宋诗的问题上，却不乏有益的启示。钱锺书曾指出，"唐诗、宋诗，亦非仅朝代之别，乃体格性分之殊。天下有两种人，斯分两种诗。唐诗多以丰神情韵擅长，宋诗多以筋骨思想见胜。"（《谈艺录·补订本》，第 2 页）
② 该诗据《新民丛报》第三年第四号（即第 52 号），诗前有自序曰："重伯序余诗，谓古今以诗名家者，无不变体；而称余善变，故诗意及之。"
③ 李宝嘉的《新名词诗》共四首，第一首云："处处皆团体，人人有脑筋。保全真目的，思想好精神。势力圈诚大，中心点最深。"（原诗见《南亭四话》，转引自冯天瑜《新语探源——中西日文化互动与近代汉字术语生成》，中华书局，2004，第 5 页）

典诗歌形式的努力。① 新名词、新事物和"杂歌谣"似乎可以看作积极疏离古典的最重要表征。但是，细加辨析则会发现，较之这些新名词、新事物以及"新形式"，古典实质上是一种深度"装置"，在通往新变的方向上，诗歌写作被牢牢地挽留在古典之中。

关于书写新事物，黄遵宪极具代表性。他被广为谈论的《今别离》，曾引发效仿之作，如曹昌麟有同题诗《今别离》。② 黄遵宪这组诗的第一、第二首分别如下：

> 别肠转如轮，一刻既万周。眼见双轮驰，益增心中忧。古亦有山川，古亦有舟车，车舟载离别，行止犹自由。今日舟与车，并立生离愁。……所愿君归时，快乘轻气球。
>
> 朝寄平安语，暮寄相思字，驰书讯已极，云是君所寄。既非君所书，又无君默记，虽署花字名，知谁箝缄尾？……门前两行树，离离到天际，中央亦有丝，有丝两头系。……安得如电光，一闪至君旁。（《人境庐诗草·卷六》）

对它的评价毁誉参半，褒贬双方分歧巨大。梁启超在《汗漫录》中认为它"纯以欧洲意境行之"，着意的是它对西方物质现实的领会。钱锺书则批评黄遵宪的这类诗，触及的不过是现代器物的表层，而非西方社会文化的本质，刻画了某种浮于表面、缺乏深度的现代景观："差能说西洋制度名物，倚掇声光化电诸学，以为点缀，而于西人风雅之妙、性情之微，实少解会。故其诗有新事物，而无新理致。"③

胡适的批评也指向这个层面："用旧风格写极浅近的新意思……这种

---

① 张法认为"杂歌谣"一类的通俗诗体，在美学的可能上沟通了"五四"的诗歌革命，"它比律诗绝句大得多的字词句韵的自由，加上能够容纳口语，虽然就质上来说，是革命诗歌，但在此基础上却很容易翻转出诗歌革命。"（张法《文艺与中国现代性》，湖北教育出版社，2002，第154~155页）
② 曹昌麟之诗载于《饮冰室诗话》，《新民丛报》第七十四号。
③ 见钱锺书《谈艺录·补订本》，第23~24页。

诗并不算得好诗。《今别离》在当时受大家的恭维;现在看来,实在平常的很,浅薄的很。"① 其实,仅仅抓住《今别离》对某种现代景观的捕捉显然不够,倒是随着新名词、新事物进入诗歌,它们和诗歌美学机制之间的关系更值得注意。

解读《今别离》需要找到进入本文的恰当方式。就这首诗的诗情而言,也许打动黄遵宪的是新鲜的时空与器物体验和古典感物方式的对比,触动他把无数人写过的别离主题重写一通。从主题和表现方式上看,这组诗构设了哀怨的男女相思之情。特别是,它以闺怨诗的类型站在女性视角铺展诗情,以"思妇"作为"说话者",这是典型的闺怨诗套路。② 从题材看,它选择"现代"的火车、轮船、电报、照片、时差作为感兴的对象,歌咏的名物相当"新潮"。问题在于,新潮的名物置于老套的主题中具有怎样的美学意味呢? 新的名物当然裹挟着它所指涉的新的世界和发现,但是,不应把它刻意读作对崭新的经验与意识的"叙事",它呈现的不同于传统诗歌的体验,不过是触及新名物之后的"附加值"而已。

之所以说这组诗不是立意于对崭新的经验与意识的"叙事",乃在于闺怨诗的程式有特别的选择和限定:思妇的视角决定了这些新潮的材料主要是深化伤情的工具,而不是对它们的"新奇"展开"叙事",毋宁说为了抵达某种伤怀的诉说。换言之,这种程式抒发典型的相思,"新奇"不过是整体指意中的附着物而已。还值得注意的是程式内部的成规,闺怨诗往往有它特定的结论。例如相思的悲苦和期待最后以陈套的形式出现,最明显的是第四首以感情的海枯石烂之类的盟誓收尾:"只有恋君心,海枯终不移。海水深复深,难以量相思。"

在诗中写入新名词,只是貌似的先锋,它在美学上的新质微乎其微,

---

① 胡适:《五十年来中国之文学》,《胡适学术文集·新文学运动》,第 122 页。胡适的这个判断发生在文学革命之后,事实上,在更早的时候,胡适对《今别离》是比较推崇的:"忽念黄公度《今别离》第四章'汝魂将何之',其意甚新。"(1915 年 7 月 26 日记,参阅曹伯言编《胡适日记全编·2》,安徽教育出版社,2001,第 208 页)

② "闺怨诗"的说话者一般都是女性,有意味的是,许多作者却是男性,这种诗在主题的表达上往往有一定的套路和程式。

毕竟，它不过是写作整体中的附属物而已。彼得·比格尔在梳理先锋派理论时，就表面的"新异"作了如下评判："这种'新异性'在性质上既不同于艺术技巧上的变化，也不同于再现系统的变化。尽管新异的概念并不是虚假的，但它流于一般，并不专门指在打破传统中起决定作用的东西。"① 在此，比格尔抓住了美学新变的核心，即只有构成了传统的根本裂变，才带来既有美学体制的变更。

因而，把"新异"的"现代"名物组织在诗中，尽管当下经验参与了本文的组织，但作为强大"装置"的古典，它的主导性依然首当其冲，在《今别离》中，现代意识形态的叙事被大大削弱了。同样，像写域外事物的《登巴黎铁塔》，尽管铁塔的人工高度激发"现代"体验，所谓"自天下至地，俯察不复仰。但恨目力穷，更无外物障。"黄遵宪在此的嘱意表达对平息国家纷争、让黎民休养生息的"自我"之力的遐想："即今正六帝，各负天下壮。等是蛮触争，纷纷校得丧。嗟我稊米身，尪弱不自量。一览小天下，五洲如在掌。既登绝顶高，更作凌风想。何时御气游，乘球恣来往。扶摇九万里，一笑吾其倘。"特别耐人寻味的地方还在于，它和前代诗歌构成了有趣的互文现象。如杜甫《登泰山》中的"会当凌绝顶，一览众山小"，庄子《逍遥游》中的"扶摇直上九万里"。又如《苏黎士河》，本意是讴歌开凿运河的人力胜天思想，但和"传统"不仅脱离不了干系，相反，这种思想的传达需要借助古典的互文来实现：以大禹疏通河道作参照，认为苏黎士（世）运河的"龙门竟比禹功高"，最后还将他憧憬中的正在开凿中的巴拿马运河，勾连起庄子对江河湖海汪洋恣肆的想象，"他日南溟疏辟后，大鹏击水足扶摇"。

当然，在中国社会被不断抛入西方国家带来的压抑与诱惑过程中，书写"当代"的见闻，它触及的社会文化的现代性的确有一定的深度。② 如

---

① 彼得·比格尔：《先锋派理论》，高建平译，商务印书馆，2002，第135~136页。
② 他们和谭、夏诸人通过"掇扯新名词以自表异"的"新诗"差别在于，后者主要借助西学译书提供的新名词来展开想象，这和丘逢甲、康有为通过亲历与目睹得来的现实体验是不同的。

丘逢甲的《汕头海关歌寄伯瑶》，对海关、关税等现代事物均有很到位的刻画，又如康有为的《游苏格兰京噎颠堡，见创机者华忒像，感颂神功不可忘也》，歌颂蒸汽机的发明带来了"缩地通天"的变化，可以说，这类写作相当积极地展现了人们对当时社会景观的现代性体验，但毕竟不是美学的现代性。按照哈贝马斯对美学现代性的界定，评判某种写作是否具备美学现代性，首先必须通过它所反叛的正典（古典）的程度来测定，"现代性反叛传统的标准化机能；现代性依靠的是反叛所有标准的东西的经验。"① 因而，倘若一种写作没有把传统的"标准化机能"作为反叛的对象，那么，从美学的角度看，它远远没有构成对传统的断裂。

明了这一点至关重要。虽然丘逢甲、康有为等人的写作已经和社会文化的现代性扎实相遇，固然他们也不无激昂地高歌"竞争世界论《天演》"，②在思想上认同社会和时代的进化，但是，诗歌的美学机制却可以凝止在古典之中，因为"诗无古今真为贵，学有中西汇乃通"，③ 更重要的是，和社会向现代进化相反，技艺的揣摩必须向过去学习、与古典衔接，先贤们夺目的诗艺才是心追手摹的对象："百年古梅州，生才况雄特。宋公执牛耳，光焰不可逼。堂堂黄与李，亦各具神力。我欲往从之，自愧僵籍湜。"④

这也就是为什么，康有为写作海外诗，展现了大量海外见闻，但诗歌的美学趣味却有明显的"新诗偏与古体亲"⑤ 的特征。同样，虽然丘逢甲在他的《七洲洋看月放歌》中，生动地刻画地球自转、月球吸收太阳反光等天文知识：

……地球绕日日一周，日光出地月所收。此时月光照不到，尚有

---

① 哈贝马斯：《论现代性》（严平译），王岳川、尚水编《后现代主义文化与美学》，北京大学出版社，1992，第11~12页。
② 丘逢甲：《重送王晓沧次前韵》（辛丑、壬寅稿），《丘逢甲集》，岳麓书社，2001，第515页。
③ 丘逢甲：《寄答陈梦石即题其东溪吟草》（庚子稿），《丘逢甲集》，第438页。
④ 丘逢甲：《题王晓沧广文鸥鹄村人诗稿》（戊戌稿），《丘逢甲集》，第295页。
⑤ 丘炜萲在《诗中八友歌》写道："南海先生倡维新，新诗偏与古体亲。笔端行气兼行神，中心哀乐殊胜人。"（《丘炜萲诗集》，台湾文海出版社，1972）

大地西半球。

但是，对于诗歌的语言策略、象征系统并无多少自觉的变更意识。这首诗尽管采用比较自由的歌行体，但在意象的组织、诗旨的呈现上和张若虚、李白书写月亮的名篇构成了奇妙的互文关系。丘逢甲在诗中借月之阴晴圆缺表达山河大地之永恒，对比张若虚《春江花月夜》中的"人生代代无穷已，江月年年只相似"，实乃反其意而用之。

归根结底，这是社会文化现代性与美学现代性之间的分途。这群诗人在触及社会文化现代性方面是"先进"的，但不是美学现代性的"先进"，他们实实在在地滞留在古典的美学机制之中。①

如果说，书写新事物不过是他们写作中的附着物而已，从根本上臣服于古典之中。那么，像更具有"新"形式特征的"杂歌谣"试验，又和古典呈现怎样的关系呢？"杂歌谣"在《新小说》中开张，和黄遵宪的建议有关。② 他在写给梁启超的一封信中，正式提出杂歌谣的名称，内中历数他的杂歌谣"构想"：

> 报中有韵之文，自不可少。然吾以为不必仿白香山之《新乐府》、尤西堂之《明史乐府》。（西堂以前有李西涯乐府甚伟然，实诗界中之异境，非小说家之枝流也。）当斟酌于弹词粤讴之间，或三、或九、或七、或五，或长短句，或壮如陇上陈安，或丽如河中莫愁，或浓至如焦仲卿妻，或古如《成相篇》，或俳如俳枝辞。（即骆驼无角，奋迅两耳之辞也。）易乐府之名而曰杂歌谣；弃史籍而采近事。至其题

---

① 这点和波德莱尔迥然不同，后者对美学现代性展开了自觉的探寻，在他身上体现了社会文化与美学两个向度的统一，"现代性是过渡、短暂、偶然，就是艺术的一半，另一半是永恒和不变。"现实、当下的事物被波德莱尔作为构建美学新质的要素来伸张，"当代性"获得了完全的合法性。（波德莱尔：《现代性》，《1846年的沙龙——波德莱尔美学论文选》，广西师范大学出版社，第424页）
② 一开始梁启超并未命名出"杂歌谣"的栏目，他为《新小说》刊登广告时列出的是"新乐府"。（《中国唯一之文学报〈新小说〉》，载《新民丛报》第十四号）

目，如梁园客之得官，京兆伊之禁报，大宰相之求婚，奄人子之纳职，候选道之贡物，皆绝好题目也。①

这种设计无论在风格还是题材方面都显得自由、开放，但是，黄遵宪大力鼓吹的同时，却对身体力行表达了一定的犹豫："小说中之杂歌谣，公征取之至再至三，吾何忍固拒。此体以嬉笑怒骂为宜，然此四字乃非我之所长，试为之，手滑又虑伤品，故不欲为。"② 查他的杂歌谣类的作品，除《出军歌》八首中的前四首和《幼稚园上学歌》十首，分别载于《新小说》第一号和第三号之外，其他的如《军中歌》八首、《旋军歌》八首等均不再刊于后来的《新小说》上，不知何故。③ 有意思的是，黄遵宪的这些"杂歌谣"均未入选《人境庐诗草》中，这或许和他认为"杂歌谣"不是诗的正道有关。事实上，黄遵宪对自己在《新小说》和《新民丛报》上刊发的作品作了区分，后者仅刊登他的古体诗如《台湾行》等。当然，也可能黄遵宪并不明白试验"杂歌谣"的目标何在，所以他不仅对实践颇为犹豫，在进一步对比了日本的"新体诗"后还有如下困惑："此新体，择韵难，选声难，着色难。日本所谓新体诗何如？吾意其于旧和歌更易其词理耳，未必创调也。"

正因为没有意识到自由的风格和题材已经要求调整甚至创制诗的形式声韵，黄遵宪对"杂歌谣"的态度恰恰彰显出，承担现实意识形态和正典的"诗"之间存在龃龉。由此可见，作为"杂歌谣"倡导者的黄遵宪，立于他背后的是古典强大的身影。不惟黄遵宪的"杂歌谣"试验搁浅了，查《新小说》的"杂歌谣"栏目，也日渐走向冷落，最初热情的刊发与后来

---

① 黄遵宪致梁启超信·光绪二十八年（1902）中秋后七日，《黄遵宪全集》，第432页。《新小说》创刊号署"光绪二十八年十月十五日"。
② 黄遵宪致梁启超信（1902年十一月朔日），《黄遵宪全集》，第438页。
③ 事实上，梁启超很早就手持黄的许多"杂歌谣"作品，大部分作品未予登出是否和黄遵宪的"后悔"有关不得而知。查黄遵宪1902年十一月朔日致梁启超信，随本信一同抄寄的有《军中歌》八首、《旋军歌》八首，该信还透露，如《幼稚园上学校歌》十首、《五禽言》五章等诗也将很快抄寄。

清冷的收场形成了鲜明的对比。①

无论写作新事物,还是试验"杂歌谣",从这群诗人身上折射出的是,古典不是一副可有可无的外套,而是深度"装置",这是他们的诗歌写作中占主导性位置的美学特征,走出古典远不是他们的选择。

三 黯淡的"新"诗前景

作为一种深度"装置",古典是他们的诗歌革新难以逾越的关口。值得注意的是,这群诗人几乎都不同程度地卷入了其他文类实践,比如小说。有趣的是,他们在小说和诗歌中的遭际迥然有别。如果说,他们的诗歌革新深刻地沉浸在古典之中,那么,面对小说这种文类却显得相当"自由",热烈呼应启蒙诉求时,内中几乎看不到古典的重负。和小说的"自由"相比,古典的在场益发彰显了诗歌革新的艰难。在这里,并不是他们具体的启蒙方案特别值得注意,而是鉴于启蒙诉求的介入,以及小说作为一种新的文学观念的兴起,为人们深入理解和反思诗歌革新的难度提供了有益的视角。

打破语言的古奥等壁垒以适应启蒙的要求在晚清变得日益强烈,重新评估小说的地位和功用也相当普遍。例如,在译文中追求雅驯而遭到梁启超批评的严复,② 也一度表现对小说的热衷。③ 不过,严复的此种表现流露

---

① "杂歌谣"曾连续刊于《新小说》的1~8号,而后仅见于10、11、16号。该刊出版至24号止。

② 对严复的《原富》译文,梁启超批评说:"其文笔太务渊雅,刻意模仿先秦文体,非多读古书之人,一翻殆难索解。夫文界宜革命久矣,欧、美、日本诸国文体之变化,常与文明程度成正例……况次等学理邃赜之书,非以流畅锐达之笔行之,安能使学童受其益乎?著益之业,将以播文明思想于国民也,非为藏山不朽之名誉也。"(梁启超:《绍介新书·〈原富〉》,《新民丛报》第二号)而严复的回应更是意味深长,认为梁追求的是"近俗之辞,以取便于市井乡僻之学,此于文界,乃所谓陵迟,非革命也。"(严复:《与〈新民丛报〉论所译〈原富〉书》,《新民丛报》第七号)

③ 天津《国闻报》曾刊载出《本馆附印说部缘起》,被梁启超称作"雄文",并认为作者系严复和夏曾佑(饮冰:《小说丛话》,《新小说》第七号);夏志清认为夏曾佑在《小说原理》中的许多观点均和《缘起》不同,又"由于夏氏不谙西方语文,该文引证西方知识与历史处颇多,因此该文的重要观念想系严复所撰述。"因而在引述《缘起》时他仅提严复之名(夏曾佑:《新小说的提倡者:严复与梁启超》,《人的文学》,辽宁教育出版社,1998,第52页)。本文从夏志清之说。

的是分裂的文学观念，因为他究竟没有以独立的文类看待小说，仅仅看重它开通民智的作用。① 但在梁启超那里，虽说根本的动力也出于启蒙诉求的驱使，小说作为独立的文类已被大力阐扬，他甚至放言，"小说为文学之最上乘也"。② 正统的文学观念往往认为小说是不登大雅之堂的文类，是俗和雅的对立。鉴于小说的"俗语"特征，梁启超为了给它正名，断言"俗语"乃文学发展大势之所趋："文学之进化有一大关键，即有古语之文学变为俗语之文学，各国文学史之开展靡不循此轨道。"③

把文运的变化搭上进化论的快车并不奇怪，但梁启超将"俗语之文学"作为文学发展的鹄的来推崇却意味深长。就在他不遗余力地把小说向"现代"推进的时候，"饮冰室诗话"正如火如荼地陆续发布，"诗界潮音集"也在热情地编发之中。值得注意的是，对比梁启超大刀阔斧地阐扬小说，不能不说，他的诗歌革新走向了"落单"。这就是，梁启超谈论小说的畅快和谈论诗歌的内缩形成了鲜明的反差。不难看出，这种内缩有力地彰显了古典在诗歌中不可摇撼的地位，如影随形的古典不仅无从挥去，较之《汗漫录》的发表时反而被再度强调。他在"饮冰室诗话"中说：

> 过渡时代，必有革命。然革命者，当革其精神，非革其形式。吾党近好言诗界革命。虽然，若以堆积满纸新名词为革命，是又满洲政府变法维新之类也。能以旧风格含新意境，斯可以举革命之实矣。苟能尔尔，则虽间杂一二新名词，亦不为病。不尔，则徒示人以俭

---

① 严复在《本馆附印说部缘起》中看重小说使用了接近于"口说之语言"："即此语言文字为本种所通行矣，而今世之俗，出于口之语言，与载之纸之语言，其语言大不同。若其书之所陈，与口说之语言相近者，则其书易传；若其书与口说之语言相远者，则其书不传。故书传之界之大小，即以其与口说之语言相去之远近为比例。"因而断言，"夫说部之兴，其入人之深，行世之远，几几出于经史上，而天下之人心风俗，遂不免为说部之所持。"

② 梁启超：《论小说和群治之关系》，《新小说》第一期。一般认为，梁启超在这篇文章中正式发起了"小说界革命"。

③ 饮冰（梁启超）：《小说丛话》，《新小说》第七号。

而已。①

《汗漫录》中的"三长"变为"二长",原先的新语句、新名词被严厉批评,类比成有名无实的变法维新,并明确指出,倘若要"举革命之实",则必须"以旧风格含新意境"。在"小说界革命"轰轰烈烈展开的当口,梁启超认为"诗界革命"应坚守古典,较之严复在翻译和小说之间的分裂,毋宁说,他体现的是另外一种分裂,即小说与诗歌两种文类的革新走向了分途。并且,这种分裂在这些诗人身上有着普遍的表现。

这则诗话可能受到狄楚青的影响,虽然梁启超此前写过反思"革命"的《释革》一文,② 不过,几乎与《释革》同时,狄楚青点评了梁节译的拜伦《哀希腊》一诗,内中对"诗界革命"的看法与梁启超的观点毫无二致:

> 今日之中国,凡百有形无形之事物,皆不可以不革命。若诗界革命、文界革命皆时流所日日昌言者也。而今之号称为革命诗者,或徒摭拾新学界之一二新名词,苟以骇俗子耳目而已。是无异言维新者,以购兵船练洋操开铁路等事为文明之极轨也。所谓有形式无其精神也。著者不以诗名。顾常好言诗界革命,谓必取泰西文豪之意境之风格熔铸之以入我诗,然后可为此道开一新天地。谓取索士比亚弥儿顿摆伦诸杰构,以曲本题材译之,非难也。吁!此愿伟矣。本回原拟将"端志安"(按,指小说第四回摆伦《哀希腊》译文片段)十六折全行译出,嗣以太难,迫于时日,且亦嫌其冗肿。故仅译三折遂中止,印刷时复将第二折删去,仅存两折而已。然其惨淡经营之心力亦可见矣。译成后颇不自慊,以为不能尽如原意也。顾吾以为译文家言者,宜勿徒求诸字句之间,惟以不失其精神为第一义。不然,则信屈为

---

① 梁启超:《饮冰室诗话》,《新民丛报》第二十九号,明治三十六年四月十一日(1903年)。
② 该文刊载于《新民丛报》第二十二号。思想史家张灏对《释革》中梁启超的思想由倾向激进的"革命"转变为缓进的改良有很到位的分析。[张灏:《梁启超与中国思想的过渡(1890~1907)》,崔志海等译,江苏人民出版社,1995,第131页]

病，无复成其为文矣。①

狄楚青也把写作新名词类比为变法维新，批评它"有形式而无精神"。有趣的是，狄楚青虽然认为梁的译诗无多可取，但对梁的《新中国未来记》赞不绝口，"文章能事至是而极"。② 显而易见，狄楚青用两种口吻对待译诗（包括"诗界革命"）和小说。也许，小说不存在古典的负重使他的表彰得心应手，因而在涉及文类的功用对比时特别褒扬小说："吾以为今日中国之文界，得百司马子长、班孟坚，不如得一施耐庵、金圣叹；得百李太白、杜少陵，不如得一汤临川、孔云亭。"③ 当然，狄楚青对待诗和小说的不同态度应考虑到启蒙诉求对他的拨弄，但这种取舍并不意味着他已经从古典中抽身出来。

事实上，狄楚青是梁启超"诗界革命"阵营中的积极分子，他于1904年创办《时报》，在上面连载颇具影响的"平等阁诗话"。即便粗略把握他的诗歌和诗话，也可发现，狄楚青更认同"寄托遥深"的诗歌。例如他的《感事诗》，以日俄战争为本事，但诗中的"组件"都是寓意深远的"相思"："郎着征裘女脱簪，私情何似国情深。莫愁风露沾衣冷，此是寒闺夜夜心。（言日本之爱国）"；"为他真个话相思，镜殿春残事事疑。昨夜西风今夜雨，明朝消瘦更谁知。（言外交之失策）"。④ 用闺怨、相思作讽喻，这种写作在古典诗歌里源远流长，是一支强大的势力。⑤ 狄楚青以相当古典的面目来写时事，在他看来，"现时"和"古典"之间可以融合无间。

---

① 平等阁主人（狄楚青）：《新中国未来记第四回总批》，《新小说》第三号。
② 平等阁主人：《新中国未来记第三回总批》，《新小说》第二号。
③ 楚卿（狄楚青）：《论文学上小说之位置》，《新小说》第七号。
④ 载《时报》，1904年7月27日。
⑤ 不少人认为，例如《诗经·国风》中的《关雎》就是讽喻之作，所谓"深思古道，感彼关雎，性不双侣，愿得周公，配以窈窕，防微杜渐，讽喻君父。"（王先谦：《诗三家义集疏》，中华书局，1987，第4页）关于《诗经》的讽喻内涵的梳理与反思，可参阅郜积意《经典的批判——西汉文学思想研究》第5章、第6章（东方出版社，2000）。又如温庭筠的"艳词"也有人看作是寄托遥深之作，"温词所叙写之闺阁妇女之情思，往往与中国古典诗歌中以女子为托喻之传统有暗合之处。"（叶嘉莹：《温庭筠词概说》，《迦陵论词丛稿》，上海古籍出版社，1980）

而他品评别人的诗作时,秉持的也是相当正统的古典标准。"蛰庵之词其佳处直过于清真,蛰庵之诗缠绵悱恻断非容若辈所能及,谓后人不及古人,吾于蛰庵之诗词是证此语之谬。"① 以周邦彦、纳兰性德这些词林中的"大拿"作参照,径直指出蛰庵(曾习经)在古典座次中的位置。可以说,狄楚青不仅没有为"当下"的诗歌另辟场地,而且把现时的写作和前人进行比照争雄。又如赞扬陈三立的诗"诸作虽置于西江诸老集中殆无惭色也。"② 和他谈小说的气魄对比,在诗歌中表现的内缩有力地证明了古典强大的吸附力。

诗歌革新的可能性被牢牢掌控于古典之中,这不仅体现在梁启超、狄楚青身上,在邱炜萲那里也是如此。后者不遗余力地为小说鼓呼,③ 但论诗依然在正统的古典诗歌观念范畴中展开,如强调诗歌的"清","清之一字乃千古词人之脉之骨","钦定四书文独标此字,为学人正的,诗文共贯,千古同归矣。"④

黄遵宪也对小说发表过自己的看法。他甚至早在《日本国志》中就把小说举证为"语言与文字合"的范例。⑤ 晚年和梁启超通信时谈及《新小说》杂志,认为梁的小说《世界末日记》等文章"之移我情也",甚至还在一定程度上探讨了小说的技法。⑥ 不过,当黄遵宪回到诗的领地,"小说家言"又成了他要摒弃的对象。按照丘逢甲在致丘炜萲的信中记载,公度"谓(按,指丘逢甲诗)已造到大家分位,但喜用小说家言,则不免坠落名家。"⑦

---

① 载《时报》,1904 年 7 月 25 日。
② 载《时报》,1904 年 9 月 14 日。
③ 在《菽园赘谈》中丘炜萲的《小说》《梁山泊》《金圣叹批小说说》等文给予小说文类很高的评价。
④ 见《菽园赘谈》卷二。
⑤ 黄遵宪在《日本国志·学术志二·文学》中强调:"语言与文字离,则通文者少;语言与文字合,则通文者多","若夫小说家言,更有直用方言以笔之于书者,则语言文字几几乎复合矣。"载《黄遵宪全集》,第 1420 页。
⑥ "《新小说报》初八日已见之,果然大佳,其感人处竟越《新民报》而上矣。仆最赏者,为公之《关系群治论》及《世界末日记》。读至'爱之花尚开'一语,如闻海上琴声,叹先生之移我情也。……此卷所短者,小说中之神采、之趣味耳。"(黄遵宪光绪二十八年十一月十一日致梁启超信,署名布袋和南,载《黄遵宪全集》,第 441~442 页)
⑦ 丘逢甲:《复菽园》,《丘逢甲集》,第 793 页。

这群诗人谈论小说之所以能够如此"自由",一方面和小说是处于古典之外的文类有关,重新赋予它价值可以从多方面塑造,但面对诗歌时,尊重固有的文类成规是他们进行发言时的重要平台。和小说往现代"奔跑""进化"的速度相比,诗歌仍旧实实在在地滞留在古典的强大话语场中,举手投足之中都是古典亲密的身影,在他们身上,革新诗歌的可能性无疑是渺茫的。与小说的革新对比,可以看到诗歌革新的艰难。需要指出的是,小说和诗歌进入"现代"时遭遇的不同负重有必要引起文学史家的注意。近年来对晚清小说的重评取得了很大的进展。王德威先生颇有说服力地论证了晚清小说在各个层面的现代性,认为它被"五四"框架"压抑"了。① 不过,比照晚清的诗歌革新,则可以发现,内中的现代性与其说被某种外在的权势压抑,毋宁说是作为深度"装置"的古典形成了强大的闭抑机制,从而深刻地左右着他们向美学的"先进"迈进的可能,他们革新诗歌的努力搁浅在古典之中,对此作出实质性的腾挪,的确还有待来者。

第二节 复古的困境

在所谓的维新诗人之外,活跃着许多被称为保守的诗人。他们深具复古的特征,相当固执地面向传统寻求写作资源,而备受攻击。② 胡适曾以新文学胜利者的姿态相当不屑地把王闿运、陈三立之流匆匆打发。③ 站在新文学的立场上,这类悖逆了文学进化潮流的写作自然要被扫进历史的垃圾堆。这些诗人却不容忽视,他们的重要性在于,作为中国古典诗歌家族

---

① 王德威指出:"我主张晚清小说不只是中国'现代'文学的前奏,它其实是'现代'之前最为活跃的一个阶段。"(《被压抑的现代性——晚清小说新论》,第23页)
② 林学衡云:"诗至清代而极盛,亦至清而极衰,变化多而真义渐失也。同、光诗人,号祧唐祖宋,王闿运则高言汉、魏、六朝,不知时势去古日已远,举文物典章以迄士大夫齐民日常之生活,皆前乎此者所未有,于此而反求似于古人,则观其诗无以知其时与世,章句随工,末矣。"(《今诗选·自序》)
③ 胡适在《五十年来中国之文学》中认为王闿运的诗是"假古董",而陈三立的"《散原精舍诗》里实在很少可以独立的诗。"《胡适学术文集·新文学运动》,第101、123页。

中的殿军，努力以复古的方式激活自身的写作，但是，关于何种古典值得追认和崇奉的问题，不同取向的诗人实质上相互攻讦，这意味着在如何伸张诗歌写作的可能性上陷入了无可弥合的分裂。考虑到诸如"救亡""启蒙"的诉求对这些复古者的压力，古典又显示了深刻的闭抑特征。

一 两类复古取向：求正与求变

诗歌史有时惯于按作者崇尚的朝代标定诗人的身份，如王闿运等人是"汉魏六朝诗派"，陈三立、沈曾植等人属于"宋诗派"，易顺鼎、樊增祥则归入"中晚唐诗派"，① 这些指称尽管有笼统和空疏之嫌，却一定程度上提示了他们的共同特征，即无论以汉魏六朝为指归，还是宗唐、宗宋，他们都往传统回溯、向古典取法。为此，他们自然就被视为复古派的诗人，而复古往往又和模拟等贬义的意指联系在一起。事实上，尽管晚清诗坛模拟之风炽烈，却不能以简单化的否定把他们草率打发。不少人的复古连通着"求变"的目标，他们很可能是模拟的坚定反对者。即如刻意规摹的另一些人，他们的模拟背后常常是企慕"正典"的强大动机。因而，复古的不同取向及其内涵显然还有待进一步分疏。

像王闿运这样的诗人，倒是非常坦率地宣称，自己的返古就是模拟古人。

> 乐必依声，诗必法古，自然之理也。欲己有所作必先蓄有名篇佳制，手批口吟，非沉沉于中必不能炳著于外；故余遇学诗人从不劝进以其功苦也。古人之诗尽美尽善矣，典型不远，又何加焉。②

---

① 例如刘世南的《清诗流派史》（人民文学出版社，2000）郭延礼的《近代文学发展史》（高等教育出版社，2004）均以此标准划分。钱基博的《现代中国文学史》（上海书店，2004）大致也持这种标准，与刘、郭两家略为不同的是，钱基博没有把王闿运命名为"汉魏六朝诗"，而把他附在"魏晋文"的名目下进行论述。

② 王代功述：《湘绮府君年谱》（沈云龙主编"中国近代史料丛刊·第六十辑"，第 596 册，文海出版社，1972，第 280 页）年谱注明"陈复心自武昌来"，系光绪三十四年即 1908 年。该条主要记述王闿运向陈复心等人示作诗文的方法。

当然，明确指出"古人之诗尽善尽美"，并不意味着他肯定所有的"古人之诗"，事实上入其名单的是相当狭小的一部分，只有汉魏六朝诗是他心目中的"典型"，所谓"作诗则必先学五言，五言必读汉诗，而汉诗甚少，题目种类亦少，无揣摩处，故必学魏晋也。诗法备于魏晋，宋齐但扩充之，梁陈则开新派矣！"①，"诗法备于魏晋"，再前后勾连不多的几个朝代，就成了王闿运描绘的宗奉汉魏六朝诗的蓝图。对自兹而后的诗歌自然可以横挑鼻子竖挑眼了。例如批评唐诗中的五言不具备"古"格，在唐代占主流的歌行律体也属于变异的体式："读唐诗宜博以充其气，唯五言不须用工，泛览而已。歌行律体，是其擅场。虽各有本原，当观其变化尔。从八代入手者，可以及唐。从唐入手者，多宜俗赏，而失其古音。"②五言的正宗在汉魏六朝，而唐代已"失其古音"，王闿运对诗歌史的观察依照的是一种呈历时递降的艺术级次，以此贬黜后人的写作，证明复汉魏六朝之古的正当性，可见它的偏激之处。

这种复古论调令人想起贺拉斯的古典主义。贺拉斯对独创的可能性表示了深刻的怀疑："用自己独创的方式去运用日常生活的题材，这是一件难事，所以你与其采用过去无人知晓，无人歌唱过的题材，倒不如从《伊利亚特》史诗里借用题材，来改编成为剧本。"③ 同样，既然作为正典的古格存于汉魏六朝，王闿运看到的诗歌演进当然是一条日渐贫弱的下坡路。认为后世的诗不如前代，章太炎是王闿运的同调。尽管他们的具体观点各异，却异口同声地认为"正典"应该到六朝之前去寻找。章太炎也认同一种随世代递降的艺术级次，他独尊五言，认为梁、陈以降的诗歌日渐丧失了"五言之势"："然则《风》、《雅》道变，而诗又几为赋。颜延之与谢

---

① 王闿运：《论诗示黄镠》，《湘绮楼说诗》卷六。
② 王壬秋：《湘绮楼论唐诗》，《国粹学报》第十八期（1906）。
③ 贺拉斯：《论诗艺》，此处据朱光潜译文，转引自《西方美学史》上卷（人民文学出版社，1979，第101页）。《论诗艺》的内涵比较复杂，对它的理解历来有一定的分歧。本文认同弗朗西斯科·德拉科尔特和伊娃·库什纳的定位，"贺拉斯崇尚传统的倾向表现在他对荷马的崇拜上，广而言之，表现在他要求任何一位拉丁诗人都要以希腊诗人为典范，做到手不释卷的态度。"（让·贝西埃等主编《诗学史》上册，百花文艺出版社，2002，第32页）

灵运深浅有异，其归一也。自是至于沈约、丘迟，景物复穷。自梁简帝初为新体，床笫之言，扬于大庭，迄陈、隋为俗。陈子昂、张九龄、李白之伦，又稍稍以建安为本。白亦下取谢氏，然终弗能远至，是时五言之势又尽。杜甫以下，辟旋以入七言。"① 不惟唐代的李白、杜甫不入章氏法眼，即如南朝诗人谢灵运、沈约也遭到不同程度的指责。很显然，章太炎向往的是《风》《雅》未曾变奏之前的诗歌。王闿运、章太炎看到的诗歌之所以日益凋敝，和他们预设某种可供揣摩的典型有关，但此种复古观念无疑过于严苛，最重要的是，这无异于抹掉了"当代"写作的诗歌史位置。

更广泛萦绕在诗人们心头的，恰恰是确认"当代"写作在诗歌史链条中的意义。许多人并不认为自己的写作是消极意义上的复古，他们反对因袭模拟和没有创造性的写作。范当世相当明确地喊出"文章应时出，模拟丧天真"，② 樊增祥甚至把"故纸陈言"与"求新求变"对立起来，"今当万事求新日，故纸陈言要扫空"。③ 在前人基础上求得壮大与超越，才是后代写作者的要务。文廷式为自己的《云起轩词钞》作序时，批评了仅仅以"论韵遵律"见长的词家："迩来作者虽众，然论韵遵律，辄胜前人；而照天腾渊之才，溯古涵今之思，磅礴八极之志，甄综百代之怀，非窘若囚拘者所可语也。"④ 很明显，文廷式也强调"当代"诗人应该在才思、胸襟上胜过古人。

要避免因袭模拟、戒除"故纸陈言"，实现后代写作的变通，他们的复古自然要有意识地突出某种"求变"的诗歌史眼光。这在"宋诗派"那里有鲜明的体现。自清代中叶以来，崇尚宋诗渐成风气，此前左右诗坛的主要是王士禛"神韵说"和沈德潜"格调说"一类的诗风，至道光、咸丰

---

① 章炳麟：《辨诗》，《国故论衡》，上海古籍出版社，2003，第 89~90 页。该版本据 1910 年日本东京刊行的初版本排印。
② 范当世：《为徐积余题王渊雅夫妇前后赤壁赋卷子内人同作》（1899 年稿），《范伯子诗集》卷第十二，上海古籍出版社，2004，第 222 页。
③ 樊增祥：《余论诗专取清新以为近作者虽多于诗道固未尽也赋此示载传午诒》，收《樊山续集》之卷二十四"紫薇三集"，现据《樊樊山诗集》（下），上海古籍出版社，2004，第 1378 页。
④ 文廷式：《〈云起轩词钞〉序》，《文廷式集》，中华书局，1993，第 155 页。

年间，何绍基、曾国藩等人始大倡宋诗。① 到了晚清，沿续宗宋的诗风被陈衍称作"同光体"："'同光体'者，苏堪与余戏称同、光以来诗人不墨守盛唐者。"② 如果考虑到陈衍反击"文必秦汉，诗必盛唐"的背景，那么"不墨守盛唐"可谓大有深意在焉，其目的是为宗尚宋诗张目，为写作宋诗腾出合法性空间。不过，"不墨守盛唐"作为写作宋诗的理由还不够具有"学理"的依据，陈衍当然不会满足于此。在他与沈曾植交游论诗之后，陈提出了著名的"三元"说："上元开元，中元元和，下元元祐也。君谓三元皆外国探险家觅新世界、殖民政策开埠头本领，故有'开天启疆域'云云。余言今人强分唐诗、宋诗，宋人皆推本唐人诗法，力破余地耳。"③ 此中不仅提示了一条沟通唐、宋的时间脉络，而且宣称，写作宋诗具有建基于唐诗基础上且"力破余地"的合法性。④ 也正因此，有人认为"同光体"诗派秉持了比较开放的复古观，如陈衍被视为在继承与发展的辩证关系中理解复古。⑤ 钱仲联高度评价"三元"说，它不同于泥古，"是

---

① 石维岩在《读石遗室诗集，呈石遗老人八十韵》中梳理了清诗风尚的变化过程，认为清中叶以前主盟诗坛的两位诗人即王士禛和沈德潜，并把他们的缺失和扭转流弊的"宋诗派"勾连在一起："有清一代间，论诗首渔洋。渔洋标神韵，雅颂不敢望。归愚主温厚，诗教非不臧。然或失而愚，字缺挟风霜。是皆傍门户，终莫拓宇疆。"（转引自陈衍《石遗室诗话》卷二十九，《民国诗话丛编·一》，第 397 页）
② 陈衍：《沈乙庵诗序》（《石遗室文集》卷九，清光绪三十一年武昌刊本）。陈衍把当时的宗宋诗风概括为"同光体"，上承先辈何绍基、曾国藩等人。他曾追溯了清代宋诗的源头："道咸以来，何子贞、祈春圃、魏默深、曾涤生、欧阳磵东、郑子尹、莫子偲诸老始言宋诗。"（《石遗室诗话》卷一，《民国诗话丛编·一》，第 18 页）
③ 陈衍：《石遗室诗话》卷一，《民国诗话丛编·一》，页 21。
④ 在《剑怀堂诗草序》中，陈衍更是认为宋诗体现了"变化之能事"："夫学问之事，惟在至与不至耳，至则有变化之能事焉，不至则声音笑貌之为尔耳。唐人之声貌至不一矣：开、天、元和，一其人，一其声貌，所以为开、天、元和也；开天之少陵、摩诘，元和之香山、昌黎，又往往一人不一其声貌。故开、天、元和者，世所分唐宋诗之躯干也。庐陵、宛陵、东坡、临川、山谷、后山、无咎、文潜、岑、高、杜、韩、刘、白之变化也；简斋、止斋、沧浪、四灵，王、孟、韦、柳之变化也。子孙虽肖祖父，未尝骨肉间一一相似，一一化生，人类之进退由之；况非子孙，悉能刻意蕲肖之耶！天地英灵之气，古之人盖先得取精而用宏矣。取之而不能尽，故《三百篇》、汉魏、六朝而有开天元和、元祐以至于无穷，在为之至与不至耳。"（《石遗室文集》卷九）
⑤ 黄霖：《近代文学批评史》，上海古籍出版社，1993，第 127 页。

在学古的基础上要求开辟境界"。①

认为后代的诗人应该"合千百古人之诗以成吾一家之诗"恐怕是很多"求变"诗人的追求,比如樊增祥总结他的诗歌观念时,反对"墨守一先生之集,其他皆束阁不观",强调转益多师之后的变通与壮大:"古人千百家之作,浓淡平奇,洪纤华朴,庄谐敛肆,益险巧拙,一一兼收并蓄,以待天地人物形形色色之相需相感。吾即因以付之;此即所谓八面受敌,人不足而我有余也。所蓄既富,加以虚衷求益,旬煅季炼;而又行路多,更事多,见古人长德多,经历世变多,合于千百人之诗成吾一家之诗,此则樊山诗法也。"② 这也就是郑珍所说的"言必是我言,字是古人字"。③

由此可见,复古"求正"是为中国诗歌确认正典,而复古"求变"却是追寻和拓宽写作的可能性,问题还在于,对于什么是可供回返、揣摩和参照的古典,不同的诗人往往各执一词,相互歧异,古典实质上走向了分裂。

二 古典的冲突与分裂

王闿运、章太炎等人确立如此严苛的"正典",并不被寻找写作的"变通"与可能性的诗人认同。同样,后者追认的古典在前者看来却属于失格或失调。这种冲突的背后有深层的原因,即他们规划的古典建基于对中国诗歌本体的不同理解之上。

在复古以"求变"的人那里,王闿运们的诗歌和观念遭到了毫不含糊的否定。陈衍把"汉、魏以降,有风而无雅"的弊病直指六朝诗歌:"其谋篇也,首尾外两两相对,拗体之律句而已;前写景,后言情,千篇而一致也。微论《大小雅》、《硕人》、《小戎》、《谷风》、《载辞》、《氓》、《定之方中》诸篇,六朝人有此体段乎?《绿衣》、《燕燕》,容有之耳。微论

---

① 钱仲联:《论"同光体"》,《文学评论丛刊》第9期(1981)。
② 樊增祥:《天放楼诗集序》,《樊樊山诗集》(下),第2038页。
③ 郑珍:《论诗示诸生时代者将至》,钱仲联主编《近代诗钞》(壹),第293页。

《三百篇》,《骚》之上帝喾,下齐桓,六朝人有此观感乎?"① 在陈衍看来,"有风而无雅"是六朝诗歌的"软肋"。张之洞也严厉地批评了"攘臂学六朝"的取向:

> 古人愿逢舜与尧,今人攘臂学六朝。白书埋头趁鬼窟,书体诡险文纤佻。上驷未解昭明选,变本妄托安吴包。始自江湖及场屋,两汉唐宋皆迁祧。神州陆沉六朝始,疆域碎裂羌戎骄。鸠摩神圣天师贵,未运所感儒风浇。玉台陋语纨绔门,造象别字石工雕。亡国哀思乱乖怨,真人既出归烟销。②

张之洞认为,六朝文学文风"纤佻",他甚至从《玉台新咏》的"陋语"中看到了关乎道德品格的"纨绔"本质,难怪会责之以"神州陆沉""亡国哀思"的罪名。③ 批判的严厉程度可谓无以复加。其实这种批评的背后和张之洞的文学观念有关,即坚持"清真雅正"的标准。他曾对此作如下界定:"清(书理透露,明白晓畅)、真(有意义,不剿袭)、雅(有书卷、无鄙语,有先正气息,无油腔滑调)、正(不傲诡,不纤佻,无偏锋,无奇格),四字看似老生常谈,实则文家极轨。"④

无论陈衍抨击"有风而无雅",还是张之洞所说的"纤佻"类同于"亡国哀思",他们都要求伸张诗之"六义"中的"雅",⑤ 但在王闿运看来,今之诗却为"兴体",不惟"雅"被舍弃,甚至"风"也要一并反

---

① 陈衍:《瘿庵诗序》,《石遗室集》卷九。
② 张之洞:《哀六朝》,《张之洞全集》(第十二册),卷二百九十五,河北人民出版社,1998,第10502页。
③ 人们或许会说,具体到个人,张之洞没有对"汉魏六朝诗派"全盘否定,他和王闿运有交游,曾写有《和王壬秋归湘潭》等作,中有"君诗荡气更回肠"的溢美之词,但酬赠之作的评价并不足信。据夏敬观为陈锐作《裒碧斋集序》中记载,陈锐曾从王闿运、邓辅纶游并习诗,当他拜见张之洞时,张极诋王闿运之流的诗。
④ 张之洞:《輶轩语》,《张之洞全集》(第十二册),卷二百七十三,第9799页。
⑤ 《诗大序》曰:"《诗》有六义焉:一曰风,二曰赋,三曰比,四曰兴,五曰雅,六曰颂。"

对:"近人论作诗,皆托源《三百篇》,此巨谬也。《诗》有六义,今之诗乃兴体耳,与风雅分途,亦不同貌。"特别是,风、雅与兴是截然对立的:"盖风雅国政,兴则己情。风雅反复咏叹,恐意之不显;兴则无端感触,患词之不隐。"①

王闿运强调"兴"和他坚持"诗缘情而绮靡"②的原则有关。追求绮靡的目的是反对刻露的表现,而要求"以词掩意,托物寄兴,使吾志曲隐而自达,"在此标准下,唐以降的诗歌基本不入他的法眼,因为它们"以骚为雅,直陈时事"和"深讳绮靡":

唐人好变,以骚为雅,直陈时事,多在歌行,览之无余,文犹足艳。韩、白不达,放驰其词,下逮宋人,遂成俳曲。近代儒生,深讳绮靡,乃区分奇偶,轻诋六朝,不解缘情之言,疑为淫哇之语,其原出于毛、郑,其后成于里巷,故风雅之道息焉。③

陈衍、张之洞这些宗唐、宗宋的诗人自然也就在王闿运的摈弃之列了。

由此看来,对诗之"六义"的不同取舍,才导致了诗歌观念的尖锐对立。章太炎论诗则抓住"能否感人"和"能否被之管弦":"今之言诗,与古稍异,故诗赋分为二事。汉世《郊祀》、《房中》之歌,沉博绝丽,而庄敬之情,览者曾不为动。盖其感人之处,固在被之管弦,非局于词句也。"④"被之管弦"和"局于词句"体现了诗和赋的区别。在章太炎看来,诗赋未曾分途之前,诗可以讽颂。他对"风"有自己独特的理解,而"《风》、《雅》道变"的后果是,诗不可讽颂,变得佶屈聱牙,因而他极端瞧不起宋诗:

---

① 王闿运:《湘绮老人论诗册子》,转引自黄霖《近代文学批评史》,上海译文出版社,1997,第248~249页。
② 这是陆机在《文赋》中提出的观点。
③ 王闿运:《湘绮楼论诗文体法》,《国粹学报》第二十三期(1906)。
④ 章绛:《文学总略》,《国粹学报》第九号(1906)。

> 宋世诗势已尽,故其吟咏情性,多在燕乐。今词又失其声律,而诗尨奇愈盛,考征之士,睹一器说一事,则纪之五言,陈数首尾,比于马医歌括。及曾国藩自以为功,诵法江西诸家,矜其奇诡,天下鹜逐,古诗多诘诎不可诵,近体乃与杯珓谶辞相等,江湖之士艳而称之,以为至美,盖自商颂以来,歌诗失纪,未有如今日者。物极则变,今宜取近体一切断之。①

把沿着宋诗脉络而下的古体诗嘲弄为佶屈聱牙之作,甚至把近体诗和谶纬之辞等同起来,可谓蔑以加矣。当然,章太炎所持的未曾"道变"之前的"风"的观念显然是出于对诗"六义"的绝对凝止的理解,根本不承认后代诗人以正变的眼光来理解和实践"风"的内涵。

复古"求正"和复古"求变"的两类取向相互攻击,可以看出他们所理解的古典之间截然两立。但并不意味着"求变"者内部可以相安无事,事实上,他们对古典也有各自不同的理解。陈衍把"同光以来不专宗盛唐"者一概称之为"同光体",这个族谱可谓开阔,以致像欣赏苏轼的张之洞也可以纳入其间。不过,张之洞可以赏识苏轼,却不意味着也会认同黄庭坚等人,他批评黄庭坚的诗枝节太多、板结生涩,读之不可解:

> 黄诗多槎枒,吐语无平直。三反信难晓,读之鲠胸臆。如配玉琼琚,拾车行荆棘。又如佳茶荈,可啜不可食。(《咏摩围阁》)

这其实和张之洞坚持"清真雅正"的观念有关,所以他才会把以黄庭坚为首的"江西诗派"讥讽为"江西魔派",感叹在欣赏与写作"雅正清音"的诗歌上知音难觅。②

黄庭坚是清中叶以来崇奉宋诗的人顶礼膜拜的偶像。被钱仲联称作近

---

① 章炳麟:《论诗》,《国故论衡》,上海古籍出版社,2003,第90页。
② 张之洞在《过芜湖吊袁汇簃》中写道:"江西魔派不堪吟,北宋清奇是雅音。双井半山君一手,伤哉斜日广陵琴。"

代诗坛旧头领的陈三立,① 对黄庭坚心仪不已,"吾生恨晚生千岁,不与苏黄数子游"。② 陈三立的诗被陈衍划入"生涩奥衍"的一派,③ 这类诗自然不是很好解的。有意思的是,陈三立作为黄庭坚在晚清的传人一样遭到了张之洞的批评。据载,张之洞曾以"清切"标准质疑陈三立诗中的不可解之句。④ 陈三立于此有何反应已不可考,不过,他在一首诗中却给了黄庭坚迥异于张之洞的评价:

我诵涪翁诗,奥莹出妩媚。冥搜贯万象,往往天机备。世儒苦涩硬,了未省初意。粗迹捋皮毛,后生渺津逮。书何独不然,笔法摹訑伪。(《为濮青士观察丈题山谷老人尺牍卷子》)

张之洞把丧失"清切"的罪名归在黄庭坚的身上,但陈三立从黄诗看到的恰恰是诗歌写作可能性的拓展,是新境界的开辟,认为黄庭坚于诗的疆域作了极大的开拓,是贯通万象的,而误解黄诗生涩源于根本没能领会黄选择写作路子的用意。陈三立和张之洞的分歧说明,信奉不同的古典意味着对诗歌史的伸展脉络有不同的规划,也意味着他们对如何获取写作的可能性有不同的构想。

以"清切"的标准限定学古的路向,当然不会获致太多的认同。郑孝胥在为陈三立作序时也大力掊击张之洞的"清切"说,为陈三立的诗张

---

① 陈三立被比譬为"托塔天王晁盖",稳坐"诗坛旧头领"第一把交椅。(钱仲联《近百年诗坛点将录》,《中国近代文学研究》第一辑,1983)
② 陈三立:《肯堂为我录其甲午客天津中秋玩月之作诵之叹绝苏黄而下无此奇矣用前韵奉答》,"辛丑稿",《散原精舍诗文集》(上),上海古籍出版社,2004,第51页。
③ 陈衍把陈三立、沈曾植归入"生涩奥衍"一派,郑孝胥则属于"清苍幽峭"一派。(《石遗室诗话》卷三,《民国诗话丛编·一》,第47~48页)另陈衍还指出陈三立写诗和论诗均"恶俗恶熟":"散原为诗,不肯作一习见语,于当代能诗巨公,尝云某也纱帽气,某也馆阁气,盖其恶俗恶熟者至矣。"(《近代诗钞述评》,《陈衍诗论合集》,福建人民出版社,1993,第907页)
④ 陈三立从张之洞游南京燕子矶时,有诗《九日从抱冰宫保至洪山保通寺送梁节庵兵备》呈张之洞,张不解其中"作健逢辰领元老"句,嘲笑陈三立:"元老哪能见领于人。"(转引自钱基博《现代中国文学史》,页168)

目:"余窃疑诗之为道,殆未有能以清切限之者。世事万变,纷扰于外,心绪百态,腾沸于内,宫商不调而不能已于声,吐属不巧而不能已于辞。若是者,吾固知其有乖于清也。思之来也无端,则断如复断,乱如复乱者,恶能使之尽合。兴之发也匪定,则倏忽无见,惝恍无闻者,恶能责之以说。若是者,吾固知其不期于切也。并世而有此作,吾安得谓之非真诗也哉。"① "有乖于清"和"不期于切"的理由是,动荡的世界与心绪无法就范于合宜的声律措辞。

张之洞和陈三立、郑孝胥之间的分歧不能简单地理解为某种风格之争,它牵涉到对诗歌六义中"雅"的理解。郑孝胥认为不就范于声律措辞之中的"乖张"就是"真诗",是诗歌写作中合理的变风变雅,与张之洞以"清切"自限尖锐对立。在"求变"的诗人内部,对古典诗歌最为重要的关键词之一的"雅"的判断,竟然存在巨大的歧异,可见关乎古典诗歌根本问题的认同上出现严重的裂痕,它无疑指向了古典内在的困境。

三 走向闭抑的古典

从以上分析可以看出,没有普遍让人服膺的古典,一方面意味着古典的分裂;另一方面,古典还体现了强大的闭抑机制。这就是说,随着新名词、新文体在晚清大量涌入,古典日益显露了它的排斥性。这种排斥性一方面和当时高涨的民族主义有关,是为了抵抗"殖民"的危险,企图以古典作为据守华夏文化本位的有力保障;另一方面,更深刻的原因是,古典作为一种程式,在因应时势时体现了顽固的不可分解的封闭特征,这使它未能作为某种可能转换的资源发挥积极的力量,这也进一步说明了,复古而非骛新(西)是古典这种机制的必然选择。

稍加注意即可发现,当来自西方(主要借道日本)的新名词、新的文章体式蜂拥而来时,这些复古者往往采取二元立场的评判方式,即夹

---

① 郑孝胥:《散原精舍诗序》(1909),《散原精舍诗文集》(下),上海古籍出版社,2003,第1216页。

杂了大量新名词的应时文章和传统的诗赋词章是等级不同的两种差价物。前者经常遭到嘲弄或抵制，至多把它定位在"姑妄存之"和应时的层面。文廷式认为，简化文字不过是应一时之需而已，"今日欲改文字以归简易者，余所知已有数人。度世变之亟，或不免行之"。但文学语言却必须坚守自身的纯净，"惟中国骈体诗赋等作，必敷陈古事，不作今言。"① 在"古事"和"今言"之间画出泾渭分明的鸿沟，和文廷式持双重标准看待文学语言和"度世变之亟"的"今言"有关。在此观念下，采用新名词的"新派"诗就算不上诗之正道，"不必趋新派、作集字诗。新诗取悦一时，不久即当寂灭，终必以唐宋诸大家为归，所谓'不废江河万古流'也。"② 由此可见，只有在工具主义层面，才可以容忍"度世变之亟"的"今言"，但在"纯洁"文学语言的角度，新名词一类的语言却被竭力抵制。

很多人排斥这种语言、体式一点都不奇怪，他们往往抓住它的"俗"大加挞击："今之少年，稍猎洋书，辄拾报章余唾，生造字眼，取古今从不连属之字，阄合为文。实则西儒何曾有此，不过绎手陋妄造作而成。而新进无知，以为文中著此等新语即是识时务之俊杰。于是通场之中，人人如此；毕生所作，篇篇如此。"③ 要坚决反对这类"陋妄""造作"的"新语"，因为它们以"古今从不连属之字"随意拼凑而成。归根结底，没有必要使用来自西方的这类新名词，"吾中国事事不如外人，独伦理词章历劫不磨，环球无两。"④ 反对"新名词"的呼声如此强烈，不过新名词的影响巨大，以致反对新名词的人也不知不觉地使用了新名词，⑤ 可见语言作为一种思维方式的渗透力量。当然，为新名词的输入作热情鼓呼的声音也

---

① 文廷式：《罗霄山人醉语》，《文廷式集》下，中华书局，1993，第803~804页。
② 文廷式：《〈浩山诗集〉评语》（1902），《文廷式集》，第154页。
③ 樊增祥：《批学律馆游令课卷》，《樊山政书》卷六，中华书局，2007，第161页。
④ 樊增祥：《秦中官报序》（1904），《樊山政书》卷六，第169页。
⑤ 针对张之洞一份倡议不要使用新名词的奏议，瞿兑之曾在《杶庐所闻录·故都闻见录》（山西古籍出版社，1998，第27~28页）中指出："不要使用'新名词'的'名词'二字便是新名词了。"

第一章 闭抑和分裂的古典

时有所闻，比如王国维认为，输入新名词是因为"言语之不足用，固自然之势也"，不过，他是从思维与语言的关系肯定新名词，"故新思想之输入，即新言语输入之意味也。"① 即如樊增祥极力诋毁新名词，但当在诗中嘲弄性地写入新名词时，所表达的思想内容却得益于新名词这样的"骨架"，这是因为，新名词其实已经转换成了可资利用的语言资源。不妨比较他的两首写柳絮的诗即可一目了然：

　　游丝野马去骎骎，二气轻空鼓荡深。天到九层成极点，地无一定想方针。家风何止三眠起，儿首犹能七纵擒。南北东西结团体，亦如四百兆人心。（《续咏柳絮》第八首）
　　乃祖城南老树精，神仙种子宿知名。鱼吹何苦相轻薄，燕逐终然累洁青。每到高危防堕落，本无道术敢飞行。亭亭不受淤泥染，渌水红莲是化城。（《戒柳絮》）②

两首诗均以随风飘荡的柳絮作喻，可以理解为行事、理想应有明确的方向和方案，意志上应该坚定而不涣散。第一首中"方针""团体"这样的新名词预备了相当丰富和形象的意指，把戒除漫无目的、随波逐流的思想内涵上升到同心同德的层面，但第二首仅仅表达出了锲而不舍、洁身自好的层次。尽管两首诗均算不上好诗，但从思想内容的角度看，第一首使用新名词的诗无论在表达的准确性还是具体性上显然高于第二首诗，因为新的能指某种程度上丰富了所指。吊诡的是，樊增祥嘲弄新名词却在一定程度上得益于新名词却不自知，他不仅没有意识到"今典"的好处，反而

---

① 王国维：《论新学语之输入》，《静庵文集》，辽宁教育出版社，1997，第 117 页。王汎森从"思想资源"和"概念工具"的相互关系梳理了晚清新名词带来的思想、文化的变动（王汎森：《思想资源与概念工具》，《中国近代思想与学术的系谱》，河北教育出版社，2001）
② 两诗所作时间非常接近，均见《樊樊山续集》卷二十一。该卷为"起甲辰十一月至乙巳四月"，因而至迟于 1901 年写成。（《樊樊山诗集》，上海古籍出版社，2004）

强调应从万卷古书中的旧典翻出新意。①

无论以"丑怪字眼"批评新名词,还是强调"敷陈古事"的骈体诗词有绝对的优越性,是"环球无两"的,必须和代表"今事"的新名词绝缘,都意味着古典强大的排斥性。新名词对人们思维的渗透以及在实际效果上体现了语言资源的力量却不能获得人们的认同,有学者将其称之为"抵制'东瀛文体'运动"。②但是,当古典作为据守华夏文化的屏障时,它展现的深刻闭抑机制值得注意,实际上,面对救亡的自闭机制却成了面对启蒙的排斥机制。

如果说,在文廷式、樊增祥诸人身上,他们应对救亡和启蒙的色彩毕竟不够明显,章太炎、刘师培等人则更有代表性。后者坚持文章复古的同时,又不同程度地关注以启蒙大众为目的的白话文。需要说明的是,在这里以讨论章、刘的文章观为主,而非诗歌观念,源于他们在文章和诗歌上追求的古典具有同构性,倘若可以从他们的文章观中疏解出古典的闭抑特征,移之诗歌亦然。

他们均注意到适应启蒙要求的文章应该通俗易晓。章太炎在为邹容的《革命军》作序时批评了"文墨议论又往往务为蕴藉"的倾向,③刘师培甚至把白话和中国的前途命运联系起来,强调文字由繁趋简是"进化之公理":"事物之理,莫不由简而趋繁,何独于文字而不然。故世之讨论古今文字者,以为有文质深浅之殊,而岂知此正进之公理哉。(斯宾塞言世界愈进化则文字愈退化,所谓退化者,乃由文而质,由深而浅耳。)故就文字进化之公理言,则中国自近代以还,必经白话盛行之一阶级,此又可预

---

① 樊增祥在不少地方谈到他对用典的看法,如认为诗的新意就是从典故中来的,所谓"新意须从故实求"(《樊樊山集》卷十八之《再示儿辈》);他甚至喜好用僻典,曾自夸道:"见人用习见故实入诗,辄曰:没出息!"(周达《冒叔子诗稿跋》,转引自刘世南《清诗流派史》,人民文学出版社,2004,第 497 页)

② 罗志田梳理了 20 世纪初"抵制东瀛文体"如何变成了朝野上下相当普遍的行动,这种行动的背后是抵御"殖民"危险的民族主义思想。(参阅《国家与学术:清季民初关于'国学'的思想论争》之第三章、第四章,三联书店,2003)

③ 章炳麟:《革命军序》,《苏报》一九〇三年六月十日。

测者也。"① 问题在于，章、刘复古的文章观其实无法和启蒙要求相通兑，这是因为，从他们建立的正典标准看，近世以来的文章日益衰落。刘师培认为："近岁以来，作文者多师龚、魏，则以文不中律，便于放言，然袭其貌而遗其神。其墨守桐城文派者，亦囿于义法，未能神明变化。故文学之衰，至近岁而极。"② 章太炎则从"小学"入手强调文章之工拙即修辞并不重要，关键是要遵从取雅舍俗的标准，他称之为文章"轨则"："工拙者系乎才调，雅俗者存乎轨则。轨则之不知，虽有才调而无足贵。是故俗而工者，无宁雅而拙也。"③

刘师培认为近世文章走向衰颓和章太炎从"小学"入手分析文字、文章的本源，一方面是为了抵抗"东瀛文体"，④ 另一方面则是为了对接他们追寻的文章正典，即最好的文章分别在六朝和魏晋，余下的文章品格均是呈递降级次的。⑤ 问题是，章、刘既要应启蒙之需推崇文章的通俗易晓，又要应救亡之亟强调复古以保种的重要性，在复古和启蒙之间却是扞格的。当然，人们或许会说，在复古与启蒙之间他们持双线并行的观念，即刘师培所说的"故近日文词，宜分两派：一修俗语，以启瀹齐民；一用古

---

① 刘师培：《论白话报与中国前途之关系》，原载《警钟日报》1904 年 4 月 25~26 日。本文据李妙根编选《国粹与欧化——刘师培文选》，上海远东出版社，1996，第 120 页。
② 刘师培：《论近世文学之变迁》，《国粹学报》第二十六期（1907）。
③ 章绛（章炳麟）：《文学总略》，《国粹学报》第十一期（1906）。
④ 刘师培在《论近世文学之变迁》中把"文学之衰"看作是"日本文体"得以侵入中国的原因。章炳麟在《文章总略》中也强调以"小学"复兴文章，以此和"训诂文义，一切未知，由其不通小学"的日本人区分开来。在《东京留学生欢迎会演说辞》中，章炳麟更是把通"小学"和"爱国保种"联系起来："可惜小学日衰，文辞也不成个样子。若是提倡小学，能够达到文学复古的时候，这种爱国保种的力量，不由得你不伟大的。"（原载《民报》第六号，1906 年 7 月 25 日，原题《演说录》，署名太炎）关于当时保存国粹等举动被作为反抗"殖民"的救亡之举的研究，可参阅桑兵《晚清民国的国学研究》（上海古籍出版社，2001）及郑师渠《晚清国粹派——文化思想研究》（北京师范大学出版社，1993）。
⑤ 章炳麟也瞧不上近世文章，认为"并世所见，王闿运能尽雅，其次吴汝纶以下，有马其昶为能近俗。下流所仰，乃在严复、林纾之徒。复辞虽饬，气体比于制举，若将所谓曳行作姿者曳。"（《与人论文书》，《章太炎全集·四》，上海人民出版社，1985，第 168 页）

文，以保存国学。"① 这也就是胡适批评晚清的白话文运动"区分了'我们'与'他们'"。② 这表面上是文化心理层面所作的亲疏区分，内里却是他们处身的古典机制使然。因为把正典定位在六朝或者魏晋，刘师培呼吁文与学并举，章太炎强调通小学乃谈文章的基础，此种古典的确缺乏与启蒙沟通的内在理路，它的复古品格使文章的演进阻隔于自我的闭抑性中。③

本章附录

从活力到僵化的以古鉴今之路④
——论林庚的新诗观念

一 问题的范围和焦点

新诗观念史上，林庚的位置独特。他试图在古典诗歌和新诗之间建立起结构性的关联，通过启用古典诗歌中的某些诗学概念或美学范型，贯彻到对新诗的思考与实践中，走的是以古鉴今的路子。这既不同于闻一多、徐志摩等人"外向"地参照西方诗歌的格律，也有别于胡适以降的主流新诗观念，后者倾向于认为，古典诗歌和新诗之间存在巨大的断裂。此外，林庚也迥然不同于俞平伯、程千帆、沈祖棻等其他的古典文学研究专家，后者最初均以写作新诗出现在公众视野之中，而后才转向古典诗词研究，

---

① 刘光汉（刘师培）：《论文杂记》，《国粹学报》第一年第一期。
② 胡适：《五十年来中国之文学》，《胡适学术文集·新文学运动》，第149页。
③ 有学者注意到了晚清以"复古"求"革命"的特点，甚至把章炳麟的"文学复古"与鲁迅、周作人的"文学革命"相勾连，但是，就复古本身在机制上的闭抑性而言，是决不可能转为"文学革命"的，周氏兄弟和章炳麟的关联可能更多是精神上的，而非语言、文化资源的转化。（参阅《"文学复古"与"文学革命"》，《文学复古与文学革命——木山英雄中国现代文学思想论集》，北京大学出版社，2004）
④ 本附录系国家社科基金项目"新诗观念史上的关键词谱系研究"（基金号：11ZWC059）的阶段性成果。

俞平伯等先生的共同点是，在转向古典之后均极少对新诗发言。林庚也许是为数不多的例外，与古典文学研究齐头并进的是他对新诗不间断的思考。坚执新诗与古典诗歌在结构上的共通性，成了林庚新诗观念的主线。他倾力最多且最广为人知的，是借镜古典诗歌的建行规律，提出新诗的建行原则。

细加考察却会发现，在林庚几十年的新诗探索历程中，他启用古典诗歌的资源用于新诗观念的构设时，是极不平衡的，既有时间上的前后不同侧重，也有内容和兴趣上的位移，更有诗学设计的更改体现出来的差异乃至截然对立。例如，20世纪30年代中期的林庚试图以古典诗学中"文质彬彬"的架构，从诗的形式和内质两方面支援他所提出的不同于自由诗的一种概念，他称之为自然诗或韵律诗。到了40年代后期尤其是九言诗观念时期，他更多地从新诗的建行规律即形式的方面利用古典诗歌资源，像"节奏音组"和"半逗律"的发现与提出，仅仅是诗的技术层面的考虑。两相比较可以看出，在前一个时期，新诗如何建行还远不是林庚关注的首要问题，相反，如果某种诗只有诗的形式即"文"的特点，它与自由诗褊狭地追求"质"一样值得警惕，因为它们都偏离了"文质彬彬"的理想。而到了后一个时期，林庚从原来对文质兼备的双向寻求，走向了对"文"的一端的单向求索。他的诗学观念在这两个阶段中因而出现了大幅度的转折。

这种前后转折并没有得到充分重视，以致不少人对林庚的以古鉴今方式可能抱有一个错觉，即他30年代以来对古典诗歌资源的利用，只是汇流到后来九言诗观念的一个有意的、相同向度的预备。林庚本人的一篇总结性长文也强化了这种印象，他把自己的1935~1950年间定位为对新诗建行问题的前期探索总结为："在这漫长的十五年的摸索、创作、体会中，我所得到的关于新诗建行的理论不过两条，一是'节奏音组'的决定性，二是'半逗律'的普遍性。"[①] 为了对接后来九言诗理论的逻辑线索，林庚把

---

① 林庚：《从自由诗到九言诗》，《新诗格律与语言的诗化》，经济日报出版社，2000，第25页。

他此前的新诗探索一概简化成了对新诗建行问题的思考。

实际上，如果将林庚以古鉴今的方式，同质化为以古典诗歌资源印证新诗的建行问题，而不去挖掘其诗学观念中的变化与转折，不仅无法彰显林庚新诗探索过程中可能的丰富性与启发性，也不能更好地理解，林庚在40年代后期为"半逗律"和"字组"的技术主义所左右的格律诗观念，如何与原先充满可能性的构想相脱节，在删削之后走向了狭隘。总之，对于林庚不无复杂的、变动的诗学设计，无论张扬其意义还是揭示其局限，都应当从其阐发新诗观念的原点开始，这一切，就得从他的自由诗转向谈起。

二 从自由诗转向：惟内容论到非终极诗体

从创作实践看，林庚写作自由诗的时间非常短暂，分别出版于1933年和1934年的诗集《夜》《春野与窗》，为清一色的自由诗，1936年出版的两部诗集《北平情歌》《冬眠曲及其他》，则是有一定形式追求的四行诗、八言诗等，在诗歌体式上有明显的差异。据此，人们通常把前两部诗集和后两部诗集之间空档的1935年，作为林庚新诗道路的转折点，之前属于自由诗时期，之后归入格律诗时期。这种泾渭分明的划分存在的误区是，第一，把自由诗和格律诗放在前后相继的时间上进行界分，似乎林庚在否弃自由诗的基础上走向了诗体形式的探索；第二，过于笼统地以格律诗的概念涵盖林庚1935年之后的新诗道路。

实际上，依赖凝定形态的诗集之间的差异，来判断林庚对自由诗的态度并不可靠。如果联系林庚1935年前后的一系列表达新诗观念的文章，则会发现，他对自由诗的态度远不是肯定/否定的抉择那么明晰，毋宁说，他从毫无保留地推崇自由诗到有保留地看待自由诗。自由诗在他的心目中不是要否定的对象，而是有待完善的对象。从这种转向中还可以看到，林庚提出的一些概念如自然诗和韵律诗，与侧重诗体形式之指称的格律诗，在诗学内涵上有很大的区别。

在《诗与自由诗》中，林庚赋予自由诗极高的地位，把它看作开拓中国诗歌新局面的担当者，取代僵化枯竭的旧体诗，"自由诗之于诗如一个破落之世家重有一个子弟振兴起来"。在这篇文章中，林庚把旧体诗（他称之为诗或传统的诗）和自由诗放在二元对立的框架下比较，前者了无生气，徒有形式没有内容，后者则充满了可能性：

  这自由诗与诗之一切形式上文字上的不同，是全因其所追求的内容的相异而得来的。文字与形式可以说是表现的工具，所谓自由诗也便是要求这工具上的极度自由；而其所以能于传统的诗中别打出一条生路的，也全在那非在这自由的工具下不能探求的内容身上。①

  表面上看，林庚张扬的是作为体式的自由诗诗体，但其落脚点却在两种诗体表现的"内容"上，此"内容"在他看来是新诗"所以能于传统的诗中别打出一条生路"的根本标识。

  在这一点上，林庚和废名非常接近。大致可以把废名作为 20 世纪 30 年代自由诗最彻底的信奉者，他在《新诗应该是自由诗》中认为："我们的新诗应该是自由诗，只要有诗的内容然后诗该怎么做就怎么做，不怕旁人说我们不是诗了。"② 就标榜新诗"内容"的重要性来说，他们实在是亲密的同道中人。无论林庚还是废名，就自由诗的诗体本身而言，他们不仅着墨不多，而且，他们对徒有自由诗的外形而"内容"匮乏（废名常用"内容不够"来比较同是自由诗诗体的两首诗）的作品评价不高。当然，在 20 世纪 30 年代的新诗语境中，强调自由诗应该以"内容"取胜的思路，推到最极端的恐怕要数金克木了。他是现代派的重要诗人，常常和林庚在《新诗》《现代》等刊物同台亮相，在他看来，作为"无形式的形式"的自由诗，其之所以是诗，唯一可以依傍的条件只有"内容"：

  这时诗的疆界重新缩小，外形内容两种划界再趋接近，一般人对

---

① 林庚：《诗与自由诗》，《现代》第六卷第一期，1934 年 11 月 1 日，第 58~59 页。
② 废名：《新诗应该是自由诗》，《论新诗及其他》，辽宁教育出版社，1998，第 23 页。

诗的认识也由此返本归真。这样变化下来，诗的范围大小轮流而诗的外形也由此移彼，愈过愈复杂多变，最后遂一举而废弃过去已有的韵律，结束过去一切形式而代之以极端自由的无形式的形式。这便是中国新诗在诗的本身发展史上的意义。这样一来外形似乎简直与文不分，内容却非合乎诗的本质的条件不能算做诗了。（这也正因外形与文相似才得以内容为唯一条件之故。）这时两种分界各达极端：就外形而论，许多散文都可以算诗，异常宽大；就内容而论，许多叫作诗的都不是诗，限制得异常狭小了。①

由内容而论来确立新诗优劣的标志，从吸纳现代经验的层面看，有其真理性，这可以看作对胡适"谈新诗"的宏大理想的致敬，后者为草创的新诗张目时曾言："形式上的束缚，使精神不能自由发展，使良好的内容不能充分表现。"② 然而，无论胡适还是废名、金克木，包括《诗与自由诗》中的林庚，都没有意识到的是，惟内容是尚有可能滑向某种危险的独断论，其极端的后果是，拙劣的诗借此放大了自由诗诗体合法性的同时，它的作为内质的"内容"却乏善可陈。

有意味的是，林庚从"内容的相异"尊崇自由诗，不久就认识到了惟内容是尊容易陷入的褊狭，也就在这时，林庚真正认识到自由诗仅仅是一种过渡形态的、非终极的诗体，因为自由诗还有待完善，成长为具有"自然的，谐和的形体的自然诗"：

> 自由诗好比冲锋陷阵的战士，一面冲开了旧诗的约束，一面则抓到一些新的进展；然而在这新进展中一切是尖锐的，一切是深入但是偏激的；故自由诗所代表的永远是警绝的一方面。……而且尖锐的、深入的、偏激的方式，若一直走下去必有陷于"狭"的趋势。于是人们仍需要把许多深入的发展连贯起来，使它向全面发展，成为一种广

---

① 柯可（金克木）：《论中国新诗的新途径》，《新诗》1937年第4期。
② 胡适：《谈新诗——八年来的一件大事》，《星期评论》"纪念专号"，1919年10月10日。

漠的自然的诗体。

　　这种诗体，姑名之曰"自然诗"；如宇宙之无言而含有了一切，也便如宇宙之均匀的，从容的，有一个自然的，谐和的形体；于是诗乃渐渐的在其间自己产生了一个普遍的形式。①

　　为了和自由诗相区分，他提出了一个对举的概念自然诗，分别以"警绝"和"从容"标举为自由诗和自然诗的代表。在这里，林庚并不是否定自由诗，而是认为自由诗有待进一步深化，所谓"使它全面发展"，自然诗则是自由诗发展的结果。至此，自由诗和自然诗之间的层级关系变得显豁起来。

　　当然，如果林庚仅仅停留在"警绝""从容"的对比，也不过说明他对自由诗可能的狭隘之处保持警惕而已。至少，在新诗美学观念的层面，他并没有构设出一个既能治自由诗之弊又能增自由诗之华的，更具启发性的概念。如果说，此时的林庚尚无暇征用中国古典诗歌的诗学概念，来概括他所理解的自由诗和自然诗，那么到了回应戴望舒批评其四言诗的时候，他找到了沟通自由诗和自然诗（这时自然诗被替换成了韵律诗的概念）的基础。这就是"文质彬彬"观念的提出。对它的辨析，有助于理解林庚之所以将自由诗放在较低的而不是最高的层级，是因为背后有一个一元论的诗观作为支撑。

三　韵律诗包蕴自由诗：作为元诗观的"文质彬彬"

　　林庚的《北平情歌》出版后，戴望舒曾撰有《谈林庚的诗见和四行诗》，全盘否定四行诗的价值。林庚为此写下《质与文——答戴望舒先生》，提出了勾连自由诗和韵律诗的核心观点"文质彬彬"：

　　　　自由诗与韵律诗的一种不同，当不妨说它为"质"与"文"也，

---

① 林庚：《诗的韵律》，《文饭小品》第3期，1935年4月。

质可以说是"刹那的新得","文"却是质在经过刹那之后而变成"一点蕴藏"了。我们常常在一个特殊情形下方得到领会一种诗情与真意,而在蕴藏之后却可以放之四海而皆有了。我所谓的惊警紧张,即指那新得的刹那,如"沧海月明珠有泪,蓝田日暖玉生烟。"我所谓的从容自能,即指那深厚的蕴藏,如"一春梦雨常飘瓦,竟日灵风不满旗。"前者偏于质,后者偏于文,平常的好诗,则多在此之间,如"惟有乡思似春色,江南江北送君归"等是,此固与口号式的革命诗(那根本不是诗)无干,亦与音调铿锵(那根本够不上音乐)无关也。它乃是纯粹完整的表现,故也非戴先生所指的诗的调子或情调的性质。我们常常说"文质彬彬",其实质可以独有,文却不可以独有;独有之文是学来的,是假的;此即所以人人都仿佛会做诗也。诗的重要在"质",而诗的成功在"文";文即是不见其追求之痕迹表现出而其蕴藏之所得,故能从容自然,与日常生活打成一片。在《国闻周报》上曾写过《极端的诗》一文,亦在说明此意,诗若是有了质而做不到"文",则只是尚未完成的诗,虽然它仍是生命。

　　自由诗在所有诗中乃是绝对的"质",这是自由诗之所以打破旧诗坛开辟新诗路的实力。但诗做到如此只是获得它的生机而尚未完成。完成的意思并非去"乞援"于形式,仿佛穿起马褂,如此就文了。那仍是假文,仍是学来的文。"文质彬彬"的"文"是由于质的消化而渐渐成功为文,乃是不可分之一物,乃是质的再生。亦是诗的自然的结果,凡诗必在渐渐成熟后变成谐和均衡,如宇宙之无所不包,如自然的与人无间,故看去似是无声无色,那正是如秋收时的安详。①

　　这篇文章对于理解林庚的诗观具有特别重要的意义。其中提出的几个环节尤为值得注意:第一,自由诗的"紧张惊警"和韵律诗的"从容自然"被替换成了质和文的概念;第二,自由诗的"质"虽是诗的生命,然

---

① 林庚:《质与文——答戴望舒先生》,《新诗》第1卷第4期。

而有待完成；第三，"文质彬彬"是非形式主义的概念，它是"质"的再生和包孕之后形成的，而非片面的"文"。

在新诗史上，要么把自由与格律放在二元对立的框架中，局限于非此即彼的思维模式不能自拔，强化了它们的紧张关系，使得反思它们可能滑向的极端付诸阙如，要么以某种笼统的"统一"论，在内容—形式的二元框架中弄成似是而非的折衷。就林庚所构设的自由诗和韵律诗的关系来看，其设计之精妙、观念之活力，可以说切中了新诗的文类发展过程中可能遭遇的种种问题之肯綮。特别是，作为一种有独特的诗歌史观念支撑的思路，它和通常的自由诗、韵律诗观念均构成了颇具启发性的对话能力，无论自洽性还是综合性来说，在在都应该引起足够的重视。这一切，均和他对中国诗歌史的观察有关。

按照林庚的说法，大约在1935年他开始思考中国文学史问题（这个时间节点林庚恰好从自由诗转向），但《中国文学史》的著作迟至1947年才出版。① 这部著作的重心是诗歌，战国和唐代被称作"惊异的时代"。② 林庚从文艺精神的出现和新形式的建立这两个维度，对以屈原为代表的楚辞有相当高的评价，而对中国诗歌源头的《诗经》却评价不高。③ 内中的缘由是，屈原既是作家个体意识觉醒的代表，也是将《诗经》之后的散文化扭转回到诗化的道路的开拓者，从这个意义上说，屈原一身兼二任，对"人们尚未知道的事物"（所谓的"质"）的表现，是通过一种充满活力

---

① 林庚的《中国文学史》1947年由厦门大学出版，其自序云："我计划写一部文学史，大约在十二年以前，那时我开始担任中国文学史这门功课。"

② 在《中国文学史》中，林庚认为"唐代承继着南北文化的交流，成为中国第二次的惊异时代。中国第一次的惊异时代在战国，但是那时新的文艺基础还在开始，而人生的悲哀，厌世的情调，使得大家把精力都集中在政治哲学、人生哲学方面去。所以表现在文艺上，除了一部《楚辞》外，便只有它留下的宝贵的影响。这影响了新的文艺精神，与七言的形式。"《中国文学史》，《林庚诗文集》第三卷，清华大学出版社，2004，第62页。以下出自《中国文学史》的引文仅注随文页码。

③ 和通常先秦文学的研究思路不同，林庚并不像许多文学研究者那样在《诗经》和《楚辞》之间奉以某种持平论，取巧地以现实主义和浪漫主义命名它们，而林庚是深入到美学趣味、特质的层面予以解析，能够达成这一颇具启发性的辨析，正和他以一元论的"文质彬彬"为准绳有关。

的"文"(三字节奏以及七言的运用)呈现出来的:

> 《诗经》在它的形式下培养了散文,而它本身也正近于文的表现。从《诗经》到楚辞,这是一个文学上的关键,从此我们才有了纯粹的文艺的创作。……楚辞才是作者就为了表现自己而作的。《国风》的抒情,当然也是个人之作,然而那是偶然的流露,而并非全力去完成的。……楚辞它才开始领导着生活,它所表现的是人人还未知道的事物,这是一个启示,屈原所以才惊醒了一代的人们。……才是走入纯文艺领域的第一步。(54~56页)

在此,对屈原的表彰立足于他所代表的文艺精神,尤其是楚辞创作对"人人还未知道的事物"的揭示上,而同样令其赞赏的还在于屈原对诗化的回归:

> 《九歌》的成功,使得诗的散文化又回到诗化来。《诗经》原是一种较平稳的形式,经过这一次散文化后,虽然打破了诗的形式,却获得更多新奇的表现;如今再回到诗的形式上,便成诗的诗了。(63页)

在文质并举的框架下褒奖屈原,突出了屈原在文艺发现的新质和恰当的诗歌形式之间的交汇。有意思的是,这正是他在《质与文——答戴望舒先生》中所持的尺度——"诗的重要在'质',诗的成功在'文'"。表面上看,林庚所奉行的是某种持平之论,文与质各居其半。事实上,林庚在《中国文学史》中以更大量的篇幅呼应了《质与文》中"质可以独有,文却不可以独有"的观点。这主要体现在论述唐代诗歌的章节中。

唐代诗歌长廊中,林庚最激赏的不是更讲究形式规范的律诗,而是绝句,甚至乐府旧题,例如"诗国高潮"开篇揭启"唐诗的少年精神",分别以王翰《凉州词》、高适《营州歌》、王维《少年行》为例。这三首诗均为乐府旧题,其中《营州歌》末句押的是仄声韵,从严格的诗律角度来看显得不够完美，而林庚之所以毫无保留地推扬，是因为内中体现了"少年活泼的情趣"。由此看来，作为诗歌内质的情趣、精神，林庚认为不可或缺。也正因此，他在举杜甫的名诗"群山万壑赴荆门"（《咏怀古迹》）之后评价：

> 前六句何等的高妙！尾二句老生常谈，只是搪塞而已。杜甫的七律，因此往往借一空洞的老调为收尾。此外如有名的《登高》、《宿府》、《九日蓝田崔氏庄》等，都不愧字字珠玑，却仍是功亏一篑。至于五律一气呵成比较容易，而五六句的对仗，因为要迁就上下的语气，往往又弄得不成句法。像"有弟皆分散，无家问死生"，"名岂文章著，官应老病休"，生硬牵张，都是为了上下讨好所致。所以杜甫的名句极多，而成章缺少。王世贞说他："晚年诗信口冲倡，啼笑雅俗，皆中音律。"其实是过誉之辞。杜甫的苦闷，正是古典倾向下共同的苦闷，那便是离了感情渐远，而加入了理智的安排愈多。美的形式永远不能独立存在，典型失去了内容，乃变为纯粹技巧的欣赏了。（184页）

固然他对杜甫的评价是否准确可以另作讨论，从中却能看出林庚对文质彬彬的独特理解，文的形式只是桥梁，而非诗的中心，单立的形式是技术至上主义的，是空洞的古典主义，所以在《中国文学史》中，其中的一个小节的标题为"古典的先河"，以此开始对杜甫的评价。文质的兼得在于文对质的完美呈现。重要的是，对比走向律诗和技术的中国诗歌，当质得到成功的呈现，即使是表面的、非细节的文，整首诗仍旧是成功的，它依然是文质彬彬的典范。

从这个意义上说，林庚对文的兴盛是倍加警惕的，尤其反对"文"成为一种"纯粹的技巧"。至此，人们已经显豁地看到，林庚即使在他的古典文学研究中，面对中国诗歌的伸展变化，其一以贯之的诗观也是文质彬彬。由是观之，林庚从自由诗转向后，其精心营造的韵律诗观念，正可以把它解读为一套颇为独特的、不乞援于西方而援引自中国的颇具活力的诗的"文质"论。

四 文质的分途和形式主义问题

将林庚的韵律诗观念与《中国文学史》中的"文质并举"转相发展，为了说明，对林庚而言，无论五七言的律绝，还是新诗中形式特征各异的格律诗，诗体均不是他探寻的落脚点，就落实到格律诗的实践而言，他宏大的诗学梦想本该是文与质的交汇，且他特别说明，"质可以独有，文却不可以独有"。但是，在并不算成功的九言诗实践的基础上，他总结出的九言诗观念滑向了形式主义的歧途。如果说，在《诗与自由诗》中，林庚是惟"内容"论者，为了高扬"质"而轻忽了"文"，那么，在九言诗阶段，他走到另一个极端，成为一个形式的技术主义者，放大了"文"而忽略了质。

诚如不少论者指出的，林庚依据九言诗观念写出的作品，常常扭曲了现代汉语的规律，譬如，为了顾及"五四"体的字组安排要么以虚词凑字，要么以大量的形容词稀释诗情。[①] 此时的林庚，实际上已经偏离了他早年对诗形与诗情辩证关系的认识。在 1936 年的一篇论新诗节奏的文章中，林庚从技术上分析了节奏字组之后指出："新诗的形式仍在等待它真正的诗人，其实说到归根能有真正的诗人则没有这些形式亦有好诗出来；没有真正的诗人纵供得几个形式亦无好处。"[②] 在诗情与诗形的关系上，林庚所展望的是诗情对诗形的发现，而非诗形孤立的发展。

林庚的九言诗观念深刻地受制于他所征用的诗歌史依据，试图在五、七言的古典诗歌和九言的新诗之间建立起一种体式上的承续性，实际上陷入了定型诗体的陷阱。卞之琳在批评周策纵的"定型诗体"时即指出，从自由诗、不定型格律诗、定型格律诗三个类型诗体的演进来看，"先制定

[①] 关于凑字问题，见古远清《林庚格律诗述评》（《贵州社会科学》1985 年第 7 期）；关于诗情的稀释，见西渡《林庚新诗格律理论批评》（《文学前沿》2000 年第 2 期）。
[②] 林庚：《新诗的节奏》，《大公报·文艺副刊》（上海）1936 年 11 月 1 日。

'定形诗体的格律'即固定形式来唤起大家试验,我认为是步骤颠倒了,不合乎发展规律。"① 林庚的"句的均齐"最后必然落入到削足适履的地步,不是为诗情寻找诗形,而是为诗形删削诗情。他把古典诗歌的半逗律搬用到新诗中,又要兼顾对字组的考虑,其落脚点必然指向句的均齐,这点甚至和"外向"地寻求新诗格律的闻一多殊途同归了。而同样也出于新诗格律考虑的何其芳,就对追求句的均齐表示了怀疑:"用口语来写诗歌,要顾到顿数的整齐,就很难同时顾到字数的整齐。"② 何其芳舍弃一味地追求句的均齐和顿的数目相当,这种构思方向更符合文学语言变化的现实,因而更具有可行性。

即便从林庚的"五四"体九言诗所可能实现的节奏效果看,也是单一的。按照卞之琳对诗行结尾二字顿和三字顿的分析,它们分属于说话型节奏和哼唱型节奏③,而"五四"体的四字组可以分成两个二字组,相当于卞之琳所说的二字顿,所以只是说话型节奏。到后来,卞之琳又试图在诗行与诗行之间采用哼唱型节奏和说话型节奏相错杂的原则,所谓"参差均衡律",进一步开放了节奏效果的空间。④

从以上的分析看,林庚不仅走向了文质的分途,而且,即使落实到技术层面的文,其形式也是单一的。从某种意义上说,林庚九言诗的观念架构其实走向了他在多年前所担忧的,即文的单面发展最终走向了"空"。对比林庚的韵律诗观念时期在文与质之间构造出的张力,这无疑是一种令人扼腕的形式主义。

---

① 卞之琳:《与周策纵谈新诗格律信》,《卞之琳文集》中册,安徽教育出版社,2002,第482页。
② 何其芳:《现代格律诗》,《何其芳选集》第二卷,四川人民出版社,1979,第144~148页。
③ 卞之琳:《哼唱型节奏(吟调)和说话型节奏(诵调)》,《卞之琳文集》中册,第428~431页。
④ 卞之琳:《重探参差均衡律——汉语古今新旧体诗的声律通途》,《卞之琳文集》中册,第566~569页。

五 结语

在以古鉴今的命题上,林庚的新诗观念大体呈现了一个从充满活力到板结僵化的过程。作为关注新诗长达六七十年的诗人,其新诗观念的价值并不在于可操作性,而在于它提出了丰富和复杂的命题,固然在观念建构过程中的删削扭曲之处在所难免,但它的最大意义或许是,中国古典文论中文质彬彬的观念借助诗歌史的支撑,它着实可能在一定层面回应人们在自由和格律上两相拉扯的困局,不是从技术构成上,而是在美学意蕴上,重建中国诗歌在打破旧有的诗歌体制后文与质的张力关系。它最激动人心的理论闪光是,在20世纪30年代甚至整个新诗语境中,既跳出了本土与西化长久争战下两种资源孰轻孰重的框架,又以其出色的诗歌史征用,为古今会通找到了某种路径,在此基础上超越了长期以来自由诗和格律诗的对立,在自由诗的内质和格律诗的外形之间架设起了可供沟通的津梁。

第二章　发现新的"言说方式"

胡适曾不厌其烦地将由他推动的白话诗写作勾勒为"偶然的事件——一个人孤独的实验——《新青年》杂志及环绕其间的诸友之支持、参与"的过程。由偶然事件（一首酬唱诗引起争议）到"试验"白话诗，而后获得《新青年》同人的支持，白话诗的写作从胡适一个人的尝试变成新诗人群体的实践，直到《谈新诗》对"新诗"的总结与论证，这是旧的诗歌体式被征用和质疑，新的诗歌体式被寻找和发现的过程。胡适和朋友们争辩诗歌的语言媒介、想象方式等问题，最终立意以白话写诗，他的方案具有解救诗歌写作困境的现实针对性，不再单向地从精神、内容的层面塑造诗歌，而是从语言与体式入手，敞开了新的可能。在《新青年》的呼应中，用白话文书写新文学成了新鲜的意向和行动，这是白话诗写作展开实践和存身其间的最基本媒介，然而，初期白话诗脱胎于古典成规之中，经由与古典诗歌的艰难周旋，到发现自由诗的诗歌体式，新诗才宣告成立。

初步解决诗歌的语言与体式问题之后，新诗的任务是建构新的美学品格和伦理诉求，并进而体认作为一种体式的自由诗的本质，固然后来闻一多、徐志摩等人试图予以纠偏，但也不过是借此张扬另一种体式的新使命而已。可以看到，这种新的"言说方式"，是诸多因素之间互动、重组的结果。

第一节　新文学场的出现

《文学改良刍议》在《新青年》的发表，吸引了众人的关注和参与，文学革命由此展开。这篇文章源于胡适与留美朋友对诗歌写作问题的争论，当他将倡导的白话文、白话诗的观念带到国内时，触发和带动了语言文字问题的讨论。在公共空间中争辩新文学的功能与想象方式，主要的功绩是，白话成为新的文学场①中最重要的信仰，具体到白话诗，则推动了众人的参与。

胡适"振臂一呼，应者云集"的局面的形成，有内在的原因，主要体现在：第一，白话诗的构想呼应现实经验的要求，打开了冲破古典美学封闭性的可能；第二，文学革命的观念在语言媒介的层面获得广泛共识的同时，也建构了崭新的文学场，它面向新的美学敞开，有力推动了白话诗写作的展开。

一　"逼上梁山"和打开新的可能

在一次回顾中胡适如是强调，引发文学革命的"意外事件"意义非

---

① 有必要对文学场的概念和内涵作相应的界定。如果考虑到文学革命的参与者对反对派同仇敌忾地打压，这是一种权力场中的文学场："艺术家和作家的许多行为和表现（比如他们对'老百姓'和'资产阶级'的矛盾态度）只有参照权力场才能得到解释，在权力场内部文学场（等等）自身占据了被统治地位。权力场是各种因素和机制之间的力量关系空间，这些因素和机制的共同点是拥有在不同场（尤其是经济场或文化场）中占据统治地位的必要资本。权力场是不同权力（或各种资本）的持有者之间的斗争场所"（皮埃尔·布尔迪厄：《艺术的法则：文学场的生成和结构》，刘晖译，中央编译出版社，2001，第263~264页）；如果进一步地考虑到白话（国语）文学被当成崭新的信仰进行建构，美学上的趣味、习性毫无疑问是塑造的结果："作为直接带有意义和价值的艺术品的经验，是一种历史制度的两方面协调的结果，这两方面是文化习性和艺术场，它们互相造就：尽管艺术品如此存在，也就是作为带有意义和价值的象征物的存在，如果它被具有美学配置和能力的公众所把握，而这公众正是它所要求的，我们可以说，是美学关注构成了非如此不可的艺术品，但是切记只有在这种关注是漫长的集体历史产物的范围内才能实现，这个漫长的集体历史就是逐渐形成的'行家'和个体，也就是逐渐延长与艺术品的接触。这个循环的因果关系，信仰与神圣的关系，构成了整个制度的特点。"（《艺术的法则：文学场的生成和结构》，第347页）本文鉴于文学革命所牵涉的众多利益关系的重组和白话作为某种相对"先验"的信仰（当时几乎没有可以作为佐证的白话写作的实践），适当地借鉴布尔迪厄的命名，文学革命的具体展开和表现在下文将有详细论述。

凡："意外事件往往比'单因'（monistic cause）——例如经济、色欲、上帝——更为重要。"① 这里指的是他和留美朋友在诗歌问题上的争论。正是意外事件促使他发表《文学改良刍议》。这篇文章的主要骨架"八事"，最早出自胡适写给朱经农的信，被称作"文学革命八大条件"②，它是胡适与任鸿隽、梅光迪等人争论一年多来"思想的集结"。

有意味的是，和遭到留美朋友的普遍反对相比，胡适获得了《新青年》的热烈支持。这提醒人们，在"八事"结胎的过程中，"竟把我逼上了决心试做白话诗的路上"③ 和以"尝试"④ 报以那些友朋的努力，莫非是胡适拓展他的观念和实践之生存空间的过程？换句话说，是否因为白话诗方案本身的可行性，成了胡适受到国内呼应的一个重要因素？在此，有两个方面值得注意。第一，胡适如何走上写作白话诗的道路；第二，作为一项解救"文胜之弊"的方案，它不同于民国前后的诗歌（文学）观念的地方何在。

"意外事件"发生前，胡适和梅光迪、任鸿隽等人谈诗论艺，并不出传统士大夫酬唱论诗的范围。固然胡适已经注意到诗词的"进化"，间或也表露诗应讲求"达意"的旨趣，甚至在他以"文法"入"诗法"时，也引起了朋友间小小的争论。⑤ 不过，这些倾向和争论并不指向胡适与他的朋友对古典诗歌的认识有根本分歧，某种程度上，他们其实分享着诗歌

---

① 胡适：《革命的导火线》，《胡适口述自传》，唐德刚整理/翻译，安徽教育出版社，2005，第152页。
② 1916年8月21日的日记中，胡适追记了写给朱经农信的内容，参阅曹伯言整理《胡适日记全编·2》，安徽教育出版社，2001，第464~465页。下引胡适日记均据该版本。
③ 胡适：《逼上梁山》，《四十自述》，安徽教育出版社，1999，第100页。胡适曾把该文作为"历史的引子"，放在他选编的《中国新文学大系·建设理论集》中。
④ 1916年8月4日复任鸿隽信中，胡适说："我自信颇能用白话作散文，但尚未能用之韵文。私心颇欲以数年之力，实地练习之。"参阅《胡适日记全编·2》，第457页。
⑤ 胡、梅等人就诗歌问题展开争论之前，胡适已经注意到了"词乃诗之进化"（1915年6月6日记）；更早的时候自诩《自杀篇》一诗"作极自然之语""颇能达意"（1914年7月7日记）；当有人恭维他的诗"雅洁"时，宁愿强调"吾诗清顺达意而已"（1915年2月11日记）；在《老树行》一诗中有"既鸟语所不能媚，亦不为风易高致"的句子，声称"决非今日诗人所能道"，但在杨杏佛、任鸿隽看来则"不当以入诗"，胡适却认为"文法"是必要的（分别见1915年4月26日记、1915年6月23日记）。

写作基本问题的共同兴趣。① 当然，胡适的这些预备后来被扩展成了指责古典诗歌的武器，恰恰是他的朋友牵引的结果，才使胡适自觉思考古典诗歌的"弊病"。总体看来，此前的胡适对文学（诗歌）的认识和一般人并无多大差异，比如，他对当时读书界颇有势力的桐城派、林纾推崇备至，认为黄遵宪的《今别离》"其意甚新"，② 就后者而言，胡适甚至没有超出黄氏同时代人的评价。③

不妨说，胡适指陈古典诗歌的"弊病"是被"逼"出来的。当他在《送梅觐庄往哈佛大学诗》中提出"新潮之来不可止，文学革命其时矣"，引来任鸿隽的调侃。任把胡诗中的"外国字"串成一首诗，嘲笑胡适把新名词的拼凑等同于"文学革命"。此时的胡适的确不清楚"文学革命"的目标是什么，他的主要兴趣可能只是试验"新名词"而已："此诗凡用十一外国字：一为抽象名，十为本名。人或以为病。其实此种诗不过是文学史上一种实地试验，前不必古人，后或可诏来者，知我罪我，当于试验之成败定之耳。"④ 仅仅组装新名词，在写法和诗歌观念上甚至没能超越某些晚清新派诗，梁启超批评这类诗"捋扯新名词以自表异"。

但任鸿隽的嘲笑触发了胡适为"革命"申说方法，于是提出"诗界革

---

① 在《将去绮色佳留别叔永》中，胡适除了歌颂两人的友谊，还在文学方面期许任鸿隽："相知益深别更难，赠我新诗语真切。……寄此学者可千人，我诗君文两无敌。"（1915年8月29日记）他对任鸿隽的诗才也是很赏识的，认为自己的《〈大雪放歌〉和叔永》"不能佳，远不逮叔永作多矣"（1914年1月23日记）。
② 乙酉十二月二十六日（1910年）记："读马通伯先生《抱润轩集》。此君似专治《礼》者，其《为后人辨》诸篇，说理至精辟，近代古文家一巨子也。"庚戌五月初七（1910年）记："读《林畏庐集》。畏庐忠孝人也，故其发而为文，莫不蔼然动人。"至于胡适在"五四"时期痛贬林纾及桐城派诸子，则恰恰是新的文学立场和文学史观念使然。1915年7月26日记："忽念黄公度《今别离》第四章'汝魂将何之'，其意甚新。"
③ 清末民初风头极健的"同光体"诗人陈三立，为黄遵宪的《人境庐诗草》卷五至卷八题写跋语，盛赞黄氏的海外诗能够"驰域外之观，写心上之语"，就域外新奇景物的刻写而言，可以说，陈三立早就道破了"其意甚新"的《今别离》一类诗歌的"秘密"。（陈三立的评价见钱仲联《人境庐诗草笺注》，第1083页）
④ 胡适附在《送梅觐庄往哈佛大学诗》的跋，见1915年9月17日记，《胡适日记全编·2》，第284页。

命何自始,要须作诗如作文"。① 至此梅光迪才加入辩论,强调"诗文截然两途":"吾国求诗界革命,当于诗中求之,与文无涉也。"② "诗之文字"与"文之文字"的分别被醒目地提出来,其实已经蕴涵了后来胡适与梅光迪、任鸿隽在白话能否作诗问题上的分歧。不过此时的胡适还没有从语言和体式的层面为"作诗如作文"辩护,他认为解决"文胜之弊"的方法是"以质救文",于是提出了"三事",所谓"须言之有物""须讲求文法""当用'文之文字'时不可避之"。③ 然而,倘若胡适的认识停留在这个层面,也没有超出黄遵宪等人的水平。④

真正使胡适坚定起用白话作诗的决心,是梅、任对他的打油诗《白话诗——答梅觐庄》的责难,也就是在这里,用白话作诗在美学上能否成立的问题把胡适"逼"上了试验的道路。其实,从理论上说,梅、任的批评有它的真理性,比如梅光迪嘲笑"白话诗"如"莲花落",是剽窃欧美之新潮流,⑤ 任鸿隽认为"白话则诚白话矣,韵则有韵矣,然却不可谓之诗。盖诗之为物,除有韵之外,必须有和谐之声调,审美之辞句,非如宝玉所云'押韵就好'。"⑥ 面对这种质疑,胡适并未能提供足以应对他们指责的理由,即如他在答复任鸿隽的批评时,强调自己的《白话诗——答梅觐庄》"此诸句哪一字不'审'?哪一字不'美'?",这多少有些"声嘶力

---

① 胡适和任鸿隽的诗,题为《依韵和叔永戏赠诗》,见 1915 年 9 月 21 日记,《胡适日记全编·2》,第 287 页。
② 梅光迪复胡适(1916 年 1 月 25 日),杜春和等编《胡适论学往来书信选》(下),河北人民出版社,1998,第 1199 页。
③ 胡适致梅光迪(1916 年 2 月 3 日),此处据《胡适日记全编·2》,第 334~337 页。
④ 黄遵宪在《杂感》中写道:"即今流俗语,我若登简编,五千年后人,惊为古斓斑"(钱仲联《人境庐诗草笺注》,第 42~43 页)这点并不比胡适的不避"文之文字"保守;在《〈人境庐诗草〉自序》中,提到自己胸中的"诗境"时,也已强调并实践过大量的"古文"即散文化的笔法,所谓"以单行之神,运排偶之体"和"以古文家伸缩离合之法以入诗"(1891 年作,见《黄遵宪全集》,第 69 页),这可以视为打破诗法(主要是律诗句法)禁锢的努力,在这一点上,胡适的"须讲求文法"和它的精神是一致的。
⑤ 梅光迪致胡适(1916 年 7 月 24 日),罗岗等编《梅光迪文录》,辽宁教育出版社,2001,第 167~168 页。
⑥ 任鸿隽致胡适(1916 年 7 月 24 日),杜春和等编《胡适论学往来书信选》(上),第 412 页。

竭"的辩护也没有多少说服力，值得注意的，倒是认为"白话"可以经由锻炼，获取与文言同样的美学价值，所谓"要令白话京调高腔之中，产出几许陶、谢、李、杜"。①

提出用白话写诗，胡适的功绩是，一方面，他打破了清末以降仅仅视白话为启蒙工具，没有文学资格的偏见。比如同是留学美国的易顺鼎，同时期也在关注和思考语言问题，写有《文言改良浅说》，虽然认同"言文合一"以适应"广教育"之需，系"普通之文"，但又认为"专门之文不能降格以趋就语言，则彰彰明甚矣"。②很显然把语言（白话）摒弃于"专门之文"以外。另一方面，胡适不再像进行文学（诗歌）改革的其他人那样，仅仅在内容、精神的层面推进革新，而把关注的重心转移到语言和体式的层面，使得长期以来文学（诗歌）写作的症结性问题有了松动和解放的可能。尽管白话诗的方案缺乏理论上的精密性，但在面对词与物的僵化关系时，却提供了实践上的可行性。即不再是拘泥于对"物"的片面强调，而是在词与物的相互关系中解开了问题的纽结——要解放"物"的展现空间，务必通过"词"的调整来实现。

这就是为什么，不是鲁迅或者周作人，更不是南社的诗人打开了诗歌写作的可能性。毕竟，仅仅在内容、精神上强化"物"的容量，而忽略了"词"的调整，不过是进一步彰显了词与物之间的龃龉，在这一点上，早期的周氏兄弟和南社诗人陷入了同样的困境。

民国前后，追求文学（诗歌）的"革命"品格是很多人的选择。鲁迅服膺于"超脱古范，直抒所信，其文章无不函刚健抗拒破坏挑战之声"的拜伦，是建立在和"为文率平妥翔实，与旧之宗教道德极相容"的司格特的对比基础之上的，很显然，这种被超脱的"古范"是思想内容层面的，而"别求新声于异邦"的目的，是为了把精神上的启示，转换成"启人生

---

① 胡适复任鸿隽（1916年7月26日），杜春和等编《胡适论学往来书信选》（上），第415~419页。
② 易顺鼎：《文言改良浅说》，《留美学生季报》四卷三号（1917年9月）。

之阂"的"诗歌之力"。① 周作人也鲜明地亮出了"文章或革,思想得舒"的旗帜。然而,周作人的认识却不出当时许多激进派"非儒"的范围,他将"思想拘囚,文章委顿"的根源明确归于"吾国数千年来一统于儒"的禁锢,呼吁使"国民精神进于美大",必须"摈儒者于门外"。② 周氏兄弟在这一时期的文学(诗歌)观念可以看作很多激进人士的代表,虽然意识到了文章变革的必要性,但毫无例外都从强化精神、重塑思想内涵的层面入手。

从精神的、内容的层面着手,不可能带来诗歌写作可能性的更新。这点在同样号召"革命"的南社诗人身上得到了体现。南社号称做"海内文学之导师",③ 后来它的内部爆发了宗唐、宗宋的争论。柳亚子上纲上线,以政治立场贬斥"同光体"诗人陈三立、郑孝胥等人,最后导致了南社内部持不同诗歌观念群体的分裂。④ 其实在很早的时候,柳亚子就不满于宋诗一路的诗风,因为这些诗人仕清的背景,更把它和"伧楚"联系在一起:"今之称诗坛渠率著,日暮途穷,曲学阿世,迎合时宰,不惜为盗臣民贼之功狗,不知于宋贤位置中当居何等也。……余与同人倡南社,思振唐音以斥伧楚,而尤重布衣之诗,以为不事王侯,高尚其志,非肉食者所敢望。"⑤ 除了意识形态的差异,柳亚子等人"思振唐音"和姚锡钧、成舍我等人亲近宋诗,在复古的向度上是一致的,前者在固守古典诗歌的固有

---

① 令飞(鲁迅):《摩罗诗力说》,1907年作,《鲁迅全集》第一卷,人民文学出版社,1981。
② 独应(周作人):《论文章之意义暨其使命因及中国近时论文之失》,原载《河南》杂志第四、第五期,此处据张枏、王忍之编《辛亥革命前十年间时论选集》第三卷,三联书店,1977。
③ 高旭:《南社启》,《民吁报》1909年10月17日。
④ 南社内部宗唐、宗宋的分歧早已有之,柳亚子的主要对手姚锡钧1916年1月26日起在《民国日报》连载诗话,开始比较系统地赞誉"同光体"诗人。大约在胡先骕致柳亚子的信中恭维"同光体"时,柳亚子开始全面否定"同光体"的祖师"江西诗派"(1917年3月11日《民国日报》),不久闻野鹤、姚锡钧、成舍我等人正式加入论战,最后以支持"同光体"诗人的一派或宣称脱离南社或被布告开除了结,至此南社走向组织上的解体。(具体可参阅杨天石、王学庄编著《南社史长编》,中国人民大学出版社,1995)
⑤ 柳亚子:《胡寄尘诗序》,《南社》第五集(1911)。

程式上一点也不比后者落伍。柳亚子宣称"精神宜新、形式宜旧",① 主张宗宋的成舍我很快表示拥护,② 可见宗唐宗宋的分歧不过是意识形态方面的意气之争。更值得注意的,"精神宜新、形式宜旧"根本没有跳脱梁启超等人"以旧风格含新意境"的思路。像马君武有代表性的《劳登谷独居》,"海枯生物化新石,石烂流金结幻晶。几处青山忽喷火,百年赤道有流冰。不须终日忧人事,且值阳春听鸟音。如使汽船竞成就,子身辟地适金星。"③ 全诗不外乎谈化石、火山喷发、地层变迁等地质变化的"知识",如此热衷用旧风格表达新知不过延续了梁启超们的老路而已。仅仅强调精神、内容而忽视语言和体式的调整,这点在苏曼殊身上也有体现。对译诗所牵涉的两种语言问题,苏曼殊不是去寻求不同语言之间转换的解决办法,他却看重拜伦的思想精神。对于仅仅精通外语并不看好,重要的是,应该和拜伦的精神契合,所以他批评别人并不胜任拜伦诗的翻译:"昔瞿德逢人,必劝之治英文,此语专为拜轮(伦)诗而发。夫以瞿德之才,岂未能译拜轮之诗,以其非其本真耳。"④

胡适不同于他们片面强调精神、内容的地方是,他把写作的媒介从文言内部的循环转到了白话,通过一种语言的转换打开了新的美学可能。这也就是帕斯富于洞见的发现,它是对"另一种"美的寻求:"关键不在于传统准则——包括浪漫派、象征派和印象派的变种和分支——被新奇的文明和文化准则所取代,而在于对'另一种'美的寻求,这是一种打破连续性的质变。"⑤ 从这个意义上说,胡适的白话诗方案扭转了围绕精神、内容

---

① 柳亚子在写给杨杏佛的信上说:"文学革命,所革当在理想,不在形式。形式宜旧,理想宜新,两言尽之矣。又诗文本同源异流,白话文便于说理论事,殆不可少;第宜简洁,毋伤支离。若白话诗,则断断不能通。"(柳亚子:《与杨杏佛论文学书》,《民国日报》1917年4月23日)
② 成舍我指出:"亚子论文学,谓格调宜旧,理想宜新,此诚不磨之论。"(舍我:《余墨》,《民国日报》1917年4月28日)
③ 马君武:《劳登谷独居》,1910年作,谭行等《马君武诗注》,广西民族出版社,1985,第77页。
④ 苏曼殊:《与高天梅书》(1911年),《南社》第三集。
⑤ 帕斯:《诗歌与现代性:决裂与汇合》,《批评的激情》,赵振江译,云南人民出版社,1995,第32页。

打转的困境,他从语言和体式上入手,有效地对接了适应精神、内容需要的词与物的调整,这的确是革命性的。当然,"逼上梁山"并立意试验白话诗,胡适抛出的"文学革命"纲领获得了群体的支持,又和新文学场的建构有关。

二 文学场形成的理路

白话诗的主张,打开了校正词与物之间关系的可能。胡适又由诗歌问题引发的思考写出《文学改良刍议》,成了"新文学运动的第一次宣言书"。① 这些固然重要,但是,"用白话来做韵文"付诸为公共化的实践,则需要观念空间的支持。人们广泛加入到文学革命的话题中,舆论氛围的牵引、塑造显得至为关键。无论轻视"文学"概念的界定,而看重语言问题,把白话(国语)作为一种信仰凸显出来,还是借助思想革命强化文学革命的合法性,在公共空间中展开的诸多命题都投射进了新文学场的建构。

胡适改革文学的主张首先得到了《新青年》主编陈独秀的支持,所谓"余甘冒全国学究之敌,高张'文学革命军'大旗,以为吾友之声援"。② 这一点非常重要。同是倡导文学改革,黄远庸的境遇和胡适迥然不同。比胡适更早,黄远庸也倡导文学改革,尽管他没有名之为白话文学,但就精神和方法而言,他意识到了"与一般之人生出交涉"和"以浅近文艺,普遍四周"的重要性,其实已经相当接近于胡适后来的认识。③ 黄远庸因此舍"论政"而提倡"新文学",在写给《甲寅》主编章士钊的信中写道:

---

① 胡适:《谈新诗》,《星期评论》"'双十'纪念号",1919 年 10 月 10 日。
② 陈独秀:《文学革命论》,《新青年》2 卷 6 期。
③ 选择白话作为写作媒介,从意识形态的诉求看,可以说出于普及的目的。胡适在与梅光迪等人争论过程中曾指出,"吾以为文学在今日不当为少数文人之私产,而当以能普及最大数之国人为一大能事。吾又以为文学不当与人事全无关系。凡世界有永久价值之文学,皆尝有大影响于世道人心者也。"参阅 1916 年 7 月 13 日记,曹伯言《胡适日记全编·2》,第 428 页。

> 愚见以为居今论政，实不知从何说起。洪范九畴，亦只能明夷待访。果尔，则其选事立词，当与寻常批评家专就见象为言者有别。至根本救济，远意当从提倡新文学入手。综之，当使吾辈思潮如何能与现代思潮相接触，而促其猛省。而其要义，须与一般之人生出交涉。法须以浅近文艺，普遍四周。①

不过，章士钊不仅没有理解黄远庸从文学入手的用意，反而强调应从革新政治开始，② 这是和黄远庸大异其趣的认识。缺少支持，黄远庸的构想当然没有实施的可能。

不过，仅仅主编有热心还不够，更需要公众参与的舆论氛围。其实作为主编的陈独秀此前也注意到了改良文艺的重要性，比如反对古典主义，提倡写实主义，并且还得到了读者的认同。③ 但是，陈独秀提出的这些主张很快被其他问题取代，没有进一步引向深化，反而是胡适的《文学改良刍议》引起轩然大波，触发了整个文学观念的变革。虽然《新青年》一开始并不以提倡文学为宗，但陈独秀的"文学"论题消隐，从一个侧面说明了论题的展开需要更广泛的参与声音，而非主编的好恶能完全左右。胡适宣称"白话之为中国文学之正宗，又为将来文学之利器"，新旧文学的争论得到迅速展开，而白话文学在《新青年》上被塑造成为新的"信仰"，是和舆论氛围的推动、统一甚至压制的功能分不开的。

这也意味着，不是某个人提出某种观点就铸定了新文学的观念。事实上，个人观念的变化往往受制于进行中的话题。像较早的铁杆支持者，陈独秀、钱玄同虽说以人所共知的坚定形象推进了文学革命大业，不过，他们最初的反应只是泛泛地表示支持而已，并没有一开始就摆出决绝的姿

---

① 黄远庸：《致〈甲寅〉杂志记者》，《甲寅》第 1 卷第 10 期（1915 年）。
② 章士钊在复信中说："提倡新文学，自是根本救济之法，然必其国政治差良，其度不在水平面下，而后有社会之事可言。"（《答黄君远庸》，《甲寅》第 1 卷第 10 期）
③ 在《现代欧洲文艺史谭》中，陈独秀以西方的古典主义、写实主义、自然主义比附中国文学，认为当下的中国文学应趋向写实主义为是。（《青年》1 卷 4 期）张永言致信陈独秀表示附和。（《青年》1 卷 6 期）

态。当《文学改良刍议》的"草稿"即"八事"先以书信的形式登在《新青年》2卷2期时，陈独秀对"八事"中的"言之有物""讲求文法"表示异议，甚至附和读者行文不必一定禁典。① 这显然是一种和胡适商榷的架势，但到了3卷3期，陈独秀抛弃了细部枝节上的纠缠，转而将"矛头"对外，甚至不同意胡适容忍别人"匡正"的态度，喊出"改良中国文学，当以白话为文学正宗，其是非甚明，必不容反对者有讨论之余地，必以吾辈所主张者为绝对之是，而不容他人之匡正也。"② 他的态度遽而坚定和胡适的"提醒"有关，由于胡适的信中提到林纾的《论古文之不当废》，陈独秀才会极端轻蔑于林纾"悍然以古文为文学正宗"，而说出"吾辈实无余闲与之作此无谓之讨论"。又如钱玄同，最初只是一笔带过地为肯定白话文学，嘱意所在是探讨陈独秀拟的中国文学门课程表。很可能因为看到陈丹崖、常乃惪、陈独秀等人纠缠于"不必一定禁典"的问题，才引出了他的绝对禁典的主张，所以第二次致信陈独秀，③ 至此钱玄同的注意力才开始真正集中到胡适提出的文学改革主张上来。

吸引了众人参与的"问题空间"诱导着个人观念的变化，说明了公共空间的"生产"能力，它不同于个人完全自发的认识，具有网罗、塑造的作用。这点在刘半农那里表现得异常明显。他比钱玄同更早和《新青年》发生关系，在2卷2期开始就在上面连载《灵霞馆笔记》，不过自同期登出胡适的"八事"以来，刘半农却保持了一段时期的沉默，仍旧经营着自己的"笔记"，直到3卷3期才以《我之文学改良观》跃出水面，正式对文学革命发言。尽管在细部问题上，我们暂且不清楚刘半农参与其间的直接动因，但从根本上说，他为文学革命的话题所吸引却是无疑的，由此可

---

① 陈独秀认为"须讲求文法之结构"在中国文学中"未免画蛇添足"，"文学之文""未可律以普通文法"；而"言之有物"很可能与"文以载道"混为一谈。（胡适、独秀：《通信》，《新青年》2卷2期）当有读者致信《新青年》，陈独秀也认为"行文原不必故意禁止用典"。（陈丹崖、独秀：《通信》，《新青年》2卷6期）
② 胡适、独秀：《通信》，《新青年》3卷3期。
③ 钱玄同、独秀：《通信》，分别见《新青年》2卷6期、3卷1期。

见舆论氛围对他的牵引力。① 如果说，陈独秀、钱玄同、刘半农是被正面牵引的，而早期的反对派常乃惪，则是被舆论氛围的力量扭转到白话文学的方向上来的。他是最早对胡适的"八事"作出反应的读者，在 2 卷 4 期上不赞同"文须废骈"的主张，"吾国之骈文实世界最优美之文（他国文学，断无有能于字数音节意义三者对整，而无参差者），而非可以漫然抛弃者。"② 到了 3 卷 1 期则迅速表态，"若白话为文体正宗之说，尤仆所私心祝祷"。③

《新青年》逐渐汇聚起新文学的赞助声音是一个方面。同样值得注意的，某个人提出一个话题也未必能左右它的发展方向，它很可能被另外的声音引到新的方向。比如关于应用文该如何教授的问题，在刘半农的设想中，是为了区分"应用之文"和"文学之文"，但钱玄同却把应用文字的问题推到了白话文学的层面，他似乎不怎么理会刘半农厘清纯文学和杂文学概念的企图，而是看重应用文中的"文字"应该成为文学中的语言。因此写信给刘半农，认为"Language 里采用了，则已成为口头常语，又何妨用到 Literatue 里去呢？"④ 新文学作为一种尚在探讨、摸索中的文学观念，对它的概念进行界定原属正常，也非常普遍。比刘半农更早，有读者就认为"着手改良，当定文学之界说"。⑤ 也有读者从文字的"浅显易懂"和"深邃精奥"两个层次辨明应用文与文学文的分别，⑥ 很显然这是对白话文学怀有戒心的体现。然

---

① 刘半农曾是上海小说界相当活跃的写手，与王钝根编的《礼拜六》和包天笑编的《小说大观》等杂志颇有来往，但自从参与文学革命，很快就从这些刊物上淡出，到 1917 年底则完全断开写作上的联系。最有意思的是，1918 年 1 月 18 日在北京大学文科研究所小说科作《通俗小说之积极教训与消极教训》的讲演，开始以新文学的立场批判和重估旧文学。具体可参阅"刘半农生平年表"和"刘半农著译年表"（鲍晶编《刘半农研究资料》，天津人民出版社，1985）。
② 常乃惪、独秀：《通信》，《新青年》2 卷 4 期。
③ 常乃惪、独秀：《通信》，《新青年》3 卷 1 期。
④ 钱玄同：《新文学及今韵问题》，《新青年》4 卷 1 期。这是钱玄同致刘半农的一封信，题目可能为编者所加。
⑤ 方孝岳：《我之文学改良观》，《新青年》3 卷 2 期。
⑥ 余元濬在《读胡适先生文学改良刍议》中对文学改良持折衷的态度："鄙意对于胡先生之说，不敢取绝对的服从，则有所折衷之论在乎？曰有，即分授之说是也。对于小学生则授以普通之应用文字，文理与白话二者可精酌而并取；中等以上之学者，则取纯一的文理，而示以深邃精奥之所在。如此则庶几无人不识应用之文，而所谓邃奥文理者，亦自有一般专门之学者探讨。"（《新青年》3 卷 3 期）

而，无论新文学支持者，还是因为白话的"俗"而试图限制白话范围的反对派或者折衷派，界定文学定义的呼声影响终究不大。真正把问题引向深入的，还是在语言文字问题上为白话赢得了合法身份。

文学革命并没有围绕新文学的定义展开学理的探讨，即如胡适的《建设的文学革命论》，主要目的仍是把语言文字问题即白话（国语）抬出来，"话怎么说，就怎么说"和"是什么时代的人，说什么时代的话"。① 大体说来，到周作人在《新青年》5卷6期可以从容地谈论"人的文学"之前，围绕新文学展开讨论的主要是语言文字问题，最大的成效是，使白话的信仰在《新青年》的同人中扎下根来。

具体到个人，钱玄同的功绩不可忽略。他曾把汉文与孔教联系起来，"欲使中国不亡，欲使中国民族为二十世纪文明之民族，必以废孔学，灭道教为根本之解决，而废记载孔门学说及道教妖言之汉文，尤为根本解决之根本解决。"② 这固然是矫枉过正的态度，其极端的思路却有助于打倒当时掣肘着新文学参与者的文言，虽说钱玄同主张的世界语最终并未实现，但由于他极力主张废弃汉字，使得那些原本反对白话的人，转而为汉字辩护。鲁迅先生就此指出，那些人"便放过了比较的平和的文学革命，而竭力来骂钱玄同，白话趁了这一个机会，居然减去了许多敌人，反而没有阻碍，能够流行了。"③ 当然，用"流行"一语来概括或许过于乐观，④ 不

---

① 胡适：《建设的文学革命论》，《新青年》4卷4期。
② 钱玄同、陈独秀：《中国今后之文字问题》，《新青年》4卷4期。
③ 鲁迅：《无声的中国》，《鲁迅全集·三闲集》，人民文学出版社，1981，第13页。在这篇文章中，鲁迅还打了个生动的比方，说明激烈甚至偏激的态度可以换来折中的效果："中国人的性情是总喜欢调和，折中的。譬如你说，这屋子太暗，须在这里开一个窗，大家一定不允许的。但如果你主张拆掉屋顶，他们就会来调和，愿意开窗了。没有更激烈的主张，他们总连平和的改革也不肯行。那时白话文之得以通行，就因为有废掉中国字而用罗马字母的议论的缘故。"
④ 例如严复的思维方式恐怕就不是这种激烈的态度能左右的，他把达尔文"物竞天择，适者生存"的理论武器放在文言与白话的优劣对比上，不屑于白话的态度显得相当高傲和雄辩："诗之善述情者，无若杜子美之《北征》，能状物者，无若韩吏部之《南山》。设用白话，则高者不过《水浒》《红楼》，下者将同戏曲中之皮黄脚本。就令以此教育，易于普及，而遗弃周鼎，保此康瓠，正无如退化何耳。须知此事全属天演，革命时代，学说万千，然而施之人间，优者自存，劣者自败，虽千陈独秀、万胡适钱玄同，岂能劫持其柄，则亦如春鸟秋虫，听其自鸣自止可耳，林琴南辈与之校论，亦可笑耳。"（《与熊纯如书·八十三》，王栻主编《严复集》第三册，中华书局，1986，第699页）

过,白话在反对派那里的确得到了某种妥协性的承认。① 更值得注意的是钱玄同对同人的影响,他鼓动起了胡适放胆做白话的勇气。在看过胡适的"白话诗八首"和"白话词四首"之后,他相当敏锐地指出"未能脱尽文言窠臼"。② 并干脆径直强调必须完全杜绝文言:"现在我们着手改革的初期,应该尽量用白话去做才是,倘是稍怀顾忌,对于'文'的一部分不能完全舍去,那么便不免留存旧污,于进行方面很有阻碍。"③ 胡适承认,他曾从"力屏文言"到"忽变易宗旨,以为文言中有许多字尽可输入白话诗中,顾今年所作诗词,往往不避文言",但受到钱玄同触动之后,"在北京所做的白话诗,都不用文言了"。④ 从摇摆于"不避文言"到"不用文言"的变化,此种态度也体现在胡适向折衷派表明立场的信中,"我们主张文学革新的第一个目的是要使中国有一种国语于文学;是要使中国人都能用白话作诗作文著书演说。因为如此,所以要纯用白话"。⑤

新文学进行之初的语言问题由此被醒目地凸显出来,这一点也暗合了当时的现实境遇,因为白话成为信仰和写作方式,在根本上还不可能就新文学的定义作学理上的深入探讨,许多人虽然对"应用文""美术文"进行界定,但都跳脱不出晚清时期就已试图分别的"通俗文""学术文"的框架,至于后来伴随着新文学确认自身的身份而兴起的"纯文学"观念则另当别论。在草创阶段,新文学的支持者们真正铸造出来的文学信仰其实就是白话的信

---

① 林纾在《论古文白话之相消长》中已经流露出古文失势后的无奈与沮丧,从原先的《论古文之不当废》中持完全反对的态度,转而承认白话是古而有之,最后慨叹"吾辈已老,不能为正是非"。很显然,林纾虽强调"古文者白话之根柢",但在态度上显然退让了。(原载《文艺丛刊》,1917年4月,此处据郑振铎选编《中国新文学大系·文学论争集》,影印本,上海文艺出版社,2003,第78~81页)
② 钱玄同:《致胡适》(1917年7月2日),《新青年》3卷6期。
③ 钱玄同:《致胡适》(1917年10月31日),原信未见,转引自钱玄同《〈尝试集〉序》,《新青年》4卷2期。
④ 胡适:《论小说及白话韵文》,此实为胡适复钱玄同信,作于1917年11月20日,《新青年》4卷1期。
⑤ 胡适:《答黄觉僧君折衷的文学革新论》,《新青年》5卷3期。据胡适摘引的黄氏一文,黄是以所谓的"应用文""美术文"的分野为由反对"纯用白话"的。由此亦可见出,新文学的推行过程中,同人们并没有纠缠于"应用文""美术文"在"学理"上的认定,而是以推进白话的扎根为是。

仰，在观念上有了"尽量用白话去做"的认识，新的文学场的组建才能进行。关于语言文字层面的白话乃是早期新文学的主要课题，周作人认为："意见很简单，只是想将文体改变一下，不用文言而用白话，别的再没有高深的道理。当时他们的文章也还都是文言作的。其后钱玄同、刘半农参加进去，'文学运动'、'白话文学'等等旗帜口号才明显地提出来。"①

当然，信奉用白话写作，除了《新青年》上公共话题的触发、同人间的影响，还值得注意的是，文学革命以"运动"的方式取胜，这得益于思想革命的支持。有论者指出，"《新青年》同人思维方式的最大特点，不在于'功利主义'、'绝对主义'或'以救世主自居'，而是力图将文学革命与思想革命统一起来，用发起运动的方式来促进文学革新。"② 当文学革命与思想革命相互呼应，白话文学"进步"的形象就得到彰显。最明显的是把旧文学和旧思想捆绑在一起进行批判，例如当时反对孔教，成了肃清旧文学坚定的理由。胡适和陈独秀联合发表声明，宣称"旧文学、旧政治、旧伦理，本是一家眷属，固不得去此而取彼。"③ 这可以视为文学革命和思想革命联手的宣言。有了两方面的联合，在新/旧、进步/落后等二元对立的框架处理中国文化的诸问题就显得相当顺手，而批判旧文学的思路不用遵循"学理"也可以完成。④ 汪晖从"五四"新文化运动中相当敏锐地看

---

① 周作人：《中国新文学的源流》，杨扬校订，华东师范大学出版社，1995，第 57 页。
② 陈平原：《思想史视野中的文学——〈新青年〉研究》，《触摸历史与进入五四》，北京大学出版社，2005，第 78 页。
③ 易宗夔、胡适之、陈独秀：《通信》，《新青年》5 卷 4 期。其实在更早的时候，就有读者呼吁文学革命应与道德革命齐头并进："今日言文学革命，当与道德革命双方并进"（张护兰、独秀：《通信》，《新青年》3 卷 3 期）。
④ 这点鲜明地体现在引起了广泛争论的戏剧改良上。他们同仇敌忾地批判旧戏，却遇上了张厚载这样的评戏专业人士，可谓是一个劲敌。不过这没有影响他们放言谈论并不拿手的戏剧观念。或者以直接的观感来表达自己的好恶，像钱玄同以脸谱的"离奇"、刘半农以角色的"乱打"，陈独秀更是以八股文类比旧戏的"规则"来贬斥中国剧（均见《新文学与中国旧戏》，《新青年》4 卷 6 期）；到后来胡适只好搬弄他的文学进化观念，把诸如"脸谱、嗓子、台步、武把子"当作有违"进化"的"遗形物"予以贬斥（《文学进化观念与戏剧改良》，《新青年》5 卷 4 期）；稳健如周作人甚至干脆自称"于中国旧戏全是门外汉"，而以"表面观察"的"野蛮"和"有害于'世道人心'"两个理由打发旧戏（《论中国旧戏之应废》，《新青年》5 卷 5 期）。

到,"态度的同一性"是新文化人士在求"解放"的各个层面表现出来的最重要气质:"'态度'的对象性特征决定了这个思想运动的各个组成部分必然与对象的否定性关系中一致起来,"因而,新文化人士在面对批判对象时依靠的不是学理,而是一种怀疑主义的意识形态,体现了浓重的实用主义倾向。①

只有从思想史的层面看,人们才能同意,他们呼应的是一种"现代"认同,而把新文学的"进步性"抬出来,对"新语言"的信仰,是因为有了"进步"这种意识形态的支持:

> 把语言作为区分古今的一种方式,作为区分和界说的一种形式。通过一种现代语言,而非古代的语言,作家们表达了超出语言原有的东西。他假定这世界已经进步,而一个进步的世界需要有新的语言模式来表现。语言的这种转化一旦与认知模式的缓慢转变相接触,一场实质性的文化地震便发生了。②

固然他们以新/旧、进步/落后的二元对立框架处理中国文化诸问题,走向了极端化的做法,甚至依靠权力话语的分割扩展生存空间,这种依靠非学理层面的讨论争夺自己合法身份的方式在当时既已遭到广泛批评,③然而,早期的新文学运动未能获得学理上的自足性是一个方面,另一方面,它党同伐异,一概把自己的对立面视为"旧"的、待革命的对象,应和的既是摆脱身份缺失的焦虑,也是现代性"砸烂传统"的冲动,背后是

---

① 汪晖:《中国现代历史中的"五四"启蒙运动》,许纪霖编《二十世纪中国思想史论》(上),东方出版中心,2000,第38~45页。
② 弗雷德里克·R.卡尔:《现代与现代主义》,陈永国等译,中国人民大学出版社,2004,第6页。
③ 当刘半农、钱玄同合演双簧,以极尽调侃甚至刻薄的口气将子虚乌有的"王敬轩先生"嘲讽一番之后,就有署名"崇拜王敬轩者"的读者致信《新青年》,批评刘半农"肆口辱骂",有违于"自由讨论学理"的宗旨(《讨论学理之自由权》,《新青年》4卷6期)。对《新青年》操控话语权力"骂人"的不满引发了相当长时间的"革新家态度"的争论,可参阅《新青年》5卷1期汪懋祖、胡适"通信"、戴主一、钱玄同"通信",5卷6期爱真、独秀"通信",6卷4期蓝志先、胡适"通信"等。

"时间的政治"。① 从这个意义上说,新的文学场的建构得益于意识形态的锻造。

当然,获得国家教育的支持是白话被广泛推行的关键,1920年教育部颁布大纲,他们鼓噪的文学革命终于和国语运动合流,新文学的语言变革得到了权力支持。②

第二节 从白话诗到新诗

随着新文学场的出现,白话诗的写作从一个人的"实验室"扩张成小团体的参与。胡适试图证明的"白话能否作韵文"的假设被人们在实践中探索着。在小团体的写作中,白话诗的格式比较混杂,它是一种和旧体诗词周旋的写作,古典格式可以征用的观念很大程度上制约了他们的诗体认识。直到胡适翻译《关不住了》,才意味着白话诗的写作摆脱古典格式,获得了诗体的解放,发现了自由诗的体式,新诗得以成立。如果说,胡适等一批诗人的功绩主要体现在语言和体式上(使用白话、求得诗体的解放),那么,新诗成立后的课题则是对诗的艺术经营和诗的精神内容的寻求。这两个向度的追求既是新诗更新和建构自身的重要质素,也是它的基本品格。

一 含混的白话诗写作

自从沈尹默、刘半农和胡适"联手",在《新青年》4卷1期共同开张起"诗"栏目,作为一种公众形象,白话诗的写作终于从一个人的"试验室"变成了小团体的行为。此后的一年中,写作白话诗渐成气候,作者

---

① 彼得·奥斯本认为,在已经死去的传统和有待建立的现代之间,现代性唯一的选择就是"内在地从现代性自身的时间形式之内寻找它的资源。"(《时间的政治——现代性与先锋》,王志宏译,商务印书馆,2004,第190~195页)
② 关于这点可参阅王风《文学革命与国语运动之关系》,陈平原等编《晚明与晚清:历史传承与文化创新》,湖北教育出版社,2002。

人数扩大至 13 人，发表诗作 56 首。① 检视这个时期的写作，可以看到，白话诗的诗体格式相当含混。一类是游离了古典格式的写作，以"对话"的结构或散文的形式展现了流畅白话；另一类是以或隐或显的古典格式出现的写作。有意味的是，这两类写作在同一个作者身上均有体现。后一种写作最值得关注的地方不在于容纳了白话与否，而在于因袭着古典的审美趣味和成规，正因为和古典格式深浅不同的瓜葛，使白话诗的身份显得相当模糊。

沈尹默是白话诗最早的加盟者之一。他于 1917 年 6 月还向南社提交了入社申请书，在半年之间即以白话诗的新锐露面，可见他的立场转变之快。② 不过，沈尹默的加盟并不意味着他从旧诗的空气中轻易脱身出来了。固然他写有《公园里的"二月蓝"》等诗，基本语汇是白话的，诗体是散文形式的，这些都呈现了和古典格式最大的距离。③ 然而更通常的情况是，沈尹默显示出了浓重的古典气息。即如让《新诗年选》的编者拍案叫绝的《月夜》，它刊登在《新青年》4 卷 1 期，被称为"第一首散文诗而具有新诗的美德"，④ 但这首仅有四行的白话诗的意象（霜风、月光）、空间感觉方式（"我"和树之间形成的观感），体现的是古典诗歌的运思方式。⑤ 可

---

① 自《新青年》4 卷 1 期至 5 卷 6 期，约一年时间，白话诗的作者有胡适、刘半农、沈尹默、林损、陈独秀、俞平伯、唐俟（鲁迅）、常惠、陈衡哲、李大钊、沈兼士、李剑农、YZ 共 13 人。
② 据《南社史长编》介绍，沈尹默是在 1917 年 6 月提交入社申请的（杨天石、王学庄编著《南社史长编》，页 452）；而《新青年》4 卷 1 期出版于 1918 年 1 月 15 日，前后约半年时间。
③ 类似的还有《月》，与《公园里的"二月蓝"》一同刊在《新青年》5 卷 1 期。
④ "一九一九年诗坛略记"（编者），北社编《新诗年选》，上海亚东图书馆，1922 年 8 月初版。
⑤ 有不少人把"我和一棵顶高的树并排立着/却没有靠着"坐实为所谓现代的自我意识的觉醒，然而，没有丝毫迹象可以表明，这里的"我"是非古典的自我，物我之间的此种感觉方式在古典诗歌中屡见不鲜。例如李白的"众鸟高飞尽，孤云独去闲。相看两不厌，只有敬亭山"（《独坐敬亭山》，《全唐诗》第三册，卷一八二，中华书局，2013，页1864），不能表面地看李白诗中的"我"是被隐去的，沈尹默诗和它相似的地方在于，由外在风物（霜风、月光）的触发，引出了一个平常的"见解"：月影下"我"和"树"之间的一种视觉关系。

能正是因为这一点，朱自清认为它的妙处"我吟味不出"。① 当然，这首诗中的确看不到古典诗歌的句式结构，却在深层次上承继了古典诗歌的趣味，这更能说明沈尹默新旧杂糅的特征。同一期的《新青年》上，他的《人力车夫》也能说明这一点，诗中既有散文句式"不知干些什么"、"他却汗珠儿颗颗往下堕"，又有四言格式的"日光淡淡，白云悠悠，风吹薄冰，河水不流"和五言格式的"人力车上人，个个穿棉衣，个个袖手坐，还觉风吹来，身上冷不过。"这是典型的散文句式和古典格式的杂糅。需要指出的是，"人力车夫"是一种"现代"的题材，但沈尹默在很大程度上却借助《孤儿行》一类的古乐府进行表达，这尤为耐人寻味。

其实像沈尹默的《宰羊》《除夕》《大雪》《雪》等诗大多借助乐府、歌行等的调子铺衍成篇，因而新旧杂糅的特征特别明显，他甚至采用比较严整的古典格式写了《刘三来言子谷死矣》《落叶》等诗。例如《落叶》就是一首五言诗，压 i 韵。从语言上看，它的措辞相当浅显明白，像"天公不凑巧""黏人脚底上"都是接近日常说话的白话，似乎这种体式并没有妨碍对白话的接纳。这意味着，更值得注意的是它所提示出来的诗体问题。沈尹默选择五言句式来写落叶，在他看来，是否因为它更适合表现这种悲秋的题材？

也许这是古典格式的惯性使然，在刘半农那里也有鲜明的体现。作为声援和细化胡适"文学革命"纲领的《我之文学改良观》，内中提出的一些具体方案值得注意。在这篇文章中，刘半农呼吁"破坏旧韵重造新韵"和"增多诗体"，并且质疑"绝句、古风、乐府"能否适应"新文学上诗之发挥"，甚至不满意胡适的《朋友》《他》拘束于齐整的五言格式，"认为建设新文学的韵文之动机，倘将来更能自造，或输入他种诗体，并于有韵之诗外，别增无韵之诗"。② 他的构想可谓是比较先进的，刘半农在实践

---

① 朱自清：《选诗杂记》，《中国新文学大系·诗集》（影印本），上海文艺出版社，2003，第 16 页。
② 刘半农：《我之文学改良观》，《新青年》3 卷 3 期。这篇文章和胡适的《文学改良刍议》被钱玄同称作"车之双轮、鸟之双翼，相辅而行，废一不可。"（钱玄同、刘半农：《通信》，《新青年》4 卷 1 期）

上也有无韵诗的尝试，如《卖萝卜人》。不过，这首诗虽然号称"做'无韵诗'的初次尝试"①，某种意义上却是由"对话"串起来的，这点和他的《车毯》（副标题拟车夫语）、胡适"客"与"车夫"对话的《人力车夫》、陈衡哲转述别人讲的故事要点的《人家说我发了痴》，②差别并不大，说话的口气和古典诗歌雅驯的要求距离比较疏远，因此很容易挣脱古典格式。

但就刘半农提出来的"增多诗体"而言，意识到是一回事，付诸实践则是另一回事。刘半农曾在《新青年》4卷3期扮演了新文学卫护人的正面形象，对"王敬轩"进行了体无完肤的攻击。有意味的是，硝烟还未散去，他就在《新青年》4卷4期、5期分别登出了两首五绝和一首七绝。对它们作一些必要的分析，或许可以测知他和古典格式的关系。《灵魂》是两首五绝，分别压 i 韵和 i（u）a 韵：

一

灵魂像飞鸟，世界像树枝；
魂在世界中，鸟啼枝上时。

二

一旦起罡风，毁却这世界；
枝断鸟还飞，半点无牵挂。（案："界"在古音中韵母为 ia）

两首绝句的诗旨紧密相关，实际上可以并为一首不太严格的律诗，因为前者把灵魂和世界比譬为飞鸟与树枝，意思并未结束，后者设想树枝没了，灵魂依然自由自在。不过，刘半农把它分开显然考虑到押韵的要求，因为 i 韵和 i（u）a 韵在律诗中是不谐韵的。从刘半农不去触犯律诗的约

---

① 刘半农：《卖萝卜人》，《新青年》4卷5期。
② 刘半农：《车毯》刊于《新青年》4卷2期；胡适《人力车夫》刊于《新青年》4卷1期；陈衡哲：《人家说我发了痴》刊于《新青年》5卷3期。值得注意的是，陈衡哲在诗前加了一段"小引"，声明"把他的话的要点写出来，"可见，在陈衡哲看来，"说话"和白话诗可以等同。

第二章 发现新的"言说方式"

束来看,可见他自觉地遵循着古典的规则。《三月廿四夜听雨》这首绝句则显得更为"古典",无论是意象、意境,还是运思方式,都有非常浓厚的古典气息:

我来北地将一年,今日初听一宵雨。
若移此雨在江南,故园新笋添几许?

把它放在古典诗歌的长廊中也几可乱真。这首诗通过眼前的某种风物(雨)起兴,进而投射到对别处人事(新笋)的怀想,几乎可以引为唐代诗人罗邺的《雁》的同调:"暮天新雁起汀洲,红蓼花开水国愁。想得故园今夜月,几人相忆在江楼。"[①] 古典格式的惯性如此强大,使不少白话诗的作者都有意无意地用它表意抒情。像李大钊的《山中即景》不仅形式是旧的,而且意境也来自王维一类的诗人。[②]

人们或许会说,《三月廿四夜听雨》《山中即景》一类的诗在"思想"上和古典非常合拍,自然会选用古典格式。但是,即便很"现代"的思想,甚至极有批判性的题材,同样和古典格式亲密无间。刘半农的《学徒

---

① 罗邺实有《雁》二首,文中所引为第一首(《全唐诗》,第十册,卷六五四,中华书局,1999年,第7575页)类似的运思方式很多,如南朝诗人江总的《于长安归还扬州九月九日行薇山亭赋韵诗》:"心逐南云逝,形随北雁来。故园篱下菊,今日几花开?"[《先秦两汉魏晋南北朝诗》(下),陈诗卷八,逯钦立校,中华书局,1983年,第2595页]和王维的《杂诗三首》之二:"君从故乡来,应知故乡事。来时绮窗前,寒梅著花未?"(《全唐诗》,第二册,卷一二八,第1303页),均是如此。
② 《山中即景》载《新青年》5卷3期。全诗如下:
　　　　一
　是自然的美,是美的自然——
　绝无人迹处,空山响流泉。
　　　　二
　云在青山外,人在白云内。
　云飞人自在,尚有青山在。
固然诗中以很突兀的"是自然的美,是美的自然"起首,但像"绝无人迹处,空山响流泉",很明显是对王维同是写山间景色的"空山不见人,但闻人语响"的变通(《辋川集·鹿柴》,《全唐诗》,第二册,卷一二八,第1300页)。

苦》① 就是这方面的代表：

> 学徒苦！学徒进店为学行贾，主翁不授书算，但曰"孺子当习勤苦！"朝命扫地开门，暮命卧地守户；暇当执炊，兼锄园圃！主妇有儿，曰——"孺子为我报抚。"呱呱儿啼，主妇震怒：拍案顿足，辱及学徒父母！
>
> 自晨至午，东买酒浆，西买青菜豆腐。一日三餐，学徒侍食进脯。客来奉茶，主翁倦时，命开烟铺！复令前门应主顾，后门洗缶涤壶。奔走终日，不敢言苦！足底鞋穿，夜深含泪自补！主妇复惜油火，申申诅咒！
>
> 食则残羹不饱，夏则无衣，冬衣败絮！腊月主人食糕，学徒操持白杵！夏日主人剖瓜盛凉，学徒灶下烧煮！学徒虽无过，"塌头"下如雨！学徒病，叱曰"孺子敢贪惰，作诳语"！清清河流，鉴别发缕。学徒淘米河边，照见面色如土！学徒自念——"生我者，亦父母！"
>
> （"塌头"屈食指以叩其脑也，或作"栗子"）

这首叙事诗全篇都是学徒遭际的记录，刘半农不仅追求严格的押韵（全篇为 u 韵），而且在拟主人说话时用的也是文言。由此可见，即如《学徒苦》这种有着强烈现实关怀的作品，也还完全沉浸于古典格式中，更别说容下流畅的白话。这意味着，考察白话诗语言和体式的解放程度，并不能以现实意识形态为依据。这也提醒人们，白话诗人选择古典格式未必是因为题材和内容的考虑，更重要的是，和他们在观念上认为古典格式可以征用有关。

二 暧昧的诗体认识：与古典格式周旋

相当长的时间里，胡适对白话诗的定位和认识相当含糊。撇开他的

---

① 该诗 1918 年 2 月 18 日作于北京（据《刘半农著译年表》，鲍晶编《刘半农研究资料》），载于《新青年》4 卷 4 期。

"白话诗八首"和"白话词"不论,即如和沈尹默、刘半农首次联袂推出的9首诗中,他的《景不徙篇》仍然是没有打破字数限制的五言诗。① 当然,这首诗是留美期间"一个人的实验"的成果,自发地采用某种古典诗歌的体式几乎是必然的,体式不过是借取的一个载体,他的主要目的是试验白话。但是到了1918年8月,他的《如梦令》也还是典型的填词:"天上风吹云破,月照我们两个。问你去年时,为何闭门深躲?/'谁躲?谁躲?那是去年的我!'"②

《尝试集》再版时,胡适指出《一念》《鸽子》《新婚杂诗》《四月二十五日夜》等诗"脱不了词曲的气味与声调","六年秋天到七年年底——还只是一个自由变化的词调时期"。③ 和词调的暧昧纠葛,很大一部分原因当然是因为"缠过足","对于旧诗词用过一番功夫,一时不容易打破旧诗词的镣铐枷锁"。④ 不过,"不容易打破旧诗词的镣铐枷锁"指的是主动的、实践的层面,其实,胡适在观念上显露的对词调的兴趣更值得注意,词调可以征用的观念在更根本的层面制约了他对白话诗的认识与实践。

早在留美时期,胡适和梅光迪等人争论的焦点在于能否"用白话作韵文"。对胡适而言,诗的核心密码藏身于语言媒介,诗的进步只需要将其中的文言改为白话即可,显然,他并未逾越古典诗歌的体制,作更具颠覆性的思考。⑤ 固然他在早年也有所谓的"创调",如1914年作的《久雪后大风寒甚作歌》为"三句转韵体",但并不新鲜,当时有人指出元稹诗中

---

① 《景不徙篇》刊于《新青年》4卷1期时,注明作于"六年三月六日",全诗如下:飞鸟渡江来,投影在江水。鸟逝水长流,此影何尝徙?风过镜平湖,湖面生轻绉。湖更镜平时,毕竟难如旧。为他起一念,十年终不改。有召即重来,若王而实在。
② 原作注明写于1918年8月,载《新青年》5卷4期。
③ 胡适:《〈尝试集〉再版自序》,《胡适学术文集·新文学运动》,第403页。
④ 胡适:《〈蕙的风〉序》,《胡适学术文集·新文学运动》,第454~459页。
⑤ 在著名的《文学改良刍议》中,就诗词而言,胡适对它的攻击根本不是体制上的,而是集中在文字死活问题上的争辩,"吾主张今日作文作诗,宜采用俗语俗字。与其用三千年前之死字,不如用二十世纪之活字"(《新青年》2卷5期);即如到了《历史的文学观念论》中,所谈的文学变迁也集中在白话上,"诗词亦多用白话者"(《新青年》3卷3期)。

即有类似的用韵方式。① 最重要的是，即如较为罕见的用韵方式，他也只是在古体诗等古典格式的内部进行的尝试。

古典格式可以征用的系统思考出现在胡适与钱玄同的一次通信中。这封信对钱玄同、刘半农反对填词发表了自己不同的看法：

> 先生与刘半农先生都不赞成填词，却又都赞成填西皮二簧。古来作词者，仅有几个人能深知音律。其余的词人，都不能歌。其实词不必可歌。由诗变而为词，乃是中国韵文史上一大革命，五言七言之诗，不合语言之自然，故变而为词。词旧名长短句，其长处正在长短互用，稍近语言之自然耳。即如稼轩词：
>
> "落日楼头，断鸿声里，江南游子。把吴钩看了，无人会、登临意。"
>
> 此决非五言七言之诗所能及也。故词与诗之别，并不在一可歌而一不可歌，乃在一近言语之自然而一不近之自然也。作词而不能歌之，不足为病。正如唐人绝句大半可歌，然今人不能歌亦不妨作绝句也。
>
> 词之重要，在于其为中国韵文添无数近于言语自然之诗体。此为治文学史者所最不可忽之点。不会填词者，必以为词之字字句句皆有音律，其束缚自由必甚。其实大不然。词之好处，在于调多体多，可以自由选择。工词者，相题而择调，并无不自由也。人或问既欲自由，又何必择调？吾答之曰，凡可传之词调，皆经名家制定，其音节之谐妙，字句之长短，皆有特长之处。吾辈就已成之美调，略施裁剪，便可得绝妙之音节，又何乐而不为乎？（今人作诗往往不讲音节。沈尹默先生言白话诗尤不可不讲音节，其言极是。）

---

① 在1914年1月29日日记中胡适颇为自得这首"三句转韵体"，"在吾国诗中，自谓此为创见矣。"不过，他的朋友张子高指出元稹的《大唐中兴颂》中有三句一转韵之体，后来胡适也发现黄庭坚诗中亦有此种情形。（参阅《胡适日记全编·1》，第228页、285页）。需要指出的是，他更早注意到的是西方诗歌的换韵，"西人诗歌多换韵，甚少全篇一韵。"（1913年10月16日记，《胡适日记全编·1》，第207页）。

> 然词亦有两短。（一）字句终嫌太拘束。（二）只可用以达一层或两层意思，至多不能达三层意思。曲之作，所以救此两弊也。有衬字，则字句不嫌太拘。可成套数，则可以作长篇。故词之变为曲，犹诗之变为词，皆所以求近语言之自然也。
>
> 最自然者，终莫如长短无定之韵文。元人之小词，即是此类。今日作"诗"（广义言之），似宜注重此种长短无定之体。然亦不必排斥固有之诗词曲诸体。要各随所好，各相题而择体，可矣。
>
> 至于皮簧，则殊无谓。皮簧或十字为句，或七字为句，皆不近语言之自然。能手为之，或亦可展舒自如，不限于七字十字之句，如《空城计》之城楼一段是也。然不如直作长短句之更为自由矣。①

由回应钱、刘二人而牵出了自己"现在"做白话诗的见解，他对词曲推崇备至，充分肯定其言语近于"自然"的优点，因而也必将取代五七言诗。② 到了1918年3月，为了反击张厚载批评白话诗像是"西洋式的长短句"，胡适还振振有词地强调"长短句乃诗中最近语言自然之体，无论中西皆有之"。③

明确宣称以词曲替代字数一定的五七言诗，强调词曲在安放语言上的"自然"，观念上较之留美时期的确进步了不少。但是，词调、曲调的形式依然是古典格式，胡适还没有走到全面质疑古典体式的地步。如果说，胡适是以论证的方式宣称征用古典格式的必要性和正当性的，相当响亮明了地承认自己对词曲一类格式的青睐，周作人对古典格式的态度则显得比较隐晦。刘半农曾经节录周作人写给他的信，作为"补白"公布在《新青

---

① 胡适：《论小说及白话韵文》（胡适复钱玄同信，1917年11月20日），《新青年》4卷1期。
② 虽然早在1915年6月8日的日记中，胡适就注意到了"词乃诗之变化"："诗句之长短、韵之变化不出数途。又每句必顿住，故甚不能达曲折之意，传宛转顿挫之神。至词总则不然。……何等自由，何等顿挫抑扬！"（《胡适日记全编·2》，第165页）但可能和胡适相当长的时间都集中在文言/白话、死文字/活文字的争辩有关，因此，不同的诗体的"优点"迟至1917年年底才被提出来。
③ 张厚载、胡适等：《通信》，《新青年》4卷6期。

年》上：

> 七月三十一日，得启明自绍兴来函，以其有趣，录此以补余白：
> 今日天气热，卧读寒山和尚诗，见一首甚妙，可代《新青年》新体诗作者答人批评之用；因以廿年前所买"诗笺"抄上，博"寒星大吟坛一粲"，计开——
> 有秀才笑我诗多失：云不识"蜂腰"，仍不会"鹤膝"，
> 平仄不解压，凡言取次出。
> 我笑你作诗，如盲徒咏日！

寒山故意写出一首不拘平仄和使用俗语（凡言）的五绝，与批评者针锋相对。周作人认为这种有意的反击说明了作诗可以不拘平仄、采纳俗语，觉得不妨用来反击对白话诗的指责。可见，周作人心目中的白话诗还只是寒山式的，关注的不过是平仄和语言问题。换言之，摆脱了平仄和文言的拘束，白话诗就具备正当性，这是对寒山式五七言诗的默认。由此可见，周作人和五七言诗的古典格式是"相安无事"的。当然，他在更早的时候，曾把"口语"和五七言对立起来，已经注意到用长短句取代五七言诗。在翻译谛阿克列多思牧歌时谈道："口语作诗不能用五七言，也不必定要押韵，只要照呼吸的长短句便好。"① 不过，周氏在晚些时候关注平仄和俗语，在观念上隐晦地退回到对五七言诗的默认，恰恰证明了他在诗体认识上是比较模糊的。

更能说明周作人没有顾及古典格式的另一例证，出现在他写给刘半农的另一封信中。刘半农写了一首"斗方派歪诗"，"苍天万丈高，翠柏千年古。我身高几何？我寿长几许？以此问夕阳，夕阳黯无语！"请周氏兄弟指正，周作人很快写出了对刘诗的意见和和诗：

---

① 周作人：《古诗今译·题记》，《新青年》4卷2期。需要指出的是，据周作人自述，"这篇译诗和题记都经过鲁迅的修改"。(《知堂回想录》，止庵校订，河北教育出版社，2002，第384页)

第二章 发现新的"言说方式"

今早接到大作,读过后,便大家"月旦"起来:家兄说"形式旧,思想也平常"。我觉得稍嫌感情的、伤感的(Sentimental)一面,也不大好。于是"信口雌黄",将贵诗翁骂得"体无完肤",得罪得罪!而且我又用顽固的物质主义,作了一首和诗,就想破你的感情的气分。

"苍天"不知几"丈高",
"翠柏"也不知几"年古"。
"我身"用尺量,
就知"高几何"。
"我寿"到死时,
就知"长几许"。
你去"问夕阳",
他本无嘴无耳朵,
自然是"嚜无语"。①

在句式和语法上,周作人的和诗都不同于刘半农的原诗,有意味的是,周作人谈论的重点却不在两诗形式上的差别,而是诗的内容、精神以致世界观的区别,目的是破除刘半农原诗的"伤感",而采用一种物质主义(现实)的态度,"务实"地谈论个人的身高、寿命。由此可见,周作人对旧诗的态度集中在"内容"上面。就旧的诗体而言,他在观念上不置可否。

无论是胡适表彰词曲,还是周作人默认五七言诗的体式,都说明了他们在古典诗歌格式问题上的暧昧态度。正是认为可以征用或者部分征用古典格式,使得白话诗自我身份的确认显得非常含糊。反映在实践上,则是新旧杂糅,这就是为什么,某一部分的古典格式会被启用,参与到白话诗的写作中。然而,古典格式的介入(借用)却严重地掣肘了白话诗的"自

---

① 刘半农:"补白",《新青年》4 卷 5 期。

由"。这点在刘半农的译诗中也有体现。他曾在《新青年》5卷3期推出19首译诗，这些诗呈现了两种极端：当面对散文诗时，他的译写流畅自然；当面对本身有着一定的格式限定的诗时，他的译写只好回到古典诗歌的体式世界中寻找格式上的支持，制约了译写的自由。

从刘半农翻译泰戈尔的散文诗《同情》来看，它自由地展现了流畅的白话，对比后来郑振铎的翻译，除了细部字词修饰的差别，两诗几毫无二致。① 这说明了，由于没有格式上的限定，刘半农的翻译显得相当成功，甚至可以将他视为散文诗翻译最早的成功者。然而，一旦转入到本身有格式限定的被译对象时，刘半农就显得捉襟见肘了。如翻译印度诗人奈都的《倚楼》：

> 我所爱，我将何以饲汝？
> 　以金黄色之蜜与叶，
> 我所爱，我将何以悦汝？
> 　以铙与琵琶之声。
>
> 我将何以饰汝髻？
> 　以茉莉畦中之珠，
> 我将何以香汝指？
> 　以基辣与玫瑰之魂。
>
> 唉至爱昵者，我将何以衣被汝？

---

① 这里分别截取刘、郑二人所译的《同情》第一节以资比较。郑振铎译文采自《杂译泰戈尔诗》，《小说月报》第12卷第1号。刘译：假使我是只小狗，不是你的宝贝，那么好母亲，我要吃你盘子里的食，你要说"不许"么？你要把我赶去，向我说，"走开，你这讨厌的小狗"么？那么去，母亲，去了！你叫我，我决不再来了；也决不再要你喂我了。郑译：如果我只是一只小狗，而不是你的小孩，亲爱的妈妈，当我想吃你的盘里的东西时，你要向我说"不"么？你要赶开我，对我说道："滚开，你这淘气的小狗"么？那末，走罢，妈妈，走罢！当你叫唤我的时候，我就永不到你那里去，也永不要你再喂我吃东西了。

第二章 发现新的"言说方式"

> 以孔雀与鸽之色采(彩),
> 唉至爱昵者,我将何以媚恋汝?
> 以爱情中伧(沧)美之沉默。

诗中是典型的文言语调,一些字词相当古奥,如"饲汝""髻""媚恋"等,还有古代汉语中特有的使动用法,如"香汝指"等。倘若把"我将何以……以……"的结构简化,则可以得出"何以饲汝以蜜叶"的句式,这极易让人联想到张衡《四愁诗》"何以报之英琼瑶"之类的句式。① 不惟如此,《四愁诗》还在"我"与"美人"之间构拟了"投"与"报"的关系,就此而言,《倚楼》的"我"与"爱昵者"的关系也极为类似。可见,刘半农借助"古"译"今"是有迹可循的。如果将刘译对比冰心的翻译则更为明了(其实从题目看就显示了某种"氛围"的差别,刘半农题为《倚楼》,而冰心题为《在一个花格楼厅上》)。② 冰心自由体的翻译使她获得了语言上的自由,而穿上了古体诗"袍子"的刘半农,在举手投足之间似乎更显捉襟见肘。引人思索的地方还在于,《倚楼》《同情》的翻译均出自刘半农之手,它们的差别却因为是否征用古典格式被醒目地彰显出来。正是与古典格式的暧昧纠缠深刻地制约了不自如的表现。显然,诗体的选择

---

① 张衡:《四愁诗》全诗如下:我所思兮在太山,欲往从之梁父艰,侧身东望涕沾翰。美人赠我金错刀,何以报之英琼瑶。路远莫致倚逍遥,何为怀忧心烦劳。/我所思兮在桂林,欲往从之湘水深,侧身南望涕沾襟。美人赠我金琅玕,何以报之双玉盘。路远莫致倚惆怅,何为怀忧心烦伤。/我所思兮在汉阳,欲往从之陇阪长,侧身西望涕沾裳。美人赠我貂襜褕,何以报之明月珠。路远莫致倚踟蹰,何为怀忧心烦纡。/我所思兮在雁门,欲往从之雪纷纷,侧身北望涕沾巾。美人赠我锦绣缎,何以报之青玉案。路远莫致倚增叹,何为怀忧心烦惋。

② 冰心的译文如下:
我该怎样供养你,我的爱人?   "用孤沙*和玫瑰的魂灵。"
"以金红的蜂蜜和果实。"   我该怎样装饰你,最亲爱的人?
我该怎样使你欢喜,我的爱人?   "以孔雀和鸽子的色调。"
"用铙钹和琴瑟的声音。"   我该怎样追求你,最亲爱的人?
我该怎样妆扮你的发髻?   "用爱的微妙的沉默。"
"从茉莉花里选取珠英。"   *一种青草。——译者
我该怎样薰香你的手指?   (见《冰心全集》第4册,海峡文艺出版社,1994,第547页)

构成了某种根本的阻遏，解决诗体的必要性于此浮现出来了。

三　诗体解放和自由诗的发现

胡适认为"《关不住了》一首是我的'新诗'成立的纪元"。[①] 但《关不住了》却是一首译诗，并且它的生产时间相当迟，为1919年2月26日。[②] 到此为止，已经有相当数量的作者在白话诗的园地中试过身手，创作上取得了一定的声势。比如被胡适称作"新诗中的第一首杰作"的《小河》，在头条的显著位置刊于《新青年》6卷2期。《小河》发表时有一段"小引"值得注意：

> 有人问我，这诗是什么体，连我自己也答不出。法国波特来尔（Baudelaire）提倡起来的散文诗，略略相像，不过他是用散文格式，现在却一行一行的分写了。内容大致仿那欧洲的俗歌；俗歌本来要叶韵，现在却无韵。或者算不得诗，也未可知；但这是没有什么关系。

周作人显得比较"低调"，认为"一行一行的分写"和"无韵""或许算不得诗"，不过，对于"这诗是什么体"的困惑，则意味着到古典格式之外寻求某种"诗体"的意识，已经在他心目中隐约地浮现了。

在摆脱古典格式方面真正具有典范意义的，还是胡适的《关不住了》。它的启发性在于，和胡适此前的翻译经常借用骚体等古典格式不同，它在体式上游离于它们之外，甚至可以说，它发现并承接了来自西方的自由诗体式。不过，和他此前的译诗对比，《关不住了》算是违抗他的翻译原则最远的作品。胡适非常看重翻译应忠实于原文，[③] 在翻译

[①] 胡适：《〈尝试集〉再版自序》，《胡适学术文集·新文学运动》，第403页。
[②] 《关不住了》甫一脱手，即刊于1919年3月15日出版的《新青年》6卷3期，注明"译美国新诗人 Sara Teasdale 原著"。
[③] 在写给陈独秀的信中，胡适认为，草率的翻译就像东施效颦，因而"与其译而失真，不如不译。此适所以自律，而亦颇欲以律人者也。"（参阅1916年2月3日记，《胡适日记全编·2》，第337页。）

第二章　发现新的"言说方式"

拜伦的《哀希腊》时，还有意比较马君武和苏曼殊的译本，认为"君武所译多讹误，有全章尽失原意者，"并且不无得意地宣称"吾于原文神情不敢稍失，每委曲以达之。至于原意，更不待言矣。"① 如此斩钉截铁地自我表扬，可见他对忠实于原意的自负。《关不住了》对原诗的偏离尽管不能用"不可以道里计"来形容，但一些地方还是显而易见的。原诗和译诗如下：

Over the Roofs　　　　　　　　　　在屋顶上

I said, "I have shut my heart,　　　　　　我说，"我把心收起，
As one shuts an open door,　　　　　　像人家把门关了，
That Love may starve therein,　　　　　叫爱情生生的饿死，
And trouble me no more."　　　　　　也许不再和我为难了。"

But over the roofs there came　　　　　但是屋顶上吹来，
The wet new wind of may,　　　　　　一阵阵五月的湿风；
And a tune blew up from the curb　　　更有那街心琴调
Where the street-pianos play.　　　　　一阵阵的吹到房中。

My room was white with the sun　　　一屋里都是太阳光，
And Love cried out in me,　　　　　　这时候爱情有点醉了，
"I am strong, I will break your heat　　他说："我是关不住的，
Unless you set me free."　　　　　　　我要把你的心打碎了！"

诗的题目"Over the Roofs"本应作"在屋顶上"，却译成了"关不住了"，第三节的"white"／"白色的"在转换成汉语时消失了，又如第三节中的"And Love cried out in me"被译为"这时候爱情有点醉了"，内中

---

① 1914年2月3日记，《胡适日记全编·1》，第230~238页。

的"cried"/"哭喊"也没有传达出来。

号称忠实原意但在一些地方却似乎有意地偏离，这可能和胡适对这首诗作"自我"的诠释有关。他选择"关不住了"做题目，很明显是为了突出爱情桀骜不驯的主题（它是关不住的），之所以把"哭喊"置换成"醉"，很可能认为美好景物对爱情的诱引带来了"陶醉"——潮润的风和迷人的琴声让被"关"起来的爱情不可自持地"醉"了，由于这种"陶醉"就强化了和"被收起的心"的紧张。诚如王光明先生精到地指出，"胡适译这首诗所看重的，不是这首诗的意象、情境和诗的说话者的心理感受，以及构成多重对比的写作技巧，而是率真强烈的感情个性和'白话'的流畅感（这是一首以说话口吻写的独白诗）。"①

从另一个角度看，胡适的这些偏离或许可以算作小节。在翻译的技术问题上，他对原诗体现了应有的尊崇。比如遵守原诗的押韵，"Over the Roofs"是换韵的，分别为ɔː、ei和iː韵；《关不住了》分别为e、e（o）ng和e韵，虽然句尾多用"了"字有凑韵之嫌，但显然是为了顾及白话的流畅。他不仅照顾到押韵，而且在一定程度上还考虑了音步的对应，如"But over the roofs there came"为三个音步（为"扬/抑抑扬/抑扬"结构），"但是屋顶上吹来"同样为三个音节，又如"My room was white with the sun"三个音步（为"抑扬/抑扬/抑抑扬"结构），而"一屋里都是太阳光"也是三个音节，在此"white"的消隐很可能就是考虑到音节的对应（假如把"white"译出，"一屋里都是白色的太阳光"则成了四个音节）。此外还需注意的是，胡适在谐韵方面也有讲究，第一节、第三节尝试的是阴韵（句末为虚词"了"），成为"关了"与"难了"、"醉了"与"碎了"的对应，有意思的是，倘若把虚词"了"拿掉，关/难、醉/碎仍旧是谐韵的，这是否就是胡适把"cried/哭喊"翻译成"醉"的原因？如果考虑到《关不住了》收入《尝试集》时所作的修改，他把倒数第二字设计为

---

① 王光明：《现代汉诗的百年演变》，第80页。

谐韵的用心更是一目了然。① 由此看来,胡适虽然违抗了自己的翻译原则,但在某种程度上却是为了遵循原诗的格式。

最重要的是,《关不住了》较之胡适的其他译诗,实现了诗体选择的"自由",他从津津乐道的骚体中脱身而出,投入到自由诗的怀抱。这种自由对比他此前翻译 Arthur Ketchum 的《Roadside Rest》也很明显。原诗在形式上和《Over the Roofs》非常相像,全诗也是每节4行,共3节,同样采用换韵,《Roadside Rest》分别压 s、n 和 ə: 韵,可以说是相当自由的格式。但胡适却用骚体格式翻译,因而不得不用大量文言句式表现情感的伸展和转折,自然就显得格调古奥、语言生涩。②

---

① 《关不住了》收入《尝试集》时做了一定的修改,第二节变动较大:
但是五月的湿风,时时从屋顶上吹来,还有那街心的琴调,一阵阵的飞来。
初稿中的"e、e(o)ng、e 韵"成了 e、ai、e 韵。第二节的"来"搭配动词"吹"和"飞"时被弱化了。按照黄伯荣等的观点,这种表述方位的搭配成了趋向补语[黄伯荣、廖序东《现代汉语》(下),高等教育出版社,1991,第90页];而按照王力的考察,"起来"的搭配表示"情貌"是较晚近的事,大概在元代产生,因而,无论是从语义上看,还是从构形法看,在古典诗歌中都是非常罕见的。从古典诗歌的押韵要求看,"了"一类的虚词是不宜押韵的,只有和实词一道构成阴韵。有意思的是,这首译诗的虚词、弱化词之前的词(关/难、吹/飞、醉/碎)恰好是谐配的,这是否胡适的有意为之? 或者说,隐蔽的古典诗歌的最基本要求仍旧潜在地影响着胡适? 在此,可以提供另外一个例证,卞之琳批评胡适虽然很早就知道压阴韵,但在他的意识深处却是"文言化"的情结,卞氏引述徐志摩亲耳"听到胡'打起徽州调高声朗唱了一两遍'",据此他认为"可见胡又马上返回到旧体诗的哼唱(是 chanting,不是 singing)调子,是'吟调',不是'诵调'(说话调子)……胡适知道用阴韵,用了却还是'朗唱',那倒又文言化了。"(《〈徐志摩译诗集〉序》,《卞之琳文集》中卷,安徽教育出版社,2002,第330页)
② 原诗和译诗如下:
Roadside Rest　　　　　　　　　　墓门行
Such quiet sleep has come to them,　　伊人寂寂而长眠兮,
The Springs and Autumns pass,　　任春与秋之代谢。
Nor do they know if it be snow　　野花繁其弗赏兮,
Or daisies in the grass.　　亦何知冰深而雪下? 水潺潺兮,
All day the birches bend to hear　　长槐垂首而听之。
The river's undertone;　　鸟声喧兮,
Across the hush a fluting thrush　　好音谁其应之?
Sings evensong alone.　　风鸣咽兮而怒飞兮,陈死人兮安所知兮?
But down their dream there drifts no sound:　　和平之神穆以慈兮,
The winds may sob and stir;　　长眠之人于斯永依兮。
On the still breast of Peace they rest—— And they are glad of her.
(见《胡适日记全编·2》,第113~114页)

《关不住了》不只对于胡适,对于整个白话诗写作而言都具有重要意义,即不仅在语言上摆脱了文白杂糅,更关键的是,在形式上走出了和古典格式的暧昧周旋,真正实现了诗体的大解放,同时也意味着自由诗体式的发现。当然,人们或许会说,《关不住了》还是押韵的,并不算严格意义上的自由诗。按照罗杰·福勒对自由诗的梳理,抛弃韵律转而强调节奏虽是自由诗创作中的一股潮流,不过,许多自由诗还是保留了某种形式的格律。① 事实上,像刊发《Over the Roofs》的《Poetry: a magerzine of vers》,在美国新诗运动的早期极力鼓吹意象派,但该杂志掌门人门罗的很多作品常有严格的格律,像他的代表作《Love song》,曾引起留学美国时的闻一多的注意。② 又如,按照傅浩的考察,"艾略特的《荒原》就是主要用传统律句拼凑的'自由诗'。"③ 从中国新诗艰难地摆脱古典格式来看,初步找到《关不住了》这种非严格的换韵的新体式,它的确当得起中国自由诗的肇始这一称号。

当然,《关不住了》的象征意义大于当时的诗歌写作现实。在它之后仍有大量以或隐或显的古典格式出现的作品,即便胡适也是如此,例如他写的《送叔永回四川》至少有"四种词调里的句法"。④ 有意思的是,素以白话诗死硬的反对派著称的任鸿隽,在接到胡适这首诗后,竟然出人意料地鼓动胡适写"无体诗":

> 你的诗居然"赶上了远行人",语重心长,深谢,深谢。诗虽太"文"一点,你晓得我是不怕"文"的。说句老实话,我狠盼望你给我一首无体诗。现在这首诗虽非无体,却也相差不远。⑤

---

① 罗杰·福勒:《现代西方文学批评术语词典》,袁德成等译校,四川人民出版社,1987,第113~114页。
② 闻一多:1922年8月27日致清华同学信,孙党伯等编《闻一多全集·书信》,湖北人民出版社,1993,第57~59页。
③ 傅浩:《论英语自由诗的格律化》,《外国文学评论》2004年第4期。
④ 胡适:《谈新诗》,《星期评论》"双十纪念号",1919年10月10日。
⑤ 任鸿隽致胡适,这封信作于1918年4月下旬之后,因为《送叔永回四川》作于1918年4月18日(载《新青年》6卷5期)。该信据耿云志编《胡适遗稿及秘藏书信》,第二十六册,黄山书社,1994,第307页。

第二章　发现新的"言说方式"

任鸿隽的描述不一定准确，但胡适在译出了《关不住了》之后仍旧被古典格式吸附却是事实。很难揣测任鸿隽在多大程度上触动了胡适，使他从观念上对古典格式予以剥离，但不久之后他写出了《谈新诗》这篇重要的理论文章，称近年的新诗运动为"诗体的大解放"：

> 形式上的束缚，使精神不能自由发展，使良好的内容不能充分表现。若想有一种新内容和新精神，不能不打破那些束缚精神的枷锁镣铐。因此，中国近年的新诗运动可算得是一种"诗体的大解放"。因为有了这一层诗体的解放，所以丰富的材料、精密的观察、高深的理想、复杂的感情，方才能跑到诗里去。五七言八句的律诗决不能容丰富的材料，二十八字的绝句决不能写精密的观察，长短一定的七言五言决不能委婉达出高深的理想与复杂的感情。

把表达"高深的理想与复杂的感情"和"诗体的大解放"联系起来，在后来的新进诗人那里则强化为以自由诗的形式表达现代性的诉求，这在下文将有论述。在胡适这里，则意味着"诗体的大解放"的观念得到了确立，在这篇文章中，他还全面清理了从前认可的词曲可以征用的观念："但是词曲无论如何解放，终究有一个根本的大约束；词曲的发生是和音乐合并的，后来虽有可歌的词，不必歌的曲，但是始终不能脱离'调子'而独立，始终不能打破词调曲谱的限制。直到近年来的新诗的发生，不但打破五言七言的诗体，并且推翻曲调曲谱的种种束缚；不拘格律、不拘平仄、不拘长短，有什么题目，做什么诗；诗该怎样做，就怎样做。这是第四次的诗体大解放。"意识到词曲不能脱离"调子"独立，完全超越了《论小说及白话韵文》中对词曲的认识，实现了从大谈词曲的好处到摒弃词曲的根本转变。至此可以说，无论是实践上（象征层面）还是理论上，白话诗的写作终于迎来了对古典格式的废黜和对自由诗体式的拥抱，它的身份也因而更新为新诗。

四 如何"新"诗:课题与问题

朱自清编选《中国新文学大系·诗集》时,声称对第一个十年的新诗大半出于"历史的兴趣",目的是"看看我们启蒙期诗人努力的痕迹。他们怎样从旧镣铐里解放出来,怎样学习新语言,怎样寻找新世界。"[①] 的确,"学习新语言,寻找新世界"正是早期新诗面临的"课题",而源于诗的体式和诗的语言之间的复杂性,它的迫切性在新诗初步宣告成立的前后显得尤为突出。

当白话诗一方面纠缠于古典格式时,另一方面也实践着天然就与古典格式隔绝的"对话""散文"的形式,"对话""散文"的好处固然接纳了流畅的白话,但从"诗"的要求来看,则显得过于直露,混淆了诗与文的区别;从写法上看,则显得过于随便、容易,甚至有着"胡诌"的特点。像胡适"说话"体的《你莫忘记》发表之后,立马引来了李剑农的模仿之作,胡适写"父亲"说话,李剑农写"湖南小儿"说话,他向胡适明确声明,《湖南小儿的话》"套袭你那一首的架子与意思","这首诗是我第一次开荒土的产物","将来也随诸位诗翁胡诌几句"。[②] 在李剑农看来,记载下与小儿的对话成其为诗是很容易的事情,所以相当轻松地表示要和胡适们一起"胡诌"。

和李剑农不同,俞平伯的认识上升到了打磨诗艺的思考。他在一封题为《白话诗的三大条件》的信中指出,"雕凿是陈腐的,修饰是新鲜的,文词粗俗,万不能发抒高尚的理想",因而,在"用字""做句""安章"方面要有讲究,"这是凡白话文,都该注意的,而用白话入诗尤甚。因为如没有这种限制,随着各人说话的口气,做起诗来,一天尽可以有几十首,还有什么价值呢?"如果说,这还只是不满诗的"说话"口气,有解

[①] 朱自清:《选诗杂记》,《中国新文学大系·诗集》,第17页。
[②] 李剑农:《湖南小儿的话》,《新青年》5卷4期。作者这番自述出自他写给胡适的信,被《新青年》编者作为"来函代序"放在诗的开头。胡适的《你莫忘记》刊于《新青年》5卷3期。

救"对话"体的味道,那么,俞平伯区分诗和文的观念更值得注意:

> 诗尤与文不同,在文可以直说者,诗必当曲绘,文可以繁说者,诗只可简括。所以诗的说理表情叙事,均比较散文深一层。话说正了,意思依然反的。话说一部分,意思却笼罩全体。这无论白话文言都是一样,而用白话入诗,比较更难。因为说得太多太真便失了诗的面目;太包括了,又怕笼统含糊,意义欠清晰。所以真正有价值的白话诗,比某先生某翁大作难做得多。如没好的意思,只好不做。①

俞平伯提出"诗必当曲绘"、应该有所感(有好的意思)而作,在当时可谓空谷足音。像沈兼士把白话诗比作大自然的"真趣",根本不考虑艺术加工,恐怕是很多人的共识。②

胡适曾在一封未完成的书信中反省了写诗的"胡诌"之举:"鄙人从前胡诌一首白话诗,却蒙贵志登载。现在我对于新体诗,不敢乱做。有点意见,想同诸位商量商量。"信中说的"各位"指《新青年》同人。这封信的确切写作时间不可考,其动机或许来自俞平伯的《白话诗的三大条件》。③ 胡适所言的"胡诌"的白话诗很可能指《除夕》,从诗中的口气及

---

① 俞平伯:《白话诗的三大条件》,《新青年》6卷3期。
② 《新青年》5卷3期曾刊出沈兼士一首诗题为《真》:
我来香山已三日,领略风景不曾厌倦之。
人言"山惟草树与泉石,未曾雕饰何新奇?"
我言"草香树色冷泉丑石都自有真趣,妙处恰如白话诗。"
③ 胡适:《白话诗之三大条件》,耿云志编《胡适遗稿及秘藏书信》,第十一册,第422页。不无奇怪的是,这封信和俞平伯写给他的信《白话诗的三大条件》的题目一样,胡适给俞信加了一个"跋":"俞君(平伯)这封信寄到我这里已有四五个月了。我当初本想做一篇《白话诗研究》,所以留下他这封信,预备和我那篇文章同时发表。不料后来我奔丧回南,几个月以来,我那篇文章还没有影子。"(《〈白话诗的三大条件〉跋》,《新青年》6卷3期,1919年3月)俞平伯的信落款为"十月十六日",又因为胡适1918年12月回家奔丧(他写有《十二月一日奔丧到家》),可以推断出,这封未成文最后以半成稿形式出现的《白话诗之三大条件》,应该写于1919年以后。

经验、体式与诗的变奏

明显的应景特征来看,的确是"胡诌"的①:

> 除夕过了六七日,
> 忽然有人来讨除夕诗!
> 除夕"一去不复返",
> 如今回想未免已太迟!
> 那天孟和请我吃年饭,
> 记不清楚几只碗,
> 但记海参银鱼下饺子,
> 听说这是北方的习惯。
> 饭后浓茶水果助谈天,
> 天津梨子真新鲜!
> 吾乡雪梨岂不好,
> 比起他来不值钱!
> 若问谈的什么事,
> 这个更不容易记。
> 像是易卜生和白里欧,
> 这本戏和那本戏。
> 吃完梨子喝完茶,
> 夜深风冷独回家,
> 回家写了一封除夕信,
> 预备明天寄与"他"!

诗中一派流水账的记录,由于"有人来讨除夕诗",就把除夕所做一一记录在案,像"海参银鱼下饺子""饭后浓茶水果""吃完梨子喝完茶"

---

① 胡适:《除夕》,《新青年》4卷3期。有意思的是,在编定《尝试集》时这首诗也落选了,也许正因为有太明显的胡诌特点。

都用来推进"除夕诗(事)"的了结,一首应付差事的诗就这样"胡诌"而成,"预备明天寄与'他'"了。

这种诗恰好就是俞平伯在《白话诗的三大条件》中极力批评的类型,不仅离"诗必当曲绘"的要求甚远,并且是无所感而作,写法上也有明显的杂凑特征。当然,胡适的反省,也可能受到了任鸿隽的"刺激"。任批评白话诗"有退而无进",认为它不算诗,甚至可以批量生产,还特地举《除夕》为例:

> 《新青年》之白话诗,似乎有退而无进。如星期前在 New Hampshire 白山中,偕经农、树人、擘黄、亦农、杏佛避暑出游时,遇物辄作白话诗,每日所得不下十余首,惜不得《新青年》为之登出问世耳。某日擘黄问,如《新青年》之白话诗究竟有何好处?隽答其好处在无诗可登时,可站在机器旁立刻作几十首。顷读来书,言除夕诗系五分钟所作成,窃喜吾前言之不谬。特今之问题不在诗成之迟速,乃在所成者是诗非诗耳。①

看来胡适曾向任鸿隽承认《除夕》是五分钟写出来的,任鸿隽则认为如此速度可以"站在机器旁立刻做几十首",言下之意白话诗是即兴、随意写成的。胡适反省他"胡诌"的《除夕》,无论是出于俞平伯的影响,还是任鸿隽的"刺激",或者兼而有之,可以肯定的是,他不满于这首诗"杂凑""随意"和过于"容易"的毛病,在观念上已经意识到了诗应当艺术地经营。

这些都意味着,新诗不仅是追求白话和诗体的解放,诗艺的问题更是它的题中之意。尽管语言问题上的文白之争还在继续,但在新诗人那里,被更加醒目凸显的却是诗艺的问题。从解决语言和体式问题(用白话、诗体解放)到追寻诗艺,这是新诗自身课题的深化与延伸。更进一步说,这

---

① "任鸿隽致胡适信",1918 年 9 月 5 日,《胡适来往书信选·上》,中华书局,1979,第 14 页。

既是新诗人的自觉,也是他们的压力:新诗如何张扬自身的美学质素,以回应各种误解与非难,使新诗在"诗"的层面上站稳脚跟。继林纾诸位遗老而起的胡先骕,对新诗的攻击直指新诗在"美学造诣"上的匮乏,"其功用不专在达意,而必有文采焉,而必能表情焉,写景焉,再上,则以能造境为归宿。"① 固然胡先骕的立论前提设定为文言优于白话,但就确立新诗身份的紧迫性而言,"美学造诣"的确是新诗有待营造的一个重要质素。

从塑造"诗"的信仰看,把新诗的认识提升到注重经营诗艺的层面显得异常紧迫。俞平伯尖锐地批评了一拨盲目赞同新诗的人,他们根本不顾及新诗在美学上的要求,"不过看这个东西很流行很时髦;用了浅显的白话,不讲对仗,不押韵脚,不用古典,他们随着嘴乱绉,似乎很容易,所以很喜欢它的。……这一派人对于新诗前途的发展很有障碍,他们乱做乱投稿,弄到后来,社会上对于新诗自然要抱一种嫌恶轻蔑的态度,新诗社会化的成功,就很难预期了"。俞平伯的这篇文章还特地申明,"白话诗的难处,不在白话上面,是在诗上面"。②

在"诗"的层面对新诗进行更新是一方面,另一方面还体现在诗歌精神上。傅斯年反思他的写景诗《深秋永定门晚景》,强调人与山遇的文章不过是容易做的,关键是"须得人与山离、人与人遇"。③ 这和他不满于"纯粹的模仿"有关,因此把周作人表现人道与社会现实的《背枪的人》《京奉车中》两首诗,作为写诗的"样板"转载在《新潮》上。④ 倘若对比胡适对《深秋永定门晚景》的评价,则会发现,胡、傅二人所关注的基本问题是不同的。诗歌观念上的某种代际性差异在这里显出了端倪,这是

---

① 胡先骕:《中国文学改良论》,《中国新文学大系·文学论争集》,上海文艺出版社,2003,第104页。
② 俞平伯:《社会上对于新诗的各种心理观》,《新潮》2卷1期。
③ 斯年·诚吾(顾颉刚):《通信》,《新潮》1卷4期。
④ 《背枪的人》和《京奉车中》分别刊于《每周评论》第13号(1919年3月16日)、第17号(1919年4月13日)。傅斯年将它们重刊于《新潮》时加了"记者附识":"我们《新潮》登载白话诗也已好几期了,其中偏于纯粹的模仿者居多。我想这也不是正当趋向。我们应当制造主义和艺术一贯的诗,不宜常常在新体裁里放进旧灵魂——偶一为之,未尝不可。所以现在把《每周评论》里的这两首诗选入,作个模样。"(《新潮》1卷5期)

不同使命的担当。胡适的主要任务是解决语言和体式的问题——新诗的语言是白话（国语）的，诗体是解放的。他在《谈新诗》中强调，只有诗体解放了，写景的诗才能有"写实的描画"，并把傅斯年这首诗作为范例进行肯定。由于胡适尚处于为"诗体大解放"论证的阶段，所以极为看重写实的实现，而傅斯年则不同，他转向对诗的精神、内容的关注。

这种差别应和了周作人界分的文学革命步骤，"文字改革是第一步，思想改革是第二步，却比第一步更为重要。"[①] 它意味着新诗基本旨趣的深化。康白情的呼声代表了这种转变，为了表达思想，他甚至不再拘泥于形式上的诗与散文的区别，却有力地张扬起新诗的精神：

> 新诗在诗里既所以图形式底解放，那么旧诗里所有的陈腐规矩，都要一律打破。最戕害人性的是格律，那么首先要打破的就是格律。新诗并不就是指白话诗：白居易底诗老妪可诵，宋儒好以白话入诗，宋元人底词曲也大体是白话，但我们不能承认它们是新诗。新诗也并不就是指散文的诗：《论语》记子路遇荷蓧丈人底事，陶潜底《桃花源诗记》和屈原、宋玉、苏轼他们的几篇赋，都可以说是散文的诗，但我们也不能承认他们是新诗。新于文学，在"当代人用当代语"底原则里，我主张做诗的散文和散文的诗：就是说作散文要讲音节，要用作诗底手段；作诗要用白话，又要用散文的语风。至于诗体列成行子不列成行子，是没有什么关系的。（着重号为引者所加）[②]

不把白居易等人的"白话诗"当作新诗，关键在于他们没有体现当代的精神，值得注意的是，在如何"新"诗的问题上，书写精神、内容的重要性超过对语言和体式问题的关注，因为在康白情看来，"诗体列成行子不列成行子，是没有什么关系的"。这是新诗注重精神、内容的一个值得注意的取向。当然，白话诗早在刚登台亮相的时候，即已表现出关注和介

---

① 仲密：《思想革命》，《每周评论》第11号，1919年3月2日。
② 康白情：《新诗的我见》，《少年中国》1卷9期。

入现实的特点,例如《新青年》4卷1期沈尹默和胡适的两首同题诗《人力车夫》,就诗歌格式而言,前者是散文句式与古典格式的杂糅,后者为"对话"体,草创的气息特别明显,但是,它们的"现代"思想值得注意,因为不同于晚清诗人以新奇的眼光书写人力车,已经隐含了强烈的现实关怀。① 不过,真正扩张和落实这种诉求的,还是从傅斯年、康白情这批"新进"的人身上开始的,这是语言和体式问题初步解决之后凸显出来的课题。

无论对艺术经营的关注还是对精神内容的强调,它们毕竟不是分裂地进行,更多的情形是纠葛在一起的。这点在俞平伯、郭沫若等人身上有明显的体现。像俞平伯从早期对艺术经营的追寻不断摆荡到对精神内容的侧重,不愿意顾及"形式上不像诗的批评",关键是"有话要说":"我们就自认做的是散文,不是诗,也没什么要紧。我们只把要说的话说了,再有如何如何的批评,也没法更改的了!"② 郭沫若以高扬的自我作为新诗创生点的同时,也"创制"了一套新的"美学原则"。从某种意义上说,正是艺术经营和精神内容两个向度的深度缠绕,才在很大程度上织就了早期新诗的品格。

---

① 夏晓虹认为,晚清和"五四"时期人们对"人力车"的注意出于不同的关怀:"晚清文人从物质文明出发,把目光投向人力车,发现的是科技的进步;而五四时期的作家从精神文明着眼,把目光转向人力车夫,发现的却是人性的摧残。"例如黄遵宪《日本杂事诗》中的"人力车":"滚滚黄尘辇电过,万车毂击复竿摩。白藤轿子葱灵闭,尚有人歌踏踏歌。"见《晚清社会与文化》,湖北教育出版社,2001,第173~175页。
② 俞平伯:《诗的自由和普遍》,《新潮》3卷1期。

第三章　新诗的锻造：延展与分化

在古典格式之外，确认自由诗的体式，是胡适们的使命和功绩。随着与胡适有明显代际差异的康白情、俞平伯、郭沫若等人的出场，新诗"言说方式"的建构走向崭新的向度，他们延展和深化了新诗的品格。如果说，康白情、郭沫若基于不同的物我关系的观物方式，分别以"呈现"和"发明"为基本特征，那么，闻一多、梁实秋等人则对物我关系中经验与情感的位置作了更深入的分疏，不仅在诗歌观念上，而且在写作实践上均有反映，至此，缠绕于早期新诗中的诗艺和经验、诗艺和情感之间的命题得到了鲜明的呈现，对它们的考察，不仅有助于从不同侧面把握早期新诗的重要理论问题，也有助于理解建构"言说方式"的复杂进路。

第一节　抒情方式的更新

新诗宣告成立以后，写作与体认新诗的使命在康白情等人手中得到推进。某种程度上，因为他们被现代的"自我"鼓动，一方面超越了诗歌形式的新/旧二元对立；另一方面彰显了现代性牵引下诗歌想象方式的重新定位。可以看到，基于对物我关系不同的理解，从康白情到郭沫若，早期新诗经历了"言说方式"的深刻转换过程，"呈现"与"发明"是值得注意的最有代表性的两种想象方式。当然，像康白情等人的"呈现"很大程度上忽略了从"诗"的向度塑造自由诗，而郭沫若的"发明"虽然从当时的诗歌现实看应予以高度评价，可以作为一种崭新的美学来强调和阐扬，但是它的专制、泛滥等缺点有待反思，例如情感在诗中的位置问题，这点将在第二节有更深入的辨析。

一 代际差异的凸显

对比胡适和康白情、俞平伯等人,则会发现,他们在诗歌观念上的差异已经显豁地体现出来。对胡适而言,在古典格式之外寻找自由诗体式,是他的使命与功绩。但《关不住了》虽然发现了自由诗体式,它的象征意义却大于当时的写作现实——从古典诗歌的体式、趣味中"脱茧"的压力一直如影随形地萦绕在胡适的头上,以致在新诗宣告成立之后相当长的时间里,清理旧诗的阴影成为他的重要"情结",与旧诗关系的亲疏也就成了他臧否新生代诗人的首要指标。① 这鲜明地体现为以新旧对立的模式考量新诗进阶与否。不惟胡适,不少拥护或学步新诗的人也以这种模式论证新诗的合法性。如郭梦良从语言的可解与否,直指新诗/旧诗是平民时代与上等社会的差别:"白话诗之人人皆解者,宁不更好乎?若必只许可上等社会之人作之、上等社会之人解之,在前数世纪,持此论调,或尚可以,今则非其时也!——今为平民时代,为平民文学时代。"② 有论者更以简明的新旧框架把旧诗的格式束缚比喻成"永远监禁的牢":"现在到了文艺革命时代,我们若还不把诗监打破,做个胆大的诗犯逃出来,那真算不懂时务,自取苦痛哩。"③ 将旧诗/新诗目为形式上的桎梏与自由的思路一目了然。

---

① 胡适在《〈尝试集〉四版自序》中把自己的作品比作"一个缠过脚后来放大了的妇人回头看她一年一年的放脚鞋样",对比少年诗人"大胆的解放,充满着新鲜的意味"的作品,"使我一头高兴,一头又很惭愧"。显然这是着意于语言形式的自由和解放。又如1922年6月6日为汪静之的《蕙的风》作序,重弹《〈尝试集〉四版自序》中的调子,认为汪静之的诗"在解放的一方面比我们做过旧诗的人更彻底得多",而"对于旧诗词下过一番功夫的人,一时不容易打破旧诗词的镣铐枷锁。"(《胡适学术文集·新文学运动》,第419页、454页)
② 郭梦良:《论白话诗之必要》,《晨报》第七版1919年5月27日。
③ 谢楚桢:《白话诗研究集琐录摘要·旧诗应改革的理由》,《晨报》1920年12月18日。在此可以断定此人为胡适一批新诗人的追随者,可能还颇受时人赏识。1920年10月29日《晨报·副刊》曾登出"《〈白话诗研究集〉纲要》"的广告,其中撰著者三人,为"谢楚桢、胡适、康白情"。

第三章 新诗的锻造：延展与分化

在语言媒介的层面纠缠于新旧对立，与当时激烈的新旧论战以及思想文化上逐渐强劲的平民主义等潮流有关。不过，康白情、俞平伯在某种程度上同样为平民主义等启蒙诉求所激动，却没有局限于语言媒介层面的新旧问题，毋宁说，他们将关注的重心转移到了精神、内容层面。在这一点上，醒目地凸显出了一种代际性差异。这说明了，胡适们在语言和体式上的焦虑，到了康、俞那里已被新的命题取代，新诗携带和表达何种精神、内容的问题逐渐进入到他们的写作实践中。人们也不难理解，俞平伯谈论诗歌的平民化（民众化），虽然也出于当时普遍的启蒙与介入的思路，但他的民众化不同于郭梦良停留在语用层面的可解与否，而径直指出"平民的"与"通俗的"是两回事，因为如果读者不理解作者的心灵（思想），"虽文字再表现得明画清确，还不免有不了解的地方。"① 在这里，俞平伯不是从技术（语言与修辞）的角度来谈论可解与否，这与他把平民化视为文学（诗歌）精神、内容方面的特质有关。

说到底这是诗歌观念和写作向度的变化。倘若进一步分析胡适对《草儿》《冬夜》两部诗集的评价，则会看到，胡适既没有把握到康、俞的写作意图，也没有很好地理解他们的诗歌本文，代际差异显得更为突出。胡适对康白情的评价集中在后者的"纪游诗"，并慷慨地表彰了一番："白情的《草儿》在中国文学史的最大贡献，在于他的纪游诗。中国旧诗最不适宜做纪游诗，故纪游诗好的极少。白情这部诗集里，纪游诗占去差不多十分之七八的篇幅。这是用新诗体来纪游的第一次大试验，这个试验可算是大成功了。"② 但胡适从单纯"写景"（摹景）的角度肯定《草儿》"自由"地运用了白话，是在新/旧框架内从语言的捕捉能力来肯定新诗的进阶。有意思的是，和高度评价康白情不同，胡适非常尖锐地批评了俞平伯。他直指俞平伯追求"民众化"的诗歌是失败的，认为他的许多诗过于"晦涩"，是因为俞平伯没有达到"感想（impression）不嫌深，而表现（expression）不嫌浅"的境界："平伯最长于描写，但他偏喜欢说理；他本

---

① 俞平伯：《俞序》，《草儿》，亚东图书馆，1922。
② 胡适：《评新诗集（一）》，《努力周报》附刊《读书杂志》第1期，1922年9月3日。

可以作好诗,只因为他想兼作哲学家,所以越说越不明白,反而他的好诗被他的哲理埋没了。"① 要求将"感想"或者哲理浅近地表达出来,这种思路早已有之。胡适很早就有"言近而旨远"的标准:"'言近'则越'近'(浅近)越好,'旨远'则不妨深远。言近,须要不倚赖寄托的远旨也能独立存在,有文学的价值。"②

反观康白情、俞平伯的自我表白和诗歌本文,可以看到他们已大大偏离了胡适新/旧框架的逻辑。康白情留给新诗史的论述不多,他在《草儿》初版后逐渐淡出新诗坛。但在1920年前后的一段时间,他对新诗的认识却有力地说明了基本的兴奋点并不在单纯写(摹)景。《草儿》初版的序言中,尽管康自称"半年来思想激变,深不以付印为然",但他的表述颇值得玩味:

《草儿》是去前年间新文化运动里随着群众的呼声,是时代的产物。要有功呢,是当时社会的;要有过呢,过去的我不能不负其责。平伯以创造的精神许我,谢不敢当!我不过剪裁时代的东西,表个人的冲动罢了。

自由吐出心里的东西,我不是诗人。③

把写诗和"自由吐出心里的东西"联系在一起,因为"个人的冲动"和"时代的东西"合拍而有了诗。从写作意图看,胡适表彰《草儿》的纪游诗在描摹景物上胜出旧诗,没有理解康白情强调"时代""自由"的用心。进而言之,胡适的"自由"是语言和体式层面的自由,而康白情的

---

① 胡适:《评新诗集(二)》,《努力周报》附刊《读书杂志》第2期,1922年10月1日。着重号系原文所有。
② 胡适:《读沈尹默的旧诗词》,此文为胡适致沈尹默信,作于1919年6月10日,需要指出的是,胡适故意承认自己在旧诗词方面"完全是个门外汉",却大谈特谈,特别提出"言近而旨远"的观念。这里已经表露出了胡适追求"明白清楚"的旨趣。(《胡适学术文集·新文学运动》,第367页)
③ 康白情:《自序》,《草儿》,第1~2页。

"自由"却是精神、内容层面的自由。从诗歌本文来看，略加分析康白情的纪游诗，不难看出，它们不是单纯的景物描摹，不少诗作的旨趣不在纪游而在表达"思想"。像胡适拍案叫绝的《庐山纪游三十七首》，一部分作品的确体现了"解放"后的新诗捕捉景物的能力，但值得注意的是另一些用纪游诗的形式表达"观念"的作品，如第九首讨论耶稣的位置与评价，大谈"'草儿在前，/鞭儿在后。'/我正鼓起勇气在'人的'路上走着呵！"，从中可以看出康白情的"纪游"是有所"思想"的。又如第三十二首，他要表达对社会经济文化问题的关注："有这么多的寺院竟没有设学校。/有这么大的瀑布竟没有安发电机。/有这么富的矿产竟没有人开采。/有这么远这么高的重岚迭翠竟没有培植过森林。"这似乎多少有些让人奇怪，由自然的山水转向现代文明的议论。再如《日光纪游十一首》中的第四首，参观寺庙中的古物却引到现代与古代的冲突："宝剑呵！/国粹呵！/刀剑呵！/宗教的仪式呵！/原始时代留下来的东西呵！/——但几个守东西卖画片的女子却是很时髦的。"由此可见，康白情并没有把它们当作单纯的纪游诗来经营，而是让新诗中的自然景观激发某种"现代"思想的求索，在此，纪游诗成了探询、理解甚至介入问题的媒介。康白情关注的不只是对固有景观的把玩、抒怀，而与现代思想连在一起。联系康白情"剪裁时代的东西，表个人的冲动"的表白，他把一部分纪游诗当作思想文化见解的表达来经营，无疑尤为值得注意，而胡适显然把它忽略了。

同样，胡适批评俞平伯"晦涩"，从俞平伯的立场看，也没有搔到后者的痒处。1923年1月，俞平伯作书致汪原放，为"不可解"辩护："作诗不是求人解，亦非求人不解；能解固然可喜，不能解又岂作者所能为力。"[①] 尽管信中说"平民贵族这类形况于我久失却了它们的意义"，略显倦怠的心情，不过，他的辩护重提了《冬夜》初版时的论调："我只愿随随便便的，活活泼泼的，借当代的语言，去表现出自我，在人类中间的我，为爱而活着的我。至于表现出的，是有韵的或无韵的诗，是因袭的或

---

① 俞平伯：《致汪君原放书》，该信为《冬夜》1923年再版时的代序。

创造的诗,即至于是诗不是诗,这都和我的本意无关。"① 很显然,俞平伯"漠视"诗的可解与否和他张扬"自我"有关,较之胡适这是诗歌观念的重要变化,他不再像胡适那样强调某种泛意义上的"读者",追求一种语文层面的达意要求,而转向了对写作主体思想表现的挖掘,张扬起负载思想的"自我"的位置。②

胡适不仅和康、俞在诗歌观念上有明显的差异,对比郭沫若亦然。他对郭沫若最早的评价仅见于日记:"他的诗颇有才气,但思想不清楚,工力也不好。"③ 这则记载适逢《女神》出版之后④,鲜明地表达了胡适的好恶,"思想不清楚,工力也不好",就符合语文意义的明白清楚来说,胡的言下之意是,郭沫若在达意表情上有缺陷。寥寥数语表露了他与郭沫若大异其趣。人们或许会说,作为刚从新诗坛冒尖的"异军",郭沫若不像康白情、俞平伯与胡适有亲密的人事交谊(比如师生关系),后者对郭沫若持排斥的态度不足为奇,但是,联系胡适与"同党"康白情、俞平伯也有着尖锐的观念上的分歧,毫无疑问,这是代际差异凸显的美学取向的分裂。

胡适与康、俞、郭之间的代际差异说明,诗歌写作已有不同的规划,这不仅表明了后者的关注重心从语言、体式向精神、内容的位移,更重要的,表明了后者着意于建构新的美学空间。继胡适之后,他们更新了"新诗"。当然,由于康、俞、郭的新诗写作同样与旧诗复杂交错,有必要进一步厘清他们如何对待新诗/旧诗,据此才能更好地把握新诗的抒情美学之理路。

---

① 俞平伯:《自序》,《冬夜》,亚东图书馆,1922,第2页。
② 在一篇回应朱自清的文章中,俞平伯强调:"我的主张是要把诗的形貌还原,使接近民众的程度渐渐增加;并没有说要把诗思去依从一般的民众,就是少数人跟着多数人去跑。我的主张是恰恰相反,就是少数人领着多数跑。"(俞平伯:《与佩弦讨论"民众文学"》,《时事新报·文学旬刊》第十九期,1921年11月2日)
③ 胡适1921年8月9日日记,《胡适日记全编·3》,第425页。胡适和以郭沫若为代表的创造社诗人的"隔阂"相当深,这是诗歌观念的鸿沟使然,因而人际交游方面非常淡薄,书面的臧否也颇为鲜见,大概唯一一次比较引人注目的"过节"是翻译方面的。
④ 《女神》初版时版权页注明"一九二一年八月",没有具体日期,实为8月5日。参阅龚继明、方仁念《郭沫若年谱》,天津人民出版社,1992,第105页。

二 与旧格式关系的复杂性

　　康、俞、郭的写作均有显著的"双线展开"特点，即，既写新诗，又写旧诗。表面上看似乎和胡适一代的诗人没有多大差别。他们迥异于胡适们的地方是，新诗/旧诗的并存在他们的写作中体现了不同的功能。当然，这种"并存"在他们的诗歌本文中有不同的表现。最一般地看，在形式上对新诗/旧诗体现了明确界分的只有康白情，由于他喜好铺排散文句式，他的新诗有明显的疏离旧格式的特征①；但在俞平伯、郭沫若那里，新/旧两种格式往往"和平共处"于新诗本文中，这似乎显得不够"纯粹"，比如俞平伯大量征用旧诗词的调子，郭沫若也把旧诗词的"滥调"编织进作品，即便在郭的狂飙突进时期，也没有以敌对的态度"驱逐"旧诗，例如人们耳熟能详的诗剧《女神之再生》，全诗的引子为歌德一段诗的摘译，却使用五言诗格式。

　　无论康白情把旧诗放在新诗之外把玩，追求新诗格式本身的纯粹性，还是俞平伯、郭沫若在新诗中留存大量的旧诗格式（调子），展现格式的混杂性，值得追问的是，新诗/旧诗在写作实践中的分别或并存，从文学类型学上体现了何种诗歌观念？实际上，康白情对新诗/旧诗的泾渭分明的处理，体现的是功能的不同分工，而俞平伯、郭沫若同时接纳新/旧格式，源于他们的如下认识，即新旧混杂并不会损害新精神的传达或者新的抒情方式的建构，这也意味着，俞、郭超越了单纯的新/旧格式的对立。

　　在康白情的写作实践中，引人注意之处是，同一题材经常用新旧两种诗体进行书写，可以看到，新诗/旧诗的分别不仅是主题的差异，更是功能的差异。康白情曾两度游览西湖，分别留下了旧体诗《西湖》《岳王坟》

---

① 在早期新诗人中，康白情的新诗可能是旧格式的影子最为淡薄的，旧诗的意境、格调对他的新诗似乎没有多大吸附力量，这和他充分发挥散文（白话文）的自由有关，废名曾指出，"康白情的新诗的文章，是《儒林外史》、《老残游记》的文章"，"以旧小说描写笔墨来写他的新诗"，甚至尖锐地批评他有时"滥用写白话文的自由"。（废名：《论新诗及其他》，辽宁教育出版社，1998，第84~89页）

等9首和新诗《西湖杂诗》19首。① 然而，旧体诗和新诗中的"西湖"表现了截然不同的旨趣，前者是怀古的，后者则面向当下。总体上看，9首旧诗勾画了对历史"符码"——古代人物、风景之遗迹的感想，康白情并没有提供写作可能性方面的增值。譬如刻画岳飞、秋瑾、苏小小等历史人物，康白情并不出传统士人习常的吟哦套路，像《岳王坟》中抒发"几度怀公还自奋，等闲怕白少年头"，没有超出历代诗家以岳飞的抗金精神自勉的思路，又如《苏小小墓》，"荒凉莫道余坯土，万古江山一美人"，也不脱文人墨客对徐州名妓苏小小伤怀的陈套。② 这有力地说明了，面对业已固化的主题，康白情只能在相似甚至"复制"中讨生活。同是西湖的题材，康白情写成新诗却挖掘出新的主题，在《西湖杂诗》的部分作品中，他既不耽于历史人物的抒怀，也没有沉湎自然景观的把玩，毋宁说，要将现代思潮对他的刺激予以表达。如：

西湖杂诗之十六

石壁上那里也涂得些人名字。

但我们总觉得没有一个我们知道的。

陟屺亭的石柱上，却题上了好些个众人都知道的了。

---

① 据《康白情生平及著作年表简编》可知，1919年8月康白情游西湖时，所作均为旧体诗，有《西湖》《苏小小墓》《岳王坟》等；1920年7~8月重游西湖时，所作均为新诗，辑为《西湖杂诗》十余首。参阅诸孝正、陈卓团编《康白情新诗全编》，花城出版社，1990。

② 康白情对这些历史符码的重写，应该视为中国士大夫文化中的"历史"对他的吸引，沉浸在这种"历史"中，他在精神上和操持古典诗歌格式上与传统文人并无二致。如黄任的《西湖杂诗五首》之二，写岳王坟同是出于男儿志气的抒怀，而有意突出踏青时节看岳王坟与儿女之情无关："滑落纨扇总如云，细草新泥簇蝶裙。孤愤何关儿女事，踏青争上岳王坟。"又如刘禹锡的《送裴处士应制举》(〈刘禹锡集〉整理组点校、卞孝萱校订《刘禹锡集》，下册，中华书局，1990，第378页)："……忆得童年识君处，嘉禾驿后联墙住。垂钩钓得王馀鱼，踏芳共登苏小墓。此事今同梦想间，相看一笑且开颜。老大希逢旧邻里，为君扶病到方山。"(着重号系引者所加) 全诗表达朋友间深厚的交谊也不忘把"踏芳共登苏小墓"凸显出来，可见苏小小在文人墨客中确实占据了一个重要的历史雅兴的位置。由此看来，至少在潜意识层面，康白情和古代文人是相通的。

我才和舜生商量着：

"假使马克思将怎么解决这个问题呢？"

西湖杂诗之十八

我总想问问西湖的神：

"假使电车路修到上天竺，

真就使这些山俗了么？

假使湖里行驶小汽船，

真的使这些水没有古铜色了么？"

两首诗分别写到马克思和现代交通工具，书写现代思想的热情和上文分析的《庐山纪游》《日光纪游》中的部分诗作如出一辙，这与康白情激进的思想观念有关。[①]

出于承担不同主题的需要，康白情对新诗/旧诗的划分体现的是功能上的差别，那么，就主题和意旨的呈现而言，新诗/旧诗是否体现了何种可以相互区分的特征呢？

不同主题在康白情那里需要不同的体式予以表现。如下引两首同题诗，分别为新诗和旧诗两种体式，既表露不同的思想内涵，也体现新诗/旧诗不同的经验呈现方式：

---

① 康白情就读于北京大学，知识界新鲜的空气对他的牵引颇为有力。他参加了新潮社和少年中国学会，写了不少文章参与社会文化问题的讨论，如《"太极图"与Phallicism》（《新潮》第1卷第4期）反对"国粹"派，《南游漫记》（载于《晨报》1919年7月24日至8月8日）记述他改造中国社会的意见。因而，像马克思主义等话题出现在新诗中可以视作他激进思想的一种表现。值得注意的是，在1919年8月写完游览西湖的系列旧体诗后不久，他还游玩了南京的明孝陵，因为担心王侯气的复辟，"我起了一个要烧尽历史的感想"，并写有《明陵感怀》："已过百年毕帝业，犹夸坯土衔皇居。人间青史惟传恨，今我欲烧故代书。"对比此前不久他还游玩着古代的人物、景观无疑是耐人寻味的，这意味着他已经把当下和历史对立起来了，由此也不难理解他在第二次游览西湖时会引入现代交通工具的思考。关于康白情思想脉络的变化可参阅《康白情生平及著作年表简编》，《康白情新诗全编》，花城出版社，1990。

题仕女绣帧（为彭梦民夫人）

一

只有雪配作麦子的朋友；
只有松配作雪的朋友。

二

稻田里晒着好些个打谷子的，
汗滴在水里簌簌地响
荷叶的粒也焦得不中用了。
忽然透来几阵风，
凉得他们谷子都不想打了。
他们谢谢风，
——看出茅檐边绿荫荫的竹子。

三

药家种的花好几亩呢。
他的女儿却最爱菊花——
清晨簪他；
晌午餐他；
晚上摘下他挑到市上去。

四

一年累到头的年来了。
年年栽篱笆的梅花开了。
快摘下些花来，过个闹热年罢。
白的拿给老婆子。
红的拿给女儿。
开得好的拿去送周家。
开繁了的拿来壁上插瓶子。

题仕女绣帧（为刘天全世姊）

蝶态蹁跹草意荣，
天然逸趣趁晴生。
端详小步临风立，
一任杨花上下轻。

第三章　新诗的锻造：延展与分化

《题仕女绣帧（为彭梦民夫人）》原题为《题画》①，有意思的是，诗的内容和诗题并不构成表面的对应，全诗的重心没有落在"彭梦民夫人"上，主要围绕彭梦民展开：第二节写包括彭梦民在内的劳动者（他们），第三、第四节则以彭梦民（他）为中心写到他种的菊花、梅花以及"他的女儿"和彭梦民夫人，揭示劳作的辛苦（"一年累到头的年来了""开得好的拿去送周家"）与快慰（"过个闹热年"）。由此可见，一幅原本异常恬淡安详的仕女绣帧图被挖掘成了劳动主题，诗题不过是康白情展开挖掘的起点——他由正在绣帧的彭梦民夫人推展到劳作的联想（这是画面中没有的），在此，新诗中的仕女图成了"外向性"的，不断伸延、展开的"意义流"，这是旧诗中的仕女图没有的。《题仕女绣帧（为刘天全世姊）》的"意义流"封闭（只围绕绣帧的仕女书写）、静止（不像新诗那样有场景的跳跃、转换），所以仅仅是蝴蝶纷飞、杨花曼舞的春天里一位仪态雍容、临风而立的女子画像。较之《题仕女绣帧（为彭梦民夫人）》以联想来"发现""挖掘"劳动的主题，它只是"就事论事"。可以说，就主题的呈现方式而言，前者是积极介入的、发现的，后者是机械描摹的。

这种差别也可以用上钱玄同对新文学、旧文学的一个界分。他批评黄侃的填词时指出，"新文学以真为要义，旧文学以像为要义。"② 在某种程度上，这是新诗注重主动（甚至不无主观的倾向）积极的"发掘"，旧诗偏于被动消极的"再现"的区别。《题仕女绣帧（为刘天全世姊）》的确符合"像"的要求——只对画面本身进行刻画，没有冲破或者扩张题材既有的内涵和给定的意义。而《题仕女绣帧（为彭梦民夫人）》大大地溢出了画中孤立的主角本身，以致把劳动的主题作为主要的物象挖掘，画中的彭梦民夫人反而成了次要的配角，由此可见，新诗在这里展露了它注重"发掘"的品格。

---

① 《题画》最初发表于《晨报》第7版，1920年6月27日。收入1922年3月亚东版《草儿》时才改题为《题仕女绣帧（为彭梦民夫人）》，可见康白情这首诗可能由某一幅画所激发。
② 钱玄同：《随感录》，《新青年》6卷3期，1919年3月15日。

如果说，康白情是以彻底驱除了旧格式的新诗来张扬新的精神、新的内容的，那么俞平伯、郭沫若在新诗中和旧格式的纠葛则显示了某种复杂性。像康白情的密友俞平伯，对新诗/旧诗的认识就没有如此醒目界分。俞平伯自始至终都和旧诗保持了比较"暧昧"的关系，① 不用说最早公开发表的《春水》因为处于学步阶段，和胡适们新旧格式杂糅的白话诗并无二致，即便到了他写作《冬夜》第四辑时，旧诗（也包括词调、歌谣）的格式也是非常显见的，像他颇为自得的有平民风格的《挽歌十首》，就形式而言，它似乎算不上"纯粹"的新诗，如第一首："鞭儿打马马儿走，／一走走到西门头。／西门头，多人烟；／西门外，多荒堆。／荒堆青青的一片，／不见人来只见草，／风来草拜（摆）声萧萧。"然而，值得注意的却是这组诗整体的旨意，在第五首和第九首，俞平伯表达了他反对"百年田地变荒坟"的态度："活人饿杀快，／好田好地去埋死人。／死人的骨头还没烂掉，／活人已跟着死人跑了。／等着！我们一旦死了，／我们或者也要抖了／大抢将来人们底饭吃。"甚至在第十首最末一句忽然冒出"人间没有路哩"的感慨。很明显，就形式与"内容"的轻重看，俞平伯显然侧重于后者，这点和他关注人生的问题是一致的。就此而言，形式上的旧格式不过是俞平伯新诗写作中不太重要的"附件"。

这意味着，如果新诗的精神占据一首诗的主导地位，新/旧格式在俞平伯那里可以"和平共处"。不过，一旦旧的格式或者格调占据上风，俞平伯则很容易为之反省，而显露出对旧诗的犹疑。就在俞平伯即将展开"诗的进化的还原论"的建构前，他写有一首意境和诗情均来自古典传统

---

① 俞平伯甚至在1925年之后绝少写作新诗，倒是写了大量旧诗，传统的审美方式彻底招降了他，但这不只是美学问题，而且是思想文化的问题，当激进的启蒙主张逐渐变得平和，旧诗的吸引力很快卷土重来——这从一个侧面说明了新诗被信誓旦旦地持护、实践是因为它承载的新精神、新内容牵引着他们。这是另外一个问题，不拟在此详细讨论。值得注意的是他和旧诗的纠葛。闻一多曾敏锐地指出，《冬夜》的音节是"从旧诗和词曲里蜕化出来的"。(《〈冬夜〉评论》，《诗与批评·唐诗杂论》，三联书店，1999，第87页）朱自清曾以下引《凄然》等诗为例，认为它"大概从旧诗和词曲中得来"（朱自清：《冬夜·序》，第8页）。

的《凄然》,① 在这首诗的题记中,俞平伯对写作动机的反思尤为耐人寻味:

> 今年九月十四日我同长环到苏州,买舟去游寒山寺。虽时值秋半,而因江南阴雨兼旬,故秋意已颇深矣。且是日雨意未消,游者阒然;瞻眺之余,顿感寥廓!人在废殿颓垣间,得闻清钟,尤动凄怆怀恋之思,低徊不能自已。夫寒山一荒寺耳,而摇荡性灵至于如此,岂非情缘境生,而境随情感耶?此诗之成,殆由文人结习使之然。

一方面坦承自己的凄怆怀恋之思乃由荒山古寺激发,而"不能自已";另一方面又反思这种诗是因"文人结习"而成,他意识到自己陷入了悲春伤秋的套路。的确,《凄然》构设的是,身处破败的寒山寺中,诗人对远去的旧时风物的追寻,只是铺开了某种心随物游的心境,表达了文人墨客面对寥落的景观时怅然若失的情绪,关键是,它和俞平伯关怀的人生问题没有任何关系。② 这是否意味着,因了现代关怀的缺乏,俞平伯才会有此反省?而只有当新诗的精神被作为主要的部件被实践时,旧格式才不会被他有意摒弃?

这点更鲜明地体现在郭沫若的身上。或许人们会说,郭沫若以昂扬的形象出现在新诗坛,即便亲近"旧诗"他的情绪理应比较明朗。事实上,在郭沫若和宗白华开始通信不久,郭沫若对新诗/旧诗的好恶持相同的态度,并没有高下之别,都作为表现人生的一种载体来看待。在宗白华盛赞他的新诗的时候,郭沫若特地录出三首旧诗《寻死》《夜哭》《春寒》以

---

① 俞平伯1921年10月28日写就《诗底进化的还原论》,该文在《诗》月刊创刊号(1922年1月15日)上发表,这篇文章可以视为他思考平民化问题的开始。正是在1921年9月30日,俞平伯写了《凄然》。

② 全诗如下:"哪里有寒山!/哪里有拾得!/哪里去追寻诗人们底魂魄!/只凭着七七八八,廓廓落落,/将倒未倒的破物,/粘住失意的游踪,/三两番的低徊踯躅。枫桥镇上底人,/寒山寺里底僧,/镗然起了,嗡然远了,/渐殷然散了;/九月秋风下痴着的我们,/都跟了沉凝的声音依依荡颤。/是寒山寺底钟么?/是旧时寒山寺底钟声么?"(见《现代中国文学作品选评》(1918~2003) A卷,南京大学出版社,2004,第260页)

表自己的人生之感。但是，即使从旧诗的题目看，与其说郭沫若亲近"旧诗"出于昂扬的情绪，毋宁说它们可以表现某种灰暗的心情。更有意思的是，在同一封信中，郭沫若还特地"用新体款式"把李白的《日出入行》分行排列，认为这是"一首绝妙的新体诗"：

> 日出东方隈，
> 似从地底来，
> 历天又复入西海；
> 六龙所舍安在哉？
> 其行终古不休息，
> 人非元气，安能与之久徘徊？
>
> 草不谢荣于春风。
> 木不怨落于秋天。
> 谁挥鞭策驱四运？
> 万物兴歇皆自然！
>
> 羲和！羲和！
> 汝奚汨没于荒淫之波？
> 鲁阳何得：驻景挥戈？
> 逆道违天，矫诬实多！
> 吾将囊括大块，
> 浩然兴溟涬同科！①

不变更措词造句，只是按"新体诗"分行的格式排列了一下，就认为是新体诗了。显然，对于郭沫若而言，新诗/旧诗在形式上的分别是非常

---

① 参阅郭沫若致宗白华函（1920年1月18日），《三叶集》，泰东书局，1923，第18~20页。

次要的。不过郭沫若从中读出了"科学精神"和"皈依自然",却可以见出他看重的是原诗中的内容和精神(包括他的"过度阐释")。联系写这封信的时间(1920年1月18日),令人不无惊讶的是,郭沫若正处于所谓的"诗情爆发期",①却和旧诗有如此暧昧的纠葛。这或许恰恰说明了郭沫若超越了新诗/旧诗在语言和体式层面的对立,而转向了对新的精神、新的说话方式的塑造。接下来的分析将会看到,从康白情到郭沫若,早期新诗经过了一个"言说方式"的深刻转换过程。

三 从"呈现"到"发明"

康白情、俞平伯、郭沫若在如何"新"诗的问题上醒目地超越了语言和体式层面的新/旧对立,有力地张扬起了新精神、新内容的要求。这种变化意味着现代诉求在他们这一代诗人中得到了强有力的呼应,是一种延展意义上的认同,他们把胡适们开启的可能性大踏步地推向了精神、内容的层面。

从诗歌"言说方式"的层面考量,这种代际性的转换带给新诗的变化值得注意。较之胡适们在古典格式的左冲右突中发现自由诗的体式,他们属于"更新"新诗的使命和抒情方式的一代,他们的重要性在于,联系近百年新诗的发展历程看,无论诗歌介入现实的冲动,还是浪漫主义的观物方式(也包括它的各种变体),都可以从他们那里找到重要的源头,因而,有必要进一步疏解康、俞、郭等人的文本实践与诗歌观念。

朱湘曾把郭沫若和康白情勾连在一起,认为他们在"反抗的精神与单调的字句"两个方面是一致的:

> 我们如其把康君白情的《草儿》与郭君沫若的《女神》摆在一起

---

① 在1919年底至1920年初的一段时间里,郭沫若写下了诗集《女神》中最重要的诗作。查这一时期《时事新报·学灯》刊发的郭沫若诗所署日期:在1919年9、10月间写出《立在地球边上放号》,12月末则写出《地球,我的母亲》和《匪徒颂》;在1920年1月4日、5日的《时事新报·学灯》分别发表《晨安》和《三个Pantheist》,1月20日写出《凤凰涅槃》,1月30日写出《天狗》。

来看，我们一定会发现，它们当中是有两点相同的：反抗的精神与单调的字句。虽然说起来，郭君多少是受了些康君的影响，但是我们可以坚决的说，郭君的努力是部分地成了功；至于康君的努力，则是完全失败了。①

可以暂且搁下郭沫若和康白情在张扬"反抗的精神与单调的字句"上的高下之分，康白情、郭沫若之间的这种关联值得注意。就"反抗的精神"而言，康白情喊出了"新诗破除一切桎梏人性底陈套，只求其无悖诗底精神罢了"，② 这可以视为郭沫若的先声。康白情一方面反抗所谓的陈套以张扬精神；另一方面又以"自我"作为评判坐标，所谓"我要做就是对的；/凡经我做过的都是对的。/随做我的对的；/随丢我的（不）对的。"（《律己九铭》之四），连续用四个"我"串起他对行事方式的看法，"自我"在这里被当成感受和思想的机制来看待。有趣的是，郭沫若的"反抗精神"在出发点上与康白情相当一致，也突出了"自我"的位置："我们的诗只要是我们心中的诗意诗境底纯真的表现，命泉中流出来的Strain，心琴上弹出来的Melody，生的颤动，灵的喊叫，那便是真诗、好诗，便是我们底欢乐底源泉，陶醉底美酿，慰安底天国。"③

从为现代经验寻求诗的"言说方式"的角度，"自我"在胡适之后的一代诗人那里不断强劲地涌现，应该视为他们为新精神的申说找到了抒情机制重要构件，无论康白情还是郭沫若，他们设置的物我关系值得分析。"自我"被当作看待世界、把握经验的基本依据。换句话说，新诗的说话方式已经醒目地把主体的位置凸显出来了。上文已经分析了胡适一代诗人和康白情、俞平伯、郭沫若之间的代际差异，后者和前者对比在诗歌观念上有一个整体性的位移。不过，康白情也包括俞平伯，毕竟和郭沫若不同，前者的抒情方式是"呈现"式的，后者则是"发明"式的，同是张扬

---

① 朱湘：《草儿》，《中书集》，生活书店，1934，第379页。
② 康白情：《新诗的我见》，《少年中国》第1卷第9期。
③ "郭沫若致宗白华函"（1920年1月18日），《三叶集》，第6页。

"自我","呈现"与"发明"在物我之间的构造方式上体现出了基本的差别。固然"自我"在某种程度上是他们的共同出发点,但基本的美学质素却体现出了相当多异趣的地方。这有待于作进一步的分疏,以把握当时诗歌写作及观念的风向变动,从中可以看到新诗内在质素伸展、变化的理路。

朱湘所说的康白情和郭沫若另一个相似之处是"单调的字句",这点在他们的本文中不胜枚举。例如康白情以大量的笔墨,如《日光纪游》第十一首,用排比的句式描写自己对气象、景观的感受:"雪那样的白;／雨那样的溅;／银河那样的泻;／雾那样的飞腾;／云烟那样的缥缈;／海破天崩那样的骇人;／大铁锤打在地上那样的震动。"这一系列的铺张多少可以看出康白情观望景物时情绪激动的波澜,然而句式的呆板也是显见的,都是用不无苍白的"那样的"来修饰外物引起的动感,① 难怪朱湘会以"单调"名之。这种单调的现象在郭沫若的诗中也屡见不鲜,如《凤凰涅槃》"序曲"中的一段:"山右有枯槁了的梧桐,／山左有消歇了的醴泉,／山前有浩茫茫的大海,／山后有阴莽莽的平原,／山上是寒风凛冽的冰天。"诗中对方位特征的描写也采取排比的句式。如果说,上引康、郭的诗在句式的"意义流"层面毕竟是平面的,因为是并举式的,但他们也有"递进式"的"意义流",如康白情的《幡》:"缠绵的环阿林更引我上天,／引我下地,／引我到北京,／引我到南京,／引我到上海,／引我飞过巫山十二峰,／引我走遍了十二万里。""环阿林"即今译小提琴,康白情的观物方式在此显露了一种变化,即没有以具体的实物来机械地铺排他的观感,而是发挥了想象的作用,因琴声的触发,而有了上天下地作十二万里遨游的

---

① 面对外在景物引起了情绪的波澜,和康白情注重"动的修养、活的修养"有关。在一封致魏时珍的信中,康白情说:"不然,我们仅买几部《鬼学》和《阅微草堂笔记》等类的书看看,自己闭着眼睛想想,终究会是闭门造车、不合实际的。我的社交,就是这个用意。这就是我的修养——动的修养、活的修养。……我们既瘁于勤,便放下属刀,给他一枕黑甜,或者对着明窗净几,焚好香、供好花,一片静坐,毕竟有多大的益处?这虽不是堕落,我却认为他经不起磨练,缺乏奋斗的精神。我们青年无时无地不在战争状况之中,哪有这些废工夫作那种静的修养,死的修养?"(《少年中国学会消息》,《少年中国》第 1 卷第 5 期)

遐想,在此,"自我"和物之间的关系不再是黏滞的,而体现了一定的张力。不过,这类作品在康白情那里毕竟是凤毛麟角,真正张扬起"自我"的想象能力的,却是郭沫若这样的诗人。

归根结底,这是"自我"在诗中的不同位置和功能使然。康白情和郭沫若各有一首写日出的诗,对它们的分析很能够说明"呈现"与"发明"之间的差别在于在物我之间构设了不同的关系。

日观峰看浴日

康白情

东望东海,/鲤鱼般的黑云里,/横拖着要白不白的青光一带。/中悬着一颗明珠儿,/凭空荡漾,/曲折横斜的来往。/这不要是青岛么?/海上的鱼么?/火车上的灯?汽船上的灯?还是谁放的孔明灯么?/升了,升了,明珠儿也不见了。/山下却现出了村灯——一点——二点——三点。/夜还只到一半么?/这分明是冷清清的晨风,/分明是呼呼地吹着,/分明是带来的几句鸡声,/日怎么还不浮出来哟!/

要白不白的青光成了藕色了。/成了茄色了。/红了——赤了——胭脂了。/鲤鱼斑的黑云,/都染成了一片片的紫金甲了。/星星都不知道那里去了;/却展开了大大的一张碧玉。/远远的淡淡的几颗平峰,/料必是那海陆的交界。/记得村灯明处,/倒不是几点村灯,是几条小河的曲处。/湿津津的小河,/随意坦着的小河,/蜿蜒的白光——红光,/彷佛是刚遇了几根蜗牛经过。/山呀,石呀,松呀,/只迷迷濛濛的抹着这莽苍的密处。/

哦,——一个峰边的两滴流晶,红得要燃起来了!/他们都火灿灿的只管汹涌。/他们都彷佛等着什么似的只粘着不动。/他们待了一会儿没有什么也就隐过去了。/他们再等也怕不再来了。/哦,来了!/这边浮起来了!/一线——半边——大半边。/一个凸凹不定的赤晶盘儿只在一块青白青白的空中乱闪。/四围彷佛有些什么在波动。/扁呀,圆呀,动荡呀,……/总没有片刻的停住,/总活泼泼的应着一个活泼泼的人生;/总把他那些收不住了的奇光,/琐琐碎碎的散在这些山的,石的,松的上面。/(按:原诗共三节,均为分行排列)

日出

郭沫若

哦哦,环天都是火云!
好像是赤的游龙,赤的狮子,
赤的鲸鱼,赤的象,赤的犀。
你们可都是亚坡罗的前驱?

哦哦,摩托车前的明灯!
你二十世纪底亚坡罗!
你也改乘了摩托车吗?
我想做个你的助手,你肯同意吗?

哦哦,光的雄劲!
玛瑙一样的晨鸟在我眼前飞腾。
明与暗,刀切断了一样地分明!
这正是生命和死亡的斗争!

哦哦,明与暗,同是一样的浮云。
我守看着那一切的暗云……
被亚坡罗的雄光驱除干净!
是凯旋的鼓吹呵,四野的鸡声![1]

---

[1] 两诗写作时间的差距前后不到半年时间。《日观峰看浴日》作于1919年9月26日,刊于1919年11月《少年中国》第1卷第5期;《日出》作于1920年2月29日,刊于1920年3月7日《时事新报·学灯》。

康白情的《日观峰看浴日》对日出时景候的变化作了非常细致的刻画，有山上和山下景致的对比，特别表现了云彩颜色的细微变化（"黑云"、"青光"、"藕色"、"茄色"、"红了"、"赤了"、"胭脂了"）[①]，还有太阳初出时外形的描写（"凸凹不定"、"扁"、"圆"），通过写日出的一刹那"自我"心境的变化，以红日比喻"活泼泼的人生"。当然，就落实到诗的意指而言，郭沫若和他也是相近的（"这正是生命和死亡的斗争"）。他们的根本差别在于，郭沫若描写日出不再是出于"具体的"、面面俱到的刻画，毋宁说，"自我"的想象在此起到了相当重要的作用，进而言之，正是发挥了想象这种机制，使得《日出》迥然于《日观峰看浴日》，它的最重要的特征是超拔于具体的物象之上。郭沫若引入了阿波罗神的传说，以它隐喻太阳，这使得"感受"太阳的空间变得扩张起来，因而，康白情花费大量笔墨去呈现、发现有着颜色细微变换的"火云"，郭沫若只用短短四行就了结为日出的前奏（亚坡罗的前驱），这是写作重心的变化——不再拘泥于把具体的物象尽入彀中，"自我"的感受、情绪是随着物象的发现（铺展）而被逐渐表露的（在《日观峰看浴日》中，康白情逐渐昂扬起来的感受与情绪的变化，就是在堆积了大量的日出前奏的细节之后在诗之末尾跃出来的），而郭诗是以自我的想象来引导、构造有限的物象，把它们"发明"为某种强烈的甚至不与表象对应的观感。这就是为什么，郭沫若不是"原样"地看待太阳，而把它"曲解"为"摩托车前的明灯"，这迥然不同于康白情实写式的"一个凸凹不定的赤晶盘儿"，自然就把"日出"扩张成了"二十世纪的光明"的想象。

从这个意义上说，"发明"意味着一种"自我"的生产能力，郭沫若曾以《创造者》一诗作为《创造季刊》的发刊词，充分说明他的诗歌仰赖"自我"的生产能力：

　　海上起着涟漪，/天无一点纤云，/初升的旭日，/照入我的诗

[①] 胡适在《评新诗集（一）》中认为康白情《江南》的长处在于颜色的表现"（《努力周报》附刊《读书杂志》第1期，1922年9月3日）。

心。/秋风吹，吹着庭前的月桂。/枝枝摇曳，/好像在向我笑微微。/吹，吹，秋风！/挥，挥，我的笔锋！/我知道神会到了，/我要努力创造！

我唤起周代的雅伯，/我唤起楚国的骚豪，/我唤起唐世的诗宗，/我唤起元室的词曹，/作"吠陀"的印度古诗人哟！/作"神曲"的但丁哟！/作"失乐园"的米尔顿哟！/作"浮士德悲剧"的歌德哟！/你们知道创造者的孤高，/你们知道创造者的苦恼，/你们知道创造者的狂欢，/你们知道创造者的光耀。昆仑的积雪北海的冰涛；/火山之将喷裂宇宙之将狂飚；/如酣梦如醉陶，/神在太极之先飘摇。/伟大的义星哟！/你们是永不磨灭的太阳，/永远高照着时间的大海，/人文史中除却了你们的光明，/有甚么存在的价值存在？

我幻想着首出的人神，/我幻想着开辟天地的盘古。/他是创造的精神，/他是产生的痛苦。/你听，他声如丰隆，/你听，他吁气成风，/你看，他眼如闪电。/你看，他泣成流泷。/本体就是他，上帝就是他，/他在无极之先，/他在感观之外，/他从他的自身，/创造个光明的世界。/目成日月，/头成泰岱。/毛发成草木，脂膏成江海，/快哉，快哉，快哉，/无明的浑沌，/突然现出光来。/月桂哟，你在为谁摇摆！

婴儿呱呱坠地了，/盆在那儿？汤在那儿？/淋漓的血液，/染成一片胭脂。/红的玛瑙哟！/血的结晶哟！/风在贺歌，鸟在贺歌，/白云涌来朝贺。/滚滚不尽的云流哟，/把清莹无际的青天流遍了！/产生你的是谁？我早知道。/窗外飘摇的美人蕉！/你那火一样的，血一样的，/生花的彩笔哟，/请借与我草此"创造者"的赞歌，/我要高赞这最初的婴儿，/我要高赞这开辟鸿荒的大我。（按：原诗为分行排列）①

---

① 郭沫若：《创造者》，《创造季刊》第一卷第一号，1922年3月15日。

在此，郭沫若的"自我"被构想成盘古开天地的角色，被赋予发明的特权。"本体就是他，上帝就是他，/他在无极之先，/他在感观之外，/他从他的自身，/创造个光明的世界"，这意味着"世界"由"他的自身"生产出来，物我关系已经不再是某种"心随物转"的状态，而成了物随心转的格局，"心"担当起了创造或者发明的角色。进而言之，"自我"自此有了"开辟鸿荒"的能力。

四　"发明"：作为一种新美学

以郭沫若为代表的"发明"式的诗歌观念，可以视为某种新的"美学原则"，它不仅超越了新/旧对立的纠缠，而且有效地扭转了物我关系过于黏滞的局面，从一个崭新的向度彻底更新了早期新诗的"言说方式"。从这个意义上说，这种"发明"式的观物方式还值得作进一步的探讨。如果说，康白情等人"呈现"的观物方式虽然张扬和解放了"自我"的伦理关怀——"自我"被作为评判、介入的思想机制为新诗打开了注重精神、内容的景观，但这种"自我"在观物方式上毕竟是某种平面的物我关系；那么，郭沫若的"生产"和"发明"式的"自我"却为诗歌的说话方式敞开了新的能量和空间。当然，从另一个方面看，郭沫若为世人所诟病的自我夸大狂，就根源而言，同样和这种"发明"有关。对肇始于郭沫若的这种想象方式的分析，还有助于在一定程度上反思现代汉语诗歌中浪漫主义抒情方式的问题。

上文已经梳理，从胡适一代的诗人到俞平伯们，诗歌观念上的一个显著变化是，从求得普遍意义上的读者转向了对承载着种种现代思想诉求的主体的关注，"自我"的作用已经得到了大力张扬。到了郭沫若这一批诗人，"自我"不仅在功能上有了新的变化，重要的是，"自我"的位置在美学生产的角度得到了切实的关注。这就是，从读者接受的层面，"自我"不只是思想观念的中心，它还是艺术认知的标杆：

一个无线电台，发出了若干暗记，

> 地面上各处的电台，都铃响不已；
> 只有那号码同的，
> 才了解他的来意。
>
> 一个诗人的心电，发出了若干字，
> 人类的心，都强弱不齐的颤起；
> 只有那同调的心；
> 才一字一字的陶醉。①

把诗人的写作比譬为无线电的发送，"自我"作为它的基点是无疑的，更值得注意的，是强调受众应和诗人的"自我"同调。在这一点上，它触及了浪漫主义抒情方式以主观体悟当作它的美学标准这个核心问题。尽管浪漫主义美学特征的圈定异见纷呈，但是就物我关系的层面而言，重心落实到"我"这个主体的层面则是没有疑问的。

艾布拉姆斯在梳理浪漫主义理论时，把模仿比喻为镜子、表现比喻为灯，灯即为心灵。他敏锐地注意到，浪漫主义之前的把诗比作画（镜子）的观念在浪漫主义那里是看不到的："用绘画来揭示诗歌的基本特征——以画喻诗——这在18世纪极为流行，而在浪漫主义时期的主要批评中却消失殆尽；仅存的那些关于诗画的比较论述或者是漫不经心而作，或者如镜子的比方，表明画布是倒置的，为的是反映诗人的内心。"② 这意味着某种和前代截然不同的诗歌观念出现了，西方诗歌观念的侧重点也有一个从物到我的位移轨迹。按照韦勒克的说法，有三种因素几乎为整个欧洲的浪漫主义者信奉："如果我们考察一下整个大陆上自称为'浪漫主义'具体文学的特点，我们就会发现全欧都有着同样的关于诗歌及诗的想象的作用与性质的看法，同样的关于自然及其与人的关系的看法，基本上同样的诗体风格，在意象、象征及神话的使用上与18世纪的新古典主义截然不同。这

---

① 宇众：《诗人的心》，《时事新报·学灯》1922年3月13日。
② M. H. 艾布拉姆斯：《镜与灯》，郦稚牛等译校，北京大学出版社，2004，第57页。

个结论由于注意到其他经常讨论的因素——主观主义、模仿中世纪的文风、民间故事等——而得到加强或有所改变。但是下面三种标准应该说是特别令人信服的，因为每一种标准都与文学实践的一个方面有着极其重要的关系：就诗歌观来说是想象，就世界观来说是自然，就诗体风格来说是象征与神话。"① 韦勒克在此其实隐含了一种浪漫主义和新古典主义断裂的说法。这个观点在别的理论家那里也有反映。弗斯特从美学体系的更新大加肯定"主观标准"对"客观秩序"的替代：

> 新古典主义体系的瓦解并不仅仅是用一套美学体系取代另一套美学体系，新古典主义不仅在相当长的时期内占有权威性的地位，而且享用着从古典主义投射而来的尊荣。它还为人们提供了一个统一而稳定的世界观，这个世界观是从对于宇宙本身既定秩序的肯定中获得的，从而也给文学提供了一个固定的参照系。随着这个旧体系的终结，它的稳定意义在生活上和艺术上一样丧失殆尽。这是一个有着这样深远意义的突破，其影响即使在今天，无论怎样强调也不算过分。我们的相对主义，矛盾心理，犹豫不决，不愿（或者说是无能？）建立任何一成不变的标准——所有这一切，都是从彻底摒弃新古典主义的清规戒律，从启蒙运动谨慎的怀疑态度发展而来。客观秩序逐渐并稳步地被主观标准的原则所代替。②

不必拘泥于以西方的标准来生硬推断早期新诗是否也如欧洲浪漫主义那样完成了对新古典主义的替代和超越，但从精神和手法上，的确有不少相似之处。

像韦勒克指出的作为浪漫主义标准的"想象"和"象征与神话"，在郭沫若的身上就有非常深刻的体现。例如他的《凤凰涅槃》，就"象征"

---

① 雷内·韦勒克：《文学史上的浪漫主义概念》，《批评的概念》，张今言译，中国美术学院出版社，1999，第155页。
② 利里安·弗斯特：《浪漫主义》，李今译，昆仑出版社，1989，第25页。

的层面而言，采用神话传说凤凰再生，以具体的时间"除夕"来比拟除旧布新，以恢宏的想象勾连起广袤的时空（"风歌"一节质询宇宙的来处，用东方、西方、南方、北方连起了"空间"；"凰歌"一节则涉及时间的拷问，"五百年来的眼泪倾泻如瀑／五百年来的眼泪淋漓如烛"），这很能印证詹明信所说的"民族寓言"："第三世界的文本，甚至那些看起来好像是关于个人和利比多趋力的文本，总是以民族寓言的形式来投射一种政治：关于个人命运的故事包含着第三世界的大众文化和社会受到冲击的寓言。"① 其实从郭沫若的精神状态来看，而不仅是神话题材的重新征用，也能充分理解他诗中的"象征与神话"为何可以读作"民族寓言"，② 但最重要的是，这类"寓言"的形成和它发展的想象方式有关。

这种想象方式可以用上柯尔律治对诗与心灵的关系的解释："诗也纯粹是属于人类的；它的全部素材是来自心灵的，它的全部产品也是为了心灵而生产的。"③ 认为素材服务于心灵的召唤，很显然，在物我关系上，也是极大地张扬"自我"的位置。强调心灵或者"自我"对外物的役使，"自我"就很可能变得无限扩张，叶维廉曾批评郭沫若的《天狗》是"自我夸大狂"："诗人把自然世界和工业世界都溶入'自我'爆发的狂暴语态

---

① 詹明信：《晚期资本主义的文化逻辑》，三联书店，1997，第523页。
② 包括郭沫若的《女神之再生》《湘累》《棠棣之花》均取材于神话或者传说，郭氏予以了重新构造，从古代的灵感（比如屈原）写出他的当代心声，至少从取材特点上，有点类似于柯尔律治的《忽必烈汗》。但需要指出的是，把郭沫若的不少诗作读成"民族寓言"这个象征是有精神和思想的依据的，像他的《上海印象》所表露的对现代都市的批判，我们不必怀疑他"爱国"的真诚，进而言之，民族主义一类的思想在郭沫若的身上是非常明显的，这点在他的小说《牧羊哀话》（《新中国》第一卷第七号，1919年11月15日）中，以沦为殖民地的朝鲜国和一对青年的命运与焦灼来象征中国和他自己的用意是非常明显的。又如旧体诗《少年忧患》也流露了强烈的与国家同命运共患难的民族认同，这首诗附于《同文同种辩》（1919年《黑潮》第1卷第2期）之后："少年忧患深苍海，血浪排胸泪欲流。万事请从隗始耳，神州是我神州。"
③ 柯尔律治：《文学生涯》，刘若端译，见《十九世纪英国诗人论诗》，人民文学出版社，1984，第96页。在本书另外的章节，柯氏还强调天才的作用："诗是什么？似乎无异于问诗人是什么。对一个问题的答案，也就包括了对另一问题的解答。因为，这是诗的天才本身所产生的特性，而诗的天才是善于表现并变更诗人自己心中的意象、思想和情绪的。"（《十九世纪英国诗人论诗》，人民文学出版社，1984，第69页）

里。"① 也有论者从"自我"担当的抒情与批判的双重职能细致辨析了"自我"的能量、边界及其矛盾性。② 这些基于对浪漫主义"自我"的省思和分析无疑是极有启发性的。然而,就早期新诗而言,首先值得注意的恐怕还是"自我"作为一种"发明"的美学在更新诗歌写作方面的意义。诚如有论者指出的,"《女神》在'新诗'中的特殊意义,就在提供了一个中国诗歌中从未有过的'自我'形象,从而为'新诗'建立了新的话语据点。"③ 从这个意义上说,倒可以借用弗斯特界分浪漫主义对新古典主义实现了根本性超越的赞语,对于早期新诗普遍比较黏滞的物我关系而言,这种美学的出现的确是"无论怎样强调都不过分"。

不过,更值得注意的倒是"发明"这种美学具体结构的过程,因为只有把握了它的结构方式,才能更好地理解这种美学本身。在这方面,郭沫若的《晨安》是非常值得分析的一个范例,因为无论从结构的单调(每行几乎都以"晨安"开头,共 27 个),还是大量植入为人诟病的外国地名、人名,或者说情感的泛滥(每句都以叹词"呀"结尾),④ 都是很有代表性的,全诗如下:

  晨安!常动不息的大海呀!
  晨安!明迷恍惚的旭光呀!
  晨安!诗一样涌着的白云呀!
  晨安!平匀明直的丝雨呀!诗语呀!

---

① 叶维廉:《中国诗学》,三联书店,1992,第 215 页。
② 参阅邹羽《批判与抒情——论郭沫若早期诗作中的自我问题》,《二十世纪中国文学史论》(上卷),王晓明主编,东方出版中心,2003。
③ 王光明:《现代汉诗的百年演变》,第 95 页。
④ 余光中曾指出:"《晨安》诗学惠特曼不成,主要有两个毛病。其一是滥用感叹词和惊叹号,给读者的印象,是浮嚣,幼稚,而不是生动。……通观全诗,虽云乐观轻而快,也许算是表现了一点世界公民的味道,却未能发掘什么深刻的主题,把握一些永恒的价值。"(《抽样评郭沫若的诗》,《余光中谈诗歌》,江西高校出版社,2003,第 116 页)闻一多则在《〈女神〉之地方色彩》(1923 年 6 月 10 日《创造周报》)中批评《女神》明显的欧化色彩,包括大量的西洋文字,闻一多认为这是地方(中国)色彩薄弱的缘故。

晨安！情热一样燃着的海山呀！
晨安！梳人灵魂的晨风呀！
晨风呀！你请把我的声音传到四方去吧！

晨安！我年青的祖国呀！
晨安！我新生的同胞呀！
晨安！我浩荡荡的扬子江呀！
晨安！我冻结着的北方的黄河呀！
黄河呀！我望你胸中的冰块早早融化呀！
晨安！万里长城呀！
啊啊！雪的旷野呀！
啊啊！我所畏敬的俄罗斯呀！
晨安！我所敬畏的Pioneer呀！
晨安！雪的帕米尔呀！
晨安！雪的喜马拉雅呀！
晨安！Bengal的泰戈尔翁呀！
晨安！自然学园里的学友们呀！
晨安！恒河呀！恒河里面流泻着的灵光呀！
晨安！印度洋呀！红海呀！苏彝士的运河呀！
晨安！尼罗河畔的金字塔呀！
啊啊！你早就幻想飞行的达·芬奇呀！
晨安！你坐在万神祠前面的"沉思者"呀！
晨安！半工半读团的学友们呀！
晨安！比利时呀！比利时的遗民呀！
晨安！爱尔兰呀！爱尔兰的诗人呀！
啊啊！大西洋呀！
晨安！大西洋呀！
晨安！大西洋畔的新大陆呀！

晨安！华盛顿的墓呀！林肯的墓呀！惠特曼的墓呀！

啊啊！惠特曼呀！惠特曼呀！太平洋一样的惠特曼呀！

啊啊！太平洋呀！

晨安！太平洋呀！太平洋上的诸岛呀！太平洋上的扶桑呀！

扶桑呀！扶桑呀！还在梦里裹着的扶桑呀！

醒呀！Mesame 呀！

快来享受这千载一时的晨光呀！

"晨安"即为致敬的意思，全诗大量写到地名、人名，在空间和情感上都是不断扩张的。有意思的是，郭沫若的这首诗无论是结构还是精神，都和惠特曼的《向世界致敬》非常接近，在此，没有必要纠缠于《晨安》在灵感以及具体的技法上是否来自于惠特曼，最重要的是，从确立抒情主体的观物方式而言，两者是相通的，都是典型的浪漫主义的生产方式。《向世界致敬》[①] 的第 3 节如下：

你听见了什么，惠特曼？

我听见工人在歌唱，农民的妻子在歌唱，

我听见远处孩子们的声音和早晨牲畜的声音，

我听见澳大利亚人追猎野马时好胜的呼叫声，

我听见西班牙人敲着响板在栗树荫中跳舞，伴着雷贝克和吉他琴，

我听到来自泰晤士河的回响，

我听到激昂的法兰西自由的歌唱，

我听到意大利的赛艇者抑扬顿挫地朗诵古代诗歌，

我听到蝗群在叙利亚如可怕的乌云和骤雨袭击着庄稼和牧场，

---

① 惠特曼：《草叶集》（上），李野光译，人民文学出版社，1987，第 263~265 页。

第三章 新诗的锻造：延展与分化

  我听见日落时科普特反复吟唱的歌曲，歌声沉思地落在尼罗河这黝黑而可敬的伟大母亲的胸脯上，
  我听到基督教牧师们在他们教堂里的圣坛上，我听到吟诵祈祷文的低音和高音，
  我听到歌萨克的叫喊，以及水手们在鄂霍茨克出海的声音，
  我听到那连锁着的行列的喘息声，当奴隶们在行进时，当那一群群嗓子沙哑的人带着镣铐三三两两地走过去，
  我听到希伯来人在读他的经典和圣诗，
  我听到希腊人的有韵律的神话，以及罗马人悲壮的传奇，
  我听到关于美丽的上帝基督的神性生涯和惨死的故事，
  我听到印度人在向他的得意门生讲授三千年前诗人们所写并珍传至今的战争、格言和恋爱罗曼司。

  惠特曼的诗在西方评论界毁誉参半，就《向世界致敬》而言，曾遭到相当严厉的批评："那首古怪的题为《向世界致敬》的诗中，第一章中有几行的开头都是'谁'或'什么'，第三章中有十八行是以'我听到……'开始的，在以后的几章中有八十多行用'我见到……'打头。这些短语，即使在取代韵律方面有什么价值，也在我们逃脱之前早已丧失了。诗中充满了人物、山岳、河流、港口及其它各类东西的胡乱罗列。这些东西是一个小学生可以从地理课本中找到的。无疑，知道这些名字并使之见诸纸上，使得惠特曼像孩子或农夫般感到了一种天真的满足。但是让任何人，即使一个孩童或农夫去写这样的诗文，却不会有任何的乐趣。韵律，作为可以将其内容嵌入其中的框架，会使这一切很难（如果并非不可能的话）办到。惠特曼越接近正规的韵律，他的作品由于冗长而受到的损失就越少，这是很明显的。"①

  把这个批评移之于《晨安》表面看来也是合适的，它从形式规范层面要求

---

① 约翰·拜里：《惠特曼的语言和韵律》，李立译，《惠特曼研究》，李野光选编，漓江出版社，1988，第213页。

约束某种泛滥的"自由",不过,它没有理解惠特曼在原创或者说在刷新固有的写作方式上的意义。在这一点上,佩利对惠特曼的把握可谓体贴入微:

> 惠特曼的诗中尽管掺杂有这样那样的毛病,大大降低了它的纯诗价值,并使之难以永久流传,在我看来它还是属于那种不朽之作的。他将永存,这主要不是由于他的某些抒情片段绝对完美,而是由于他的想象的丰富,他的富于魅力的词语(尽管是断断续续的),以及他用以面对这永恒的客观世界的威严。这位华滋华斯以后一般说来最富于独创精神和启发性的诗人,也像华滋华斯一样将注意力牢牢地集中在自然界伟大而永恒的事物以及在人类的原始感情上。①

回到郭沫若的"发明"美学,他的重要性在一定程度上同样可以借助佩利的这个论断,郭沫若在当时的新诗人中占有独特的位置,最重要的就是因为有了这种浪漫主义的生产方式。固然在郭沫若手中成就的浪漫主义仍然缺乏深度,然而,将其放诸于早期新诗纠缠于"具体化"的刻画中,它的确显得意义非凡。从积极的一面看,应该把郭沫若的贡献放在张扬浪漫主义的自我之后,解放了早期新诗在物象简单对应的天地中扑腾的困境,它在开拓新诗的表现能力方面功不可没。

当然,也正因为它是一种"粗放型"的发明方式,它的粗糙、它的空洞的呐喊式的口号,在某种程度上可以视为中国早期浪漫主义诗歌中机械的美学程式。宗白华曾非常敏锐地指出郭沫若的《天狗》在形式上"又嫌简单固定了点,还欠点流动曲折。"② 从更大的范围看,这种仰赖扩张的想象和奔放的情感的美学,在不同程度上被后来的写作所承接,它带来的消极影响也是显见的。就近地看,随着紧承郭沫若之后的一批诗人的出场,他们以不同的方式体现了与想象、情感、诗艺的复杂缠绕,从多个向度彰显了早期新诗的重要命题。

---

① 布·佩利:《"那边是一片开垦地"!》,李立译,《惠特曼研究》,第166页。
② "宗白华致郭沫若函",《三叶集》,第25页。

第三章　新诗的锻造：延展与分化

第二节　新的美学向度的展开

在康白情、俞平伯、郭沫若之外，以闻一多、梁实秋为代表的后起者同样引人注目。如果说，前者的美学品格可以从代际差异的层面得到较好的比照，那么，后者首先由于处在诗坛的边缘状态引致了身份的焦虑，从文学社会学的观点看，闻、梁拿《冬夜》《草儿》"开刀"甚至可以视为社会学意味颇为浓厚的一种反映，但是，倘若联系闻、梁的几次转变，则会看到，困扰着早期新诗人的经验、情感、诗艺等问题在他们身上亦有其体现，闻、梁不过以一种更为古典主义的反应，缓慢却积极地清理着自然主义、浪漫主义的方式，并在"言说方式"的建构上留下他们独特的烙印。

《〈冬夜〉〈草儿〉评论》的阶段，闻、梁的诗艺观念比较含混，例如情感在诗艺中就处于暧昧的位置。这点不惟体现在闻、梁那里，在某种程度上，当时整个写作风潮其实都被情感与诗艺的暧昧纠葛所缠绕。随着闻一多等人的进一步转变，诗艺观念（比如恰当安放情感的位置、更为"形式化"地谈论诗艺）走向了更具建设性的向度。

一　后起者的预备期和不满

《〈冬夜〉〈草儿〉评论》的出炉，可以视为某种象征，闻一多、梁实秋坚定地抛给新诗坛的信息是，他们要清算俞平伯、康白情缺乏"诗意诗味"、忽视美学质素的作风，宣告一种与时风异趣的诗歌观念。梁实秋不无担忧地指出："即以我国新诗坛而论，几无一人心目中无《草儿》《冬夜》者，后起之作家受其暗示与传染者至剧。……我看着诗坛的陋风太猖獗了，险象已成，于是再不能待。"[1] 闻一多更是尖锐地说："我很怀疑诗神所踏入的不是一条迷途，所以不忍不厉颜正色，唤它赶早回头。"[2] "再不能待"和"唤它赶早回头"表现了相当高调的给新诗坛开药方的姿态。

---

[1] 梁实秋：《〈草儿〉评论》，《康白情新诗全编》，花城出版社，1990，第256页。
[2] 闻一多：《〈冬夜〉评论》，《唐诗杂论·诗与批评》，三联书店，2014，第104页。

闻、梁在他们和俞、康之间画出了一个引路/迷途之间的关系。

就比较宽泛的思想文化观念而言，"五四"对他们这一代人的影响大致相似，比如都积极地参与了当时的思想解放运动。① 从这个意义上说，他们其实共享着比较一致的观念结构。作为思想层面的同代人，闻、梁在诗歌观念上为何如此醒目地祭起反对的旗号？一方面当然和身处边缘的焦虑有关，另一方面又和他们诗歌观念的"预备"有关。

闻一多、梁实秋出身清华，这点和来自北京大学的俞平伯、康白情不同，后者在新文学的大本营中迅速沐其雨露，所以不到二十岁的俞平伯在1918年3月即写出了他的第一首白话诗《奈何》，现今可见的康白情最早的白话诗《雪后》也在1919年1月写出。② 约略同时期的清华甚至尚未流行白话文，闻一多最早发表对白话文的欢迎态度大约在1919年3月："学报用白话文颇望成功，余不愿随流俗以来诋毁。"③ 但迟至本年11月才写出他最早的新诗。④ 梁实秋试笔新诗的时间更迟，第一首诗《荷花池畔》刊于1921年5月28日《晨报》第七版，并且是以散文格式出现的。他们显得滞后的新诗写作当然和身处不同的氛围有关。另一方面，他们的出境频率太低，1922年之前，闻一多仅有很少的诗作刊于校刊《清华周刊》，梁实秋大部分诗作也主要在这上面露面，仅有4首诗发在《晨报》。可以说，他们几乎被完全边缘于当时的重要报刊之外，这和康白情截然不同，后者1920年前后即在《晨报》《时事新报·学灯》《少年中国》等著名报

---

① 例如争取男女平等的问题上，梁实秋和康白情就没什么差别。梁实秋曾就男女同校的问题广泛发表意见，如：康白情1919年10月作《绝对的男女同校》(《少年中国》第1卷第4期)。闻一多作为清华学生代表团的书记，为配合1919年5月4日的学生运动筹备各项事宜，1919年7月曾作为代表和康白情一同参加全国学联评议会，并于当年8月到常熟等地为全国学联募集资金（具体参阅闻黎明、侯菊坤等编《闻一多年谱长编》，湖北人民出版社，1994，第68~86页）；全国学联同时期的活动同样见于康白情的《南游漫记》中（参阅1919年7月24日至8月8日《晨报》）。
② 据孙玉蓉考证，作于1918年3月17日的《奈何》当属俞平伯最早的白话诗（《俞平伯年谱》，天津人民出版社，2001，第15页）；《雪后》署写作日期"八年一月十一日"，列于《康白情新诗全编》第一首。
③ 转引自《闻一多年谱长编》，第67页。
④ 参阅《闻一多年谱长编》，第89~90页。另据闻一多未曾出版的手抄新诗集《真我集》，《雨夜》《月亮和人》均排在前头，《闻一多全集·1》，湖北人民出版社，1993。

刊频频露面。因此，康白情、俞平伯收入诗集《草儿》《冬夜》的作品绝大部分都已先在报刊上面世，而闻一多第一本诗集《红烛》中的作品均没有"预演"的资历，即使为数很少的已见《清华周刊》的几首诗，也是在大加删改之后才被接纳进《红烛》，几乎是以完全陌生的"新面孔"出现在诗坛。这使得他们的写作很难为外界所知，而俞平伯、康白情的诗集甫一出版，即得到了他们的老师胡适的"点评"。

由于相当长的时间里均处于公共空间的边缘地带，闻一多、梁实秋为自己"名头太小"担忧是必然的。这种焦虑甚至延续到他们写出《〈冬夜〉评论》、《〈草儿〉评论》之后。闻一多放洋美国前曾致信闻家驷，谈到因在新诗坛寂寂无闻，担心诗集出版后不为世人注意：

> 我前已告诉你我想将我的《红烛》付印了。但是后来我想想很不好，因为从前我太没有预备。什么杂志报章上从没见过我的名字，忽然出这一本诗，不见得有许多人注意。我现在又在起手作一本书名《新诗论丛》。这本书上半本讲我对于艺术同新诗的意见，下半本批评《尝试集》、《女神》、《冬夜》、《草儿》（《冬夜》是俞平伯底诗，《草儿》是康白情底诗，都已出版）及其他诗人底作品。《冬夜》底批评现在已作完。但这只一章，全书共有十章。我很相信我的诗在胡适、俞平伯、康白情三人之上，郭沫若（《女神》底作者）则颇视为劲敌。一般朋友也这样讲。但虽然有这种情形，我还是觉得能先有一本著作出去，把我的主张给大家知道了，然后拿诗出来，更要好多了。况且我相信我在美学同诗的理论上，懂的并不比别人少；若要作点文章，也不致全无价值。①

"什么杂志报章上从没见过我的名字"，促使闻一多要另辟蹊径，先宣告自己的诗歌见解，"把我的主张给大家知道了，然后拿诗出来，更要好多了"。

---

① 1922年5月7日致闻家驷，《闻一多全集·12》，第33页。

在这封信中，闻一多颇为自负地认为自己的诗胜出胡适、俞平伯诸人。可见闻一多的不满是和对自己名气的忧虑、作品本身的自信纠葛在一起的。

拿俞平伯、康白情等人"开刀"不只出于心理上的"怨恨"，也源于很早就显露的诗歌观念的分野。这就是说，《〈冬夜〉〈草儿〉评论》的出笼和他们此前的美学上的"预备"有关。当然，最初闻一多在观念上甚至和胡适没什么区别，也从新/旧对立的模式反对写作旧诗："我诚诚恳恳地奉劝那些落伍的诗家，你们要闹玩儿，便罢，若要真做诗，只有新诗这条道走，赶快醒来，急起直追，还不算晚呢。"① 为此，还把胡适的《我为什么要做新诗？》《谈新诗》和康白情的《新诗底我见》奉为"为什么去旧趋新"的圭臬。

不过闻一多很快就转到对诗艺的关注。他在《评本学年〈周刊〉里的新诗》中声明，这篇文章"首重幻象、情感、次及声与色的原素"，非常明确地张扬起锤炼诗艺的要求，如强调"幻象"作为诗的基质，认为《出俱乐会场的悲哀》"不能引起读者浑身的明了真切的感觉"，是因为"幻想力甚薄"。又如批评《慈母》"没有幻象、没有感情，而且风格俗得不堪"。最值得注意的是，闻一多触及了平凡事物该不该入诗的问题，"寻常琐屑的物，感冒风寒的病，也没有入诗的价值"，关键还在于，他探讨了寻常事物随便入诗的难处："若照这样作诗，哪一个普通有心肠的人一天不知要作多少诗。寻常的情操（Sentiment）不是不能入诗，但那是点石成金的大手笔的事，寻常人万试不得。"② 有意思的是，梁实秋在反驳俞平伯的《诗底进化的还原论》时，高举"艺术是为艺术而存在的，他的鹄的只是美"的旗帜，极力反对让诗来分辨"善恶"，也毫不留情地对俞平伯、康白情等人"丑不堪言的字句"大加挞伐：

> 现在努力作诗的人，大半对于诗的内容问题，太不注意了！他们从没有想过何者是美，何者是丑。西湖边上的洋楼，洞庭湖里的小火

---

① 闻一多：《敬告落伍的诗家》，1921年3月11日《清华周刊》第211期。
② 均见闻一多《评本学年〈周刊〉里的新诗》，《清华周刊》第7次增刊，1921年6月。

轮，恐怕不久都被诗人吟咏了！即以现在的诗坛而论，什么"无产阶级"、"共产主义"、"革命"、"电报"、"社会改造"（见《女神》）；什么"基督教青年会"、"北京电灯公司"、"军警弹压处"、"蓝二太太"、"如厕"（见《草儿》）……等等丑不堪言的字句，都窜到诗国里来了！诗的内容，怎可以不加限制呢，诗是贵族的，要排斥那些丑的。①

一般地看，梁实秋是以表面的美丑或者雅俗来区分字眼问题，这点和闻一多强调"大手笔"的转化不同，他不无激烈地一概摒弃某种"天生"的"丑的字眼"，这种观点很快遭到了周作人等人的围攻。②

无论是闻一多以"幻象""情感"（包括"声与色"）来品评新诗，还是梁实秋的以美为艺术的"鹄的"，揪住"丑的字句"作为攻击的靶子，已经显露了他们与康白情、俞平伯异趣的诗歌观念，这些都为他们批评《冬夜》《草儿》作了观念储备上的预演，《〈冬夜〉〈草儿〉评论》的出炉的确是有备而来的。

二　诗艺和经验的紧张

在《〈冬夜〉〈草儿〉评论》中，闻一多、梁实秋均毫不客气地指责两部诗集算得上"诗"的作品太少。"诗"的眼光成了闻、梁二人臧否俞、康的最重要标杆。需要究问的是，闻、梁心目中的"诗"体现为何种观念

---

① 梁实秋：《读〈诗底进化的还原论〉》，原载《晨报》副刊 1922 年 5 月 27、28、29 日，此处据《梁实秋文集·6》，2005。

② 周作人的反应最快，在本年 6 月 2 日的《晨报》副刊上发表了《丑的字句》，此外还有苹初的《评读〈诗底进化的还原论〉》（《时事新报·文学旬刊》第 41 期）和胡愈之、郑振铎的《杂谈》（《时事新报·文学旬刊》第 42 期）等文章。需要指出的是，自晚清以降，何种字眼可以入诗甚至入文的争论屡见不鲜，如樊增祥力辟报章之文中的"丑怪字眼"："中国文字，自有申报馆而俗不可医；然犹不至于鹦鹉改言从靺鞨，猕猴换舞学高骊也。迨戊戌以后，此等丑怪字眼，始终络绎堆积于报章之上。无知之物，承窃乞余，相沿相袭"（《批学律馆游令课卷》，《樊山政书》卷六，第 25 页）；梅光迪强调"诗文截然两途"，要求区分"诗之文字"和"文之文字"；林纾也从白话的"质地"上批评它乃"引车卖浆"之流的语言。

呢？我们不妨从闻、梁的批评和俞、康的自我体认之间的分歧入手，可以发现，闻、梁赏识的作品在俞、康看来却未必是他们最为得意的，换个角度说，俞、康津津乐道的作品很可能在闻、梁那里受到严厉批评。

《冬夜》共分四辑，俞平伯自言，仅第四辑的几首诗"稍有平民的风格"，而第一、第二辑有"幼稚""烦琐而枯燥"等弊病。[1] 但在闻一多看来，"这两辑未见得比后两辑坏得了多少，或许还要强一点。第一辑里《春水》、《船》、《芦》，第二辑里《绍兴西郭门头的半夜》、《潮歌》同《无名的悲哀》都是《冬夜》里出色的作品。当然依作者自己的主张——所谓诗的进化的还原论者——讲起来，《打铁》、《一勺水啊》等首，要算他最得意的了；若让我就诗论诗，我总觉得第四辑里没有诗，第三辑里倒有些上等作品，如《黄鹄》、《小劫》、《孤山听雨》同《凄然》。"[2] 很显然，那些承载了"平民主义"的作品在闻一多看来离"诗"太远，反而一些音节和谐甚至表现了古典诗歌意境的作品得到了他的青睐。

有意思的是，梁实秋对《草儿》的态度更为严苛，"《草儿》全集五十三首诗，只有一半算得是诗，其余一半直算不得是诗。"但在梁实秋认为不是诗的作品中，却是一些颇能代表康白情心声的《庐山纪游》《日光纪游》《西湖杂诗》等，内中有相当部分是康白情所说的"剪裁时代的东西，表个人的冲动"的作品。比如上文已经分析的《庐山纪游》第三十二首，写学校、发电机、矿产，又如《西湖杂诗》第十八首写电车路、小汽船，但在梁实秋看来却是诗人的胸襟不够，和"物质与现实的事物"粘得太紧，"对于物质仍是念念不忘，那就难免做出非驴非马俗陋不堪的产物。"在这一点上，康白情和梁实秋诗歌观念的分野体现的是，追求对"现实"的呈现和要求以无功利的胸襟"享受"美的差别。这也是对诗歌功能的不同理解。然而，描写现代器物、现代经验的诗在当时相当流行，这也符合对现代性诉求的承担，要求对各种"思想"发言。不用说郭沫若把工业烟囱讴歌为"黑色的牡丹"和"二十世纪的名花"，有作者甚至借

---

[1] 俞平伯：《自序》，《冬夜》，第3页。
[2] 闻一多：《〈冬夜〉评论》，《唐诗杂论·诗与批评》，第86页。下引该文不另注。

写现代器物反思现代文明，显示了一定的深刻性。① 从乡土社会走向都市化的进程看，现代性带给诗歌的不仅是意象系统的变化，更重要的是题材和主题的变化，这一点意义重大，通过现代经验的接纳有力地疏离了中国传统诗歌的古典基质，可以说，这是精神、内容层面的现代性体验冲破了古典主义的运思方式。不过，这类诗歌在艺术经营上存在重大欠缺，往往把题材的搬用直接等同于"诗"，它们的确有违于梁实秋所说的应当"凭着想象，创作出美来，这是一切艺术美的原则"。

需要指出的是，梁实秋和康白情在诗歌观念上的分野不仅体现了诗艺优先与经验优先的差别，还体现了诗歌文类的不同体认。很大程度上，梁实秋对康白情的贬黜其实就是借助诗/非诗的文类界限把大量作品排斥在"诗"之外。径直把《庐山纪游》《日光纪游》《西湖杂诗》归入到"小说"，《律己九铭》归入到"记事文"和"格言"，明确宣称不能承认这些文类是"诗"。② 当然，这种文类的界定与排斥指向的就是诗和经验的紧

---

① 署名为李宗武的作者在《晨报附刊》1921年12月6日发表题为《都市生活》的诗颇有代表性：

一

电车声，/自动车声，/人力车铃声，/自转车笛声，/西咕咕响，/东呜呜呜，/引起人一团烦闷。/若要安心走几步路，/除非到晚间十二时后，/——夜闲人静。/我这十年中，/六年杭州，/四年东京，/没曾享——/那些天然幸福。/沉默，/安闲，/清静。

二

工厂烟囱多少高，/科学终算发达了；/烟尘煤粒满天空，/新鲜空气找不到。/物质文明的幸福里，/居然含着许多懊恼。/别人倒还可以——/避开雅洁的乡下去，/小工们如何是好！/他们只有和/烟先生，/煤先生，/百年偕老！

② 作于1922年8月31日的《〈草儿〉评论》大力抨击类似日记体的"小说""记事文"均算不上诗，在梁实秋看来或许也可算作"帐簿式"的诗，到了1923年5月，梁实秋仍对这类诗耿耿于怀，用一种很诙谐的方式来表达了他对这类诗的反感，颇有反讽意味："在这无聊的时候，我也只好做无聊的事了。我把衣袋里的小本子拿出来，用笔写着：'我是北京清华学校的学生某某，家住北京……胡同，电话……号，In case of accident, please notify my family!'事后看起来，颇可笑。车到泊头，我便朗吟着：

列车斗的寂然，到哪一站了？我起来看看。路灯上写着'泊头'，我知道到的是泊头。

无聊的诗在无聊的时候吟，更是无聊之极了。唉，不要再吟了，又要想起那'帐簿式'的诗集了！我在德州买了一筐梨（不是'八毛钱一筐'）。"（本文题为《南游杂感》署名梁治华，载1923年5月4日《清华周刊》第280期）按"八毛钱一筐"出自俞平伯《冬夜》"北归杂诗"中的"泊头镇之二"，该诗也曾被闻一多在《〈冬夜〉评论》中批评。

张,比如梁实秋虽然认为《律己九铭》是非诗的"座右铭",但在康白情那里,恰好就是表达思想的载体。

值得注意的是,闻一多、梁实秋和俞平伯、康白情表现在诗艺与经验问题上的紧张,在别的诗人那里也有体现。例如梁实秋在《读〈诗的进化的还原论〉》中反对俞平伯功利化地对待诗歌而忽视了诗艺的要求,这种取向在某种程度上其实代表了不少人的呼声。即便俞平伯的朋友朱自清,虽然为《冬夜》作序进行鼓呼,但他和俞平伯的分歧也是显见的。在《民众文学谈中》,朱自清强调"文学底长足进步是必要付托给那少数有特殊鉴赏力的非常之才的了","文学不能全部民众化",[1] 这种观点和俞平伯追求"普遍"是截然不同的。固然,朱自清的"精英论"很快有所修正,但他即使同意民众文学也反对"严正的教导",指出"应用感情的调子表现"。[2] 可见朱自清也是强调艺术地转换思想内容的重要性的。这点也体现在叶圣陶身上,他也不满意不经剪裁、提炼的"内容"表现,反对"照样记录,像照相机保留物象":"应将所得的材料加以剪裁、增损、修饰种种功夫,所谓艺术的制练,使那里面含有自己的灵魂,一面却仍不失原来的精神。"[3]

从新诗的本位追求来看,对诗艺的关注是它当然的题中之意。周作人在为刘半农的《扬鞭集》作序时,对这本以歌谣的调子而非以诗美取胜的集子本身谈得很少,却借题发挥大谈新诗没有"余香和回味"的缺点,也直指诗艺问题:

> 中国的文学革命是古典主义(不是拟古主义)的影响,一切作品都像一个玻璃球,晶莹透彻得太厉害了,没有一点儿朦胧,因此也似乎缺少了一种余香与回味。正当的道路恐怕还是浪漫主义——凡诗差不多无不是浪漫主义的,而象征实在是其精意。这是外国的新潮流,

---

[1] 朱自清:《民众文学谈》,《时事新报·文学旬刊》"双十增刊",1921年10月10日。
[2] 朱自清:《民众文学的讨论》,《时事新报·文学旬刊》第二十六期,1922年1月21日。
[3] 圣陶:《文艺谈·五》,《晨报副刊》1921年3月15日。

同时也是中国的旧手法；新诗如往这一路去，融合便可成功，真正的中国新诗也就可以产生出来了。①

由此可见对诗艺问题的关注是相当强劲的一股潮流。当然，关注诗艺也有不同的表现形态，还可作进一步的分疏。

闻、梁高张诗/非诗的标尺，他们把情感和想象树立为两个重要的观念部件，这点不约而同地出现在闻、梁身上。例如闻一多批评俞平伯缺乏"幻想力"，他的作品"情感也不挚，因为太多教训理论"；梁实秋也指责康白情"情感太薄弱，想象太肤浅"。但是，诗艺在他们心目中还不是全然"纯粹"的，特别是，情感的维度在他们论诗时所处的位置显得比较暧昧。有时当作内容层面和主题并置，有时又是作为技艺转换中介的想象对象来看待。闻一多有时就把情感单拎出来，和理智（思想）作一比较，完全是把情感当作孤立存在物（并不考虑某种艺术的转换）来看待："人本主义这样充满《冬夜》，我们便可以判定《冬夜》里大部分的情感，是用理智的方法强迫的，所以是第二流的情感。"梁实秋有时也是把情感的浓郁与否作为能不能作好诗的前提："浅薄的情绪当然不会生出多么浓厚的诗味，但若再把戕害情感的理性的文字和道德的议论夹杂进去，那就如同在薄酒里羼凉水一般了，还有半点诗味么？"由此看来，至少在《〈冬夜〉〈草儿〉评论》时期，情感和技艺之间的关系以一种微妙的纠葛参与进了他们的论诗话语中，当然，闻一多、梁实秋后来都进一步发展了更为圆通的诗艺观念。在此，还值得注意的是，情感作为一个暧昧的论诗指标在早期新诗中有着相当的表现，这就是下文要继续分析的。

三 诗艺与情感的纠葛

早期新诗中，"诗艺"远非纯粹的技艺。更经常的情形是，艺术的经营和强烈情感的呼告纠葛在一起。有时情感的直接流露被当作诗的第一要

---

① 周作人：《扬鞭集·序》，此处据陈绍伟编《中国新诗集序跋选》（一九一八—一九四九），湖南文艺出版社，1986，第175页。

务——诗就是真，就是情真意切，围绕着《蕙的风》的争论从一个侧面揭示了这一问题。

众所周知，《蕙的风》出版后曾引发了"何为不道德文学"的争论，由胡梦华的《读了〈蕙的风〉以后》引出了鲁迅、周作人、章衣萍等人的反驳，声势颇为浩大。① 姜涛曾就这场争论作了精审的分析，敏锐地把握到胡梦华的批评话语纠缠着"道德的与诗艺的"两种尺度，道德的争论之外"还涉及到解放的'新诗'与'艺术论'式的诗美期待之间的冲突问题"②。的确，胡梦华并非总是揪住"道德问题"不放。一个相当有说服力的例子是，他曾对当时被很多人目为颓废派的郁达夫表示欣赏："翻阅《茑萝集》自序，以为足下为人浪漫坦白，俱见于字里行间；而入世也深，故愤世也切。"③ 可见道德问题并不总是胡梦华文学观念中的最重要指标。具体到人们为《蕙的风》所作的辩护，在道德争论之外，《蕙的风》代表了让诗承载真性情的诉求，在精神的个性解放和表达的直抒胸臆之间画上等号。从思想文化的层面，情感的迫切和表达的直率有不容忽视的因果关联，但是，从诗的"言说方式"的层面，富于意味地缠绕着情感的抒发和艺术的考量这两个层次。

众多为《蕙的风》捍卫形象的论述中，于守璐的观点比较有代表性。在他看来，情感可以僭越诗艺，或者说情感比诗艺更重要。"诗原是情的

---

① 胡梦华在1922年10月24日《时事新报·学灯》刊出《读了〈蕙的风〉以后》系争论的导火索，系列文章有：章衣萍于1922年10月30日在《民国日报·觉悟》发表《〈蕙的风〉与道德问题》，周作人也在1922年11月1日《晨报附刊》发表《什么是不道德的文学》，胡梦华在1922年11月3日《民国日报·觉悟》还发表《悲哀的青年》，于守璐在1922年11月3日《时事新报·学灯》发表《与胡梦华讨论新诗》。曦洁在1922年11月8日《时事新报·学灯》发表《诗的"模仿"问题》，铁民、家斌在1922年11月14日《民国日报·觉悟》发表《新文化的悲哀》，鲁迅在1922年11月17日《晨报附刊》发表《反对"含泪的批评家"》，养真在1922年11月20日《民国日报·觉悟》发表通信《诗中的道德》，胡梦华还在1922年11月18日至20日《时事新报·学灯》刊载长文《"读了〈蕙的风〉以后"之辩护》，于守璐在1922年11月29日《时事新报·学灯》发表《答胡梦华君——关于〈蕙的风〉的批评》。
② 姜涛：《"新诗集"与中国新诗的发生》，北京大学出版社，2005，第196页。
③ 胡梦华：《〈茑萝集〉读后感——覆郁达夫的一封信》，胡梦华、吴淑贞《表现的鉴赏》，现代书局，1928。

冲动,并不是为做诗而做的诗。那么写在纸上的诗,也不过是情的记载。既是如此,当然以情为主。设若当情的冲动时,必须赤裸裸的写出,方能把真情表现出来;那只有赤裸裸的任情写去,那里还顾得敦厚含蓄……"① 情感的优先性被放到突出的位置。在另一篇文章中,"循规蹈矩"的诗艺甚至被视为对情感表现的压抑:

> 设若当时情的表现,不能敦厚,不能含蓄,也不妨赤裸裸的写出;只是艺术问题,有写的委婉曲折的,有写的一吐无余的。但本不委婉曲折而强使之委婉曲折,本应一吐无余而强使之一吐有余,是否是强抑感情?如加以艺术的修整,又安能叫是赤裸裸的写出?②

不惟于守璐强调情感的优先性,宗白华也是如此。但后者非常巧妙地绕开诗艺好/坏的区分,直指《蕙的风》抒发的情感带来了阅读的愉悦:"这天然流露的诗,如同鸟的鸣,花的开,泉水的流。无所谓好,无所谓坏。……'放情歌唱少年天真的情感',感谢他给予我的快乐。"③

强调情感优先性的言论,的确是观察情感与诗艺纠葛的重要角度。徐玉诺的诗因以情绪的真实和自然流露见长得到叶圣陶的赞扬:"我以为他常常有奇妙的句子花一般怒放在他的诗中,不是别的,实由他有特别灵警的感觉。他并不是故意的做作,感觉是如此,所以如此写下来了。这不单是写景物的诗,他一切诗都如此,他并不以作诗当一回事,像猎人搜寻野兽一样。当感觉强烈,情绪奋兴的时候,他不期然地写了;写出来的,我们叫做诗。他的稿子,往往有许多别字和脱落的地方。曾问他为什么不仔细一点写?他说,'我这样写,还恨我的手指不中用。仔细一点写,那些东西便脱逃了。'这可以明白他的诗有时不免结构粗松,修辞草率的缘故。

---

① 于守璐:《与胡梦华讨论新诗》,1922年11月3日《时事新报·学灯》。
② 于守璐:《答胡梦华君——关于〈蕙的风〉的批评》,1922年11月29日《时事新报·学灯》。
③ 宗白华:《〈蕙的风〉之赞扬者》,1923年1月13日《时事新报·学灯》。

但也可以明白他的诗所以这么自然，没有一点雕凿的痕迹，这么真实，没有一些强作的呻吟。"① 在叶圣陶看来，因为是"不期然而然"的表达，较之"自然""没有雕琢"这样的优点，"结构""修辞"方面的问题几乎可以忽略不计。需要指出的是，文中所引徐玉诺的自述很容易让人想起郭沫若对灵感、情绪的描述："这种诗的波澜，有它自然的周期，振幅（Rhythy）；不容你写诗的人有一毫的造作，一刹那的犹豫，正如歌德所说连摆正纸位的时间也没有。"②

看重情感和感觉，说到底是对主体"能量"的仰赖。应修人也曾强调情感的重要而宁愿冒犯诗艺的要求，他在评潘漠华的诗时指出："你诗，或许有人要说艺术差些，但浓厚的情感已能掩蔽之，而我们也正要弄些不像诗的（散文的）句子来。"③ 以《繁星》《春水》出现在新诗坛上的冰心，从一个侧面也可见出她对主体情感、情绪的青睐。虽然她的小诗遭到了很多人的批评，如梁实秋认为她"理智富而情感分子薄"。④ 不过，在开始连载《繁星》之前，冰心心目中的诗艺与情感却相当含混地纠葛在一起：

> 诗人病了——
> 却怪窗外天色，
> 怎的这般阴沉
>
> 天也似诗人，
> 只这般黯寂消沉，
> 一般的：
> 丑诗未成，

---

① 圣陶：《玉诺的诗》，1922年6月1日《时事新报·文学旬刊》第三十九期。
② 郭沫若致宗白华，1920年1月18日，《三叶集》，第7页。
③ 应修人致潘漠华，1922年4月15日，楼适夷、赵兴茂编《修人集》，浙江人民出版社，1982，第206页。
④ 梁实秋：《〈繁星〉与〈春水〉》，1923年7月29日《创造周报》，第十二期。

第三章 新诗的锻造：延展与分化

丑雪未成。

墙外的枯枝，
屋上的炉烟，
和隐隐的市声，
悠悠的去了几许光阴？

诗人病了——
却怪他窗外天色
怎的这般阴沉！
十二，五，一九二一。①

这首诗中冰心着意于写作主体在精神、态度的层面对外物的征服——不能怪"窗外天色/怎的这般阴沉"，在她看来，重要的是诗人应该赋予外物以明朗的色调。对情感热度或情绪强度的追求被冰心有意无意地当成了诗歌写作的全部，把主体的"能量"等同于诗艺本身。这点或许和她追求文学的"真"有关："'真'的文学，是心里有什么，笔下写什么，此时此地只有'我'——或者连'我'都没有——前无古人，后无来者，宇宙啊，万物啊，除了在那一刹那顷融在我脑中的印象以外，无论是过去的，现在的，将来的，都屏绝弃置，付与云烟。只听凭着此时此地的思潮，自由奔放，从脑中流到指上，从指上落到笔尖。微笑也好，深愁也好。洒洒落落，自自然然的画在纸上。这时节，纵然所写的是童话，是疯言，是无理由，是不思索，然而其中已经充满了'真'。"② "自自然然"被等同于"真"、等同于文学（艺术），这和上引叶圣陶以"自然"来评价徐玉诺的诗如出一辙。

---

① 冰心：《病的诗人（二）》，1921年12月23日《晨报附刊》。
② 冰心：《文艺丛谈》，《冰心文集·5》，第27页。

四　走向不同的抒情向度

诗中情感的位置和诗艺体认之间的微妙纠葛，使早期新诗建构自身的抒情方式之旅变得复杂起来。但倘若略微放宽视界，则会发现，缠绕着诗歌写作的情感、诗艺包括经验诸问题，在一种更具建设性的论诗话语的层面上得到了一定程度的省思，更为成熟的诗艺观念在新诗人的进一步探索中初步成形并得到了具体展现。

闻一多留学美国之后，诗歌形式的问题逐渐摆上了他的写作日程。虽然早在《评本学年〈周刊〉里的新诗》和《〈冬夜〉评论》中他就注意到了诸如音节等问题的重要性，甚至在 1922 年 10 月致友人信中还重提"音节"与"幻象""感情""绘藻"为诗的"四大元素"。不过，大约到了 1923 年底，他谈诗的"话语"似乎才迎来某种本质上的转变，即开始把"形式"作为一个重要的话语工具提出来，不仅超越了早期诗歌观念中想象与情感的暧昧纠缠，而且把情感作为某种反思的对象予以深刻的审视，至此，早期新诗中浪漫主义的诗风在闻一多那里也得到了初步的清理。

在 1923 年底的一篇文章中，闻一多严厉批评了泰戈尔，[①] 认为他的诗仅仅以哲学（思想）取胜，然而"哲理本不宜入诗"，虽说这篇文章多少延续了《〈冬夜〉评论》中反对借说理表达思想的思路，但突出了"形式"的重要性：

> 在艺术方面泰果尔更不足引人入胜。他是个诗人，而不是艺术家。他的诗是没有形式的。我讲这一句话恐怕又要触犯许多人底忌讳。但是我不能相信没有形式的东西怎能存在，我更不能明了若没有形式，艺术怎能存在！固定的形式不当存在；但是那和形式的本身有什么关系呢？我们要打破一个固定的形式，目的是要得到许多变异的形式罢了。泰果尔的诗不但没有形式，而且可说是没有廓线。因为这

---

① 和国内许多人欢呼泰戈尔带来了"东方思想的复活"不同，后者把很大的注意力放在思想文化的层面，闻一多较为集中地针对泰戈尔的诗歌本身进行了难能可贵的发言。

样，所以单调成了它的特性。我们试读他的全部的诗集，从头到尾，都仿佛不成形体，没有色彩amoeba式的东西。我们还要记好这是些抒情的诗。别种的诗若是可以离形体而独立，抒情诗是万万不能的。①

闻一多反思泰戈尔的自由诗体式，明确指出这种自由诗根本没有"形式"，不符合艺术的要求，他在自由诗之外寻找新体式的意图变得异常显豁。有意味的是，闻一多没有再拼凑式地搬弄他的"四大元素"（幻象、情感、声、色）理论，而以形式为基本话语单位，不能不说这是一个重要的变化。

到了1926年发表《诗的格律》，闻一多开始从容地讨论诗歌的节奏问题，和胡适从语言媒介的角度拘泥于"自然的节奏"不同，他从形式规范的高度赋予节奏以独特的意义。和本书的论题相关，这里有必要就他以"形式"观念纠正诗中情感表现的偏差予以辨析。这篇文章直指浪漫主义抒情方式的缺陷：

> 又有一种打着浪漫主义旗帜来向格律下攻击令的人。对于这种人，我要告诉他们一件事实。如果他们要像现在这样讲什么浪漫主义，就等于承认他们没有创造文艺的诚意。因为，照他们的成绩看来，他们压根儿就没有注重到文艺的本身，他们的目的只在披露他们自己的原形。顾影自怜的青年们一个个都以为自身的人格是再美没有的，只要把这个赤裸裸地和盘托出，便是艺术的大成功了。你没有听见他们天天唱道"自我的表现"吗？他们确乎只认识了文艺的原料，没有认识那将原料变成文艺所必需的工具。他们用了文字作表现的工具，不过是偶然的事，他们最称心的工作是把所谓"自我"披露出来，是让世界知道"我"也是一个多才多艺、善病工愁的少年；并且在文艺的镜子里照见自己那倜傥的风姿，还带着几滴多情的眼泪，

---

① 闻一多：《泰果尔批评》，《时事新报·文学》第九十九期，1923年12月3日。

啊！啊！那是多么有趣的事！多么浪漫！不错，他们所谓浪漫主义，正浪漫在这点上，和文艺的派别绝不发生关系。①

闻一多把以郭沫若为代表的浪漫主义竖作批评的靶子，情感的泛滥遭到了严肃的反思。倘若联系他先前对郭沫若的推崇，则会发现，他的"形式"观念实际上是逐步形成的。闻一多刚开始新诗写作不久，他曾在多个场合表达对郭沫若的景仰，随着他留学美国后发现了意象派诗人的信条，才开始在一封信中反思自己此前对郭沫若报以的过高评价："在这方面的确没有别人比郭沫若更富于天才，但至多他只是非常敏锐地以汉语表现了西方思想，他很可能是歌德的一个很好的模仿者。直到这时，我才认识到我曾给予他超过了他实际可以匹配的评价。"② 即使这样，闻一多的主要兴趣还是集中在如何"做中西艺术结婚后产生的宁馨儿"的理念上，并催生出了关于郭沫若"非中国化"的评论《女神之地方色彩》，③ 固然他也注意到郭氏的"technique"（技术）过于粗糙，④ 但这也没什么特出之处，因为技术的探讨主要集中在修辞层面。

从这个意义上说，"形式"的自觉对闻一多的意义是，发现了解决含混的浪漫主义诗歌观念的可能性。事实上，曾经大谈想象和情感的梁实秋也在大约同时期反思了浪漫主义，认为在浪漫主义的名目下推崇"情感轻视理性""独创"都是不可取的⑤，当然，梁实秋的这种批评很大程度上和他接触以白璧德为代表的新人文主义有关，他的观念建构主要是思想层面

---

① 闻一多：《诗的格律》，1926年5月13日《晨报·诗镌》第7期。
② 闻一多：1922年8月27日致清华同学信，孙党伯等《闻一多全集·书信》，第57~59页。文中所引为译文，原文如下："But cethamly no one is more guilty than Kuo Mo Jo in this respect. At best he has dexterously embodied western thoughts in Chinese words; may be a good imitator of Goethe. Until this moment I suppose I have given him too much praise than he really deserves."
③ 一多：《〈女神〉之地方色彩》，《创造周报》第五期，1923年6月10日。
④ 闻一多致梁实秋、吴景超，1922年9月29日，孙党伯等《闻一多全集·书信》，第81页。
⑤ 梁实秋：《现代中国文学之浪漫的趋势》，《浪漫的与古典的》，新月书店，1927。该文注明写于1926年2月15日。

的，因而没有在"形式"问题上表露更多的见解。然而，对浪漫主义的反省与诗的形式追求联手时，则是对诗的无政府状态和诗情泛滥的积极反思，导向了新的可能性。

形式命题的浮现还体现在徐志摩身上。尽管徐志摩的性格、气质恰如朱自清所言，是"跳着溅着不舍昼夜的一道生命水"①，但值得注意的是，徐志摩也经历了将"秩序"赋予生命（情感）的过程。在 1923 年的一篇文章中，徐志摩力图区分真诗、坏诗、形似诗，认为"真好诗是情绪和谐了（经过冲突以后）自然流露的产物"，"假诗是剽窃他人的情绪与思想来装缀他自己心灵的穷乏与丑态"，"形似诗是外表诗而内容不是诗"。② "诗艺"与情绪之间的关系在这里有某种显见的暧昧，在同一年的另一篇文章里，徐志摩所持的也还是实质/形式的二分法："我们得到一种诗的实质，先要溶化在心里；直至忍无可忍，觉得几乎要迸出我心腔的时候，才把他写出。那才算一首真的诗"；"诗的灵魂是音乐的，所以诗最重音节。……做白话诗我们也要在大范围内去自由。"③ 一方面强调情绪（情感）的"忍无可忍"，另一方面又强调形式上"去自由"，可以看出徐志摩诗艺意识的淡薄。固然大约也在这个时候，徐志摩已经比较注意"诗形"问题，比如徐志摩不满于《康桥再会吧》在 1923 年 3 月 12 日《时事新报·学灯》被错排成散文格式，去信强烈要求予以重排，与本年 3 月 25 日更正后重新发表。不过，只有到 1926 年《晨报·诗镌》创办时，才自觉地提出"要把创格的新诗当一件认真事情做"：

> 我们信诗是表现我们创造力的工具，与音乐与美术是同等同性质的；我们信我们这民族这时期的精神解放或精神革命没有一部像样的

---

① 朱自清：《〈中国新文学大系〉诗集导言》，朱乔森编《朱自清全集·4》，江苏教育出版社，1990，第 374 页。
② 徐志摩：《杂记（二）：坏诗，假诗，形似诗》，1923 年 5 月 6 日《努力周报》第五十一期。
③ 徐志摩：《诗人与诗》，该篇为 1923 年 5 月的演讲稿，此处据韩石山编《徐志摩全集》第一卷，天津人民出版社，2005，第 277 页。

诗式的表现是不完全的；我们信我们自身灵性里以及周遭空气里多的是要求投胎的思想的灵魂，我们的责任是替它们构造适当的躯壳，这就是诗文与各种美术的新格式与新音节的发见；我们信完美的形体是完美的精神唯一的表现；我们信文艺的生命是无形的灵感加上有意识的耐心与勤力的成绩；最后我们信我们的新文艺，正如我们的民族本体，是有一个伟大美丽的将来的。①

形式的追求被看作"创格"，他认为"完美的形体是完美的精神唯一的表现"，这意味着，徐志摩发展出了更为圆融的诗艺观念，自此像早先比较含糊的情感在诗艺中的位置自然可以得到恰当的安置。

当然，反省新诗中情感的"泛滥"远不是普遍的自觉。时代季候变化的压力，甚至强化了作为现代性诉求的情感表现，如创造社诗人向左转，大谈"革命文学"，当然，他们走向革命情感的扩张在很大程度上可以从他们的历史中找到根源，这不过是一种情感表现向另一种的位移。另一方面，还值得注意的是李金发一类诗人的追求，可以说，李金发的出场在某种程度上消除了周作人的焦虑，周作人认为"一切作品都像一个玻璃球，晶莹透彻得太厉害了，没有一点儿朦胧"。不过，李金发不像闻一多、徐志摩等人从形制的层面以实现情感的疏导与表现，他从另一个向度即意象和象征的层面更新诗的表现能力，而他对形式体制的经营似乎不太在意："中国自文学革新后，诗界成为无治状态，对于全诗的体裁，或使多少人不满意，但这不紧要，苟能表现一切。"②

---

① 徐志摩：《诗刊弁言》，1926年4月1日《晨报·诗镌》第1期。
② 李金发：《〈微雨〉导言》，该篇据作者自署作于"一九二三年二月"，诗集延至1925年11月由北新书局出版。此处据陈绍伟编《中国新诗集序跋选（一九一八—一九四九）》，第111页。

第四章　作为观念建制的新诗

作为一种崭新的"言说方式",新诗产生并扎根在它与古典的差异性之中,体现为文本和观念的建构。在反对者看来,以"诗"的理念衡量早期新诗,几乎都经不起"诗"的分析,但是,无论顽固派出于对正典的卫护,还是"改革派"出于对固有写作的变通,他们在新诗的观念版图上均无一例外地出局了。此中尽管牵涉新诗场域对他们的打压与排挤,但更内在的缘由是,他们的诗歌观念锁闭于古典主义中,未能向新的美学可能性敞开。

随着现代文学观念日益强劲的自我规划意识,早期新诗中出现的一个重要动向是,展开了对"旧诗"的"再生产"活动,主要表现为韵文的整理和文学史的编撰,从中可以看到,这是一种新的美学构想的实施,新诗以强烈的"自我"意识重新发明"旧诗",这意味着对"旧诗"的规训,借此新诗的形象就得到了凸显和强化。

第一节　不同框架中的诗之构想

新诗极大地违逆既有的审美习惯,它尚在胡适一个人的实验室中时即遭到猛烈掊击,这点在本书第二章已有相应的论述。即便1919年的《谈新诗》对新诗作了系统的论证,各大报刊也陆续辟出"新诗栏目"后,攻击新诗的声浪依旧甚嚣尘上。虽说到了1922年胡适颇为自得地宣称,"现在新诗的讨论时期,渐渐地过去了——现在还有人引了阿狄生、强生、格雷、辜勒律己的话来攻击新诗的运动,但这种'诗云子曰'的逻辑,便是反对论破产的铁证。"① 然而，这种自负多少代表了当时掌握主流话语媒介的新诗人的傲慢。事实上，值得注意的不只是反对派在气势上的强弱，更在于和新诗的冲突蕴涵的诗学命题。无论从文化的还是美学的立场看，反对新诗的声音都颇为值得省思。需要指出的是，这种省思要求研究的方法和立场不能简单地认同新诗人回应反对派的逻辑，而是回到反对派的谱系脉络中，找寻他们反对的"根源"，以此才能省察他们的话语类型与"新诗"构成了何种紧张关系。

一 反对派的谱系

一般的文学史往往把新诗的反对派简单化约为"旧诗"的捍卫者，是一类死硬的惟古是从的顽固派。实际上，自新诗宣告成立以来，形形色色的反对派并不能用"捍卫旧诗"草率打发。俞平伯曾区分出几类反对新诗的"心理"："反对诗的改造""反对中国诗的改造""反对我们改造中国诗"。② 的确有一类相当顽固的反对派，如黄侃不无刻薄地把新诗讥讽成"驴鸣犬吠"，但他是典型的旧派文士，其诗歌观念当然是"信古"的，③因而理所当然"反对中国诗的改造"。另一些人并不反对诗的变革，他们反对的目标是胡适们对诗的重新规划，实质是"反对我们改造中国诗"。这些人要么有放洋留学的经历，掌握了相当的西方知识背景，例如胡先骕、吴宓、梅光迪等，他们对"新诗"的攻击富于理论的杀伤力，掊击新诗旁征博引，要么长期流连国内，虽缺乏西学参照，但思想活跃，并自诩深谙中国文化和文学之弊，因而也积极认同改革"旧诗"，如吴芳吉喊出了"时文学革命之声震海内。心知旧诗之运已穷，穷则必变。吾非老师宿

---

① 胡适：《〈尝试集〉四版自序》，《胡适学术文集·新文学运动》，第419页。
② 俞平伯：《社会上对于新诗的各种心理观》，《新潮》第二卷第一号，1919年10月。
③ 黄侃的一首诗很能表露他惟古是从的心声："梧台燕石裹重绨，敝帚千金理亦齐。道术终为天下裂，民情奔古来迷。妄心各类蝇钻纸，曲说谁防蚁溃堤？百感殊途特相齿，何妨东向不知西。"该诗题为《国学厄林付刊感题》，此处转引自司马朝军、王文晖编《黄侃年谱》，湖北人民出版社，2005，第158页。

儒，本无固守之义。"① 胡怀琛亦云："做诗的人，一天天的不知道诗是什么东西，做的诗一天天坏下去。同时又将诗当了文人专有的东西，像《国风》一般的里巷歌谣又不承认他是诗；所称为诗的，不是模仿古人，便是标奇立异，拼命的去做成一种怪诗。这便是旧诗的大坏处。所以非革命不可。"② 表面上看，吴芳吉、胡怀琛思考中国诗歌的问题相当通达，这点和一味泥古的黄侃们迥然不同。

梅光迪、吴宓和胡先骕，直接搬用的依据是，既然西方自由诗可悲地偏离了新人文主义的目标，本质上亦是自由诗的新诗也无疑踏上了一条前景黯淡的歧途，新诗被比譬为"纯拾自由诗 Verslibre 及美国近年来形象主义 Imagism 之唾余"，自然就在全盘否定之列。梅光迪揪住新诗乃是袭自西方自由诗和美国意象主义不放，抨击它模仿西方和模仿古人一样不可取："彼等犹以创造自矜，以模仿非笑国人，斥为古人奴隶，实则模仿西人与模仿古人，其所模仿者不同，其为奴隶则一也。况彼等模仿西人，仅得糟粕，国人之模仿古人者，时多得其神髓乎。且彼等非但模仿西人也，亦互相模仿。本无创造天才，假创造之名，束书不观，长其惰性，中乃空虚无有。彼等之书报杂志，雷同因袭，几乎千篇一律，毫无个性特点之所言，与旧时之八股试贴，有何别异？而犹大言不惭，以创造自命，其谁欺哉。"③ 此处的论调因为受限于和胡适派论战的二元对立框架，显得比较含混，例如把西方和古代均各打五十大板，表面上不偏不倚。应该充分注意到，梅光迪在这里对"创造"一义所下的白璧德式的限制。他以白璧德新人文主义的嫡传弟子自居，奉行理念化的文化（美学）自然是其核心观点，因而，事物的变化而非进化和某种永恒的理念有关，"创造"的内涵实质上是对理念的模仿："必求能超越东西界限，而含有普遍永久之性质者。"④ 事实上，"创造"的途径在白璧德看来就类似于自古华山一条道的

---

① 吴芳吉：《自订年表》，贺明远等编《吴芳吉集》，巴蜀书社，1994，第541页。
② 胡怀琛：《诗与诗人》，《大江集》，1924，梁溪图书馆，"附录"第13~14页。
③ 梅光迪：《评提倡新文化者》，1922年1月《学衡》第1期。
④ 梅光迪：《现今西洋人文主义》，《学衡》第8期，1922年8月。

选择，不是对典范推倒重来，而是对典范的模仿，只有在此基础上，"创造"一词才能成立："创新者是能够在仿古这一行为中进行创造的人，最上乘的希腊文学作品在很大程度上就是对荷马的创造性模仿。"①

追求"普遍永久"的美学后果是，反对变更和创新。这点也被吴宓一语道破："中国之新体白话诗，实暗效美国之 Free Verse，而美国此种诗体，则系学法国三四十年前之 Symbolists。今美国虽有作此种新体诗者，然实系少数少年，五学无名，自鸣得意。所有学者通人，固不认此为诗也。学校之中，所读者仍不外 Homer、Virgil、Milton、Tennyson，等等。报章中所登载之诗，皆有韵律，一切悉遵定规。岂若吾之盛行白话诗，而欲举前人之诗，悉焚毁废弃而不读哉！"②"定规"或者成规必须成为创作的准绳，并予以恪守，强调"断裂"的"新体白话诗"被吴宓毫不留情地否弃就不足为奇。胡先骕也以"定规"作为绝对的标杆对《尝试集》展开批评，在这篇两万多字的文章里，胡先骕预设好"诗"为何物的标准，而后纲举目张地从形式与精神两个层面全盘否定了《尝试集》。他认为胡适"所主张之屏弃一切法度，视之为枷锁自由之枷锁镣铐，则为盲人说烛矣。"精神的层面又不外"枯燥无味之教训主义""肤浅之征象主义""纤巧之浪漫主义""肉体之印象主义"等，总之《尝试集》的价值与效用完全是一无可取和"负性"的。③需要指出的是，胡先骕的"诗"观念虽然也立足于对某种理念的模仿，但他似乎在一定程度上认同"进化"（这与新人文主义的理想相互龃龉），他以"理致不足"评判时代变化之后的郑子尹、陈三立等人诗歌的不足之处。这和他的论诗框架有关，认为"美术为工具，思想文化为实质"，因而"为诗者不但为诗人而兼为硕学耆宿，遂能熔经铸史以入诗，因之诗亦倍有理致。"在这一点上，胡先骕的论调让人想起晚清新派诗人风格/意境的二分法，所谓以"旧风格含新意境"。从另

---

① 欧文·白璧德：《论创新》，《文学与美国的大学》，张沛、张源译，北京大学出版社，2004，第149页。
② 吴宓：《评新文化运动》，1922年4月《学衡》第4期。
③ 胡先骕：《评〈尝试集〉》、《评〈尝试集〉》（续），分别见1922年1月《学衡》第1期、1922年2月《学衡》第2期。

一方面观之,这种观念在理论上也与《学衡》倡扬的"昌明国粹,融化新知"的宗旨合拍。

梦想在中西之间寻得某种融通是不少人的理想。吴芳吉的观点亦有典型的表达:

> 吾侪感于旧诗衰老之不惬人意则同,所以各自创其新诗者不同也。新派之诗,在何以同化于西洋文学,使其声音笑貌,宛然西洋人之所为。余之所谓新诗,在在何以同化于西洋文学,略其声音笑貌,但取精神情感,以凑成吾之所为。故新派多数之诗,俨若初用西文作成,然后译为本国诗者。余所理想之新诗,依然中国之人,中国之语,中国之习惯,而处处合于新时代者。故新派之诗,与余所谓之新诗,非一源而异流,乃同因而异果也。①

在吴芳吉看来,胡适们的"新派之诗"(他并不认可他们的诗为"新诗",而把自己的诗冠以"新诗"之名)因为没能"同化"西方文学,仅有"形似"而已,重要的是应该阐发西方文学的内在精神,在此,形式/内容的二分法与胡先骕的"形式/精神"并无二致。更值得注意的是,吴芳吉表露了某种所谓的合新旧而总其成的构想,他反对胡适们砍断旧文学链条的过于冒进的进化观,认为后者漂游无根:"文学固非进化,亦非退化,文学乃由古今相孳乳而成也。古今相孳乳而成者,古今作家相生以成之谓也。……后世文章虽繁,而于古代佳作,不稍减其价值。岂如物质进化之程,后者文明,则前者为野蛮耶。故有志文学之士,在能操练实力,起与古今竞赛,不在周知历年竞赛之分数。"要求在总其成的基础上具备与古今竞赛的"实力",看起来不可谓不够宏伟,这也让人想起樊增祥的

---

① 吴芳吉:《白屋吴生诗稿自序》,《学衡》第 67 期,1929 年 1 月。

豪言壮语:"合于千百人之诗成吾一家之诗。"①

艺术创作应该在继承与创新的辩正关系中进行,"总其成"的理想显得有相当的历史感,某种程度上可以沟通艾略特关于"历史意识"的论述:"不仅感觉到过去的过去性,而且也感觉到它的现在性。这种历史意识迫使一个人写作时不仅对他自己一代人了若指掌,而且感觉到从荷马开始的全部欧洲文学,以及在这个大范围中他自己国家的全部文学,构成一个同时存在的整体,组成一个同时存在的体系。"② 问题在于,这种"历史意识"在吴芳吉等人如何成为有活力的资源和传统?它如何才不至于沦为固化、封闭的理念,最后在写作可能性上既压抑了自身也排斥了"异己"?也许从根本上而言,这不是一个理念的问题而是实践的问题。

因而,胡先骕等人"总其成"的诗的构想既是空洞的也是僵化的,他们对新诗的批评无疑过于笼统。胡先骕以工具/实质的二分法来结构自己的诗歌观念,这也体现在胡怀琛身上。因了此种二分,新诗(胡怀琛在此把新诗称为与旧体诗相对的"新体诗")则成了有待补足、充实的不完备的品种,为此胡怀琛提出所谓"合新旧二体之长而去其短"的"新派诗"观念,并把它树为一个宗派:"以不雕饰,天然优美,乐而不淫,哀而不伤为标准。祛除旧体'特别阶级文学'、'死文学'、'空泛文学'、'玩好品'各弊,并祛除新体'冗繁'、'不整齐'、'无音节'各弊。"③ 在此标准下,即便从早期新诗的外形观之,绝少有作品能符合胡怀琛的期待,除了"偏及于各种社会"这个优点,新诗几乎被全盘否定了。

有意思的是,吴芳吉有时并不青睐二分法的论诗方式,而是高举一元论的"诗之本体"说。他曾把胡适的《威权》《黄克强先生哀辞》、傅斯年的《深秋永定门城上晚景》、梁启超的《举国皆吾敌》等十首诗作了条分缕析的批评,在展开具体分析之前,吴芳吉的一番纲领性的话耐人

---

① 樊增祥为清季民初风头极健的诗人,他在功成名就之后为金天羽诗集作序,同时不无得意地阐发了他多年来的习诗所得,上引论调就是在《天放楼诗集序》中提出来的(见《樊樊山诗集·下》)。
② 艾略特:《传统与个人才能》,《艾略特文学论文集》,第2页。
③ 胡怀琛:《新派诗说》,《大江集》梁溪图书馆印行,1924。

寻味：

> 试观彼等所为新诗之历程者有五：始以能用新名词者为新诗，如黄公度人境庐诗是也。次以能用白话者为新诗，如留美某博士之集是也。次以无韵律者为新诗，如留东某学士之集是也。次以谈哲理者为新诗，如教会某女士之集是也。再次以欧化者为新诗，如京沪诸名士之集是也。以能用新名词者为新，是诗之本体徒为新名词蔽，不知诗之真伪，无关新旧名词者也。以能用白话者为新诗，是诗之本体又为白话所蔽，不知诗之真伪，无关白话文言者也。以废弃韵律高谈哲理者为新诗，是诗只本体又为哲理韵律所蔽，不知诗之真伪，仍无关于哲理韵律之有无者也。至以字句之欧化者为新，何不直用欧文为之？是诗之本体，又为欧化所蔽。不欧化者，转不以为诗。亦未知诗之真伪，尤无关于此也。新派所以有此误者，盖其用工不直向诗之本体是求，而于末技是竞。①

直指诗之"真伪"作为评判新诗的标准，这十首诗几乎都被否定了，例如《威权》《山居杂诗》《水手》等均被认为"非诗"，而《深秋永定门城上晚景》则只是"一副浓堆密抹的新派图画"。

至此已经看到，无论是追求某种"普遍永久"的美学，还是以工具/实质的二分法来评判诗，甚至所谓的一元论的"诗之本体"说，胡适们的新诗都在这些标准下遭到了最严厉的贬斥，这毋宁说是不同的诗歌构想之间的冲突，它的背后隐含着诗歌美学类型的重要命题。

二 美学范式的失效

进一步分析反对派对新诗的批评，则会发现，从基本的诗歌理想来看，反对派的内部存在显见的分歧，并没有一体化的标准被他们共同分

---

① 吴芳吉：《四论吾人眼中之新旧文学观》，《学衡》第 42 期，1925 年 6 月。

享；而就它们与当下诗歌现实展开对话的可能性看，总体上的古典主义的诗歌观念又显露了自我闭抑性的一面，从这两个层面均可以判定，反对派宗奉的实际上是已经失效的美学范式。

关于反对派内部微妙的分歧，只要细加分析他们如何评判新诗之前的诗家即可见出。在此点上，吴宓和胡先骕各执一词的诗歌观念充分说明了他们之间的龃龉。吴宓曾将黄遵宪未刊于《人境庐诗草》的自序刊于《学衡》，并加以赞不绝口的"编者识"："遵宪为中国近世大诗家，《人境庐集》久已流传，脍炙人口。二十年前，梁任公尝称其最能以新思想新事物熔铸入旧风格，推为诗界革新之导师。然先生不特以诗见长，其人之思想学识怀抱志趣，均极宏伟，影响于当时者甚大。细读先生之诗，可以知之。而先生之工为诗，未始不由于此也。……先生所撰《自序》一篇，尤可珍贵。拟之西土作者，其重要殆不下威至威斯 wordsworth 之诗集再版自序，Perface to the second Edition of Lyri alballads（1800），不知当日人境庐诗刊印之时，此序何未列入。序中虽云有志未逮。然先生之作此序，实在其逝世之前十五年。序中既明言作诗之旨趣及方法，其诗必遵照兹所言者所成。是诗与序，实相得益彰。"① 把黄遵宪的自序比附华兹华斯的《抒情歌谣集》1800年第二版序言，可谓推崇到无以复加的地步。

有趣的是，黄遵宪并不怎么入胡先骕的法眼。他认为黄遵宪"创新体诗，实与其时之政治运动有关"，"要之人境庐诗，在文学史上，自有其价值，惟是否永远之价值，则尚属疑问耳。"言下之意，黄遵宪的主要价值取决于当时社会思想的风云际会。更值得注意的是，他一反许多人包括胡适对郑珍的批评，后者表彰郑珍之诗的价值近于"俗语"，胡先骕却拈出郑珍的"诗骨"，认为这是郑珍所承接的古典诗歌传统的精髓，不仅胜过黄遵宪，也在陈三立之上："独胡君以为郑诗清切，为陈所不及，不系徒观表面，与认郑子尹诗为元白一流，同其谬误者。郑诗出于柳宗元、王安石，虽貌似清切，而骨实遒劲。虽喜用白描，为之殊不易也。陈诗有骨有

---

① 吴宓：《人境庐诗草自序》"编者识"，《学衡》第60期，1926年12月。

肉，似尚为郑所不及。"① 胡先骕扬郑抑黄，显而易见与他所持的是否符合"正典"标准有关。联系吴宓对黄遵宪的褒奖，可见吴、胡二人的巨大分歧。

不惟胡先骕瞧不上黄遵宪，吴芳吉也是如此。他对黄遵宪的贬抑也建立在与不少同时期诗人相比照的基础上，以"正典"的诗为评判标准："今人为诗，为士夫所传诵者，如谭嗣同之感怀三首，气象偏激，最属下品。黄公度今别离，气象薄俗，失之时髦。……又如粤人梁氏二十世纪太平洋歌，亦尝风靡一世，实则全属村夫入城气象，皆未足为真诗。居今求神韵之佳者，如义宁陈氏，蜀荣赵氏，尚不乏人。求气象之佳者乃不易观。若彼闽人郑氏之诗，气象沉雄，而博大。南海康氏博大矣，而不端凝。今若披沙拣金，求之逝者，其以王湘绮之独行谣四千字，丘仓海之祝文信国生日五篇，朴茂深厚，殆最近之。"② 以严格的神韵、气象作为臧否诗歌的准绳，"近俗"的黄遵宪当然在排斥之列。需要指出，吴芳吉虽然在黄遵宪的评价上可以视为胡先骕的同调，不过他和胡先骕的分歧也是明显的，后者抑陈（陈三立）扬郑（郑子尹），而吴芳吉特别推崇陈三立。

吴宓、胡先骕、吴芳吉之间的分歧说明，并没有某种统一的诗歌观念让他们共同服膺，这意味着内部的裂痕。更值得注意的是，这些反对派的诗歌观念显露出巨大的闭抑性。这种闭抑性既指观念自身的矛盾性，又指对当下诗歌现实的排斥性。有意味的是，像吴芳吉这样的人，在某些方面似乎可以引为胡适们的同道，例如，在反对滥调陈套方面吴芳吉不遗余力，他借评吴宓的诗大加抨击僵化的古典弊病："傀儡登场，每多鄙俗习气。一诗之中，凡清风明月、长江大海、春云秋树、红豆绿蕉、愁思绮梦、雁爪鱼鳞，无不齐备。曰言情可也，曰述怀可也，曰纪事可也，曰即景可也。穷其底细，则索然无味。吾昔亦中此病，尽乃痛加改悔，未知犹有余毒否？吾观于雨僧之诗，可谓白圭无玷也。"③ 这让人想起胡适在《文

---

① 胡先骕：《评胡适〈五十年来中国之文学〉》，《学衡》第18期，1923年6月。
② 吴芳吉：《四论吾人眼中之新旧文学观》，《学衡》第42期，1925年6月。
③ 吴芳吉：《读吴雨僧诗稿答书》，《吴芳吉集》，第372页。

学改良刍议》中对"陈套语"的攻击。吴芳吉的此番言论包含了对某一类古典的强烈不满,某种程度上还流露了在僵化的写作体制中求解放并开拓空间的诉求,然而,吴芳吉经常秉持着古典主义的理念,比如喊出"文学惟有是与不是,而无所谓新与不新",① 这种反进化论基础上新/旧二元框架的观点实际上彰显了古典主义理念的悖论与困境,他以凝止、封闭的理念作为自身的追求,一方面想求得普遍的诗歌美学,比如"真诗";另一方面又要反对僵化,呼应某种"历史"意识,显而易见,吴芳吉的观念显示了无可调和的矛盾性。

从古典主义的封闭性看,则可以说,吴芳吉的诗歌观念具有极强的排斥性,即并不认可变更的美学。像前引被吴芳吉批评的胡适等人的十首诗中,他瞧不上胡适展露了自由诗格式的《威权》一诗,而认为《黄克强先生哀辞》是"真诗"。众所周知,胡适把《黄克强先生哀辞》《威权》分别放在《尝试集》第一编和第二编,基于前者"很接近旧诗"而后者是"很自由的新诗",倾向上非常明显。吴芳吉作出迥异于胡适的判断不在于《黄克强先生哀辞》在"内容"上胜过《威权》,而在于前者比后者更接近古典的特征。对于某首诗是否为古典或者近于古典的青睐自然就排斥了那些非古典的作品,吴芳吉排斥的不在于诗的内容而在于疏离了古典的形式。

第二节 被规训的"旧诗"

白话诗写作的初期,旧体诗词是作为必须扔掉的包袱来艰难剔除的,新/旧之间生死对立的紧张关系,和当时左冲右突地找寻新格式的艰难遭际有关。随着诗体解放的发现,新诗/"旧诗"之间的关系有了某种微妙的变化。最值得注意的是,新文化人士把"旧诗"作为一项有待"整理"的课题提出来,并有了一定的实践。我们看到,"整理"的背后是现代性

---

① 吴芳吉:《再论吾人眼中之新旧文学观》,原载《湘君》第二号。此处据《吴芳吉集》,第451页。

时间重新规划"历史"的意识形态,更进一步说,"旧诗"是作为新诗自身形象的投射被重新发明出来的,经过投射之后的"旧诗",无论"古诗今译"还是诗歌史版图的划分,都在新诗的立场上被不同程度地歪曲、改造、挪用或者嫁接了,至此,"旧诗"被新诗规训了。从更大的层面观之,这也意味着,作为一种观念建制的新诗,它在新的美学规划中强硬地伸展和扩张了自身的"诗"理想。

一 重新规划历史:"整理"的意识形态

伴随着整理国故运动的兴起,旧体诗词被纳入了重评的框架。早在1919年开始就有了整理国故的呼声,如毛子水发表《国故和科学的精神》,[①] 胡适更是把"研究问题、输入学理、整理国故、再造文明"当作《新思潮的意义》的副标题,高调而自信地指出,"新思潮的根本意义只是一种新态度,新态度叫做'评判的态度'。"[②] 作为一种思潮和运动,整理国故的出现和当时科学主义的兴起、民族主义的想象有关。[③] 在这个背景下,对旧体诗词的重估自然就出现了。不过,和文化理想的重新设计不同,"韵文"被作为一项有待整理的课题,反映在新诗建构自身的层面,更多体现的是,作为现代观念建制的新诗对韵文的改造、挪用甚至嫁接的规训力量,在某种程度上说,他们心目中的"旧诗"是被新诗"发明"出来的。

应当看到,整理"旧文学"的诉求和新文学试图确认自身的身份有关。郑振铎是比较早从理论上提出整理旧文学的人,在《整理中国文学的提议》中,系统论述了整理的范围和整理的方法,其中提出把"进化的观念"应用到文学上,尽管胡适早在《历史的文学观念论》中就已经以此为新文学立论,不过胡适在文中铺设的还只是引渡新文学合法性的"桥",

---

[①] 毛子水:《国故和科学的精神》,《新潮》第一卷第五号,1919年5月。
[②] 胡适:《新思潮的意义》,《新青年》第七卷第一期,1919年12月。
[③] 关于这点可参阅罗志田对国故之争的梳理,《国家与学术:清季民初关于"国学"的思想论争》,三联书店,2003,第218~265页。

到了郑振铎这里，进化论相当明确地成了面向旧文学的研究框架，它的后面是打破旧文学的偶像建立新文学的模范的诉求："中国人都以为文学是不会变动的。凡是古的，都是好的。古人必可以作为后起之人的模范。所谓'学杜'，'学韩'，都是受这种思想的支配。如果有了进化的观念，文学上便不会再有这种固定的偶像的出现，后起的文学，也决不会再受古代的传袭的文学观的支配了。"① 当然，郑振铎等人心目中的新文学（新诗），是一种有着强烈的现代诉求的框架构想，是一种现代的介入式的主体对古典世界的否定，茅盾的一个观念能够代表他们的呼声："'装饰品'的时代已经过去，文学者现在是站在文化进程中的一个重要分子；文学作品不是消遣品了；是沟通人类感情代全人类呼吁的唯一工具，从此世界上不同色的人种可以融化可以调和。而在我们中国的文学者呢，更有一个先决的重大责任，就是创造我们的国民文学！"②

在新诗建构自身的过程中，重写"旧诗"或者说"古诗今译"是一个饶有意味的话题。古诗今译很早就开始了，胡适、易家钺等人都有过这方面的实践。如胡适翻译张籍《节妇吟》，又如易家钺翻译韦应物《送杨氏女》和孟浩然《过故人庄》，不过他们的翻译大体上只是用白话的形式将原意传达出来，并没有在自己的本文中增加新的意义，主要目的是试图实践流畅的白话。③ 更值得注意的是，有作者却在翻译中非常强劲地嵌入了"自我"的判断，例如下引周木若的《译杜甫的石壕村吏诗一首》：

---

① 西谛：《整理中国文学的提议》，《时事新报·文学旬刊》，第51期，1922年10月1日。
② 沈雁冰：《文学与人的关系及中国古来对于文学者身份的误认》，《小说月报》第十二卷第一期，1921年1月10日。
③ 胡适的《译张籍的〈节妇吟〉》发表于《新青年》第八卷第三期。诗后有一跋称打动他的是这种诗属于"社会文学"，"此诗的长处在于有哀剧（tragedy）的意味"。由此可见，胡适用白话翻译这首诗也是出于某种现实诉求，不过，他的翻译围绕着传达《节妇吟》的原意展开，不过他认为的染有古诗"俗套"的"妾家高楼连苑起，良人执戟明光里"删去，其余都留存下来，也相当忠实于原意，如"还君明珠双泪垂，恨不相逢未嫁时"翻译成"我噙着眼泪把明珠还了，——只恨我们相逢太晚了！"易家钺的《译韦应物的〈送杨氏女〉一诗》（1921年3月15日《晨报》第七版）和《译孟浩然〈过故人庄〉一首》（1921年3月18日《晨报》第七版）亦如此，保持原意的同时仅仅实践了流畅的白话，在"意思"上没有增值。

云淡微风,好清爽晚凉天气!
偏这时候,已我到石壕村里。
看老头子跳墙走,听老妇人与吏语

吏怒问妇:"天下混乱干戈起
努力王事
靡人得已
你一家子人,可都往那儿去了!
好好告诉我,小心你的皮!"

妇泣告吏:"夫儿南北东西
叹邺城远戍,死别生离
屋中尚有乳下孙,此外只剩我婆媳
无衣无食
又寒又饥
这可怜的日子是如何凄惨?
我恨不得立刻死了——只如此死得下去
没法子,我且到河南,舍开我这老骨头
好换把生活的米!"

夜深了
语声断续
到耳好像泣凄楚
天明送别的人,只有那跳墙的老头子

我译至此,忽然心中酸楚:
"苛政猛于虎"
"鸡犬无宁焉"

> 吏欺平民，古今都是一个理①

  他的翻译就语言来说显得新旧杂糅，运用白话也很不熟练，对话式的起句"吏怒问妇"和"妇泣告吏"甚至很容易让人想起胡适《人力车夫》中"客问车夫""车夫答客"的格式。不过这首译诗最引人侧目的地方在于，翻译者强大的主观判断对《石壕吏》的介入，在译诗末尾取代杜甫的位置，不仅披露自身心理，而且展开自己的评价，"我译至此，忽然心中酸楚：/'苛政猛于虎'/'鸡犬无宁焉'/吏欺平民，古今一个理"。不仅从翻译技术上看这是一种节外生枝，在诗的意义组织来说，也是"自我"凭空的添加。添加则意味着一种主观的改写。

  接下来的分析将会看到，"旧诗"的重写被系以各种名目，最有代表性的是以恢复本义的名义将"自我"的现代意识放进译诗中。在这方面，围绕着郭沫若的《卷耳集》展开的《诗经·国风》的讨论非常值得注意。②不难发现，把作为经典的《诗经》进行重释，尽管方法和目的多样，但一个共同的特点是，这种重释工作醒目地展现了历史和伦理（个人）之间的紧张，而从"诗"的角度看，则展现了新诗的现代性诉求改写旧诗的冲动。

  在《卷耳集》出版时，郭沫若写有一短序，声明自己译诗的旨趣，主要有两点，第一，强调"我是纯依我一人的直观，直接在各诗中去追求它的生命"，因而"我译述的方法，不是纯粹逐字逐句的直译"；第二，力辟《诗经》被礼教等束缚住了，自己的工作是恢复它的生命："我们的民族，原来是极自由极优美的民族。可惜束缚在几千年来礼教的桎梏之下，简直成了一头死象的木乃伊了。可怜！可怜！可怜我们最古的优美的平民文学，也早变成了化石。我要向这化石中吹嘘些生命进去，我想把这木乃伊

---

① 周木若：《译杜甫的石壕村吏诗一首》，《晨报》第七版，1920年9月7日。
② 郭沫若将他所译的《诗经·国风》中的四十首诗汇成《卷耳集》，由上海泰东书局1923年出版。围绕他的诗经今译，有系列评论文章，后来曹聚仁还汇编有《〈卷耳集〉批评与讨论》梁溪图书馆印行。

的死象苏活转来。这也是我译这几十首诗的最终目的，也可以说是我的一个小小的野心。"① 试图恢复作为"平民文学"的《诗经》的生命，在别的人那里也作如是观。从精神层面看，这和当时平民主义思潮有关，从思想史的层面看，又和"还历史本来面目"的"重估一切价值"的姿态有关。

《诗经》作为几千年来的典籍，新文学人士普遍认为要有一种"去蔽"的工作，才能还其本来面目。他们还原"历史"的诉求几乎是一致的。1923年1月郑振铎发表《读〈毛诗序〉》，力贬《毛诗序》被历代解经的人奉为圭臬，它不过是一堆碍于人们认识《诗》的"瓦砾"："他（按：《毛诗序》）的影响却极大，所以我们为了要把《诗经》从层层叠叠的注疏的瓦砾堆里取出来，作一番新的研究，第一必要的，便是去推倒《毛诗序》。"② 就在这个时候，郑振铎主持的《小说月报》刊发了一组题为"整理国故与新文学运动"的重要文章，此中至少有两个人值得注意，一个是后来引发和领导影响深远的"古史辨"运动的顾颉刚，一个是提出韵文整理并和胡适有一定争论的严既澄。

他们后来的转变可以暂且按下不表，倒是这个时期提出的整理国故的方法和隐含在背后的框架值得注意。顾颉刚非常明确地提出整理国故的态度是"研究"而非"实行"，只是"满足历史上的兴趣"："我们是立在家派之外，用平等的眼光去整理各家派或向来不入家派的思想学术。我们也有一个态度，就是：'看出他们原有的地位，还给他们原有的价值。'我们没有'善'与'不善'的分别，也没有'从'与'弃'的需要。我们现在该走的路，自有现时代指示我们，无须向国故中讨教诲。所以要整理国故之故，完全是为了要满足历史上的兴趣，或是研究学问的人要把它当作一种职业，并不是向古人去学本领，请古人来收徒弟。"③ 一般地看，这似

---

① 郭沫若：《序》，《卷耳集》，泰东书局，1923。该篇序言署写作时间为1922年8月14日。
② 西谛：《读〈毛诗序〉》，《小说月报》第十四卷第一期，1923年1月10日。
③ 顾颉刚：《我们对于国故应取的态度》，《小说月报》第十四卷第一期，1923年1月10日。

乎宣扬某种知识学的立场,将事实和价值分别对待。然而,这种"满足历史上的兴趣"的背后却有着强大的"重写历史"的诉求。即如顾颉刚本人,他的非常著名的孟姜女故事的考辨,就很能印证他对固有"历史"的怀疑,即"层累造成的古史"。当然,作为一种史学新方法,从材料的层面看,它的考据佐证了历史的新发现,例如顾颉刚考辨出最初的《诗》只是歌谣,它被作为各种意识形态用途是因为后来的添加和比附;从观念的层面看,则支撑了当下意识生产"历史"的能力。不过,从总体上说,顾颉刚也包括《国学季刊》《努力》时期的胡适等人,某种相对单纯的知识学上的兴趣更多地占据了他们对任意生产历史的关注。

把一种更为主观、更为"自我"的生产意识发挥出来的,却是另一些人。比如刘半农对诗经的见解就很有代表性,他认为读《诗》就是"猜谜子":"若说他的意思是预先约定了,临时找不着,只是你的一种假定;干脆说,只是你在那里猜谜子。这种的猜谜子,只要是谁猜得可通,就算谁猜得好;考据功夫是无所施其技的,因为要考据必须要有实物,只是对着字里行间的空档子做工夫而已。"① 在此,作为对应"原初历史"的考据被冷落了,而强调一己的"猜谜"能力,自我的生产能力被强有力地肯定了。同样,在俞平伯那里也是如此。在一篇谈《召南·小诗》的文章中,俞平伯表达了对《诗经》整体上的见解,强调用文艺眼光理解《诗经》最重要,考据反而是第二位的:"《诗》三百篇非必全是文艺,但能以文艺之眼光读诗,方有是处。且《国风》本系诸国民谣,不但不得当作经典读,且亦不得当为高等的诗歌读,直当作好的歌谣读可耳。明乎古今虽远而情感不殊,则迂曲悠谬之见不消而亦自消矣。"要打破历史的重负,则"我们读诗,当以虚明无滓之心临之,斯为第一要义;考据和论辩反是第二义也。"② 这就是为什么,针对历代解释《召南·卷耳》的谬见,俞平伯会喊

---

① 刘复:《瞎嚼蛆咀的说〈诗〉》,顾颉刚编著《古史辨》第三册,下编,上海古籍出版社,1982,第540页。
② 俞平伯:《读诗札记·召南·小星》,1927年6月《小说月报》第17卷号外,《中国文学研究》专号上册。需要指出的是,这篇文章作于1923年10月16日,见孙玉蓉编纂《俞平伯年谱》,第72~73页。

出释经只有随心所欲的标准:"治文艺者愿作如是观,即可作如是观,初不必'以意逆志'而自谓得古人之心也。"① 应该充分估量其时与"古典"的离心力量,不仅在新诗人那里有突出的体现,在深受"五四"新文化运动洗礼的、试图以"科学"的态度研究古典文学、文化的研究者那里亦然。陆侃如在20世纪30年代出版了影响巨大的《中国诗史》,他在20年代即与胡适有不少书信往来,大约在20年代中期,他为著名的《国学月刊》撰有发刊词,其中写道:

近年整理"国故"的呼声虽是很高,但是整理的成绩却还不多。廿年来的种种刊物如《国粹月报》、《中国学报》、《船山学报》、《国故》等,都先后停刊了。……最近《楚辞》之争及"古史"之争都可给我们莫大的教训。一方面有人极力打破旧说,以便发现事实的真相,一方面便有人来极力拥护旧说,顽固可哂。……我们是极恨这种"顽固的信古态度"及"浅薄的媚古态度"的。我们宁可冒着"离经畔(叛)道"的罪名,却不愿随随便便的媚古。②

在拥护旧说与打破旧说之间的二元对立中,古典研究不仅在压力上骤增,也预示着文化的观念、方法的转变。

新的历史观的变动,其实是刘半农、俞平伯等人否弃固有的、经典化的历史的最重要动力。"猜谜子"和"文艺眼光"主要还是一种技术、方法层面的因素。当然,不约而同地把考据推远,也引来了其他试图重解《诗经》者的不满和争辩。内中较大的分歧有两处,个人的直觉在多大程度上可以作为准确解释的依据呢?诗中字词本义的确定在本文的理解中占多大的位置?施蛰存不满于郭沫若的"直觉",用自己的"直觉"重译了《卷耳》(下文将进一步展开),俞平伯回应曹聚仁的对他的商榷,集中在

---

① 平(俞平伯):《茸芷缭衡室读诗杂记》,《时事新报·文学》,第九十三期,1923年10月23日。

② 陆侃如:《发刊引言》,《国学月报》第1期,1924年5月27日。

"彼"字的用法上是固定的还是可变通的。①

从一种比较可行的历史解释学来看，按照加达默尔的观点，作为一种有效的"时间距离"的解释，它应该是一种"效果历史"：

> 一种真正的历史思维必须同时想到它自己的历史性。只有这样，它才不会追求某个历史对象（历史对象乃是我们不断研究的对象）的幽灵，而将学会在对象中认识它自己的他者，并因而认识自己和他者。真正的历史对象根本就不是对象，而是自己和他者的统一体，或一种关系，在这种关系中同时存在着历史的实在以及历史理解的实在。一种名副其实的诠释学必须在理解本身中显示历史的实在性。②

以此考量《诗经》重解的活动，则会发现，在总体上俞平伯、郭沫若等人并没有发展出某种"自己和他者（历史）的统一体"，他们预先割断了和历史的关系，因而可以理直气壮地强调"猜谜子"甚至"臆说"。有论者宣称受俞平伯"臆说"的启发，所以自己也大胆"臆说"："我因俞氏说诗重臆说，所以至今还不晓得毛郑朱姚崔以及各家诗说是那回事的我，才敢放肆到如此。"③ 言下之意是庆幸不了解各家诗说这样的历史，自己的解说才变得自由起来了。

由此看来，郭沫若等人"臆说"的、自我的翻译，的确是去除或者疏离固有的历史之后实现的。郭沫若《卷耳》一诗的译文曾遭到不少批评，例如一篇署名小民的文章，极尽嘲讽之能事，对郭氏的翻译大加鞭挞："第一首便是卷耳。四字一句，四句一章的诗，译成十九句，二百多字，还删了'不盈顷筐'一句没有译。'天才'创作的才情确乎可惊，而所谓

---

① 参阅施蛰存《蘋华室诗见》，1923年12月10日《时事新报·文学》，第一百期；曹聚仁《读卷耳——答郭沫若先生》，1923年11月9日《民国日报·觉悟》；俞平伯《再论〈卷耳〉》，1923年12月10日《时事新报·文学》。
② 加达默尔：《真理与方法——哲学诠释学的基本特征》（上卷），洪汉鼎译，上海译文出版社，1999，第384~385页。
③ 胡浩川：《我对于〈卷耳〉的臆说》，《时事新报·文学》，第一百期。

'译得非常自由'真是自由非常,诗上先说'采采卷耳',后说'不盈'再后说'寘彼';在我们的天才眼中却毫不在意,毅然把次序弄颠倒了,真是难得!我觉得这么一改,层次井然,比原诗好得多。你不觉得吗?原诗第二三章'我马'之'我',被译作'他','我就是他';你没读过'天才'自创的语法,论代名词这一章中的警句吗?有人说他是模仿郑玄,我决不信。我们天才的字典中,满纸尽是些'创造',几时见过一个'模仿'的!说这话的人可谓大不敬!即如黑马生了病,毛都会变黄的,我也相信是由于天才的神通力,决非在那边偷窃毛苌朱熹的余唾。"①

　　从探究"本义"的层面看,郭沫若如此曲解《诗经》,他的"天才""创造"当然会遭到猛烈攻击。然而,应该从"自我"对"历史"(本义)的僭越看待韵文的整理。1922年12月胡适在《晨报附刊》发表《南宋的白话词》一文,②将南宋词分为两派,"一派承接北宋白话词的遗风","一派专在声调字句典故上做工夫",前者的作品为数不多,但胡适对它们大加表彰,后者被当作施加在北宋"俚语词"的打击,而遭到了大加贬斥。恰如胡适的题目所表明的,他在此秉承的是"白话"的标准。不过这种立场遭到了强有力的反驳,严既澄和顾颉刚一同刊发在《小说月报》"整理国故与新文学运动"栏目中的一篇文章值得注意。这篇文章点名批评了胡适《南宋的白话词》:"他在这篇文章里举出几个南宋的词家来,在每人的集子里,选几首较近白话的词,硬断定这些词是那几位词家有意要用白话做的,而且硬推其价值于其时的一切词家的作品之上。他这种论断是极卤莽的,未免太偏用主观的标准了。我相信像这样地整理中国的诗词,其结果必致使后人尽失前代词家的佳作,势非使许多名家杰作湮没散佚,无人过问不可!这是很危险的;胡先生抱定'国语的文学'一个标准去评判旧诗词,旧诗词之能中他的意的恐怕也

---

① 小民:《十页〈卷耳集〉的赞词》,《时事新报·文学》,第九十三期,1923年10月22日。
② 《南宋的白话词》实为《国语文学史》的一节,《国语文学史》为胡适1921~1922年在教育部主办的第三、第四届国语讲习所和在南开大学讲课时所编的讲义,迟至1927年才由北京文化学社出版。

就没有多少了。"严既澄一针见血地指出并反对胡适以白话的标准无视甚至有意裁剪古典诗词本有的成就，意思是以当代的眼光有意地曲解过去的历史。更值得注意的是严既澄在同一篇文章中提出一种合理的"整理"的方法：

> 我们在鉴赏韵文或骈文时，更不可仍旧抱着现在的标准以定其高下，因为现在的标准，是现在的人新造出来的，就算是进化以后的产物，也万万不能用之评判古人所作的东西。古人在制作韵文时，他的主旨和态度，只想做成一篇他以为好的文章，我们便当依着他的见解去观察他的制作。①

严氏以尊重"历史"本身的眼光来看待"历史"的吁求是很明显的。需要指出《南宋的白话词》作为《国语文学史》的一部分，已经充分显示了胡适后来写作"白话文学史"的立场和趣味。而严既澄的思路其实在很大程度上可以视为后来许多人的先声，随着"白话文学史"和新文学观念制约下的各类文学史的出现，这种日益扩张的分歧背后，彰显出的是文学史支撑之下的"诗"（文学）观念的自我建构。

二　文学史评判体系的介入

胡适的《白话文学史》影响至为深远，它的立场、观念和方法深刻介入了此后相当长时期的文学史书写格局，其核心则非他的进化论文学史观莫属。需要指出的是，文学的进化在胡适看来不仅体现为时序的推进，更重要的是体现了作为书写媒介的语言的高下优劣，他因此将后者高度简化为如下预设，文言/白话的区分即为死文学/活文学的区分。此种思想自留学期间的日记即已表露，其后在《文学改良刍议》《建设的文学革命论》等名文进而铺衍为新文学纲领。

---

① 严既澄：《韵文及诗歌之整理》，《小说月报》第十四卷第一期。

早在 1922 年，胡适写出了新文学立场异常醒目的《五十年来中国之文学》，胡先骕即点明"文言白话之争，为胡君根本立足点"，尖锐地指出胡适预先设定文/白优劣的前提，在此基础上极力贬斥不符合其白话标准的作家作品，他因此断言胡适对于何谓好诗实际上相当无知，对于诗歌资源的臧否完全是机会主义的："至于论诗，则愈见其文学造诣之浅薄。近五十年中以诗名家者，不下十余人，而胡君独赏金和与黄遵宪，则以二家之诗浅显易解，与其主张相近似故也。"① 胡适的文学史构成按"自我"之需进行分配，此种批评在其他人那里亦有响应。朱光潜对《白话文学史》的评价就颇有代表性：

> 作史都不能无取裁，胡适之先生的《白话文学史》像他的《词选》一样，所以使我们惊讶的不在其所取而在其所裁。我们不惊讶他拿一章来讲王梵志和寒山子，而惊讶他没有一字提及许多重要诗人，如陈子昂，李东川，李长吉之类；我们不惊讶他以全书五分之一对付《佛教的翻译文字》，而惊讶他讲韵文把汉魏六朝的赋一概抹煞，连《北山移文》、《荡妇秋思赋》、《闲情赋》、《归去来辞》一类的作品，都被列于僵死的文学；我们不惊讶他用二十页来考证《孔雀东南飞》，而惊讶于他只以几句话了结《古诗十九首》，而没有一句话提及中国诗歌之源是《诗经》。②

在朱光潜看来，胡适彻头彻尾地忽视了中国文学的主要部件，所以在含蓄的批评背后，"作史都不能无取裁"就意味着《白话文学史》算不得"史"。

从尊重历史"本义"的要求看，胡怀琛、朱光潜的批评鞭辟入里，而

---

① 胡先骕：《评胡适〈五十年来中国之文学〉》，《学衡》第 18 期。
② 朱光潜：《替诗的音律辩护——读胡适的〈白话文学史〉后的意见》，《诗论》，安徽教育出版社，1997，第 205 页。

胡适站在白话文学的立场上来结撰"自我"之见,① 他所仰赖的进化论的观念也应予以反思,然而,进化论的征用不只是现代时间的驱动使然,更重要的是,它和"现代"联手之后引起了文学观念的松动与重建。宇文所安以略带伤感和不满的态度,梳理了新文学家用"现代"文学史的构架重写过去的举措。他敏锐地注意到,这是"革命"的要求出于对"前现代中国"或者"传统中国"的区分,"大写日期"(the Date)出现了:"根据这个日期——也就是'五四'——的精彩构想,年轻的知识分子有了一样借以诠释文化史和文学史的工具。如果中国的文化过去是一个沉重的包袱,那么这便是宣布过去已经终结的手段。"在他看来,这种"革命"和"大写日期"是名不副实的:"一个已经建立的语言体系扩张其应用体裁是一个重要现象,但是这种现象并没有'革命'到足以产生一个'大写日期'的程度。那个革命性的大写日期本身是一种履行性话语(performative utterance),而且,还是相当成功的履行性话语。"② 换句话说,新文学取代旧文学只是一种硬性的、权力话语运作之下的断裂,旧文学被人为地宣称为"过去"。应该从现代性出于目的论的"预断"来理解这种断裂,有论者在反思"新"作为现代性的标识时,敏锐地指出,"旧"或者"传统"被当作它的对立面看待:

> 现代传统是以作为价值标准的新之诞生而开启的,因为新在过去从来就没有被当作过价值标准。但是,新这个词本身就是令人困惑的,因为它属于历史叙述的某种特殊类型,也就是现代类型。现代历史以其希冀达到的结局来言说自己;它不喜欢摆脱其情境的种种悖

---

① 胡适曾在致顾颉刚的一封信中反驳严既澄《韵文及诗歌之整理》中批评他"硬断定"的观点:"我请问你们读过我那篇文章的(按:《南宋的白话词》),可记得我曾否有这样的一个'硬断定'?我的题目是《白话词》,故单选白话词。"(见1923年4月10日《小说月报》第十四卷第四期"通信栏")

② 宇文所安:《过去的终结:民国初年对文学史的重写》,《他山的石头记》,田晓菲译,江苏人民出版社,2003,第308~310页。在译者注中"履行性话语"被解释为"一旦出口就使得所说的话成为'现实'的一种特殊话语:言说本身造成行动的发生。"

论，而是要在批判性的发展中来解决悖论或取消悖论。它以含有传统和决裂、演变和革命、模仿和创新之意的概念为基础来书写自身。带有系谱与目的论性质的历史叙述为艺术的变化作出预断。①

可以充分同情宇文所安为"旧文学"辩护的心情。"五四"新文学家高擎"现代"的旗帜，在处理新/旧文学关系上的确有偏颇之嫌，以简化的甚至扭曲的评判体系把"旧文学"打入到落后的、腐朽的级别中，这是等级化叙事。不过，从另一方面来看，把旧文学送进博物馆的"丑化"行动②，其实应和的是新的文学观念的兴起。在此，宇文所安所代表的一类文学观念却必须予以认真考虑。他强调"旧文学"在理念上的不可挫败（而非硬性地把"终结"摊派到"旧文学"头上），其实隐含的是一种颠扑不破的本质化的文学观，这其实也没什么稀奇。有论者也站在文化守成主义的立场批判了"五四"时期激进的语言观，尽管胡适、陈独秀"决定走出文言文的框框，以白话文为写作的语言"，"是一次勇敢而关键的决定"，然而他们在二元对抗的思维模式中将不成熟的白话和优异的文言阴阳分割，这种"从零度开始用汉字白话文写诗的论调，为白话文的发展带来很大的障碍。"这种反思出于呵护新诗的出发点固然是无疑的，但是隐含在背后的却是受控于某种本质化的文学观念，为现代汉语诗歌的艺术成就不能和古典诗歌"比肩"焦虑。③ 问题的关键还在于，从语言现实的层面看，重新审视或者反思文言/白话当然不应该以简单的孰优孰劣来决出高下，"既然现代汉语已经成为不可更改的客观性存在，成为环绕于现代人生的语言现实，那么重提古典汉语，就不应该仅仅沉浸于对它的赞叹，

---

① 安托瓦纳·贡巴尼翁：《现代性的五个悖论》，许钧译，商务印书馆，2005，第3页。
② 有论者曾就思想史的层面深入分析了"传统"与"现代"在清季民初的紧张关系，这和新的历史观念有关，罗志田将其概括为从"现代"中驱逐"古代"，把传统放进博物院。在我看来，从思想史的角度把握，也可以看到"古代"是如何被"现代"发明或者生产出来的权力运作。参阅《送进博物院：清季民初趋新士人从"现代"里驱除"古代"的倾向》，罗志田《裂变中的传承——20世纪前期的中国文化与学术》，中华书局，2003。
③ 郑敏：《世纪末的回顾：汉语语言变革与中国新诗创作》，《结构-解构视角：语言·文化·评论》，清华大学出版社，1998。

而是考虑如何透过它以及它与现代汉语的关系，审视后者得以生成的历史依据，以及二者相互对峙的历史和'诗学'意味。"①

钱锺书在评价郭绍虞的《中国文学批评史》上册时，论及复古与创新的关系，也质疑了"五四"文学革命这种激进"断裂"的文学观：

> （一）文学革命只是一种作用（function），跟内容和目的无关；因此（二）复古本身就是一种革新或革命；而（三）一切成功的文学革命都多少带些复古——推倒一个古代而抬出旁一个古代；（四）若是不顾民族的保守性、历史的连续性，而把一个绝然新异的思想或作风介绍进来，这个革新定不会十分成功。②

一般地看，钱锺书的批评切中肯綮，指出了革新和传统的辩证关系，然而，回到当时的文学语境，又的确应当在一定程度上同情"断裂"的文学观。"历史的文学观念"借助文学史的格局来贯彻，对于新诗而言，就是借助现代性的时间格局重新划分新诗自身视域中的文学版图，它强化了新诗作为新的文学观念的评判力量，某种程度上，这是一种新的"历史化"的方式。其实文学史格局的编排背后隐含的就是观念建制的力量，这种制度背后的内驱力是什么倒是值得深究。诚如柄谷行人指出的："单纯地改写'文学史'是不够的，我们应该弄清楚文学作为一种制度是怎样不断自我再生产的这一'文学'之历史性。"③ 柄氏通过知识考古式的溯源，反思日本现代文学得以确立的背后，制度、话语和权力的运作方式，将他勾画的历史轨迹背后的生产模式移之中国现代文学（诗歌）的评价同样是有效的。

的确，放任文学史独断的"生产力"不仅是危险的，而且它的后果值

---

① 张桃洲：《现代汉语的诗性空间——新诗话语研究》，北京大学出版社，2005，第24页。
② 钱锺书：《论复古》，原载1934年10月17日《大公报·文艺副刊》，此处据《钱锺书集：写在人生边上·人生边上的边上·石语》，三联书店，2002，第333页。
③ 柄谷行人：《日本现代文学的起源》，赵京华译，三联书店，2003，第89~90页。

得反思。保罗·德曼曾从文学史的角度深刻地论证了现代性和历史之间的矛盾,在他看来,如何从时间悖谬中抽身出来是文学现代性最大的难题,"现代性把自己的信赖寄托于作为源泉的现在时刻的力量,可是却发现,在使自身摆脱过去的同时也摆脱了现在,"这是因为,如果"时尚(方式)一旦由时间角度上的白热化程度变为——几乎是立即变为——可以重复的陈辞滥调时,它就只能是这种冲动衰微以后所遗留下来的东西,也就失去了产生某一发明的欲望的这种发明所遗留下来的一切东西。时尚仿佛是一团独一无二的火焰所遗留下来的灰烬。"要避免成为灰烬而努力葆有活力的方式,只有在现代性和历史之间应该保持一种平衡,"将文学描述为某一实体不断背离和回归其自身存在方式的摆动,那就是一成不变地强调,这一运动的产生,并非按照时间顺序的先后;之所以这样表述,只是一种隐喻,在实际上以共时性方式发生的相排并列的事件内部,创造出一个序列来。这个过程的历时性序列结构,源自文学语言在性质上,不是一个事件,而是一个实体。"①

把文学的伸展放在共时性的层面上,历史性的序列就可以视为一个实体,这点可以作为前引钱锺书的同调,后者试图弥合所谓的"革命"和复古之间的鸿沟。保罗·德曼的这番表述也让人想起波德莱尔提出的命题:"现代性是过渡、短暂、偶然,就是艺术的一半,另一半是永恒和不变。"②这可以视为真正富于创造力的文学的终极追求,即把作为现代性对立面的永恒囊括进对美学创制的不尽追求之中。固然改写"旧诗",包括文学史权力版图的划分隐含了强大的压抑与规训力量,但历史地看,理念化被打碎之后,至少意味着美学上的可能性被打开了。这也就是卡林内斯库指出的:"我们在此要讨论的是一个重要的文化转变,即从一种由来已久的永恒性美学转变到一种瞬时性与内在性美学,前者是基于对不变的、超验的

---

① 保罗·德曼:《文学史与文学现代性》,《解构之图》,李自修等译,中国社会科学出版社,1998,第170~187页。
② 波德莱尔:《现代生活的画家》,郭宏安译,浙江文艺出版社,2007,第32页。

美的理想的信念，后者的核心价值观念是变化和新奇。"①

无论如何，被新诗的拥护者征用的文学史写作，它起到了巩固阵地、扩张观念、确立合法性的巨大作用，践行的是理当引发更多同情的文学（诗歌）观念。这是因为，它打碎了恒定的、几乎不可变更的理念化诗歌的幻觉，将其成功地放到历史的川流之中——尽管依靠的是"自我"和话语运作，但迈进了文学观念历史化和具体化的广袤空间，为被整体主义理念压抑的诗歌呼吁和敞开了合法性。伊格尔顿在他的"文学即为意识形态"的著名观点中，深刻地指出，把握"什么是文学"只有在历史化的考量中才有效："这不一定意味着他们会拒绝对一部他们认为拙劣的作品冠以文学的称号。他们仍然可以把它称做文学，也就是说它属于他们一般认为有价值的那种类型的作品。但是这确实意味着必须承认所谓的'文学准则'，即毫无疑问的'民族文学'的'伟大传统'，是一种思维的产物，由某些特定的人在一定的时间因特定的原因而构成。所谓本身就有价值的文学作品或传统是不存在的，不管人们对它已经说了些什么或者要说什么。'价值'是个可变的术语，它表示某些人在具体情况下按照特定标准并根据既定目的所评价的一切。"② 他的用心一目了然，即文学不是某种永恒、超验的理念，它实实在在的是一种观念的建制。

---

① 马泰·卡林内斯库：《现代性的五副面孔》，商务印书馆，2002，第9页。
② 特里·伊格尔顿：《现象学、阐释学、接受理论——当代西方文艺理论》，王逢振译，江苏教育出版社，2006，第11页。按，着重号为原文所有。

结语 "必须自力更生，自己替自己制定规范"

晚清诗歌的革新派和复古派，要么在民族国家的想象中，使曾经自我节制的抒情传统从内省走到外向，从"静"的诗转到"动"的诗，热情地期许着"诗歌之力"，给"兴""观""群""怨"增添了崭新的内涵，特别是"观"和"群"两个范畴被醒目地镌刻上现代的烙印；要么在古典的大系统中重新调适书写策略，或者企图回返到未曾变风变雅的六朝之前勘探诗歌之"根"，或者予以"综合"，通"三关"、贯"三元"以求变。然而，无论革新还是复古，诗歌的"言说方式"均难以违逆古典强大的吸附力，纵然现代经验裹挟着无可阻遏的冲击，晚清的书写者却让美学革新颠覆性地出现在文化结构中的末流——小说——固然他们用为末流张本的方式拔高其文类地位，乃至为现代小说奠下基石，但诗歌不妨一仍其旧，在曲折喻写和引譬联类中不断接续上宏伟的诗歌传统，抑或企图让现代经验与古典体式两相无碍。

从诗歌史的进程看，无疑是更新符号系统、打破诗歌体式的胡适们，让诗的"言说方式"较之古典诗歌有了实质性的位移，固然，他们或许仍旧不时为古典牵引，但这要么出自文化结构的习性使然，要么源自美学认识的不彻底性。他们手中创生的新诗，尽管难逃"夹生饭"之讥（在倨傲的诗歌史"高度"，这种批评过于武断。有趣的是，胡适们在新诗草创之初，即以诗歌史的权力大刀阔斧地安排新旧格局，但胡适们之后的诗歌史叙述同样也以新旧格局重新分配版图，他们因而显得愈来愈"旧"，诚如刘半农在《初期白话诗稿》中所言，"被挤成了三代以上的古人"），更难以作为典范性的崭新的诗进行肯定，但是，就它奔赴的远景而言，与其说它"拖泥带水"、半新不旧，不如说它拥有了未来。

在此过程中，诗歌观念的表露间或武断，似乎"旧"可以轻易作手告别，而"新"能够招之即来。但是稍加鉴照更为宽广的诗歌进程，譬如以整个诗歌史为背景，则会看到，胡适们遭际的问题远不只是传统/现代的生死对立问题，尽管在草创期容或激烈、幼稚，但作为一种远景的指示，诗歌的书写显然决意要在庞大的传统版图（既是空间的也是时间的）作出决定性的腾挪，以别立新宗。在根本的写作方向上，他们开启了后来者的视域（从文学先锋的意义上，这是仍旧有待今天的写作者予以靠近、穿越的视域），同时，这种未来的拥有，从诗歌代际上而言，首先来自于对晚清革新派和复古派无力抗拒的古典的超越——革新派思想不可谓不先进，在激进的乃至破坏性层面，一个时期的梁启超远远超过了稳健的、自由主义者的胡适，实际上包括陈三立等人并未闭塞他们对外部冲击的感知，然而，现代经验原本革命的潜能恰恰被古典诗歌自闭的书写系统深刻阻遏了。从这个层面看，中国诗歌从古典到现代的转折无疑是决裂性的。

因而，对于几乎是整体性重建的诗写实践，显然不能用形形色色的文化守成主义者绝望且严苛斥责的，名之为有待反思的"全盘反传统"，现代性悲壮地镌刻下正在流逝的"现代"时，传统已在其中，迎来转折之后的新诗别无他途，在自新之路上传统仿佛时有复活，譬如"晚唐热"，譬如戴望舒、何其芳诸子对象征传统的重新征用，乃至如林庚、周策纵等人对声律、节奏的再发现，内中间或有共通之处，但这是诗的总文类中诸种要素的相交与层叠，正如现代抽象表现主义与古老的写实主义绘画之间，它们偶或在物与象、神与似之间有似有若无的关涉——这或许是现代背景下传统的真义。

事实上，应该从晚清至"五四"的"跃进"中重申，诗文类的建设一如现代有其多义性和多向度，被重建的"言说方式"与其说完成了体式与经验互为摩擦中诗的变奏，不如说它仍在变奏之中。在此意义上，从体式上认定新诗中自由与格律的分歧、起伏和摆荡几乎毫无意义，在吸纳流动

结语 "必须自力更生,自己替自己制定规范"

中不断生成的现代经验时,体式不只是向外摸索,它还要向内在、向深度探求,以获得综合,或者说,有选择的综合。在这条自新之路上,可以说,中国新诗一无依傍——我们指的是它绝无可能亦无必要亦步亦趋地追慕庞大的、兀自熠熠生辉的伟大传统,它的使命是,在已然流变的语言、经验中凝聚自身的光芒,一方面容纳现代经验,另一方面锻造自身的体式——二者之间相互形塑。

在这个漫长且艰辛的进程中,很大程度上,"言说方式"就是自我建构,为此,值得重复并铭记哈贝马斯的箴言,在谈论现代性如何勇敢地迎接巨变而不坠入相对主义时,变与不变的辩证法被如此表述:"现代不能或不愿再从其他时代样本那里借用其发展趋向的准则,而必须自力更生,自己替自己制定规范。"[①]

[①] 哈贝马斯:《现代的时代意识及其自我确证的要求》,《现代性的哲学话语》,译林出版社,2008,第8页。

附论一　诗歌"言说方式"的当代议题

在经验与语言的互动中打开更广阔的诗世界
——2000年以来的新诗写作

一　诗的"近况"：时间序列或者空间共存？

尽管时间刻度本非观察艺术的基本坐标，但是，有充分理由将2000年之后的新诗视作相对独立的区间。一方面，它足够开阔，符合文学批评要求的广度，正有待命名；另一方面，它被寄托了足够多的猜疑、惶惑或者希冀，深具诗学辨析将遭遇的复杂性，正有待考量。发生在世纪末的知识分子写作与民间写作之间的"对决"，则是"2000年"最切近的背景，姑且撇开其间的文学社会学命题不论，这场看似在台面上突然爆发的诗学"分裂"，实际上有至少贯穿了整个90年代的趣味分野作铺垫。譬如在被似是而非地目为知识分子写作的诗人那里，有西川醒悟于"当历史强行进入我的视野"（《大意如此·序》），对其个人写作的反思；再有欧阳江河对整个写作处境的诊断："在我们已经写出和正在写的作品之间产生了一种深刻的中断"（《1989年后国内诗歌写作：本土气质、中年特征与知识分子身份》）；还有王家新以进退失据的心境诉说写作的沮丧和"乏力感"："我们怎能写作？/当语言无法分担事物的沉重"（《瓦雷金诺叙事曲》）；这当然令人期待，在一个具相当长度的"前史"中，几已普遍涌现的关于内缩、怀疑和相对性的诗学自识，将变现为何种类型的写作进入

2000年之后,成为诗之"近况"的重要组成部分。

然而,历史并不总是按惯性滑行,它裹挟的势能进到新的区间时,必会被部分抵消而后让新介质与剩余的势能并行、对峙或缠绕。2000年前后,一个似乎要摆脱文学体制(期刊、出版)和派系(哪怕同人性质的民刊亦然)宰制的飞地——互联网辟出的bbs、论坛和虚拟社区——不断孕育、发酵,这给"无名者""功成名就者",以及试图在个体或小众之外诱引"大众"关注的"舆论制造者",提供了另一种发表和传播渠道,此中引发的新的媒介社会学效应虽一时难以计数,但它不断撒播、汇聚为数据流的特性,颠覆性地改变了传统的图书档案按时间迭代整理资料的方式——习常的文献史主角和配角的分配得附着于时间性,而一定程度上"抹平"了时空分割的固有格局。

强调作为症候的互联网嵌入了诗之"近况",并非暗示它收纳着该时段诗的所有奥秘,更非臆测它左右和决定着诗的进程,毋宁说,它与线下出版、评论和研讨,共同织就了"虚实相生"、回旋于数据流并能以多种方式检索的空间化的"地质构造"(尽管从传递的本性看,"刷新"和"覆盖"的方式始终在新传媒和旧传媒那里强有力地运作,但是,在线上线下呈现的诗人、诗作和诸种"事件",无论频密还是仅有一次的闪现,与其说是前后相继地流散,不如说是面向尚待评议的某种"结构"的沉积,它们聚拢为诗之"近况"的所有肉身。基于此种判断,对它进行评议的出发点就得淡化时间代际,而突出空间共存)。

这也并非意味着,面对一段诗的"断代史",诗学有义务将繁杂、层累的现象作尽入彀中地打捞和扫描,相反,它有自己的考量和主体性。在这方面,无须讳言"空间共存"暗含的方法论意味,它部分地借自福柯在《知识考古学》中的告诫,"一种总的描述必然将所有的现象紧缩于某种唯一的中心周围,如本原、意义、精神、世界观、总体形式等;而通史则相反,它展示出向四周扩散的巨大历史空间。"的确,再难以按过去通行的做法,依靠线性和主次逻辑来厘定新诗的"近况"。不过,"空间共存"又是一种量的扩展和逃逸,在辨认上极易陷入相对主义和无政府主义,为此，必须适度地反拨梳理历史时对福柯式无中心性和无主体性的迷恋，必须采取既介入亦"防守"的诗学立场，将"空间共存"的诸种写作、诸多现象，"统合"到以经验和语言搭建起的诗学评议的基本框架。

为此，应当从遍及整个写作亦深入到诗人个体的关乎诗学特性的关键词——调整——开始梳理，并蕴含如下期待：2000年之后的诗坛再无可能自限于某个派别（派系）独断地卫护自我排斥他者，也不可能自得于轻便承袭的资历不作变更（包括来自90年代的诗人均始终处于巨大压力中），也不可能向内封闭地获得诗学的领悟与推进。质言之，在"空间共存"的地质中，各种有代表性的写作均表现出普遍调整的特征，这既被"空间"展现，也构成"空间"的一个首要组成部分。

二 面向诗之自新的调整及其普遍性

毫无疑问，在"空间共存"的聚合力中，才能"共时"地考察新诗"近况"的"地质构造"，才能细致地进入到地质层本身，以便互为参照、牵连着去洞察处于不同写作区位——它并非一个评估诗艺的指标，而是用来权宜性地标示，诗人的文本实践在某些时段的反响度及其个人的活跃度，进而在相互区分中归属诗歌的活动方位——的诗人，如何因应着变化了的经验和语言，并表现为如下策略：在不确定的境遇中估测、探寻乃至博取诗的未定的可能性，对于有作为的诗人，调整是必要、普遍而深刻的。在这里，调整在起始和动机上是动词性的，在结果和"性状"上是名词性的。

进入2000年之后，一个突出的观感（观看对象就其本义来说，指某种占有体积的物，亦和空间有关）是，至少有三种不同写作区位中的诗人在"同台献艺"，且以各自的方式共同诠释着"调整"所蕴含的诗学意识和诗学意味。这些共存于"诗坛"、诗学特性或相龃龉或相缠结的诗人（需要强调的是，此份极不完全的名单仅大体匹配本文的诗学评估框架，不按诗歌史排定座次，更不按资料汇编竭泽而渔），有90年代甚至80年代已相当稳健者（如于坚、西川、欧阳江河、王家新、陈东东等），有90年代已具相当影响但主要在 2000 年之后才得以深化的诗人（如孙文波、张曙光、萧开愚、黄灿然、臧棣等），也有 2000 年之后"异军突起"的新鲜面孔（如雷平阳、朱朱、刘洁岷、沈浩波、朵渔等）。

可以看到，西川 20 世纪 90 年代曾写有《致敬》《芳名》《鹰的话语》等极富挑衅性的"杂体诗"（陈超语），不过，借助恰切的修辞策略和诗节构造，其间胀破了诗之形体的思绪似断还连，有迹可循，相较诗人新古典主义的雅致之作，虽可谓是对诗之边界的冲击，更激烈的"越界"却见于 2000 年之后的《南疆笔记》《曼哈顿乱想》《麻烦》等作品，滑向了"边界的边界"。他甚至抹掉诗的形体学标志，以激进的"散文"来彰显诗人靠杂糅综合的架构处置复杂经验的雄心。譬如《八段诗》名目之下的八首组诗，诗和诗之间缺乏连续性，这点从诗题即可看出（第一首题为《哪一朵色情的桃花》，第二首则题为《面向大海》，有人或许会说第七首的《老演员》和第八首的《小演员》有某种关联性，但前者是表演本身的无意义，"酸甜苦辣还在继续"，后者则是表演有难以掩饰的表演性，未进入角色的小姑娘登台时"提了提裤子"）。又如《2006 年 8 月 6 日凌晨梦见热雨》，全诗不分行也不分节，固然内中有具体而微的抒写，像"热雨打在我的身上""热雨打在我赤裸的手臂上""想暂避这场热雨"，像"偶尔有人与我擦肩而过""遇到一个小男孩""躲进路边一座小屋"，但表面的连贯几乎被诗中"我本以为""我怀疑""我亦心忧、我亦心喜"等内在的心理活动（它们本身又是多向度的）冲决，最终让这场梦"在连滚带爬中惊醒"。在这里，连接的线索更像是不断飘移的浮标，没有定性（定型？）其作用只是探测性的，甚至只为最终的否定而聊备一格。诗人曾宣称要"把诗写成大杂烩"的特点于此既是手段又是标记，诗人终于触及某种无形体、无结构的"非诗"的形式，推动了他在 90 年代尚不无拘束、谨慎的徘徊与试探。这是对诗人自己具有标志性意义的跃进和调整，同时也给当下的诗学衡估带来了棘手的考验。

20 世纪 80、90 年代即确立了鲜明个人风格的于坚，他堆砌、拖沓的语言和语体，以及某种自然主义的风格几乎成了稳定的美学标记。和西川

经验、体式与诗的变奏

向前驱动不同，2000年之后的于坚则向后转身，从散淡的"随性"后撤的诗学自觉大面积地出现在《火锅行》《他是诗人》等作品。例如《读康熙信中写到的黄河》（2003）：

　　……哦　朕的江山
　　曾经是那样的　古文　读着就像诗歌
　　站在虚构的一边　世界从裂缝里漏下去
　　只剩下干翘翘的部分　空灵　很容易飘起来
　　小学生都知道　这是伶牙俐齿者的把戏
　　……
　　……我问的不是一个
　　环境保护问题　那位叫做"现代"
　　的时髦女神　我们跟着你走
　　也请稍微问一句　你的家那边
　　有没有河流　有没有夏娃和亚当家里
　　那类常备的家私？我还未去过黄河

尚未去过黄河的"我"，得从康熙的信中、从只操心"帝国的　政治党争/宫廷秘史　以及皇室生活的/小花絮"的电视大众、从"小学生"对"常识"的质疑、从"现代"等等环绕的迷惑中努力理出头绪，这是对错位的文化记忆和现实关切的痛心，它直逼人心的力量穿行于多重因素的交织，全诗的路径在疑问和徘徊中因而变得复杂、沉重。显而易见，异质交缠、盘根错节的经验以及经验吁求的"评判"如律令般地要求诗人，从他早年娴熟的自然主义反转，构筑出新的主体性，以便统合起交叠、多义乃至连接着重重隐喻的复杂世界。

不同于西川剧烈地前倾，也不同于于坚大幅度地反转，以90年代的《关于市场经济的虚构笔记》《1991年夏天，谈话记录》等作品深入人心的欧阳江河，2000年之后找到了作为抓手的某个中间点，温和但步步为营地收编、吸纳此前发展出的所有诗学特性，意图把互为隔绝、对峙的部分，以化零为整的方式整合到 2012 年的长诗《凤凰》之中。毋庸讳言，诗人强大的总体性野心得以激发，既有诗可资参照、互文的庞大装置艺术品《凤凰》作为富于弹性的底本，亦有诗牵连起的十九个片段作为推展、聚合的单元。诗本身的"容量"以及文字与物象、视像的互通，至少从诗学意识的贯彻而言，欧阳江河发展了某种"总体诗"的形式。此中"牵一发而动全身"的重组，对他而言，或许是综合、统一个人写作史的一种调整。

调整的具体方式因人而异，可以是自我的深化、修正或者重组，也可以是自我的腾挪。第一种区位中的诗人或因更具分量（亦可谓沉重）的个人写作传统，哪怕是激烈的，亦是对位于传统的内部调整（诚其艰难也更为可贵），处于第二种区位中的诗人，当他们将反思性的诗学意识与写作上的诗学特性之构造冶于一炉时，调整则可名为自我革命。例如孙文波在 90 年代已写出不无美学挑衅的《向后退》《戏剧笔记》等，它们容纳叙事性乃至扭断诗句、诗节组合的惯有秩序——譬如变而成为散文诗的样式，但在 2000 年之后的《临时的诗歌观》系列、《修辞练习》系列中，不仅发展了更内抑、节制的技术，最重要的是，显露了诗学意识的成熟，富于启迪地重新估量语言与"现实"之间的复杂缠绕："所以当你看到语言的花蕊吸引蜂群，/我可以告诉你，只要我高兴，/还会让它成为猎狗在树林中狂串，/戏弄语言狐狸或扑食语言兔子。/我还可以放出语言鹰让它飞，直至飞到/虚无深处，在云层里俯瞰你。也许这些/还不够，我还会让语言豹子/满山乱转，看到什么，攻击什么。/而你搞不懂了；叹息，愤怒。那是你/不知变化是一种认识，也是一种心情。/就像现在，我坐在龙泉驿山上，/语言只能是花蕊，而不是坦克。"（《临时的诗歌观之六》）

在这方面，值得注意的还有臧棣。他在 90 年代出版了诗集《燕园纪事》，其中大量是"享用语言的欢乐"（罗兰·巴特语）的实践，但显而易见，他的根本进展出现在 2000 年之后的协会系列和丛书系列中。这是迄今尚未完结的系列之作（无论巴特式的"肉身"还是德里达式的"踪迹",它们将不断延宕和撒播),诗人令人惊异之处不在于巨量的产出,而在于颇具构造意味的设计,这些分解之作(他的诗学气质并不倾心通常的总体性)之间隐秘、交错地搭建着关联,以致一首诗是对另一首诗的解释、补充或者改写,终而让整个协会系列或丛书系列内部互为应答、左右勾连。这或许是以碎片式漂浮的单元组合,通向另一种曲折、暗晦的总体性的尝试。为此,人们可能惊讶于他的两个乃至多个文本之间的互文,以并置或对峙的格局相互"致意"、粘连和错综。譬如他在一处如此理解"现实":"语言的秘密/神秘地反映在诗中。一只蓝翡鸟飞进诗中,/而天空并没有留在诗的外面。"(《秘密语言学丛书》)而在另一处则是:"空气和诗意押韵,很巧合吧。/但空气不负责押运诗意。"(《极端诗学丛书》)无论天空还是空气,它们既是"现场"和诗之材质的一部分,但成为诗却经过了语言多棱镜的折射(或者通过"飞进诗中的蓝翡鸟",或者出自一次偶然如语言内部的碰撞即"巧合")。

不妨说,处于第二种区位中的孙文波、臧棣等人,他们2000年之后引人瞩目的推进来自于对语言与现实(经验)之关系的崭新领悟,并颇具自信地让文本实践和诗学观念相互支持(他们可能是新诗史上最频繁地以具体的某首诗或系列作品,与"何为诗"这一灌注驳杂争议又不无柏拉图理念意味的"悬设"展开辩驳、博弈的诗人)。有意味的是,处于第三种区位的沈浩波、朵渔等诗人,则更愿意通过相应的文本书写出各自的进展,仅让位移中的写作"捎带"出诗学意识业已变更的事实。他们或不愿或无暇去整理2000以来的不无断裂性的转折,但它的重要性在于,这是对他们的过去虽潜隐却极具否定性的"救赎"。毫无疑问,这种巨大跨度与更少个人写作传统的负重有关。他们进入诗坛均在2000年之后,并首先以倡导"下半身"写作为人所知(作为一种口号或运动,它的时间节点在2000年)。今日看来,其中并无深思熟虑的美学设计,更多是影响的焦虑使然。哪怕如沈浩波体现了锐气和现场感的《淋病将至》《一把好乳》,就写作意趣和发掘更广阔的面向来说,显然过于局促和黏滞。倘若他们以此立足,至多只能充当诗歌史的存目。可贵之处在于,作为"新生代"的他们具有自我否定的勇气与卓识,由此赢得了迄今仍在拓展与变化的生机。的确,对抗性的宣言和实践既是排他亦为自限(若仅偏执于"下半身"的物质性,其危险不过是另一种心身分裂),有待更广阔的经验、更绵延的语言予以淬炼。大约2004年,沈浩波写出了现实关切强烈的组诗《文楼村纪事》。固然其中仍可以读到典型的两三年前惯用的语式,但语气语势变了,某种压在纸背的沉痛和此前不羁、造反的语言渐行渐远,这是一种收缩信心的调整(暴烈的、不无痞气的特征日渐稀释,赋予限度,和先前放任语象物象狼奔豕突的方式疏离)。诗人2009年左右的长诗《蝴蝶》,则更显示了他从语言湖面的滑行成功减速,将犹疑、盘桓和自我清理诸种质素的交错相生,作为一种复杂建筑进行构造,其中多种语体(如征用雅训的古诗与浅白的口语相混杂)杂用,多种语态(设问句、反问句、祈使句和否定句)并行,诗行、诗节的推展均作了不同以往的思量和设计。也许,相当程度上告别虽极富"动"和"快"之势能的直觉主义,才能更好地彰显"静"和"慢"的必要与效力,而后以某种怀疑主义的徘徊来体认诗可能腾挪的方向与路径。

同样,也可以看到朵渔的"转身"。他更具诗学上的沉思和沉静气质,所接纳的怀疑主义不仅遍布于他对某一主题或题材的重新打量,也深入到语言的肌理。他似乎乐于不断周旋之后,才信心笃定地将态度揳入到诗中。例如《论我们现在的状况》一诗:"是这样:有人仅余残喘,有人输掉青春。/道理太多,我们常被自己问得哑口无言。//将词献给斧头,让它锻打成一排排钉子。/或在我们闪耀着耻辱的瞳孔里,黑暗繁殖。/……//爱只是一个偶念,如谄媚者门牙上的闪光。/再没有故乡可埋人,多好,我们死在空气里。"如果说,"下半身"号称从物质性肉身开始,并以震惊、直率乃至义无反顾为诗的直接性下注,这首诗亦从"现状"开始,但它不愿起首就眼高手低,沦为临空蹈虚,于是以犹疑的、自我盘诘的语气(多个顿挫的半句或短语似断还连地营造语态是诗人重要的手法)将"现状"的反思引致远方、导向曲折性。在这里,近和远、下和上、物质性和精神性得以贯通,诗的氤氲气流得以回环往复。这令人期待,在反思中行进的朵渔诸人已成功地从"下半身"的标签和误识中突围,完成了自赎,并牢牢抓住了待他们驰骋远方的缰绳。

三种区位中写作的诗人或自我调适、或自我腾挪、或自我否定。最富于意味的诗学启示是,调整是新诗走向自新的必由之路,因为它有延续下来等待重新估量的或多或寡、或近或远的"传统",亦有等待奔赴但或尚未企及的地平线。诗的伸展别无他途,其激越且引人瞩目处或许应概括为,"以今日之我非昨日之我"。

三 把经验写入语言的个人之诗

上文抽样分析了不同区位诗人的自我调整,主要以他们各自的当下与过去比对,汇合于"调整"这一核心命题,这种观察毕竟更多地属于宏观的层面。实际上,调整在细部和微观层面,则是一首诗在处置经验时语言态度的变化。这里所说的语言态度,既指语言策略所包含的技巧、形式与结构的展露,也指折射于被抒情主体实践的某种诗学观念的征显。不妨说,从写作主体到抒情主体的"作者",居间于经验与语言之间的摩擦,是架构连通路径的设计者。

强调主体是一首诗得以成形的组织者,为了彰显,调整中的新诗在面对复杂经验时的自觉。一方面,它绝不自外于经验的催逼;另一方面且同样重要的,它绝不自大于语言作为"先验"、绝对的前设(20世纪的语言论转向既彰显了语言先于思想的事实,亦鼓舞了某种傲慢,即蔑视于作为语言构造的艺术作品背后复杂的"感觉"运动),终而让主体、经验和语言的三重角力混融于可供估量的"织造"进程,此一进程则是何为调整、如何调整的具体标记。

2000年以来的新诗,所遭遇和见证的经验毫无疑问地较之过去尖锐。从社会伦理层面看,关系着时代的转型,而从依靠语言指事造物的诗来说,则关系着观物方式的转变。《双城记》的开篇狄更斯有云:"这是最好的时代,这是最坏的时代。"好或坏、振奋或沮丧乃至左右盘桓或进退维谷的"心境",自是来自主体的读解(包括曲解),但主体绝不可能直接地面对经验,只能通过语言表露它或倾身或排斥的姿势和语式。的确,有巨量经验带来的普遍冲击(在此经验似乎是施动者),但难有众口一词的普遍的经验体会。有诗人因而如此理解主体、经验和语言之间的关系:"噢,他必须收起鲁滨孙的傲慢,/在异化的环境里重新定调。/他必须振作精神,不扮演文明的遗老,/不做词语的幽灵,不卖弄苦难"(朱朱《海岛》)。这既是当下诗人的现实,也是关于诗回应这一处境的可能与限度的隐喻。向语词逃逸或兜售苦难(经验),均不应是现时代的诗可取的处置方式,要"重新定调",则必得把经验写入语言之中。

然而,经验的载入又再难仰赖宏大叙事那种总体性,不仅因为征用它的信心业已丧失,而且源于发挥它的机制亦已崩塌或转移。重要的是,只有远离总体性自以为是的视阈,找到恰当的甚或琐碎的切口(缝隙),才能洞若观火。当离乡背井者踏上未知的前程,沉重的现实未必能被重量的、巨型的语言之"桩"触及,此时,轻量的、反讽的语言策略或许更有效:"只有那些孩子是快乐的/他们高兴地追着火车/他们幸福地敲打着铁轨/仿佛这列火车是他们的/仿佛他们要坐着火车去北京"(辰水《春夏之交的民工》)。心事重重的成人和天真未泯的孩童之间的反差,亦构成经验呈现方式的反转,轻的变重、反讽的变尖锐,所揭示的城市化进程中农村、农民沦于"追赶-被抛"的境遇,既真切又发人深省。

这也意味着,某种类的直接的感受,若直录式地进入诗,不过是经验本身而已,不过是社会学计量式的"说明"和直呈,它的成效是有限的。诗毕竟有它的口径和路径。这更意味着,关于感受,康德所言的从个体开始,进而赢得"共通感",即个别的普遍性,而非以颠倒的方式,或许更恰切。两首关于工厂流水线的作品,不同的主体感受方式显而易见:

> 我奔波,我淋着雨水和汗水,喘着气
> ——我把生活摆在塑胶产品,螺丝,钉子
> 在一张小小的工卡上……我的生活全部
> 啊,我把自己交给它,一个小小的村庄

风吹走我的一切
我剩下的苍老，回家
　　　　　（郑小琼《黄麻岭》）

我几乎是爬着到达车间，这昼夜不分的刑场
他们宣扬的青春与梦想，多么动听，多么嘹亮
让我打卡上班接近这人间天堂，旗帜招展的十八层

夜色中我打开体内的白炽灯，这咳嗽的霓虹
照亮机台黝黑的内脏……
……
在每个人类沉沉睡去的凌晨，我跟工友们都睁开青春的一对伤口
这黑色的眼睛啊，真的会给我们带来光明吗？
　　　　　（许立志《夜班》）

　　同样惶恐于渺茫的未来（前者"只剩下苍老"，后者则以反问句式否定"给我们带来光明"，这首诗反讽性地与顾城的诗构成互文），他们的差别在于，前者以抽象的我（亦可以换成所有工友）目睹后记录，后者则以具体的、血肉的我（指示动作的"爬""打开""照亮""睁开"以及对声色的描绘均是个人化的）体会后咏叹（贯穿全诗的是"我"与"夜班"之间的对话与质疑，架设起有意味的张力），将自我之思深入到吞噬人的"机器"之后，在结尾处和盘托出未来的虚无与绝望，令人震撼。

　　如何以个人的观感，把经验载入到语言之中，还可以从若干年前的"地震诗歌"中获得启示。这一曾激起了线上线下广泛争论，出版过名目繁多的诗选集的诗潮，绝大部分确实如朵渔所言："无论就美学准则还是道德伦理来判断，'地震诗'都普遍很差。"（《为什么普遍写得这么差？》）个中的缘由，和写作者普遍轻信题材和立场的直接性有关，而忽略了将天灾人祸的痛感转化为个人精密的观感。值得注意的是，在这

面，有人清醒于语言的乏力，诚实地"后撤"并有距离地说道："而我失去了你——语言/你已被悲痛烧成了灰烬"（王家新《哀歌》）。更有人磨砺语词的针尖，精准、决绝地将经验嵌入语言的篇什，成为"诗意的批判"："人盖了一座假房子，把孩子们骗进/门口钉着初二（5）班、小（3）班牌子的教室里/坐得整整齐齐，时间掐得很准，老师们/已各就各位，走上了讲台/但课程有了很大、无比大的调整"（刘洁岷《灾难一课》）。从具体情境切入，无辜的、按教材计划必修的课程成了被灾难、暴力强加的"课程"，成功地"揭示"了灾难的本义。

无论《春夏之交的民工》还是《夜班》，抑或更直接地考验着诗意和伦理的《灾难一课》，它们启迪人心的地方是，诗中或浮现或隐身的主体，具有重要的诗学上的自省自识意义。在卓有成效的诗人那里，主体既是调整诗思方向的能动一极，亦是将经验写入语言的终极见证者，尽管本质上，主体将一同消弭于语言的延宕与飘游之中（据说，自结构主义以来，主体若非声名狼藉亦已被迫"销声匿迹"），但从因应经验冲击的层面，主体的觉知能力"保管"着伦理判断和语言判断，进而为调校着的诗找到方向，构造肉身。

四 余论：一个辩驳，一种展望

新诗近百年的行程一方面始终积极进取，且成绩斐然；另一方面亦存在广泛的分歧，其激烈处有超出趣味分野的关乎新诗合法性的美学误识。必须适度检讨的是几乎贯穿了整个新诗史的诗的形体学问题。诚如已经看到的，"调整"作为2000年以来新诗拓展自身的关键词，体现为诗人与其个人写作传统的对话，且以恰切的主体的觉知和实践把经验写入语言，凝聚为不断变构的文本实践。不过，从更进一步的诗学归位来说，此种变构中的写作蕴含着尖锐的诗的形体学命题，充满挑衅更充满挑战。这是因为，它的外观（所谓诗的具体样式）更加驳杂、不羁，有时以看似偶然的形体学表象自身（譬如西川的杂糅与"混搭"、臧棣的分解与延宕），这可能助长某种错觉，即诗的"身形"是容易且随意的，与此相对，它的抒情策略或言说方式（作为"里"，而与形体学的"表"相对应）远非一目了然，诸多修辞的错综和编码方式的交织，使得习见所期待的主线分明脉络隐而不彰，这有可能带来某种掩蔽，即并无"可见"的诗意生成机制潜藏于诗的"身形"。

无论错觉还是忽略，在对现时代的诗的形体学问题展开清理时，必须有作为互为牵连的待辨析的诗学命题。内中的源由是，关于诗的衡估，常常令人吃惊地局限于表面的"形体学"中，难以跳脱制约进而围绕更重要的、攸关诗之实质的命题展开开掘，这势必让控辩双方（当然也包括对最新的尚未进入论争的写作，正盲目地追捧着的鼓吹者）难以劝阻地沦陷于诗学辨认的盲区。

与此相关，有两个看似孤立实为如出一辙的现象值得讨论，才能将要提出的展望进一步奠基。一个是业已平静的"梨花体"事件的争论；另一个则是最近出版的小说家蒋一谈的《截句》在微信圈等网络终端的热捧热议，围绕着它们的卫护、攻击或鼓呼，均无一例外地误用或误识了诗的形体学命题，而忽略或无知于何谓诗意生成机制的营构与体认。"梨花体"因著名公众人物韩寒使用"同一性"的逻辑，对它进行戏仿和嘲弄，几乎鼓励了普通公众的一个定见，所谓新诗只是某种任性的形体学的涂抹。强调"同一性"，实际是强调作为导火索的"梨花体"在实践上的误用，批评者在观念上的误识，均毫无例外地将某种等而下之的诗的形体学发展为或强化为诗的形而上学。

这事关已成新诗主潮的自由诗的美学方位。包括赵丽华、韩寒诸人所不能会心的是，自由诗除了表象的形体还有内质的诗意生成机制。不妨援引废名的《街头》为例："行到街头乃有汽车驰过，/乃有邮筒寂寞。/邮筒 PO/乃记不起汽车的号码 X/乃有阿拉伯数字寂寞，/汽车寂寞，/大街寂寞，/人类寂寞。"这首诗除了自由的形体学标识，更重要的是，物象（汽车、邮筒、号码）、表征（驰过、寂寞、记不起）、衔接语（乃）等互涉互斥的语义和语流——让一段各自浅白的连缀超越了似是而非的描述表象（此诗因而实现由物到心的表现）。

与此相似，据说穷七年之功而成的《截句》，同样也满布形体学的误用和误识。按照作者自述，截句的写法与李小龙的截拳道有关，但是，倘若诗受这种拳术的启迪，它收获的形体学既是浅薄的亦是无用的。倘若截拳道以简洁、直接的攻击为手段，此中仍旧有某种本质上的拳术的形体学意味——无论多么短促，它依然占有与搏击者相始终的姿势和运动轨迹，并以击败（倒）对象为终极目的。在这里，截句本应以有所展开的形体学与对象（与诗对应的"思"即为对象）进行周旋，进而捕获它（而非像截拳道那样"击倒"），却只有不足以担当复杂性的过于随便的形体学，并常以说理性的（逻辑关联词几乎是核心）方式出具某种领悟（道理）。姑取三则为例：

其一：

我起了一个笔名
我的原名已经疲惫不堪

其二：

我感觉自己的灵魂
越来越像一个盆景

其三：

我在梦里吻过的白云
竟然是枕边的臭袜子

需要指摘的不是它的形体（自由诗），更不是它如俳句的短促，而在于它以警句的方式说出领悟。它不过比"梨花体"深刻些："毫无疑问／我做的馅饼／是全天下／最好吃的"（《一个人来到田纳西》），但就修辞而论，也许还输于同样精于警句的席慕蓉和汪国真。①

　　这是否属于某种可以和微时代眉目传情的微诗体？但若就诗而言，所谓的"微"能否捕获急剧变动着的世界的"杂"与"多"？要知道，目击道存的机制和存身条件几已被消耗（或曰被世界擦拭）殆尽，作者和某些评论家是否过于天真地相信这类诗的力量？在我们看来，"梨花体"和截

---

① 2016年6月，近二十册"截句诗丛"由黄山书社出版（每册的腰封印上"北岛推荐：1916~2016中国新诗走过百年之际，截句诗丛隆重登场"），当代有代表性的诗人于坚、西川、欧阳江河、柏桦、臧棣等人位列其中。这些"截句"集每首均不超过四行，没有标题，且在原本的目录页上堂而皇之地标有"没有目录的诗歌文本"的字样。

　　从最低限度的诗歌风格标记学来看，令人惊讶的是，大约有半数的入选作者已通过持久的写作实践，在诗学特质上形成了自己的鲜明标志，这些特色与"截句"的短促、随意截然对立。以于坚、西川、臧棣三位为例，于坚、西川几乎尽数截取旧作。在于坚的截句集《闪存》中，既有《作品41号》（1984）开头部分的节选："树叶干了/海从蔚蓝的远处回来/它跳着一种我从未见过的舞蹈/也许在夏天它认识了一些善舞的水族"，也有《在悉尼附近的海岬上》（2001）结尾部分的节选："关于探险者们的历史　我不太清楚/但海岬依然黑了下来　令人眼熟的黑夜/黑得就像土著人　永不变色的黑脊背/我听见下面一条渴望永生的鱼在叫喊"。在西川的截句集《山水无名》中，干脆是大量形式上极为激进的（散文诗或散文的外观）诗文本的截断，如来自《曼哈顿乱想》（2008~2009）的中部："在曼哈顿/你一咕哝就变成一个清朝人/你一吐痰就变成一个明朝人"（原诗系不分行排列，此处作者改为分行排列），又如被错杂排列在不同页码的"痛苦：一片搬不动的大海""它们永远活下去的秘诀是永远飞着而不停落"和"为什么是猫而不是老虎成了我们的宠物？"，不过来自长诗《致敬》（1992）的不同段落。至于貌似以相类于丛书、协会系列的笔法贡献四行以内之"截句"的臧棣，他虽然鲜有（也许根本没有）从旧作截取，大约均为新制。比如截句集《就地神游》的开篇："秋色多么慷慨，随时都可以平分/秋波却如此诡异，就好像/是从猫眼中射出的"，成语"秋色平分"被拆开、拉伸，和《留得青山在丛书》中"深长的，绝不只是意味。/但在人和事之间，只有意味配得上深长"如出一辙，也类似于《夏日燕园丛书》的"自六月开始，平原不再华北，/黄昏古老得信不信由你。无限好"。不过，熟悉其诗歌句法的人均不难察觉，臧棣的这些全新"制品"较之他繁富、多层的协会、丛书系列而言，不过是"有句无诗"的片段而已。

　　一众已有成熟、自觉的写作观念的诗人，加盟"截句诗丛"，撇去此中出版传播机制的强力吸附不论，最值得注意的是，其间折射出的诗学症候：在截句的名目下，无论于坚、西川提取某些"旧作"的零部件，还是臧棣以新制的片段示人，均绝对地背离了他们更重要的、代表了诗写实践之进展的诗学特性。本质而言，断面的、绝对碎片的"截句"，不过是天真与独断兼有、毫无考量与信马由缰参半的一种"写作"，而于坚、西川、臧棣近十几年来之写作探求的成果恰恰是，对天真和独断予以抵制，且在反复掂量和左右踟蹰中形成了相机的、充满紧张性的形制。关于于坚、西川和臧棣的诗歌形制特点，在本编《形体学隐匿背景下的三种形式策略——拼接重组、杂糅综合与分解延宕》一文中有更详细的论述。

句实有的不过是遗弃了诗意生成机制的形体,它和自由诗内含的美学理想背道而驰:诗实际是通过拥有诗意生成机制来彰显它的形体学,而非相反,以本末倒置的方式用浅薄的形体学取代了建构诗意生成机制的任务。

固然,从文化和审美记忆的角度,如果对位于中国古典诗歌的美学标志,新诗似乎正以鱼目混珠的方式,以"不足"抛弃"丰盈"、以"欠缺"取代"完美"。然而,诸如定型的中国古典诗歌体式、精细地挖掘了"古典性"之品级与类目的司空图式的"诗品",面对驳杂的绝不雅驯的"此刻"时,能否游刃有余而不捉襟见肘?在这里,既有必要重申现时代的新诗写作存身的语境及其可能的美学向度,又有必要更大范围地察看近期的诗歌为因应诸多压力时或推延"形体学"营构,或"内置"抒情机制的作为。

一方面,现时代的写作确实处于海德格尔反用格奥尔格诗句所揭示的处境,即"词语破碎处,'存在'出现"。真理或存在的"真身",再不可能按黑格尔界定的古典型艺术那样以形式-理念的调谐呈现,相反,现代艺术得在支离破碎、旁逸斜出中生成,它可能拥有的是"非纪念碑性"的品格。在这一点上,正是波德莱尔恰当地击碎顽固、傲慢的"永恒"之后敞开的视域:"现代性的一半是永恒不变,另一半是转瞬即逝。"与此相应和的另一方面是,对经验素材或诗歌体式的"瞬时""即刻"的征服,已大面积地变现为积极的文本实践。

在此,不妨对 2000 年以来有启迪的写作作如下展望:调整中的新诗在可变性和动荡性的形体学标志之下,是诸多诗人为因应经验的复杂性、为呈现经验的曲折性的"迂回",不仅重制流畅、谐调的诗形诗体不再可能(古典主义式的),而且捕获某种轻易的诗形诗体亦无可能,因为,变动的经验带来变动的语言,它只能在不无怀疑主义的氛围中,反复权衡被经验改写之后的语言所能组构的诗意生成机制,或曲折或驳杂,据此试探未定的诗之肉身。

美学自律与经验冲击的挑战

——"地震诗歌"的诗学问题再思

作为时效性特点非常明显的诗潮,汶川地震引发了蔚为壮观的诗歌写作热潮,又讯速退去。围绕这股热潮的争论,主要有表面上两种相互对立的观点,即应该从诗努力接纳与地震相关的崭新经验,肯定这场"'全民皆诗'的真情运动"①,还是应该从诗的美学要求,批判绝大部分作品沦为了"情感反应的原始记录"②,立场简单明了,在各自的出发点上均有其逻辑与内容的合理性,似乎没有再作检讨的必要。

然而,"地震诗歌"作为一种独特的现象,其蕴含的诗学问题有待更细致和深入的清理。无论在诗歌作品隐而不彰的形式结构中,还是在一些诗人不无焦虑的自述中,经验冲击和美学自律的要求之间经常相互缠绕,它们远非各自为政的命题。这对于人们思考诗歌以何种方式接纳、呈现和转化经验,提供了有益的启示,并可以进而展望,诗歌的抒情机制应该在这种张力下建构,它既不自闭于对经验的开放,也不自外于美学自律的准则。

一 两种倾向:自负和犹疑的声音

如果以艾略特划分的诗中的三种声音类型为参照,"地震诗歌"充斥了大量的第二种声音,即"诗人对听众——不论是多是少——讲话时的声音"。③ 对地震的观感似乎更适合以介入的、外看的方式进行表达,诗中占主导位置的当然是第二种声音。但是,进一步辨析这种声音类型体现的情感特质、诗中说话者的语态,则会发现,第二种声音中还可以分疏出两类

---

① 杨光:《大灾难后的中国诗歌》,《北方音乐》2008 年第 7 期。
② 徐敬亚:《大灾中的诗歌悲凉——我恶劣的"地震"诗歌记忆》,李静编《2008 中国随笔年选》,花城出版社,2009。
③ 艾略特:《诗的三种声音》,《艾略特诗学文集》,王恩衷编译,国际文化出版公司,1989,第 249 页。

值得深入审视的倾向。一种是,在诗中铺排昂扬、自信甚至自负的声音,另一种是,诗中的声音疑虑重重。

前一种倾向较多地体现在为灾区鼓劲加油的诗中。譬如柯平的《汶川挺住》,全诗的理路从灾区民众承担苦难和死亡着笔,采用排比的结构("今夜,雨水依然在黑暗里闪着微光/今夜,坍塌和余震,也依然在继续"和"一片树叶来不及飘落地面/一只写诗的手来不及放下笔/一对恋人亲吻的嘴唇来不及分开/一颗年轻的心脏来不及跳动它的第二下"),它的修辞效用是,强化了灾难的现场感("今夜……依然")和灾难的突然性("来不及")。不过,排比的叠加把对灾难的压迫性感受推到尖锐的同时,诗中的说话者转向了"自我"的自负式表达:"今夜我的手,穿过岩浆和烟尘/和你紧紧相扣/今夜我的心,还依然在那里/在那些倒塌的屋檐和折断的水泥板下/和你一起呼吸,一起跳动"。从整体结构看,全诗体现了"灾区承受苦难-'我'与受难者在一起"的呼应和平衡,但就效果而言,"灾区苦难"和"我的参与"之间却是严重失衡的,前者沉重后者漂浮。造成这种后果的原因是,逐渐累加的感受是"积累式""渐进式"的,而"自我"的介入却是宣示性、突然性的,这种抵触在"灾区承受苦难-'我'与受难者在一起"的对等结构中,益发凸显了它们之间的不平衡性。由此可见,"自我"的介入是无力的、虚假的,表达道德诉求反而走向了不道德的表达。

《汶川挺住》一诗滑向了浮夸的自负,无论从道德层面还是审美层面,均可以判定为是失败之作,与此相似的还有陈祖芬的《中国不哭——天安门广场19日14点28分实录》。这首冗长的诗频密地征用铺排的句式,如诗的结尾"游行队伍,/还在"中国"/还在加油/还在鼓掌/还在高呼/中国不败/中国不哭",用四个排比句来强化为中国鼓呼的热情。值得注意的是,本诗开头对警笛鸣响的想象是一种居高临下的姿态:"把所有的心,像闪烁的星星,/送到大灾大难的灾区,/把所有的泪,像生命盐水,/投向大难大苦的受灾民众",用"送到""投向"的趋向动词,表达某种给予式甚至施舍式的关怀(一方是主动的给予,而另一方则是被动的,因为被灾难所压迫)。

地震造成惨痛的事实,也撼动了诗人的悲伤(关于后者,没有必要怀疑他们发自人之常情的悲痛是否真诚),但从如何构设并呈现情境看,这类诗却有不少可申议之处。它们采取俯瞰的姿态,作为对本应"倾身平视"的事件的发言,无疑是失败的。进而言之,源于铺排的结构和给予式的语态,不少诗不仅沦为空洞的叫嚣,而且陷入了结构和句式僵化造成的"真诚"缺失。因而,诗人的本意尽管是真诚的,但诗的效果却不真诚。某种意义上,的确如朵渔所批评的"无论就美学准则还是道德伦理来判断,'地震诗'都普遍很差"。①

朵渔在震后不久写有《今夜,写诗是轻浮的》,不同于柯平、陈祖芬轻信"自我"能高扬诗歌之力,他表示深切的怀疑:"当我写下/悲伤、眼泪、尸体、血,却写不出/巨石、大地、团结和暴怒!/当我写下语言,却写不出深深的沉默。/今夜,人类的沉痛里/有轻浮的泪,悲哀中有轻浮的甜/今夜,天下写诗的人是轻浮的/轻浮如刽子手/轻浮如刀笔吏。"对他而言,诗歌面对苦难显得乏力,甚至疑虑重重。王家新在《哀歌》一诗中也表达了语言的无力感:"而我失去了你——语言/你已被悲痛烧成了灰烬。"他的另一首诗《无人认领的孩子》则揭示幼小生命的丧失带来的深切之痛,它如此结尾:"但我伸出的手,无法到达/千千万万双手也无法到达",面对死亡的既成现实,爱怜、痛惜均不足以抵消灾难之万一。这无法抵达之手可以视为对柯平的可以"穿过岩浆和烟尘"的手的否定,也是对无数喧嚣的浅薄哀悼的否定。

前引柯平、陈祖芬的自信甚至自负的感觉,和朵渔、王家新在"诗语"呈现上的无力感乃至挫败感,之所以有如此鲜明的对比和反差,是因为前者相信情感和语言的同一性,大大高估了情感本身的力量,因而浮夸地拔高了"自我"在诗中的位置,后者则对语言的不及物性(在朵渔那里是"写不出",在王家新那里是"烧成灰烬"而变成丧失)有更多的警

---

① 朵渔:《为什么普遍写得这么差》,《诗歌与人·汶川地震诗歌写作反思与研究》(总第20期),2008。

惕——"诗语"可能是轻浮的,因为并不能承担苦难,甚至可能已经被悲痛的情感压迫成了"灰烬"。

朵渔在一篇文章中提及,写作《今夜,写诗是轻浮的》时曾有几度修改,为了"有一些清晰的情感和个人性的思辨,而不再是简单的情感宣泄与认同",潜藏背后的是尽可能处理好诗艺要求和道德表达之间的关系:"修改的过程也是'诗人的本能'对'人的本能'的必要修复。当我意识到自己是在写一首诗时,就有必要自觉去维护一个诗人在手艺上的基本尊严"。[1] 王家新在认同对灾难的介入和关怀的同时,也强调对"诗语"本身的尊重:"'地震时代'的写作,其实无一例外都是一种'道德写作'。那么,什么才是一个诗人最大的道德呢?那就是对语言的珍惜。他对语言的关注和珍惜,就是他对生命的关注和珍惜。"[2]

如果说,自负的声音主要表现为见证和介入现实的迫切性,却忽略了诗的艺术性要求,使得见证和介入未能取得预期的效果,与此相对,犹疑的声音中,虽然见证和介入现实的愿望也是真诚、强烈的,但艺术性要求的迫切性被凸显和强烈地意识到。从这两种倾向中可以看到,见证的迫切性和愉悦的迫切性的关系实质上互为缠绕,它们之间的对立与紧张应得到进一步梳理。

二 "见证的迫切性和愉悦的迫切性"之间的分裂

众多为抗震鼓劲、为灾难悲恸的诗作中,的确有令人感动的篇什。如《孩子快抓紧妈妈的手》,全诗以母子(女)阴阳分割作为诗的基本情境,用对话的方式结构成篇。母亲对逝去孩子诉说着牵挂和愧疚(为孩子去往黑暗的另一个世界牵手引路、为孩子再不用担心做不完的作业而"庆幸"),而孩子则以超乎年龄的懂事劝慰母亲(为曾经的爱感恩、劝勉母

---

[1] 朵渔:《为什么普遍写得这么差》,《诗歌与人·汶川地震诗歌写作反思与研究》(总第20期),2008。在《今夜,写诗是轻浮的》结尾,标有"2008.5.12夜草,13日改,14日改,15日改"的字样(《诗歌与人·5·12汶川地震诗歌专号》总第19期)。
[2] 王家新:《诗歌,或悲痛的余烬》,《天涯》2008年6期。

亲把爱转移给其他活着的孩子）。不过，它实际上是一首并不注意基本的形式、结构要求的诗，譬如第一节中"妈妈/怕/天堂的路太黑/看不见你的手"，跨行非常随意，在"妈妈"和"怕"之间予以截断，其效果远不如本节开头"孩子/快/抓紧妈妈的手/去天堂的路/太黑了"，后者在"孩子""快""抓紧妈妈的手"之间跨行，其有意停顿既彰显了诗语的叮嘱性质，也从顿的短促中见出紧迫的效果。

据说这首诗颇受好评，究其缘由是，它提供了鲜活的直接性和现场感，在温暖的亲情和冷酷的死亡之间构造情感的张力，径直移用了现实情境，用直接的、不事雕饰的手法呈现出来，赢得了某种现场感。从接受层面看，人们对它的肯定，毋宁说是经验压倒美学，对见证的迫切性要求胜过愉悦的迫切性要求。一旦将这首诗抽离具体的现实情境，效果必然大打折扣。就此而言，艾略特的观点有相应的说服力："假如诗人们所反映的恰好是他们那个时候大众所持的观念，那么拙劣的诗也可能会风靡一时；但是真正的诗不仅经受得住公众意见的改变，而且经受得住人们完全失去对诗人本人所热烈关注的问题的兴趣。"① 人们都能同意，坚守诗的美学内涵非常重要，它是诗之为诗的基本要素。然而，艾略特为其立论巧妙构设的一重逻辑容易被人忽略，即，流行的观念（所谓大众所持的观念）恰好由拙劣的诗呈现出来。有这种"失败的迁就"为前提，诗的美学要求才有藐视流行观念的权力。

流行观念、即时经验的重要性，却不能用艾略特的古典主义趣味来削减和轻视，应当进一步开放视界的是，坚守审美本位固然重要，拓展诗的经验疆域同样不可轻忽。问题的关键和难点在于，"拓展"也应以诗的方式进行拓展。试想倘若能够把刚萌生的、新鲜的乃至倏忽即逝的经验，用诗的方式成功传达，那么，这就是波德莱尔为艺术面对瞬时的、当下的经验时勾画的蓝图：

---

① 艾略特：《诗的社会功能》，《艾略特诗学文集》，国际文化出版公司，1989，第240页。

构成美的一种成分是永恒的、不变的，其多少极难加以确定；另一种成分是相对的、暂时的，可以说它是时代、风尚、道德、情欲，或是其中一种，或是兼容并蓄。它像是神秘有趣的、引人的、开胃的表皮，没有它，第一种成分将是不能消化和不能品评的，将不能为人性所接受和吸收。我不相信人们能发现什么美的标本是不包含这两种成分的。①

在这里，两种成分无论由形式和经验，还是由被呈现之美感和作为质料的素材组成，在波德莱尔看来，二者不可或缺。耐人寻味的是，他把经验或作为质料的素材当成第一种成分得以存在或成立的前提。

对艾略特和波德莱尔的观点稍加分疏，就能进一步讨论和本文密切相关的议题：我们可否像艾略特那样抹去经验的实存与在场，仅仅依靠波德莱尔所说的第一种成分，谈论当下诗歌的美学构想？固然"地震诗歌""普遍都写得那么差"，固然许多作品草率地忽略了诗艺的经营，但是，作为一种诗歌现象，它彰显出的意义，也许和吁求对它的"艺术性短缺"进行反思（甚至批判）一样重要。

一些人激烈地批评诗的"艺术性的短缺"，却有意无意地遮蔽了与地震相关的新经验这一维度。有论者认为，地震发生之后的诗歌偏离了它的本位，成了道德表达、情感宣泄的工具，甚至成了某种值得警惕的意识形态的共谋："灾难发生后，一个人的感受，是不是非要用诗来表达？诗是我们的生存中的一技之长？还是道德情感表态（达）的工具？作为另一个我们，诗是不是可以像奴仆那样随叫随到？"② 把诗歌技艺和道德表达放在二元对立框架中进行处置，是此种话语构造的重要特征。另一名论者也以相同的模式进行批评，认为"诗中体现的人性道德"和"诗的道德"尖锐

---

① 波德莱尔：《现代生活的画家》，《1846 年的沙龙：波德莱尔美学论文选》，人民文学出版社，2008，第 416 页。
② 徐敬亚：《大灾难中的诗歌悲凉——我恶劣的"地震"诗歌记忆》，《2008 中国随笔年选》，长江文艺出版社，2009。

对立:"人性的道德的呈现方式有很多种,但诗的道德要求则只能回到诗本身加以确定。而且人们还应该明白的一点是:诗歌的道德要求从诗本身的角度来讲,更多的是一种话语方式,在它的内里隐含着技术意味的构成诗的方法。也就是说,它的道德建立在词语的审美合理性基础之上。"①

诗歌有特殊的说话方式,需要得到应有的尊重是一个方面,因为普泛性的道德表达,可以用散文、悼词和通讯等形式,但不太正常的是,用诗艺和道德相抗衡的方式来排斥道德,却暴露了它的狭隘性,把诗抽空成所谓词语的审美合理性,这是一种并不新鲜的审美形而上学。

在此层面看,西默斯·希尼的诗歌构想更富于启迪。他在一系列文章中均强调,诗歌应处理好见证迫切的现实(政治)和营造愉悦的音响、节奏之间的关系,单纯的技艺是可以习得的东西,"它可以不顾情感与自我而展开",因而,值得肯定的诗歌探索应从"简单的获取令人满意的图像"转到"探寻适合于我们境遇的意象和象征"。为了包容现实的复杂性,他舍技艺而取技巧的定义:

> 技巧,如我所定义的,不仅关系诗人处理文字的方式,他对音步、节奏和语言结构的安排,而且关系到他对生活态度的定义,他自身现实的定义。它也关系到对走出他通常的认识界限并冲击无法言喻的事物的方法的发现:介于记忆和经验中的情感根源与在艺术作品中表达这些形式手法之间的一种能动的警觉。技巧把你的感知音调和思想的基本模式的水印传入你诗行的笔触与质地;这是脑力与体力把经验的意义纳入形式的辖区之内的整个创造性的努力。②

希尼用技巧来涵纳技艺,为了有效地包容经验,这可以视为对单边主义的审美形而上学的否弃,更进一步说,在希尼看来,有作为的诗歌本应

---

① 孙文波:《诗的道德——写在汶川地震之后》,《诗歌与人·汶川地震诗歌写作反思与研究》(总第 20 期)。
② 希尼:《进入文字的情感》,《希尼诗文集》,作家出版社,2001,第 258 页。

是经验与技艺相互塑造的结果,也即"情感根源"与"形式手法"之间能动的结果。

当然,将现实经验与形式技艺一炉冶之的诗学理想有相当难度,希尼本人也未能始终如一地贯彻下来。按照海伦·文德勒的说法,希尼有时摇摆于"见证的迫切性和愉悦的迫切性之间",而未能总是使见证与愉悦处于平衡之中。①

三 审慎的展望:求取艰难的平衡

"地震诗歌"的确存在这样那样的问题,许多诗有似曾相识的结构和辞令,它们裹挟的道德目的论的意识形态可谓强大、顽固,时常挤压了对诗的本位问题的关注,用审美主义的态度亦可轻易地对其展开批判。问题的复杂性在于,此种诗歌写作现象一方面暴露了抒情机制的问题;另一方面也给诗歌写作者和评论家提出了崭新的课题——作为一个如此集中、尖锐的公共问题(面临重大的群体性灾难事件时,道德不只是信念的问题,本质上更是实践的问题),无论是题材的切身性还是诗人开放自我意识的必要性,它在近三十年的诗歌写作中尚无先例可以援引。也就是说,这是当代汉语诗歌面临的新经验。任何一种自整个新诗史归纳成的审美参照,如果落实到新的经验领域,也许都有其相对性。

建构诗歌评价机制的步骤或许应恰当而必要地颠倒,即引入经验主义的维度。阿多诺在谈到艺术与社会之间的动态关系时认为,"艺术并非是靠一种永恒的概念范畴被一次性界定的",因为"超美学"(extra-aesthetic)或"前美学"(pre-aesthetic)的原则是一种闭抑意识开放性的倾向:

> 这种倾向是极端落后的标志,或者是许多人意识退化的标志。另一方面,无可否认,这种倾向受到艺术本身中某些东西的激励。如果

---

① 海伦·文德勒:《在见证的迫切性与愉悦的迫切性之间徘徊》,《见证与愉悦》,黄灿然译,百花文艺出版社,1999,第166~179页。

从审美角度来严格地感知艺术，那么，人们便不可能妥切地感知到艺术。艺术家务必在其自己体验的前景中感受到经验主义一方的存在，以便能够升华自己的体验，这样一来，会使自己摆脱内容的限制，与此同时，还可使艺术的自为存在（being-for-itself）免于变成对世界完全淡漠或麻木不仁的东西。①

他的真知灼见是，艺术中心主义幻觉极易遮蔽经验的启发性，艺术的自主性很大程度上取决于可变动的艺术感知和新鲜、复杂的经验之间的互动，经验激发着艺术变更观察世界的方式，艺术同时也以相应的变更在艺术之内对经验予以塑造。

阿多诺在此用经验主义而非形而上学的玄思彰显艺术观念，在当代汉语诗歌中也有类似的表达。西川在一篇反思自己的"纯诗"立场的文章中说："当历史强行进入我的视野，使我意识到我从前的写作可能有不道德的成分，我不得不就近观看，我的象征主义、古典主义主义的文化立场面临着修正。"② 值得注意的地方是，西川说"强行进入"，强调的是经验现实对观念意识的冲击，或者说，观念意识的调整是为了因应经验现实的变化。

无论阿多诺还是西川，均强调审美意识调整时经验的源头性作用，与此相反，有意抹去或遮蔽经验的位置，甚至干脆否定经验的可变性与新鲜性，则显示了极端保守和狭隘的一面。因为固守文学上的古典主义，艾略特即使注意到艺术与外部世界不可分割的联系时，他保守的、排他的立场也表露无遗：一方面，他认为，"我以为我们所失去的和一直努力争取的，就是这一点：承认诗除了对少数有鉴赏力的人来说是绝妙的愉快之外，还是某种别的东西——还是具有社会价值的功能的某种别的东西。诗人必须担负起道德家的任务，这样一来就必须表明他对社会的关系"。另一方面，他又对介入外部世界、参与社会表示拒绝，"一个变化莫测的时代，一个

---

① 阿多诺：《美学理论》，王柯平译，四川人民出版社，1998，第10页。
② 西川：《大意如此·自序》，湖南人民出版社，1997。

经常恐惧战争的时期,是不能形成有利的环境的。现在有这样一种诱惑:为改变而欢迎改变,把我们的心灵沉溺在某种不顾死活的行动的哲学中。"① 因为外部的、当代的世界是不确定和不可靠的,在艾略特看来,文学不仅要向后看,而且要向内转,要坚持所谓的"永恒要素"。

但是,如何让诗与外部世界的关系保持开放呢?叶芝的构想值得重视。他在一篇题为《何为"大众诗"》的文章中提到,如何在大众的语言和诗人不变的语言,即公众话语和私人话语之间建立起紧密的关联:"没有任何家学渊源,办公室的人们也已创生一种新的风格、一种新的艺术了,并将它们表现于茅屋和城堡之间,也表现于茅屋和修道院之间,在此之前,可以肯定的是:大众的艺术与文人的艺术紧密相联,正如大众的语言与诗人不变的语言紧密相联,大众也会欣喜于生动的节奏、习语和意象,以及充满朦胧暗示的措词。"② 需要指出的,叶芝强调文人(诗人)对大众语言(公共话语)的呈现与把握虽有强大的民族国家想象的诉求,但他的启发性却是,在题材、思想和形式、结构之间,有必要构设起题材的公共性和表现的个人性之间的平衡。

四 余论

"地震诗歌"的写作及其争论,它的意义远不是简单肯定或否定,其蕴含的诗学问题还可进一步估计和挖掘。固然像一些人以写不写"地震诗"为由来判定一个诗人是否道德,这种论调武断而危险,但是,动辄祭起美学是诗最大的、甚至惟一的道德的大旗,其保守面目也不可轻忽。这种保守性可以在既往的美学谱系中找到其话语模式的归属。

在一篇影响深远的现代主义美学论文中,奥尔特加·加塞特为了给现代主义张目,在19世纪和20世纪的艺术之间他划出断裂的界线,认为20

---

① 艾略特:《文学与现代世界》,伍蠡甫主编《西方古今文论选》,复旦大学出版社,1984,第453~454页。
② 叶芝:《何为"大众诗"》,《叶芝文集卷三·随时间而来的智慧》,王家新编选,东方出版社,1996,第174页。

世纪的艺术和"对世界现状的责任"之间是无缘的:"今天的艺术家一定会很吃惊,如果他被委以如此重大的使命,被迫在自己的作品中探讨这些问题的话。"在他看来,人们遭遇的是"非人化"的艺术,20 世纪的艺术是"注定反讽"的,因为"负载着'人性'的艺术已变得和生活一样沉重",① 这种论调极易扩张一种独断主义的艺术自治观念,它的源流体现在 19 世纪中后期以来现代主义观念的强劲伸张和影响中。按照欧文·豪的梳理:"现代主义文学的新的审美标准——表现力,取代了传统的审美标准——统一性;或者说得更确切些,它甚至为了粗糙的、片段的表现力而降低统一性的审美价值。"②

固然,包括汉语诗歌在内的 20 世纪诗歌均在现代主义的孵育下成长,其杰出者也有力超越了机械反映论的美学论调,走向了语言和形式的经营,打开了丰富的文学感觉,但是,如果仅以纯美学的一端为据作义无反顾地深入,则必然从专注走向专制。马拉美之所以耸人听闻地以"艺术的异端:为所有人的艺术"为题,是因为他可贵地坚持诗之为诗的语言探险的同时,又可悲地撕裂了诗和外部世界的联系:"教育在民众中进行,宏大的理论将四处传播,努力做到,如果要通俗化,那是善的通俗化,而不是艺术的通俗化。"③

在今日警惕以现代主义为宗的观念可能的狭隘性,或许有特别重要的意义。因为表面上看,这是公共传媒不断渗透到世人日常生活的时代,但也是更加私人化的时代。面对诸如地震这样的重大公共事件,旧有的诗歌观念应有所修正,作为人类话语领域内诸多实践之一的诗歌,应自觉地重新审视诗的个体性和公共性之间的关系。这或许也是麦克里希 70 年前在《诗与公众世界》中所梦想的,在魏尔伦、马拉美、艾略特等人"文学的

---

① 奥尔特加·伊·加塞特:《艺术的非人化》,《激进的美学锋芒》,周宪译,人民大学出版社,2003,第 141 页。
② 欧文·豪:《现代主义的概念》,《现代主义文学研究》(上),中国社会科学出版社,1989,第 189 页。
③ 马拉美:《艺术的异端:为所有人的艺术》,潞潞主编《准则与尺度:外国著名诗人文论》,北京出版社,2003,第 58 页,。

叛变"的丰功伟绩的基础上,"现代诗"应该勇敢且以成功的方式吸纳当代现实,"要用归依和依凭的态度将我们这样的经验写出来,使人认识,必需那种负责任的、担危险的语言,那种表示接受和信仰的语言。"①

在难以祛魅的世界理解经验、语言和现实*
——论刘洁岷的诗

一 有待确认的写作

二十余年的写作历程中,诗人刘洁岷交付出的美学构制既令人惊讶更让人激动。这种写作不是灵感论的在秘密的实验室等待难得的巧智,也不是独断论的在"影响的焦虑"中和写作本身展开绝望的对决,它蕴涵的命题比上述表现来得更为自知自觉、首尾一贯。诗人比任何时候都清醒,他的书写目标既不能按惯习在老套的诗歌史规划中各就各位,在决定论的格式中非自主性地修葺探索的锋芒,也难以获得某种可疑的美学自治性,它必须且仅仅以丰富语言的名义去探测、触及和把握这个世界,并体认诗歌的可能与限度。为此,我们看到,他令人难忘地伸张了当下诗歌写作的本义,在马克斯·韦伯所言的"祛魅"时代,诗始终面对的是一个难以"祛魅"的世界,在它的外部和内部组织自己的经验、语言和现实,为诗这种"软体组织"奠定几经争议和调适的基本写作伦理,这可谓他的诗歌写作的核心。我们还将看到,他的写作以值得期许的方式和诗歌史构成了富于对话性和开放性的关联,一些症结性的议题,如现实的非透明性、自我的多元性、形式的自律与他律等问题,有望从新的角度得到更有效的诊断,这可谓他的诗歌史意义。

---

① 麦克里希:《诗与公众世界》,转引自《朱自清全集·2》,江苏教育出版社,1996,第423页。
* 本文系国家社科基金项目"新诗观念史上的关键词谱系研究"(基金号:11ZWC059)的阶段性成果。

然而，对于这种写作类型，现今可资借鉴和挪用的批评话语却显得捉襟见肘。内中的缘由是，一方面，批评话语本质上是后设的，它难以企及正在展开并最终将改变前者的探索性极为昭著的写作；另一方面，它深刻地受制于强大的诗歌史预期，在今日的理论气候里，一些批评话语甚至成了诗歌史权力的应声虫。就后一种情形而言，毋庸置疑，诗歌史几乎形成了根深蒂固的模式，以保证向某个中心聚集的甄别体系不致分崩离析，最终形成能自我确证、调度和衍变的评判规则，它必得以不无隐秘的连贯性和内在一致性去剪裁有损自身稳定的诗歌现象和诗歌现实。它乐于表征的是，在诗潮更迭中体现有序的代际性，从一种风格到另一种风格的过渡中勾勒出可辨识的起承转合。在自我推断的诗歌史区位中，这类批评话语当然难以完成必要且基本的反拨，以抵制诗歌史独断专行的方向。

这意味着我们的批评将面临双重的困难，既要在"不足"的批评话语中预先确立自己的规则，一如康德以先验原理对"认识何以可能"所作的预先推定，质疑一意孤行的独断主义，同时怀疑彻底的怀疑论者，以便切实地开放对象，又要在借用诗歌史的描述框架时保持谱系学的反思，以适度地、有张力地出入和修正诗歌史的门径，进而命意出一种批评加入到诗歌史的表述方式。这种既非被决定亦非自我决定的写作，对它的总结因而更显紧迫。考虑到已具一定长度的写作生涯中形成的"范式"或继续深化或走向转折的可能，它的待定性也更显突出。

从创作年代学的角度看，二十余年的写作实践正是恰如其分的考察区间。它不算太短，一个诗人具有禀赋且足够勤奋的话，他已在各种实验中阅尽刺激、陷阱和游移不定，对可能和局限均成竹在胸。它也不算太长，写作惯性的惰习尚未大范围滋生（我以为在非总体性写作的时代，已经不太可能如歌德那样，可以在漫长的时间中累积有益于自己的资历，而后为集大成的作品添砖加瓦）。当然，对二十余年的写作成果进行总结，并不是说诗人已一劳永逸地写尽了诗歌。因为显而易见的是，写作本质上处于未完成的状态，但作为基本的美学构制业已大体展现、铺开的写作，诗人接下来的主要使命无疑是，在现有的令人期待的美学构思中，对未竟的探索予以推进。可以断言,一俟这种使命得以完成,诗人要么在既有的基础上加富增华,一如里尔克心无旁骛地深化,而后达到一种写作类型的顶峰,要么另起炉灶,重新定制自己的任务,一如庞德进行的腾挪,不断拓展新的可能。在刘洁岷这里,我们愿意不无冒险地推测,诗人既不像里尔克那么自信,后者有支撑继续深入的形而上学动力(譬如宗教信仰、对捕获物性的迷恋等),诗人也不像庞德那么天真,其时正在充分展开的现代主义依然鲜活,未知的疆域还在远处殷殷召唤着后者,而刘洁岷本质上是有限度的怀疑主义者,他要在谨慎的试探中确定可确定的部分,并把写作处理成既是内部的也是外部的语言与现实之间的相互举证。

二 不确定的世界与抵近它的跨径

很大程度上,刘洁岷的诗显得复杂但绝不晦涩。这是因为,晦涩是对语言的误识和误用,根子上出自盲目的自发主义,而复杂则是对表象方式的自觉选择。他的《刘洁岷诗选》(长江文艺出版社,2007,以下所引篇目均出自这部集子)约略收集了自1991~2006年间的重要作品。其中既没有特别吸引眼球的题材,均是人们耳熟能详的一类东西,不外乎是童年经验、一些相当平凡的人和事,也鲜有崇高的或者悲剧性体验的主题,当然也没有刻意营造的优雅、唯美之表现等等。这意味着,从题材或主题考量诗人几乎毫无意义。更内里的启示是,这是真正"现代"的诗歌(我愿意在写作的本质这一层面使用现代一词),而不是任何一种残留在题材决定论中的写作,诗人不再有题材或主题上的焦虑,不再如许多人恐慌于题材太窄、主题太旧,后者幻觉地以为,写作乃是对某种柏拉图式理念的绝对追寻。刘洁岷因而并不惮于重写看似了无新意的题材,对他而言,重要的不是与自我、与他人在题材上的交叠,而在于题材的表象。

人们有理由追问,这些日常化的、不起眼的人和事如何筑起作品的复杂面相呢?我以为,这首先源自诗人颇费思量的观物立场,他在非透明的视域中审视诗所关联的经验和现实。将对象非透明化,是为了把厚茧(常识和误识之茧)层层包裹之下的人和事重新投掷到语言的光亮中。就此而言,他既是经验的神秘主义者,又是语言的启蒙主义者,但难得之处还在于,诗人将语言上的自觉与必要的怀疑主义相牵连,使得作为诗之媒介和肉身的语言既可以仰赖又应当节制。

明了这一点,就能理解,诗人为何乐于以迂回的方式贴近他的对象,它常常体现为跨度。譬如《诗选》第一首《我记得我》,四节八行:

> 我记得我,是
> 世上最爱好学习的小学生
>
> 如果不是那年夏天裸泳时
> 被闪电击中
>
> 不要触碰蛇和壁虎
> 也不要跟很老的老人说再见
>
> 我谈到爸爸,爸爸谈到奶奶
> 常常去唱戏的地方

从中看不到第一节似乎已确定无疑的判断(它是判断句式)获得同向度的延伸,却转向了第二节的假设句式和第三节的否定句式,更耐人寻味的是,诗的结尾也不符合起承转合的"逻辑",以完成某种递进或者转折的"合题"。整首诗的进路最终荡开至与"学习"既隐秘又松散关联的神秘事物"唱戏"(包括某个天际突如其来的"闪电"、被禁忌约束的事物和话语,无一不是神秘的),然而,它的明确主线似乎是通过"学习""廓清迷雾"("学习"是为了祛除传说、蒙昧),却与疑问重重的偶然、命定勾连起来,说到底,这是并置的而非直线推进的致思方式,在开头的解答("学习"的本义是释疑解惑)与随后的思忖(这些人事难以置疑也难以置信)之间回环。惟其如此,一个如此微不足道的童年经验(下文将以不

附论一 诗歌"言说方式"的当代议题

同方式触及和讨论这首诗已呈现出的特质)就变成了沉浸其中的迷醉(走神?),将这种与惯常的书写迥然不同的诗语编排方式(对峙性的差异如此明显,以致可以视为一种美学挑衅)放在诗集的起端,让人有理由期待,诗人必会首先承认世界的神秘性,而后通过语言测度出抵近它的跨径,最终对其作可能的敞开。

在此角度看,刘洁岷也是一名世界观的循环论者,否则就难以理喻,诗人何以被诸种经验反复环绕。这驱使他进行迷宫式地掘进和摸索,并在主体性层面,意欲从困惑-求解-困惑中建构起诗歌致思世界的辩证法,以便和锁闭的世界图景展开周旋。为此,我们得以目睹充斥于鸿蒙(它是世界原初的事态)与开化(它是不断要求进入的吁求和动力)之间的不间断运动,它可以被形象地表述为诗人写作时的矛盾心律:持守在神秘状态(未经打开之前当然是神秘的)中的世界能够在何种程度上被主体叩开,而当他又宿命般地认识到担当世界之问讯者的自我终究无法自外于世界时,一种诗学只能在犹疑不决中建构,在非透明的世界面前作有限的探视和俯身,而后瞥见有限的透明性。我以为,设置于惑和解之间的往复摆荡,应当视为诗人的根本美学意识。

惟其诗人深刻体会到并努力营构着犹疑不决的诗学,他才会以现象学式的倒转将世界置入"括号"——作为题材的对象在每一次书写之前均未被探及,更未被透明化,它们总是期待着在悬搁中开始"重新"开放之旅,诗人因此毫不犹豫地一次次回溯和打量,把它们作为"源头",譬如童年经验。这令人想起被目为"现代艺术之父"的画家塞尚,梅洛-庞蒂正确地指出他在重重疑惑中步步为营地趋近确实性,通过一遍又一遍地涂抹其家乡普罗旺斯的"圣维克多山",将坚定、质感渐次铺上飘忽不定的画布。① 在刘洁岷这里,童年经验就成了"保鲜"的、待推定的事物需要

---

① 梅洛-庞蒂:《塞尚的疑惑》,《眼与心》,刘韵涵译,中国社会科学出版社,1992,第40~62页。在是文中,庞蒂如是表彰:"(塞尚的画)让我们忘却了那些模棱两可的外表,而是透过它们直接达到它们所代表的事物。画家重新获得并恰到好处地将一些东西转化成了可见之物,这些东西,如果没有画家,仍将锁闭在脱离意识的生命之中。……这是独一无二的抒情诗,永远关于重新开始的存在的抒情诗。"

从各个角度不断估测。这就是为什么,我也愿意将他看作新诗史上对童年经验开掘最深且广的诗人,更进一步说,他是对经验本身的待定性保持高度敏感和警惕的诗人(这一点上,较之宣称不断开辟题材疆域的人,他有着殊为难得的清醒)。即便稍加留意诗题亦可发现,童年经验大面积地漂流或潜隐于不胜枚举的作品中,如《玉芬姑姑的快照》《父母带回了孩子们不喜欢的玩具》《怀念小时候给我讲〈水浒〉现不知所终的三爷》《二爹私奔》《渔薪老屋》等,此中还包括他的重要组诗《在蚂蚁的阴影下》(这首诗如此重要,它还会被一而再,再而三地提到)。热衷于叩问童年经验,它的重要性甚至在《父亲来到我们中间》《新糖果店》《电动熊》等关涉面较为遥远的作品中也表露无遗(玩具、糖果、电动熊是童年记忆的显要标志)。当然,童年经验远不像童话诗人所幻想或童话诗所勾写得那么纯净,它或纯粹、混杂或甜蜜、刺痛,但是,这些"性状"均不构成他的宾词,毋宁说,经验作为一种可靠的(这里依然就源头的意义而言)的基座,只是供他沉思和反观,供他在当下与过去、自我与物象之间搭建起仍将被不断加工、补充和调整的跨度。尤为重要的,诗人更在意从易板结的经验中挽留新鲜的、引人惊异的成分。这也令人想起亚里士多德所总结的,哲学起于惊异。的确,尽管哲学和诗在过程和方式上各异,但目标同一,均是追寻一个有待理解的世界。毫无疑问,诗也起于惊异。就诗学方式而言,惊异的发现显然不能如素材主义者理解的那样,可以从中自发流溢出来,它急迫地期待主体和自我的重新设置,以完成物我之间意味深长的展望。

三 互为打量的自我与世界

在浪漫主义的写作谱系里,自我要么作为品格的显影液被高度道德化地使用,要么作为动力系统妄图干净利落地敲开世界的硬壳,两种情形其实都落入了乐观主义的陷阱。倘若更深入地考察自我关涉的书写机制,潜藏它们身后的无疑又是机会主义的诗歌观念。自我作为诗学症结性的问题之一盘结日久,任何轻便问道的企图,都将遇上重重困难,对它的理解仍旧歧见迭出。有待清理的核心问题是，自我能自我征显吗？在指证世界的过程中自我是绝对的根源，还是有待激活的中介之一且与世界构成双向探求的过程呢？

需要预先限定的是，诗学的自我既不是弗洛伊德的也不是拉康的，它是构筑健全主体性的意图和表现，目的是开放出自我的多面性而非自我的阴暗面，这是迄今仍未受到足够重视的实践。内中的原因极为复杂，既有被误识的浪漫主义的余波造成的戒备，仿佛自我早已是被耗尽的能指，也有被现代性特质之一的阴郁深刻压抑的惯性，仿佛自我惟有在最为决绝的否定的辩证法监视下，才可能劫后重生，这使得重新探讨自我的愿望变得疑窦丛生，以致付诸阙如。在更切近的背景下，新诗史中的自我也曾以不同频次闪现在一波又一波的诗潮荧屏上。最初可能是郭沫若，自信、夸饰、绝对的自我在膨胀中成了"天狗"（《天狗》每一行均以"我"驱使着决绝的行动，这当然是充满幻觉的行动之诗），随后自我在左翼的消声器中变得规矩，在意识形态的规训下与直指透明性的现实诉求若合符节，再后来则是，在强大的压抑机制鞭长莫及之处，穆旦几乎颠覆性地发现（而非发明）了矛盾重重的自我，他的《我》《在旷野上》《诗八章》等即是明证，不过甄别自我的机缘（当然也需要天才）很快被政治体制的转换和一体化的铁幕阻隔，直到最近三十余年可能性才被重新打开。然而，约略回顾即可发现，自我遭到了新的压制与轻视，在诗歌写作自设的幻觉和文化思潮推波助澜的蛊惑下，它几乎被再度抛回到不起眼的角落，取而代之的中心是，要么以彻底形式主义的名义玩弄着面容可疑的、被客体化圈禁的语言，要么在"现世化"的道德高度挥舞着并不新鲜的及物性旗帜，最终为物所役。将后一种情形放在更大的视域中看，它与正在展开的趣味机制的简化行动（我指的是和最近二十年的诗歌写作似乎相去万里的"日常生活审美化"，它仍在延续，尽管"日常生活审美化"表面上是外观的转换，内里却是康德所言的"反思性判断力"被粗暴地移除，这意味着主体性遭到了有效阉割）如出一辙。在此气候中，自我的探索往往变成了多少有些畏首畏尾、谨小慎微的试探。

源于上述判断，我以为，刘洁岷对自我的打磨和估量不仅贯穿始终，而且，他将自我的问题在书写实践中处理为高度的诗学自觉。如果说，在非透明性中犹疑不决地打量世界是诗人的"世界观"，那么，自我则成了他精心布设的"言说方式"的基本探测器，在与世界的摩擦中进一步显现为诗的独特肌理和组织。自我从根本上被发展为一种与世界之间互为勘探的机制，并转渡为诗的语言。它质疑了如下幻觉，无论是形式主义将语言绝对化，还是物质主义将语言直接化，均要经受自我这个关口的检阅与重置，否则，任何一种"世界观"都将是可疑的，世界将绝对地滞留在锁闭中。就此而言，诗人对自我的探索打开了诗学建构的另一种可能，它的意义怎么强调都不过分。人们将会看到，诗人组构多面性自我的过程其实就是"语言涉险"的过程，既是自我进行或确证或质疑的结果，也是诗作为一种建筑术的反映（后一种维面留待下文探讨）。

　　对诗人来说，自我是多重的能指，而非为物所役中被指派的所指。这意味着它的可能性有待开掘，尽管从精神状态的角度，它的"多少"极难加以确定，但可确定的是，自我与诗所能呈现的世界之内在境域是同根茁生、同灯熄灭的。譬如《自我的信函》一诗，分别以长信、短函、贺卡的形式对"自我"进行"戏仿"，令人感兴趣的是，"我"始终言之凿凿，不仅有非常到位的"精确"，而且有不厌其详的"铺叙"，但最终并不能保证确定性。诗的第一节云：

> 我曾写下过一封长长的长信
> 用挂号寄出，那封信
> 是在一座有着八百万人口的城市里写下的
> 落款后我如释重负，我知道
> 我的一生已永远少了点什么

　　其间既有寄信的方式（挂号）、寄信的环境（八百万人口的城市）、寄信的目的（落款）的详述，也有不可或缺的起到强化作用的强调性短语

"长长的""永远",表面上看,它非常确切,但是,"我知道""我亲眼"(第二节)、"发了病"(第三节)、"误了点"(第四节)这些与感觉密切相关的确定,在流水般的记录(在此是中性化地使用记录一词)中分别变成了不确定与确定,不确定的是不知所终的长信和短函,确定的是"被揉作一团/退回"的贺卡。更深入地看,三种戏仿(从时间上推测,应分别为少年或青年、中年和老年,因为第三节云"我已近老年")在过程上强烈地征显为如下关系:确凿的行动(长信和短函均是一系列和寄发有关的动作)对应着不确切的内涵,而不确切的情绪("看月亮"作为一种情绪意味着什么?和思乡有关,还是和别的伤感有关?这并非不言自明)对应着确切的结果(贺卡最后被退回了)。精心编织的这首诗令人信服地证明了,一方面,自我(从望文生义的角度,这首诗当然可以理解为寄发信函的单纯的事实,指向他人,但更应该理解为在想象中对自我的追寻)的最终分层,是在撬开某个似是而非的事件所内含的世界时得以实现的,这源自世界本身的丰富性对自我的分疏;另一方面,世界不被看作单纯的事件性(譬如寄发信函作为一个行动),同样需要借助多层次的自我予以推定、生成和敞开。

这种机制也体现在《在蚂蚁的阴影下》中,它有两个鲜明的特点。第一,作为总题的"在蚂蚁的阴影下"表面上非常确切,似乎指涉的是本义的阴影,但是,随着它的层层剥开(尽管它是组诗,但并非叠床架屋,而是平行粘连),此阴影与其说是压抑人的某种记忆,不如说,是呵护进而激发自我的有着温暖色调的"荫护",它宛若一片荫凉,洒上那个(或许多个)正在东张西望地重新拟设自己的身段、区间和时刻的自我,让自我得以从容地随其宛转,而后生发更多的体悟。第二,每首诗的标题都取自第一行的第一个词,这让人想起李商隐著名的无题诗。后者的"相见时难别亦难"名为"相见"无不可,"昨夜星辰昨夜风"名为"昨夜"亦无不可。但是,譬如《在蚂蚁的阴影下》之第一首"那个"(就词义来说它甚至是不完整的)能说明什么呢?这种确切与不确切之间的张力如此微妙,以致人们难以轻忽自我与"阴影"之间充满多义的相互探望。《那个》如下:

> 那个给彩陶和皮影喂食的
> 使我记起一个人，他
>
> 以井观天，以云和雀鸟
> 掐算静静湖泊
>
> 蚂蚁在湖泊上沙沙爬行，爬行
> 爬向一只
> 比它稍小一点的蚂蚁

从"那个给彩陶和皮影喂食的人"（原诗有意省略了"人"）到寻思着的"我"，进而勾连"我记起"的"他"，这是三个不同的"人"还是一分为三的"我"并不确切，但确切的是（最后一节的三个"爬"无疑是一种强化，对确定的强化），它指向了由蚂蚁所勾连（还可以指出的是，三个诗节中的三个词"记""观""爬"无论从空间形式还是动作指向亦是向确切靠拢）的这些不甚确切的人。试想倘若不是以不无含混的"人"（从祈向上说，他永恒地期待着确定）去"记"、去"观"，那种如心尖爬行的感觉如何呈现？反之亦然，倘若没有尚待深入的世界（在此它是蚂蚁无边的阴影），如何去照拂各行其道的观感？为此人们将会进一步看到，正是在自我与世界之间的相互打量中，诗从形态、结构诸方面就显现为诗的建筑术问题。

四　内化的形式与换喻的结构

如果仅仅以流行的诗的类型学作为参照系，刘洁岷的诗将难以有效归位。大体上，自由诗格式一枝独秀于他的诗歌版图，但是，作为过于粗疏和外围的分类，自由诗/格律诗预设的格式差异毫无意义。实际上，整部《诗选》的形式建制应当作更内在的理解，绝非只是声调和排列的问题。尽管一方面诗歌的形式感一如康德的先天直观形式的能力与生俱来，并作为自我调适的运动意欲规律性地捕获诗的语感和意义流（在我看来后者在诗人的写作中更为根本），但另一方面也是更重要的，形式感被转移或者内化了，譬如将组诗处理成放大的诗节排列。诗人常常在比较宽泛的格式意义上进行不胜枚举的建节实践（我以为随着现代写作探索的深入，建行与格律绝不再是诗歌体式的第一位问题，倒是作为节制和传输意义的建节问题更值得重视，后者的规则与不规则性，和诗采取明晰化与混杂化的致思路径密切相关，而这是诗假以形式分析时的重点），既有均衡的以2行、3行、4行、5行、6行在不同诗篇中分别建节的相当整饬的作品，亦有通篇不分节且全诗超过40行的作品，还有更多毫无建节规律的作品。这是不胜枚举的。譬如《热线电话》是14542的排列，《阐释》是4454的排列，《街》是24416142的排列，《无论何时，无论何方》是456664332363的排列。对此作一宽泛且难以概括中心点的梳理，是为了更好地突出追求内在形式感的诗学意义，说到底这是诗之建造术问题。可以断定，诗人对具备明显形式标志的诗体建造并不热心，像许多人竞相尝试的十四行诗（在汉语诗歌和西方诗歌主要是英语诗歌之间的一种至为暧昧的关系即是对十四行诗的移植和变体）在《诗选》中杳无痕迹，影响巨大的诗体的绝迹，是无意的疏忽还是源于定型化诗体与不定的世界之间的扞格而有意放弃？

形式与"内容"之间难以协调的根源和现代世界本身的杂交性、混融性与碎片化有关，但对于信奉对称、比例和有机性的古典主义者，设若看到今日艺术表现出的形式上的破碎感，必定感到异常震惊乃至愤怒。事实上，就美学背景而言，近世以来的艺术实践几乎无可逆转地跌入到了如下境遇之中，即源自黑格尔提出的、至今仍在考验着人们的重大命题——艺术的终结。[1] 这是一个极易引致争论和误解的论断。值得注意的是，黑格尔在形式和理念之间架构起了内部和外部的双重辩证法（普遍的美学史和

---

[1] 黑格尔曾如此感叹："但是到了完满的内容完满地表现于艺术形象了，朝更远地方瞭望的心灵就要摆脱这种客体性相而转回到它的内心生活。这样一个时期就是我们的现在。我们尽管可以希望艺术还会蒸蒸日上，日趋于完善，但是艺术的形式已不复是心灵的最高需要了。"（《美学》第一卷，朱光潜译，商务印书馆，1997，第131~132页）

艺术观念史往往有局限地从外部即艺术类型的演进或者内部即某一艺术类型的凝定之单一维面简化了黑格尔）。就内部而言，古典型艺术的形式和理念之间谐和一致，体现了难得的平衡，此中形式和理念相互致敬，但是在象征型和浪漫型的艺术中，形式和理念之间是不平衡的，尤其在近代以来勃兴的浪漫型艺术中，理念压倒（压碎？）了形式，以致形式支离破碎。源于此的追问就再自然不过了：诗的构型去往何方？在无形式的境遇中能否一往无前地深入？没有形式的保证，理念如何申说自己？然而，从形式与理念的外部辩证看，在黑格尔所言的"艺术为哲学取代"的合题之外，尚待补足一个属于艺术本身的合题（这是黑格尔未及或者不愿予以申说的），即形式与理念媾和于不平衡的平衡中，并视之为艺术终结之后的常态，它当然不是古典型艺术的再生，而是在波德莱尔勾勒现代绘画的气质时所言的永恒与短暂、凝定与破格之间的张力基础上的建构，否则既难以测度出黑格尔之后的艺术实践为何普遍地与有机论的形式渐行渐远，以致另起炉灶，也难以理解这些实践无一不是走上了艺术和现代（性）互为证言的道路，尽管方式各异。

  在诗的建造术的向度上，诗人自觉地呼应了这种合题的吁求，以纷繁的实践（实验？）承载起将形式内化的追求。他既不玩弄先验主义，没有某几种烂熟的格式足以保证世界的显形，也不玩弄抽象主义，没有哪种崇高或卑微的情思可以自我流露，因而他绝不是古典主义和浪漫主义的，在血缘上，他义无反顾地重新设定了自己的写作系谱，并将之置于有机性和自足性之外。然而，如何伸展诗的形制是它矛盾重重的任务，因为显而易见的，虽然诗已被确诊为非圆转、非有机的形式，原先以"图式"框定世界的幻觉就被颠倒过来，成了以世界召唤"图式"的新进路，但世界漂游在语言的视域，借此才能亮出色相，诗仍旧面临形体学的问题。

  一方面是形式的内化，另一方面是新的形体学的展望，这将是考量现代诗人炼制诗之新形式的核心。在刘洁岷这里，全新的诗学设计成功地贯注于一系列极具探索性的组诗中，包括《在蚂蚁的阴影下》《显山露水》《散落的节气》《前往宏村》《桥》等篇什。可以看到，作为宏大叙事的史诗性品格业已被抛弃，诗人即便在颇有长度的组诗中也力避总体性的企图（现代文学观念过于狭隘地认为，惟有小说才追求总体性，事实上，短小的诗也可以追求总体性，譬如艾青的《雪落在中国的土地上》）。例如篇幅中等的《桥》（它的组诗是无标题的，本质上与上文已论及的《在蚂蚁的阴影下》一致），共计17组，组与组之间无明显的承袭——有一定长度的诗之必要的起承转合机制已然涣散，但有趣的又是，几乎每一组均紧紧环绕着"桥"的物象，一如《在蚂蚁的阴影下》"蚂蚁"不离须臾。这种"松散-紧致"的巧妙组合意味着什么？"桥"作为引渡之物为何成了需要一定距离才能倾听和接近（第16组"但只要离开那桥足够的远，就能／听到自己光着小脚丫在桥面／跑来跑去的声音"）的对象？为何"桥"不表现为套叠式的层架，却像是盘子中似无若有地联络着的散居各处的珠子，内中作为个体的珠子再无主次和高下之分，而是在中心之外分别倾诉自己？就诗的精神气质而言，去总体性和怀疑主义的世界观有关，在更内里的层面，则是对围绕词语的技术作决绝推进的诗歌传统有意识的造反，将诗的重心转向了句群的构成。以句群为中心，绝不只是诗的篇幅容量的扩大，实际上是重新体认诗的观物方式。

人们一定惊讶于诗人对横的位移而非纵的深入的热爱，这使得偶然、切片、片段源源不断地涌入诗中，并给阅读带来挑战，中断与面的勾连远远重要于连续与点的集中。篇幅最可观的《在蚂蚁的阴影下》中，共计51组的作品几乎不能连缀着阅读（尽管像《显山露水》有时空秩序的安排，而《散落的节气》则是时序的排列，仿佛借此组诗间仍有清晰的关联，我仍旧认为，关联性之有无多寡的判断应作更内在的理解），因为它们的意义不是在连贯中分段给定的，而是拼贴粘连的。例如第41组和42组之间几乎没有丝毫"关联"：

41. 秋天

秋天结束了，一个人

一个暗中兜售蚂蚁的人，与他

寒碜的环境，渐渐地
一点儿一点儿地被冰和雪接纳

42. 你的
你的前妻高 159.76 厘米有 37413 根
披肩长发，净重为 48.72 千克

她的左眼右眼睫毛总计 326 根

你拿起一只浅棕色山蚂蚁，它有两根
灵活的触须和复眼，鼓鼓的
直径 0.11 厘米的鹅卵形肚子

《秋天》一如它的标题所暗示的，是一种气候、心理、情绪的转换，由"动"转换到"静"的闭合状态（兜售是一种"动"，而"冰和雪"则是一种与整体覆盖有关的"静"），而《你的》与其说顺接某种暗示，不如说是明示和白描，细致入微地将物象置于一种"打开"的状态，此外，与《秋天》只是物象的单线推进不同，《你的》是一种相当平衡、对称的双线照应（它在"你的前妻"和"山蚂蚁"之间建立对应）。紧邻的两组诗之间的差异的确处于松散关系中，但又统一于"蚂蚁"的意象和总题下，这就是为什么，我们将这类组诗名之为"松散-紧致"的组合。它们也暗示了，这种书写将不再在单一的向度上作无限深入，而是在不同的侧面作各自的敞开，由此走到了致思的广度。这令人想起现代绘画（时间上指的是马奈以来）与传统绘画（时间上指的是文艺复兴时期）的差别，后者必得借助透视（这是建基于数学尤其是几何原理基础上的视觉聚合规律，意味深长的是，嗣后的哲学几乎以相似的结构奋起直追，并在笛卡尔的手中成就为一种"洞穿"世界的全新的哲学）予以贯穿，为在二维空间看到三维的"整体",而前者忠实于平面性,所谓的毕加索式的"立体"在平面上(画布终归是约定好的二维空间)只能有错落、有距离甚至有歪曲地发生关联。

尽管诗与画的观物方式有异,但诗必须在语言视域中打开"视界"和发现,这仍然和"看到"相关。也只有在"看到"的层面,才能理解形体学在诗中的分量。诗歌传统中,词语的技术往往被切割成两种相互关涉性极为稀少的向度,一者向外拓展,成为节奏、韵律和排列的组合;一者向内掘进,成为象征系统的构造。后一种向度被俄苏形式主义者称作诗的语言的锻造,借用雅各布森的名文《隐喻和换喻的两极》中的著名划分(他的一大贡献是,用结构主义的方法抽象出语言的两种基本模式,他认为选择与替换能力体现了隐喻过程的相似性特点,与此相反,组合和结构能力则体现了换喻过程的毗连性特点),这种类型的诗可以归结为隐喻手法的使用和贯彻。值得注意的是,隐喻手法既是一种技术也是一种系统,它经常以对一个意象、一缕思绪进行深入挖掘以完成诗的致思,因而也被当作诗的根本动力机制,但很少视为一种隐秘的形体学,更少看成一种唯我论的形体学。然而,建立在相似性基础上的隐喻手法无疑是中心主义的,在语词的累积、交错和修辞的调拨、设计上,它与在绘画贯彻的透视法气息相通,不过以一条主线贯穿起来(有时这种诗的形式被比喻为"情绪的节奏")。表面上看,在形式内化的背景下,这种或许没有显性的、未必悦人耳目的形式和诗的形体学渐行渐远,但是,从集中和凝聚的角度,仍然应当视之为隐秘的形体学。问题在于,专注于点的深入的形体学终归是唯我论的,这也正如巴赫金所言的,"复调"小说的根本价值是有效反抗和颠覆了中心论与权威主义。

正是在此层面,刘洁岷的诗之形体学就体现了如下意义:他忠实于形式内化的要求与压力,但绝不把它处理为一种隐蔽的、仍有整体性保证的形体学,目的是击碎中心论的专制主义,不再像以隐喻系统的构制为宗的写作迷恋深度(它具有中心,本质上是对自性的迷恋,几乎偏执般地坚信,物象的内部而非周边有非一般的深度等待探及),而转向广度,因此,较之后者的透视与整体的方式，诗人常常采取横向和断面的方式组构诗篇。这更像是雅各布森所言的换喻，他寻找组合和结构中的毗连性而非隐喻的相似性。

以换喻手法结构诗篇，是一种剖面和宽度的拓展，它通过面的牵连有效地抵制了中心的沉溺，较之后者在自我指涉方面的掘进，这是与他者相关联的延展，本质上是对诗之空域的开放，实为德里达所言的意义的"播撒"。当然，换喻手法从诗的形体学层面看毕竟呈现为结构和系统，而诗所致思的世界不只表现丰富的面相，同样不可或缺的是，它内在的脉动、心跳必须具有"立场"，因为，显而易见，无原则的诗如果存在，也不过是一种修辞术的操练。这意味着，必须进入它的内部，才能夯实地基，而不致被意义系统的自我繁殖所淹没，这事关诗的形式建制过程中具体而微的动作和思的确实性。

五　诗的"姿势"与思的唯物主义

固然《诗选》中不少作品可以印证罗兰·巴特所言的"语言的欢乐"（这是毋庸置疑的，作为为数不多的进入世界的途径之一，语言编织的幻象令人着迷），但是，诗人并非语言上的享乐主义者，对他而言，存于语言中的世界不仅始终有待触碰、周旋和确认，在此向度上磨砺和仰赖诗的语言，而且或许同样重要的，他还清醒于语言的盲目、自大和唯心主义。两种表面上自相矛盾的认识，难分难解地缠绕于诗人的诸多文本中，这几乎可以视为任何具备充分写作自觉意识的艺术家内心不断回旋的二律背反，当语言义无反顾地究问世界时，又在世界的入口遭到盘诘，即作为承担者的语言可能的脆裂性和无根基性。这将是一种可靠的唯物主义的诗学追求，诗的语言在成为诗的织物和生命时既要高火熔炼也要淬火冷却，才能诚实并有的放矢地切入到梅洛-庞蒂形象名之的"世界之肉"中。

人们因此看到，诗人一方面以不断分层（分裂？）的自我和世界构成"交谈"的境域，织就各种色彩斑斓的诗之形制，说到底它们是凝定形态的外观；另一方面，在诗的过程上，加诸它们之上的是一些可以更精细分疏的力道和方式，这需要深入到诗人如何从语言的跳板上纵身起跃并表露（表演）为翻腾的"动作"进行把握。此时，怀疑主义的向心力和业已形式化的语言的离心运动（借用亚里士多德的说法，被贯注了形式因的事物自此就有了自足性与唯我论"意识"）之间相互交缠，——显现为诗的一系列意味深长的"姿势"（在这里，谁还能说姿势只是一个绘画中描述形体和性格的概念，诗中亦然，它体现为语势、语态和语流）。只有在这个层面，才能更全面地期待并且领会，诗人犹疑不决的诗学能否切实地与语言的独断论（作为一种不竭的形式冲动，语言进入诗之后总是不忘扩张其野心，这既是其能量也是其傲慢的根源）划开必要的距离，进而对后者隐秘的唯心主义予以清理。在我看来，诗人通过他的写作乐于坦承的是，对语言的"担忧"并非要回到原始而粗鄙的物质主义，重新落入到简陋的直接性陷阱中，同时，它主要也不是语言的"不足"状态引致了气馁，而是在两难处境中（作为媒介，语言是进入世界的通行证，作为幻象，语言专注于繁殖绝不会自我反思）架设起有原则、有限度的审查机制，这正如只有康德对无政府主义的趣味（Taste）设限之后，美学这门感性之学（Aesthetics）的方向才变得明确并有了必要的拘束。①

尽管从锤炼和驯服的向度，总有杰出的才具向世人展示诗之语言可能抵达的深度和广度，譬如马拉美令人目眩的实验，但他最终还是于某种极限中吟咏出《骰子一掷永远摆脱不了偶然》这样反复权衡的本质上后撤的诗篇。也许，的确需要一份语言之后的清醒，即使它不比专注于语言的强与弱重要，至少同样不可轻忽，因为语言除了可能卓有成效地反对诸种权势的宰制，也可能唯我论地滋生新的宰制。这种清醒最大的功绩莫过于将忘乎所以的热舞的诗引渡到冷凝的思。缺乎此，诗将沦陷在早已被自满的语言拒之门外的责任和伦理祈向之外，它的边界必定漫漶无边，而后无原

---

① 康德在其《判断力批判》（人民出版社，2002）中通过限制主体性，所谓的趣味判断（The judgement of taste）实际上既应该是"无利害关系的愉悦"，又能够体现出"无概念的普遍性"，以此一方面申张所谓的鉴赏判断动用的是反思性判断力，而非规定性判断力；另一方面和"趣味无争辩"的相对主义划清界限，从而确立了审美主体与认识主体、实践主体的区别。

则地重被绝对性的幻象收编。

  这意味着要努力从语词的沉醉中醒来，一如虚构某个印象主义的情境时，必定要以精细的"写实"进行纠正，就像 20 世纪初年的绘画必得在色彩和素描之间完成"合题"，才能为绘画展望和拥有坚实的未来。例如《假如他们认识谭莉》一诗，想象的跨度可谓巨大，一顿饭局展开的环境（"在这一次午餐后""端盘子的服务员悄悄从后门出去""痛快地吃完小山似的饭食"）中，穿插进无数与"饭食"似有若无地关联的"事件"：

> 冻雨夹雪在意想不到的屋顶
> 大面积降临，太阳落了
> 一些在林地边缘从容奔走的幼兽
> 就死掉了，同时
>
> 有一些人的婚姻来不及宣告就瓦解了
> 有一些人在饭桌上成了敌对势力
> 有一些妻子从此喜欢在萱草的阴影下
> 在雕塑下谈论她们的伤势，她们
> 迎来了漫长的午后和一晃而过的午夜
> 星光下展开情书，跳着读

  这种游离当然可以说是合理的变形，但是，任性的想象若不与考究的细节化安排相得益彰，前者无疑将陷入语词单边主义的自语，为此，我们看到一种细密耕作的细节适时地加入进来："邻桌的客人弯腰过来/取下他们/手指上的戒指/放入西装口袋里离去，小厨师/提来一大兜口吐白沫的螃蟹给他们看/还用雕花的胡萝卜片、红心萝卜片把他们的眼睛/和嘴巴遮住。""戒指"或意谓某种信物，它被收起或意味着纠缠人的承诺失效了或放置一旁，这既隐秘地牵连着前引的"死掉""瓦解""敌对""伤势"，也关联着本诗后半部分才浮现的"没有意识到",进而构成语势上的"拐弯":"他们没有意识到,假如/不是黄昏堵车,他们就不会踏上/陌生的、敌意的土地/他们就会坐车坐到/另一个地方去了。"与前两节决绝的"确定"(死掉了、瓦解了、雕塑下)不同,它开始通过"假设"进行质疑。为此人们就能明白,纤毫毕现的细节("提来一大兜口吐白沫的螃蟹"生动地暗示这是一家现斩现食的活鲜店)如果不假以适当的"动作"则既可能独断专行也可能自我隔绝,只有在表现为"姿势"的变动中才能收获诗的主体性,而后朝向意义的生成。显而易见的是,一方面,诗人的许多作品都沉浸在这种大跨度的为细节铺展的勾连中,仿佛语词具备自我生产的力量,主使着穿针引线;另一方面,它们倘若不在诗的脉搏中加入某种制约,最终也不过是语词的舞蹈和泛滥。于是人们很快在这首诗中看到最后的"假设":"假如他们认识谭莉就好了/谭莉是小蓝鲸餐厅/一名很有信心的服务员。"意味深长的地方在于,这里的"假设"并不是对前一个"假设"的加强,而是语态上的削弱和反转,"就好了"毋宁说是一种感叹,感叹于最终"他们没有意识到",原先的"质疑"回流到诗的开端所布设的"确定"并对它予以强化,这无疑是巧妙的诗之语流的布置。设想本质上无主体性的细节没有这些语势、语态、语流细密织就的"线角",细节必定在狼奔豕突中崩溃。

诗人对细节的铺设与节制为此值得不吝表彰:注入细节为了粘连断片和截面,以此彰显其追索毗连性的品格,但作为外观的形制绝没有根本的决断力,它必得借助一系列"姿势"的形塑才能完全。表面上看,"姿势"似乎是决然不分的形体的一些部分,实际上,它们在意义流的向度上完成具体立场和原则的分配落实,使得作为形体学的换喻结构得以稳定而不左右摇摆。这些"姿势"因而绝不是细部的、可有可无的一些动作,借助它们才有效地和虚悬划清了界线。

在此意义上,刘洁岷的诗歌探触到的不只是诗学的难点,从申说和理解世界的向度看,这既是诗的问题,也是思的问题。倘若既被后现代主义攻击,也被单边主义的诗歌偏执症遗漏的形而上学一息尚存,那么,恢复它的不二之途或许是，真正让自我和世界相互举证，互为摩擦，一如尚待展望的、摆脱了主从设置的哲学运思，由此它将不致沦陷在早已令柏拉图绝望的独断表象中（如果说，绝对的理念作为真理的抽象化身是可怕的专制，同样，绝对的幻象是恐怖的无政府主义），也将有效地从某种原子论的彻底经验主义中抽身，进入到崭新的诗的形体学和诗的"姿势"中，在难以祛魅的世界确认可确认的部分，那些有待归位的本质上拒绝抽象化的世界，并在归位中颁给自我增删、更新现实的权力，锻造出绝非唯心亦非被奴役的主体。

性别想象中的经验与技艺问题
——论沈杰、青蓖、水丢丢和梅花落的诗

长期以来，在各种思想风潮的推波助澜下，人们被不断告诫要警惕无所不在的权力，要和它拆解，予以颠覆和瓦解。林林总总的女性主义文学批评通常都建立在此种反抗逻辑之上，试图改写或重写被男性遮蔽和扭曲的性别经验，并做出了巨大的成绩。对于纠正种种霸权宰制下的单边主义的固执偏见，女性主义文学批评功不可没，它是思想、文化整体进程中重要的组成部分。但是，作为一种前设的二项对立框架，其狭隘性如此明显，以至如果轻易把女诗人的写作放在这个框架下讨论，很可能损失许多比"女性写作"更有意味的东西。

这里选取的四位女诗人，无论诗歌风格还是与诗歌传统的关联，抑或题材和主题，均很难从中抽取太多的共性。之所以将她们聚拢在一个标题下讨论，是因为，在题材处理和经验想象方面，她们均不约而同地触及了当下诗歌写作中的一些重要问题。在她们书写女性经验的诗篇中，尽管性别想象常常是诗歌书写的出发点和基本动力，但其启发性远远大于"女性诗歌"，这体现在对更广阔经验的接纳、日常与诗意的辩证、尖锐经验的诗艺转化等方面。很大程度上，她们的诗写实践超越了"女性诗歌"的狭窄内涵。这些诗人作为个案，与其说，揭示了作为代际的"女性诗人"在

附论一　诗歌"言说方式"的当代议题

书写性别经验方面的演进，不如说，汇流在整个诗歌写作的河流中而尤为显得独树一帜。

一　大于"女性诗歌"的文本

论及女诗人的写作，尤其女性经验明显的篇章，人们往往先验地将其归入"女性诗歌"的谱系。一种几成定见的预设是，书写女性经验，无论就题材的规定性，还是内在诉求，女性经验往往在与男性（权）世界的抗辩中才得以成立和命名，因而，女性经验革命的、政治的潜能理应得到足够的肯定，其取向无疑是女性主义的。从社会学的层面看，彰显女性经验的价值作为社会规划的一部分，它对种种被压制的经验暗区的还原或拓展自有重大意义。不过，具体到女性诗人的写作，经验的处置立场和效果却未必天然是女性主义的。这是因为，一方面，作为日常政治的女性经验和诗中的女性经验有质的差别；另一方面，女性经验的征用、组织也折射出立场的差异，在理论和实践上，它们可能从本体论的地位被强调，因而在立场上作为抗辩性的基质被体认，在诗歌书写中，也可能仅仅作为认知之一种的材料予以形式化，在营造诗歌话语形构的过程中，保持反思性和对话性的维度。

诚如人们将会看到，这四位女诗人在处理女性经验的时候，有效地溢出了本体化地处置女性经验的二元框架，这使得她们的诗篇常常成功地从抗辩的、对立的经验本身的自限中游离出来，走向了多重经验的沟通与对话，并得以探及更为广阔的经验空间。很多时候，女性经验不再天然地作为无需检查的形而上学被放行，而是在省思的维度予以审视。因而，许多诗作虽然有或隐或显的女性视角（女性体验），但这种视角和体验通常只是她们在诗中展开想象的探测器，并没有局限于某种单一的女性经验。这就是说，即使一种写作从诉诸女性经验出发，但表达某种女性主义的诉求或许并非她们的终极目的。正如有人明确区分女性经验和女性主义诉求："如果只因一本书将妇女的体验放在中心地位，就认为它具有女性主义的兴趣，这将陷入极大的误区。"① 重要的是，女性经验仅仅是诸多经验的一种，在有作为的诗篇中，它应该被当作激活其他经验的媒介物，也只有在这时候，女性视角才是包容、深化进而体认更复杂的各种观感的一个有效途径。

在沈杰的《给祖父》中，孙女的视角中祖父暴戾，但当"所有的暴戾都撤下"，诗中的说话者试图艰难认同祖父这个被世界压迫也压迫世界的男人，其间百感交集的领悟并非某种女性主义倾向所能概括，固然其中不断回溯作为羸弱者的"我"被压抑的灰色童年，而诗的最后却以感叹的口吻写道："情愿让整个不愉快的童年再来一次。"就这首诗而言，对自身之外世界的包容与体认与其说全然出于对亲人的缅怀，毋宁说是对更为复杂的作为承担者当然也是压迫者的男性世界（同时也是自己的世界）的体谅，并试图同它对话。在《给祖父》中，虽然有非常丰富的女性体验，把自己从童年到大学的若干记忆贯穿其中，女性经验面对男性世界（祖父的世界）尽管不乏压抑的、心酸的体会，但与其说是对抗，不如说是对话，自我的经验是对其开放的。

的确，不能把女性经验当作一首诗划入女性诗歌谱系的可靠标志。因而，对于那些女性经验色彩浓郁的诗篇应更为审慎地解读。不少诗人善于从细微的、甚至老旧的一类体验开始，书写一些微不足道的情愫，但可贵的是，她们并没有就此止步或拘泥于玩味女性独有的体验，而是跃升到对广阔而复杂的生活之领悟。在《春天复苏的行政助理》中，青蓖以女职员的视角，从一种幽闭的情怀出发，"独自一人听外国歌曲"，但很快转向了面向外部的开放，在"立春后的小南风"吹拂下，把自我的敌意和沮丧这一类对抗的情怀予以摒弃，而后以反讽式的"明天她还会让人们看到她可敬的职业精神"结尾，努力包容恼人的都市经验。

女性经验仅仅作为诗的引线而不被它们束缚，这与许多女性主义者以拆解的、对抗的方式处置经验，并据此反抗男性世界迥然不同。作为一种

---

① 罗瑟林·科沃德：《妇女小说是女性主义小说吗?》，张京媛编《当代女性主义文学批评》，北京大学出版社，1992，第 76~77 页。

本质上求解放的诉求,女性主义专注于对男性世界的移置乃至颠覆,这必然使得女性经验作为一种形而上学被强调。但无论专注于以女性经验反抗男性世界,还是致力于重写女性经验的光辉,作为一种本体论意义上的立场,它同时是攻击性与破坏性的,因此很难引入反思的维度,对女性经验可能的专断和狭隘保持警惕。在这些诗人那里,她们有效地冲决了女性经验专制的一面,通过诗的方式不仅保持了与外部世界的张力,而且保持了可贵的反思性。就此而言,她们在一定程度上矫正了"女性写作"可能的自反性的一面。

像水丢丢的诗,固然书写了许多细致入微的女性情怀,《人生若只初相见》《致F的两个版本之一》《情人节》等诗刻画了切身的境遇如爱情中两性的位置,不乏对不可把握的爱情的复杂感受,且这些诗主要倾向于对女性经验的捕捉和玩味,但在另一些更值得注意的诗中,女性经验并不是诗的中心,而是假以反思的维度,如《美容时刻》《一些叫维纳斯的女孩》。在后一首诗中,作为美的象喻的维纳斯,水丢丢如是揭示,"先是作为残缺的一部分,然后/才是美",她试图呈现一种可疑的"美"——"她先是被抛弃的/然后,才被保留",在艺术品的维纳斯的境遇和女孩的境遇之间构设起反讽的张力。不过,即使指向对一种假象的揭穿,水丢丢也节制有加,这说明了她对女性经验的克制。更明显的是《致F的两个版本之二》,把两性关系处理成假想的情境,在无物常驻的时间之流中既寄以有限的向往又以恰到好处的隐忍发出感叹:

　　此时,我们要不要停下来,说一说夜晚
　　说一说夜晚读书时的红袖,添香
　　或许说到这些的时候,两个人就像两条不上岸的鱼一样幸福

说其有限的向往是因为带着犹疑"要不要停下来",说其有节制的隐忍是因为这种想象的"停下来"仅仅是"不上岸"即陆地(现实)之外的一个玄想。

在涉及女性经验的诗篇中葆有克制，就能清醒于经验可能的专制，在《一些叫维纳斯的女孩》中，她对美之被塑造的揭示与感叹并没有过多地指向塑造者（从女性主义的观点看，美和美女当然是男权眼光下的命名），而是指向被塑造者在主体性上的不自知甚至不自觉。这一类题材，其处理向度可以指向对男性世界的激烈批判，也可以指向对女性自身的反思，水丢丢选择了后者。

有意味的是，梅花落从女性体验出发而后敞开更广阔的经验空间的处理方式，和上述诗人不太一样。譬如她从一个物象如佛朗明戈的舞蹈、玛塔·哈丽作为一个有争议的双面间谍入手，触及一种更为开阔的领会。《玛塔·哈丽1917年在巴黎》一诗中，作为牺牲品的美色，从女性主义的观点看，男人的世界难辞其咎，不过，梅花落却更多地转向了对主角本身的反思，这反思是在反讽中实现的。面对死刑，除了写下作为女性的玛塔·哈丽暴虐的一面外，"我要在世界的血肉里执行毁灭，在政治、军事的混杂中戳死父亲"，此中的父亲无疑是男性世界，她没有一味地、决绝地对父亲予以颠覆，而是指向了对自我的反讽。如果从写作素材看，不妨说，梅花落总是处理一些过往的、历史的题材，如文艺复兴时期的佛罗伦萨、旧时绿林好汉呼啸江湖，《本色》《江湖行》均是此类作品。诗中的说话者性别特征尽管昭彰，但诗的主旨往往不是对女性经验的挖掘，而是对混乱时代的想象，这时代如此之大，甚至超出了女性/男性世界的争辩。

通观四位女诗人书写女性经验篇章，可以提出的重要诗学问题是，作为一个问题重重、歧义丛生的概念，"女性诗歌"因其概念阈值的先在限定，体现在批评框架中，女性经验或性别想象往往局限于二项对立的框架，在这种参照系下，"女性诗歌"只能建立在对立、反抗的逻辑上，因为有那么多不平等、被压抑的东西需要反抗，其对立面就是或现实或想象的霸道的男性世界，体现在书写中，则需要以抗辩的、凌厉的姿态予以呈现。从这个层面看，不少"女性诗歌"必然面临的困境是，其自身经验的体认以对立面的男性世界为参照，它几乎无可避免是狭窄的，其意旨的表达与呈现只能在顺从/对抗的逻辑中颇受牵制地滑动。

顺从/对抗的逻辑体现在一些女性经验明显的诗中，如书写和爱情有关的篇什，其问题是，顺从的逻辑结论只能是膜拜，而反抗的对应物则是怨恨。但无论怨恨还是膜拜，必然指向经验的自闭，因为怨恨使得自我将关注焦点式窄化到对象的身上而不及其余，走向一种集中的削减，顺从则在追随对象的过程中涣散自我而丧失自主性（有趣的是，这两种情感均是女性主义批评颇为关注的——对于怨恨则与抒情主体一同展开控诉，对于膜拜则把抒情主体和诗一同展开批判）。具体到触及了女性经验的一类写作，无论顺从（膜拜的）还是反抗（怨恨的），其经验最终走向无反思性的自我指涉，并为经验所牵制，最终关闭了与外部空间的关联。

从这个层面看，面对女诗人书写的诗篇，需要把握其处置经验的走向。在沈杰、青蓖等人的诗中，女性经验常常只是作为连接外部空间的关联物，在立场上，它不是先验地反抗或者顺从，而是中立化地反思或作为诸种经验的触媒。因而，诗人从女性经验出发，打造了独特的链接更广阔世界的经验的"客观关联物"。假以这个关联物，既对它予以审查，也对被关联物予以了开放。我以为，这是最值得留意的一种新质，发掘经验的扩张与关联，这些诗人就不再对诸多情思进行二项选择式的抗辩或歌咏，而是从对这些情思的种种体悟起跳，跃进了更为广阔的生活。她们处理的经验显然大于"女性诗歌"的概念框架，从女性体验出发，而超出了"女性诗歌"的边界。

当然，对专断的、对立的经验处置方式实现疏离，很重要的途径是假以有效的考量题材、主题的方式，这和她们敞开诗的想象方式有关。她们的作品有力地证明了，即使以通达、开放的立场接纳更广阔的经验，但作为触媒或诗的开端，这些经验也远不是第一位的，"妇女的问题——妇女的洞察力——妇女的独特经验，这些都是材料。而严肃艺术中最重要的是写作技巧和新颖独到的见解。"① 如果从这个角度进一步检视她们有着明显女性视角的诗作，则会发现，不仅诗歌的空间得到了拓展，而且通过经验

---

① 乔伊斯·卡洛斯·欧茨：《存在女性的声音吗？》，玛丽·伊格尔顿编《女权主义文学理论》，湖南文艺出版社，1989，第363~364页。

与技艺的互动，她们的写作的确走向了比"女性诗歌"更为丰富的层面。

二 诗语的编织与经验的形式化

我们注意到，不仅繁复的经验冲决了狭窄的"女性诗歌"限定，她们对经验的组织也超越了女性经验的专断性，这对当下的新诗写作在挖掘和呈现经验方面不乏有益的启示。为什么不少女性主义文学批评不无狭隘地使用"女性诗歌"的概念，并使其窄化和抽象化，除了这种框架本身的二项对立之外，很重要的一点是，仅仅将文学中的女性经验作社会学意义的理解，而忽略了作为质料的经验在诗的想象召唤下的呈现方式。对这种呈现方式的考量，不仅是估量她们性别想象的含量、性质、形态的依据，而且是估测她们在当下汉语诗歌处理复杂经验的位置的标杆。

沈杰的《妇科病房》的重要性往往因题材的现代（内中涉及人流、现代医学命名的种种妇科疾病）可能被很多批评家忽略其独特的想象方式。在某种意义上，正是想象方式的召唤，使一种或几种经验得以和生活的复杂性展开对话。这组诗一如其题目所示，和种种需要诉诸妇科手段的疾病或问题有关，或因细菌引起的病变、或因种种原因实施人流手术。其实，沈杰诗歌的一个明显标志是近观性和亲历性，这体现为以现场或回溯性的经验构造自己的观物方式，这种特点在《妇科病房》中尤为明显。

这首诗既写己也看人，最值得注意的是，作为许多女性疾病或妇科问题的始作俑者的男性在其间却隐而不彰（九首诗仅第三首和第九首涉及），即使出现，也面目模糊，"我多次想象他们会带怎样的神情"，而想象或看到的是"遮住了脸庞"。重要的是，这些印象指向过去，时间向度上是青春乃至孩提时代。颇有意味的地方在于，妇女/男性（情人丈夫们）这一天然的并置框架（在典型的女性主义话语中，男性作为控诉或怨恨的对象，并置是颇为简便的一种框架）被时光流动的（直线的）结构所替代，如书写自身的疾病是和青春时光贯通起来的，对立的空间更多地被流动的时间占据：

……
在这里清宫、通液、后穹窿穿刺
我的病历上满是多发性肌瘤畸胎瘤
流产、流产、流产、子宫内膜的异位……

在这里，我的几样简单的用具
只需用掉寥寥几个单词，一如——

我们在南方的烈焰下曾经的大学
宿舍里，六个好女孩一直合唱着

纵向而非并置的结构有力地彰显了女性自身的伤痛，"六个好女孩一直合唱着"的天真、美好是易碎的、脆弱之美，因为冰冷而简单的病历"只需用掉寥寥几个词"。强调沈杰在这样的诗中转向了对女性自身的反思，并不是说她仅仅无批判性地将女性之痛书写成生理的病痛，而是要揭示一种为女性自身所忽略的精神之伤，譬如第八首：

月光从西岸而来，化妆的女人
荡漾的女人在镜前打量
那花费十几年慢慢
长齐的一切：乳房、臀和毛发
后来，她的情人丈夫们来了
来了，来了又走得不见

中空的，没有子宫、乳房的女人
格外轻盈，从淮海路到枫杨树上端
或者在维也纳歌剧院的卵石广场上漫行

> 你看，你看，她们还笑着
> 在小弄堂，在大街上有那么多

  这里的"性征"之确认或挥霍当然和"情人丈夫们有关"，不过或许更和女性自身有关，"她们"无知的或许天真无邪的笑是如此触目惊心。在我看来，沈杰在《妇科病房》中处理的经验是外现的，是指向女性自身反思的。把女性/男性的空间并置模糊化地处理，使得她可以从容地营造一种纵向的结构方式，有效地疏离了经验的对抗性。在《博物馆，与西汉男尸》中，固然也以女性的视角揣摩、想象男性，但有意味的是，她在时间之流中展开想象，这使得诗中的女性/男性世界的互看互动在纵向结构中显得相当放松，充分释放了探测的、对话的诗歌气流。

  与沈杰不同，青蓖探索经验互动的方式似乎反其道而行之，并置而非纵向的结构非常突出。在组诗《未来的邻居》中，诗人构设的"邻居"和"我"是并置的，不过，这种并置很难用顺从/反抗的逻辑概括，或者说，青蓖的并置结构并不是截然分明地作出顺从/反抗的简单应答，她的诗的丰富性在于，超越了这种二项式选择。固然其间有不少呼应相和的篇章，不过，这种篇章很快就被"心神难安"所打破，因为一种沟通（"他许诺教我"）的可能性，被发现是"也许我们都难以/用现代性表达自己"：

> 我看见柳絮沾满他身，有心人
> 跟随其后。我不过是刚好某个时辰
> 脱落的种子，内心胀满生命
> 我有孕育的心是"有所住"。
>
> 而他终有厌离心和挣扎
> 背离神秘语言。
> 他在受身心之苦，像盲眼的我的未来
> 面对黑夜使劲想一树繁花。

"有所住"和"背离"之间的矛盾表面上看是紧张的和不对等的,但不妨将其视为对"我"与"他"的某种对等境遇的刻画(身心之苦和盲目的未来均是内心的挣扎),以此揭示与世界关系、你我关系乃至两性关系的复杂性。在这里,女性经验不过是测知世界的一副试纸。在另一首诗中,青薇将这种两性乃至人事之间的相互拉扯揭示得更为一目了然,经验不是相互碰撞(对抗),而是相互纠葛的,她再次把这种关系放在对等结构中:

> 相遇引申为碰撞,更多
> 只是人与人的滑行
> 如凡士林、唇膏、冲浪滑板。
>
> "你在坚持什么,
> 观念,成长惯性?
> 杯子有善良的一面,那意味
> 你不能将其打破"
>
> 他可以穿着浅色长裤,双手插在裤兜
> 看看星象,预测第二天的运势。
> 当他想要靠近
> 她就像冰上的花样选手。

正因了重视诗中的对等结构,她才写出诸如《深切的金子》《我不要像地鼠一样活着》那样的既蕴涵深切之痛又葆有释怀、旷达之作。无论以过去比勘现在还是以并置揭示复杂性,这在消解经验的专断上有其诗学价值。

水丢丢则以切片式的组织,或追求事物本然面貌的写法来呈现经验。切片式地组织诗章,自然就会对小场景、片段情有独钟。不过,小场景下却有着复杂的内涵。经验和诗的同一性的那种粗陋的幻觉在这里不堪一击，很难给它加上一种沿着经验的直线给定的意义，需要人们求索的往往是经验投射在诗中的切线。水丢丢的这种特点使得她貌似简单的诗必须审慎地看待，其效果或许就是，在切片式的诗中翻转出事物的复杂性和矛盾性，譬如《嘿，女孩子们》：

    偏远小镇，她们说着不一样的悄悄话
    想要一条蓝布裙，赤脚去丽江

    而丽江的女孩子，在火车上
    清明时节，带来寒意

    女孩子们未曾说起的话语，还有一些
    就像小酒吧里的欲望，戛然而止

  两条线索构设在想去丽江和在丽江（或从丽江返回）的女孩们之间，蓝布裙的温朗（期许的）和清明时节的寒意（看到的）之间的不平衡放置在令人迟疑的揣想（还有未曾说起的话语如小酒吧那样晦暗或暧昧），合并在"戛然而止"中。

  从接纳经验的可计量层面看，这些经验、场景是小的，如她的《温暖》，"像两只冬眠的熊/搂抱在一起/肥厚的手掌//巨大的蓬松/覆盖着/荒草丛生"，冬眠时节可以是散淡的，绷紧的戒备得以松弛，这时攻击性（也可以是防守）的"手掌"终于向"蓬松"的本意汇流，那些荒凉（也许还有寒意）的"荒草丛生"反而被"覆盖"了，这种覆盖尽管可能是暂时的，却令人体会到温暖的刻度。在这里，"温暖"的一个有意味的内涵完成了它的诗的构造。集中在小场景、切片式的要素中，琐细的场景因此被源源不断地接纳进诗里。譬如《天涯共此时》一诗，可以读作对爱情的一种"小写"，全诗虽然以吁请式的语气开始，"来，亲爱/跟着我的音节悼念/",但它在细节化的情思中展开,最重要的,这种"小写"与许多和爱情有关的所谓书写平等或书写对抗的诗不一样,她抓住的是爱情之本然的样子。在她看来,种种人事,如果抓住它们本然的样子,才不至于贪大求全最终泯灭了诸种可能性。

从水丢丢的诗中,人们可以看到一种独特的诗歌修辞学,它尽可能地打开了语言的跨度,有力地反抗语言机械化的惯性,这种诗歌修辞学一定会让雅各布森或什克洛夫斯基颇感受用。譬如《斑马》一诗的"城市里有斑马线/没有斑马"、《虚构或者写实》中的"除却巫山,到处是云",均体现了一种保持诗语的新鲜与活力的努力。

与水丢丢的构设方式不同,梅花落对女性经验的呈现更多地倚重反讽和风格化的方式,在很大程度上,正是通过语言的嬉戏和风格化的处理方式,使她化解了经验的专制和尖锐性。颇有意味的是,诗歌语言中的有意的粗糙毛刺和精致考究并存于她的诗中,粗糙毛刺是以不乏爆粗口为特点的:

"读不懂的几个鸟字"(《刺青时代,毛毛是不讲道理的》)

"现代化也他妈的来得太快了"(《小凤仙》)

"一个不可告人的狗东西"(《有病》)

"智力只配拿来观察这傻逼是什么做的"(《不管怎么说太阳都是一个挺大的苹果》)

与此相对,精致考究的语言也比比皆是,譬如《秋天的佛朗明戈》反复咏叹"时光交错的西班牙女郎",全诗非常讲究形式的对称,我以为这是梅花落的一种颇为有意味的风格:粗俗与雅致、奔放与节制等诸种相互对立的因素并存于一首诗中,这使得她的诗特别彰显出了一种反讽意味。不断地呈现甚至夸张地展示某种反讽性,是梅花落处置经验的压迫性和专断性的有效方式,当反讽作为语言的游戏处理时,它有效地缓解甚至倒转了经验的专断性。例如《小凤仙》:

> 每天都是妓女
> 你从革命者的辛亥绕出去
> 现代化也他妈的来得太快了
> 天气好的让你不想去地里干活
> 每次都是挖土
> 只有这次，你学会了放枪
> 你一打仗，就像个男人
> 我劝不了你，你也阻挡不了我的斗争
> 乡亲们在盼着你
> 我觉得你一定能宰了那个姓袁的
> 有了我，你就大胆的去革你的命吧
> 老子有的是时间
> 想我们的未来，并且发出《知音》的声音
> 促使你相信

这首诗和电影《知音》形成了绝妙的反讽，在后者那里，小凤仙作为蔡锷琴瑟和鸣的知音被歌颂，而在这里，被戏仿的却是小凤仙的麻木甚至盲目。最后四句的反讽与其说指向对男性世界（如蔡锷对小凤仙的利用）指控，不如说指向对小凤仙的批判。一个有待做文章的身份——妓女以及自身的主体性之匮乏在梅花落这里却转向了一种叙述的冷静。

梅花落以戏谑的方式处置尖锐之经验的方式，令人想起克里斯蒂娃对"符号的"与"象征的"区分，前者指向语言的游戏成分，后者则与"父亲法则"即意义相关，专注于符号的而非象征的语言，这意味着一种解放："在文学中，符号的与象征的交汇，符号的在象征中释放出来，从而形成语言'游戏'。"[①] 在其他诗篇中，梅花落同样体现了倚重语言的游戏性进而释放或转换性别经验的偏好，如《你是鹿》这样的诗，几乎是在一

---

① 转引自拉曼·塞尔登等《当代文学理论导读》，北京大学出版社，2006，第163页。

种任性（随意）、天真的语言气流中勾连出"你"和"我"的关系。如果将这个特点联系她的一些粗糙毛刺和精致考究并存的诗作，梅花落风格化的写作的确又是多样的，从某种意义上说，语言风格的变动与多样同时也是反风格化的，因为它的效果是对定型与固化的抵制。

三 "重要的是从经验转化出诗意"

从反抗的、拆解的层面看，女性书写可以带出不少"枷锁"式的问题，譬如有待破解和颠覆的男性中心主义，男权世界对女性专断的塑造、扭曲与压抑等等，但在诗的想象域，这些经验远不只是社会学的或性政治的材质。作为一种独特的话语形构，诗歌把握世界的方式和单纯女性主义的逻辑不尽相同，前者遵循的最基本逻辑是，在为女性经验所触发的基础上，不只是面向抗辩的社会、政治的维度打造经验的主体，而且通过形式、技艺的手段锻造诗的感觉的主体，说到底，它是感觉方式的营造，在这个层面，抗辩的、二元的逻辑往往被追求复杂性的诗歌所超越。

上述四位诗人的写作尽管有不少显著的女性体验的印记，但她们均没有就此止步，或在诗中构设纵向的结构、营造切片式的场景，或者以语言的嬉戏解开压迫人的经验。或许可以说，她们通过诗的想象方式的开放，或反思、或拓展了作为社会的、政治的女性经验在诗中的位置，尽管仅仅从经验的一维将诗中的经验作语境化的解读，自有其价值，但从诗歌与社会学的交汇点看，这四位诗人无疑展示了一种处理女性经验的独特诗学。一方面，为被遮蔽的经验廓清迷雾，另一方面，引入反思的维度，同时非对立地理解人们存身的复杂世界，以诗的方式与之展开对话。

较之归顺/怨恨的二元结构，这是更具包容性和反思性的运思方式，在诗的想象域，它有自身的形而上学，有论者在区分社会学或历史学与文学处理女性经验的差别时如是说："写作并不能讲述或论述它，但却可以玩耍或歌咏它。"[①] 玩耍或歌咏就是形式化地处置经验，这意味着，诗有要

---

① 埃莱那·西克苏：《从无意识的场景到历史的场景》，拉尔夫·科恩编《文学理论的未来》，中国社会科学出版社，1993，第34页。

求比经验或"事实性内容"更多的东西的特权,诚如阿多诺所言,是技巧而不是经验或事实性内容造就了艺术:"当艺术不可避免地产生出一种幻象,从而以其技巧手段的魔力使我们入迷之时,没有比它更令艺术自身感到负疚的东西了。无论怎样,技巧作为艺术凝结定形的中介,如此一来便超过平凡事物的水平。技巧确保艺术作品比事实性内容的堆砌意味着更多的东西。这一'更多的东西'便是艺术的主旨。"① 从这个意义上说,一种值得肯定的"女性诗歌",应当是从女性经验出发而后假以技艺的互动而与世界展开对话的诗歌,在诗的想象域,这既是对女性的解放,也是对人们经验世界之丰富性的解放。

发现和承担经验的复杂性

——近期诗歌中"民生关怀"的言说

一段时期以来,人们对"底层"写作表现了相当的关注,并就"底层"经验进入文学申说了各种看法。对这种写作类型的聚焦,和当下社会转型、历史情境以及文学自身伸展脉络的变化有深刻的关联。不过,"底层"经验在诗学上却是一个容易引起争议的概念,尽管就内在诉求而言,将"底层"经验载入文学,其实就是书写民生关怀,但是,"底层"作为社会阶层的划分,有着过于明显的意识形态对抗意味,仿佛在"底层"之外有需要颠覆的中层或者高层。我们试图以"民生关怀"替代"底层"经验的概念,目的是淡化二元对立的色彩,并把重心放在诗承受和接纳这类诉求时,"言说方式"有何特点。

另一方面,把话题集中于"民生关怀",可以在"忧民"传统的延续和具体语境的变动中挖掘它的张力——"民生关怀"如何在写作风尚的微妙迁移中被作为当下现代性体验的一部分,它既体现为言说主体的锻造,也体现为相应的"言说方式"的建构。它的诗学价值不在于要不要写民生

---

① 阿多诺:《美学理论》,第371页。

的问题,而在于,主体如何在与经验、语言的纠葛中展开自己的"言说方式",并进而打开诗歌的书写空间。这为我们回看与展望现代汉语诗歌提供了有益的启示。

一 语言形式中的"民生关怀"

新诗史上,不少诗歌自愿或被迫卷入了诸种意识形态的纠葛中,无论为求索民族现代化鼓呼,还是直接参与政治目标的宣传与实施。追求现代性作为近现代中国社会的巨大压力与动力,应当理解为一个无从回避的强制性框架,它的介入和牵引几乎无所不在。诗歌写作当然也概莫能外。一般地看,当下诗歌中民生关怀的伦理诉求是非常明显的。譬如被社会现代化进程所抛下和遮蔽的一类人的经验,有丰富的意识形态内涵可供探究。以《2005 中国诗歌年选》为例,如邰筐的《凌晨三点的歌谣》,写歌厅小姐、环卫工人和无名小诗人在小饭馆里的聚首,老了的《一个俗人的帐目明细表》,写在水深火热的拮据生活中挣扎的小市民,雷平阳的《生活》,写一个清洁工人跑不出"这落在地上的生活",终其一生仅有"登上一列陌生的火车/到不为人知的地方去"的卑微愿望。① 此外,像《天涯》《诗刊》《星星》等刊物也组织了不少和"民生关怀"相关的诗作及理论文章。从文学社会学的角度,这些诗歌文本具有链接当下生存状态的典范性,可以挖掘出不少现代化宏大图景中被忽略的窘迫景观。

有人认为,"底层"写作是"左翼文学传统"的回归②,也有专门的讨论会研讨这种现象,名之为"'底层写作'与 20 世纪中国经验中的左翼传统"。③ 面向大众启蒙、承载政治意识形态诉求的左翼文学,不是本文关注的中心,倒是人们突出"底层"写作在内容方面的诉求值得注意。但细加考察当下"民生关怀"的诗歌,较之新诗史上的同类作品,有诸多引人

---

① 王光明编选《2005 中国诗歌年选》,花城出版社,2006。下引诗作未注明出处的均援引自该选本。
② 古渡:《左翼文学传统回归》,《天涯》2005 年第 6 期。
③ 参阅杨颖、张春田整理《"'底层写作'与 20 世纪中国经验中的左翼传统"座谈会记录》,《北京大学研究生学志》2006 年第 2 期。

瞩目的新质，比如不再是一种直接的意识形态"内容"的搬运，而忽视了艺术机制的经营。毋宁说，这类写作把意识形态诉求内化于它的"言说方式"之中，意识形态的力量在语言形式中得到了恰如其分的呈现。在这里，诗歌的道德伦理和艺术伦理均得到了有力彰显。这无疑为我们反思新诗史上纠缠不清的艺术与道德的紧张提供了有益的视角，从中人们将会看到，不是要不要表达意识形态诉求的问题，而是诗歌作为一种特殊的"言说方式"，它的批判力量的生成来自语言内部。从这个意义上说，当下的"民生关怀"写作，可以对单纯强调诗歌的道德和意识形态功能而忽视了艺术机制经营展开恰当的反思。

事实上，道德伦理和艺术伦理的紧张很早就在新诗史上显露了端倪。像俞平伯提出"好的诗底效用是能深刻地感多数人向善的，""艺术本无绝对的价值可言，只有相对的价值——社会的价值"。[①] 这个观点曾遭到不少人的批评，如梁实秋反对俞平伯以"向善"代替"美"，认为"艺术是为艺术而存在的，他的鹄的只是美"。[②] 其实俞平伯和梁实秋都有偏执一端的缺点，问题关键却在于，道德伦理和艺术伦理能否共存于诗中，而不是武断和一厢情愿地取消对方。

如何处理道德与艺术的关系，也有不少理论思考可以提供必要的参照。即使在激进的理论家那里，他们试图张扬批判的锋芒但仍把形式、结构的层面推到突出的位置，例如，马尔库塞反对经验（现实）的材质直接链接意识形态的做法："赋予艺术的非妥协的、自律的性质以审美形式，就是让艺术从'介入的文学'中挣脱出来，从实际生活和生产过程的王国中挣脱出来。艺术有其自身的语言，而且只能以自身的语言形式去揭示现实。此外，艺术还有它本身的肯定维度和否定维度；这些维度是不能同社会的生产过程结合的。"[③] 在马尔库塞看来，艺术的颠覆力量并不在于艺术

---

① 俞平伯：《诗的进化的还原论》，《诗》第一卷第一号，1922年1月。
② 梁实秋：《读〈诗的进化的还原论〉》，原载《晨报》副刊1922年5月27、28、29日，此处据《梁实秋文集》第6册，鹭江出版社，2005。
③ 赫伯特·马尔库塞：《审美之维》，李小兵译，广西师范大学出版社，2001，第205～206页。

的内容，而在于它的形式。

这意味着，艺术家的责任是需要形式来承担的。罗兰·巴特在分析作家语言（形式）和人类语言（道义）之间的相互牵扯、协调时精到地指出：

> 我们看到，由此出现了一种新人道主义的可能领域，影响到现代文学语言的那种总的怀疑态度，为作家语言和人类语言的相互协调所取代。正是此时，作家可以被说成是充分地道义介入的，此时作家的诗作自由存在于一种语言条件的内部，其局限即社会之局限，而不是一种规约或一群公众的限制。否则的话，道义介入将始终是徒有其名的；它将能承担对良心的礼赞却并不以一种行为为基础。因为不存在无语言的思想，形式就是文学责任最初和最后的要求；而且因为社会是纷乱多争的，必然性和必然被引导的语言就为作家建立了一种被分裂的生存情境。①

"并不以一种行为为基础"和面对"纷乱多争"的社会，这种"形式"建立起的就可能是复杂的"被分裂的生存情境"。由此看来，"形式"就不只是为了承载，更是为了有效地发现和理解意识形态的复杂性。

20世纪40年代，袁可嘉在谈论"新诗现代化"的系列文章中，曾批评了牺牲艺术经营、直接吁求意识形态力量是流于"政治的感伤"："以技巧的粗略为有力：没有一种艺术不要求'力'，适应今日政治环境要求的诗作尤其应该有力。但我们的读诗经验使我们相信，今日有不少诗作者不幸地以诗艺的粗略代替了力。"② 如何才能避免以诗艺的粗糙为代价呢？巴赫金关于政治意识形态与艺术意识形态产生"新的化合"的观点颇有启发

---

① 罗兰·巴尔特：《零度写作》，《符号学原理——结构主义文学理论文选》，李幼蒸译，三联书店，1988，第106页。
② 袁可嘉：《论现代诗中的政治感伤性》，原载1946年10月27日天津《益世报·文学周刊》，此处据《半个世纪的脚印——袁可嘉诗文选》，人民文学出版社，1994，第95页。

性:"进入文学作品的意识形态要素便开始同艺术意识形态的特点发生新的化合,而不是机械的结合。它的伦理哲学的激情逐渐变成诗学激情的组成部分,而伦理哲学的责任感则为作者对自己整个艺术言论的艺术责任感的总和所融汇。"① 这意味着,主体应该在经验和语言相交汇的层面来营建艺术机制。

回到当下汉语诗歌的"民生关怀",我们看到,意识形态的复杂性在语言形式的经营中不仅被言说主体卓有成效地"带出来",体现了应有的批判力量,并且这种"新"的主体对复杂性的呈现也从一个侧面说明了,它在把纷繁的现代性发展为一种丰富的"体验"而非直通的、明确的价值判断方面,对于汉语诗歌的写作也是颇有启发性的。②

二 锻造丰富和承担的主体

如何"带出"意识形态的复杂性,突出地考验着言说主体自身的丰富性。换句话说,言说主体是否有足够的多样性来承接或者被投入到现实的复杂性之中。尽管表面看来,今日的诗人只是延续了前辈们早已提出的命题,比如反映现实,拓展它的表现疆域。诗人江非在一篇记述和邰筐讨论诗歌写作的文章中写道:

> 诗歌应该从诗歌中解放出来了,也就是再也不能针对一种诗歌倾向去谈论另一种诗歌,只在艺术的小领域内去谈论诗歌了;诗歌所最应针对的似乎应该是它的时代和所处的历史境地。另外,诗歌应该从观念和情绪中解放出来,而不应该老是在主体的一些感情、想法上徘

---

① 巴赫金:《文艺学中的形式主义方法》,李辉凡、张捷译,《周边集》,河北教育出版社,1998,第134~135页。
② 这点让人想起伊格尔顿的经典论述,他赞同艺术可以"给我们提供一种真理",进而也指出,这种真理"的确不是科学意义或理论意义上的真理,而是一种关乎人类怎样体验其生存状态,及其怎样向这种生存状态提出抗议的真理。"(《马克思主义和文学批评》,译文转引自杰拉尔德·格拉夫《自我作对的文学》,陈慧、徐秋红译,河北人民出版社,2004,第85~86页)

徊，而置促使这些想法、情绪产生的宏大历史场景于不顾，让诗歌显得自缩苍白，心有余而力不足；在这个传统的国人与生俱来的农耕生活方式、观念和文化日渐消亡而工业、商业文明和城市化进程全面奔涌而来的时代，诗歌所要做的除了"为乡村留下最后一首挽歌"之外，也应该全力以赴地去呈现历史所带来的新生活。还有，诗歌也应该从诗歌语言中解放出来了。我们能不能把语言的诗意要求放到最低去写一些今后的诗歌呢？①

"不应该老在主体的一些感情、想法上徘徊"和"呈现历史所带来的新生活"，说明了诗人已经意识到了不能表现"新生活"的主体的危机，这其实也沟通了西川早些年对"新古典主义"的反思，寻求"历史的个人化"的努力。在西川看来，诗歌应当成为"人道的诗歌、容留的诗歌、不洁的诗歌、是偏离诗歌的诗歌。"②

在"呈现历史所带来的新生活"的"容留诗歌"中，值得注意一种"新"主体的出现。这种主体去除了浮夸和浪漫主义歌咏方式，而以语言和现实的承担者出现在诗歌艺术机制的建构中。这点对比王夫刚和周作人的两首诗就一目了然。周作人的《小河》曾被胡适称作"新诗中的第一首杰作"，③ 该诗以"一条小河，稳稳地向前流动"起首，紧紧抓住流动与受阻、润泽与干涸的矛盾，象喻了乐观、昂扬的人生的成长与奋斗，全诗以浪漫主义的方式展望人生，可以说代表了进步、单一的现代性体验。但到了王夫刚这里，同样象喻人生的"河流"变得复杂起来：

事实上，我的体内的确涌动着一条河流

而不为生活所知。我提心吊胆

---

① 江非：《记事——可能和邰筐及一种新的诗歌取向有关》，《诗刊·下半月刊》2005 年 2 月。
② 西川：《答鲍夏兰·鲁索四问》，《让蒙面人说话》，东方出版中心，1997。
③ 胡适：《谈新诗》，《星期评论》"双十纪念号"1919 年 10 月 10 日。

> 每天都在不断地加固堤坝。
> 有时我叫它黄河,叫它清河,小清河
> 去过一趟鲁西,叫它京杭大运河
> 有时我对命名失去了兴趣
> 就叫它无名之河。我既不计算它的
> 长度,也不在意它的流量。
> 当我顺流而下,它是我的朋友
> 当我逆流而上它被视为憎恨的对象。
> 在一次由泅渡构成的尝试中
> 我的态度是,不感激
> 不抱怨:在一次由醉酒构成的聚会中
> 我背弃大禹,堵住它们。哦,泛滥!①

  这首诗可以恰当地视为多重"自我"的一种象征,有时是相当清醒以致虎视眈眈的"自我",为它提心吊胆、加固堤坝,有时又是"无名"的听之任之的,有时却是本真状态的"本我",尽管我们不必简单比附弗洛伊德关于人格的三分理论,生硬地划分出自我、本我、超我的三种原型,但"自我"的复杂性仍旧清晰可辨。这点显然迥异于周作人乐观、奋进、单纯的"自我"。

  人们或许会说,在现代主义的作品中,对"自我"或主体复杂性的揭示也有相当深刻的表现。不过,作为问题重重的现代主义,无论美学基点的游移还是价值取向的虚空方面都陷入了深刻的悖论。就主体的精神状态而言,按照欧·豪的观点,"在现代主义文学的中心,虚无主义成了主要话题,成了内在的恶魔"。② 这样一种主体往往是采取拒绝和疏离的姿态,从开头试图作文化上的"引路先锋",到创新的"制度化",最后丧失了主

---

① 载《天涯》2005 年第 4 期。
② 欧·豪:《现代主义的概念》,刘长缨译、袁可嘉校,袁可嘉等编选《现代主义文学研究》上册,中国社会科学出版社,1989,第 197 页。

体对文化的"聚合力"。①

当下汉语诗歌民生关怀的言说主体,却是以一种承担的姿态出现的,它把自己深刻地投入到现实境遇和语言的承受之中,因而并非是拒绝和反讽式的。如雷平阳的《亲人》:

> 我只爱我寄宿的云南,因为其它省
> 我都不爱;我只爱云南的昭通市
> 因为其它市我都不爱;我只爱昭通市的土城乡
> 因为其它乡我都不爱……
> 我的爱狭隘、偏执,像针尖上的蜂蜜
> 假如有一天我再不能继续下去
> 我会只爱我的亲人——这逐渐缩小的过程
> 耗尽了我的青春和悲悯

全诗以空间的不断缩小揭开一己"偏执"的热爱,仿佛抽丝剥茧般地解开诗人逐渐贴近的答案,从云南到昭通市到土城乡最后到自己身边的亲人,《亲人》总共七行,却以四个"只爱"来强化主体对这种"热爱"的热爱。一个平凡甚至再平庸不过的"热爱"被主体体贴入微地承担下来,不能不说,这是一种体认、同情庸常境遇的"新"主体,而不是发明某种高蹈的甚至是反讽的方式来对抗现实的主体。这种主体自然就打开了被现代主义甚至现代性的宏大叙事所忽略、压抑的景观。

---

① 丹尼尔·贝尔认为,中世纪以前有宗教作为根基,而这个根基在现代文化中被铲除之后,暴露出的无家可归的漂泊者的境遇,是现代文化的难题:"时间和空间不再为现代人形成一个可以安然依赖的坐标。我们的祖先有过一个宗教的归宿,这一归宿给了他们根基,不管他们求索彷徨到多远。根基被斩断的个人只能是一个无家可归的文化漂泊者。那么,问题就在于文化能否重新获得一种聚合力,一种有维系力、有经验的聚合力,而不是徒具形式的聚合力。"(《资本主义文化矛盾》,赵一凡等译,三联书店,1989,第168页)

三 复杂的现代性与言说空间的开拓

不少论者都谈到了新诗与现代性的关系。例如臧棣把现代性作为衡量新诗的一个重要指标:"用新诗现代性框架以解决新诗的评价问题,也许是我们迄今所能发现的最可靠的途径。在我看来,新诗对现代性的追求——这一宏大的现象本身已自足地构成一种新的诗歌传统的历史。而这种追求也典型地反映出现代性的一个特点:它的评判标准是其自身的历史提供的。"① 从新诗的发生看,现代性的牵引也是显而易见的,从中既可以看到现代语言参与建构民族国家的实践,也可以看到启蒙主义介入社会文化的过程。

实际上,即使把探究现代性的目光锁定在"民生关怀"的主题下,也可以发现,作为新诗前身的"白话诗",它的登台亮相和"民生关怀"密切联系在一起。《新青年》第四卷第一期刊登的9首"白话诗"中,有3首诗和"民生关怀"有关,即胡适、沈尹默的同题诗《人力车夫》和刘半农的《相隔一层纸》。② 在中国社会寻求现代化的过程中,胡适等人关注底层人士的命运,就伦理诉求而言,在一定程度上彰显出了新诗的某种"现代"品格。不过,胡适等人在诗歌中对现代性的回应,毕竟有着过于强烈的启蒙色彩,与某种现代性的宏大叙事互为表里。本文无意贬低这种类型的现代性的价值,而是力图进一步地洞察现代性的多面性。

近年来对"复数"的现代性不乏多向度的探讨,如卡林内斯库区分出五种现代性,名之为《现代性的五副面孔》。对现代性的具体辨析,看来应当抛弃某种先验的、总体化的预设。大卫·库尔珀在分析了黑格尔、海德格尔的现代性理论之后,联系当下的历史文化语境,特别呼吁应当注意到某些偶然的、无根基的甚至模糊不清的成之于经验中的现代性:"我们

---

① 臧棣:《现代性与新诗的评价》,"现代汉诗百年演变课题组"编《现代汉诗:反思与求索》,作家出版社,1998,第86页。
② 固然在胡、沈、刘"三驾马车"之前,胡适已在《新青年》第三卷第四期刊出了"白话词"四首,但从白话诗的公众参与(由胡适一个人孤寂的试验到多人参加)来看,《新青年》第四卷第一期的白话诗更为值得注意。

能够理解我们的多样化背景域、我们的根基性以及无根性,我们能够继续面对我们之所是以及我们之所在。现代性已被极大地束缚于对怀疑主义的恐惧中,无论是道德上的怀疑主义还是认识论上的怀疑主义。也许,离开怀疑主义或者保障性我们也能活下去。"① 言下之意,在一种相信进步、理性的现代性之外,我们可否体验到并呈现出其他的现代性?

大卫·库尔珀的批判抛给当下诗歌写作的考验是,中国社会奔赴现代化的宏大进程中,在整齐划一的现代化步伐之外,诗歌是否有能力展现那些可能的甚或尚需发现的现代性的其他音符?在此,老了的《一个俗人的帐目明细表》引人注目。这首诗以具体的数字严密地算计一个普通人的日常生活,账目精细到药品购买如康泰克、感康、青霉素吊瓶,甚至包括自行车充气的点滴花费,内中生动地展现了捉襟见肘的生存中为开销、入账作精打细算的过程,第四节写道:

> 其实现在,扣除每月
> 房租200、水电费50
> 存折只能增加100。并且
> 增加的条件是
> 所有的没结婚的朋友都不能结婚
> 所有结婚的朋友都不能有孩子
> 所有有孩子的朋友家里
> 都不能有任何闪失
> 所有的路都只能步行,即使
> 骑自行车,也不能在外面打气

全诗通篇充斥着数字,一生都是由收支的数字勾连、织就的一张窘迫的生活之网,让人很生动地想象出一个庸常的"俗人"在现代社会中如何

---

① 大卫·库尔珀:《纯粹现代性批判——黑格尔、海德格尔及其以后》,臧佩洪译,商务印书馆,2004,第408页。

被"生活"毫不留情地收编与捆缚。这种对生存之网的真实刻画，就形式而言也显示出特别闭抑的氛围，有力地彰显了生活被数字吞噬的寓意。这让人想起于坚的《0档案》，它设置的是表格、履历等制度之网对人的吞噬，全诗也是许多琐碎之事"一本正经"地堆砌。不过，《0档案》"以戏仿和反讽的形式，深入呈现了历史话语和公共书写中的个人状况"，① 在精神气质上体现了现代主义典型的拒绝、疏离甚至对抗的特征。《一个俗人的帐目明细表》尽管也有明显的反讽语调，但这里的反讽和于坚式的反讽截然不同，它几乎完全淡化了否定的、拒绝式的色彩，而调侃的语气益发彰显出沉痛承受的生活之重。在诗的最后，写下与生活苦苦周旋之后的结局："除了骨灰盒200、火葬费400/请用剩下的59400买一片荒地/把一生的痛深深地埋了吧！"这让我们看到，在代表进步、明快的现代性之外，《一个俗人的帐目明细表》以相当触目惊心的笔触呈现了另一种滞重、常态的现代性体验，最重要的是，它展现的是承受的而非拒绝的现代性体验。

　　这无疑展现了人们习常所见的现代性之外的另一副面孔，拘谨、逼仄而又无可逃避或许也无需逃避的另一种现代性。在此，这种主体忠实地呈现了它的"认知"能力，这就是大卫·库尔珀所说的"面对我们之所是以及我们之所在"。关于这一点，也沟通了福柯所说的现代性是一种"态度"而非历史分期的观点："可以把现代性想象为一种态度而不是一个历史时期。所谓'态度'，我指的是与当代现实相联系的模式；一种由特定人民所做的志愿的选择；最后，一种思想和感觉的方式，也是一种行动和举止的方式，在一个相同的时刻，这种方式标志着一种归属的关系并把它表述为一种任务。"②

　　这种"态度"，也可以从语言形式的层面把它表述为一种"意识"，这就是艾略特所说的：

---

① 王光明：《个体承担的诗歌》，《面向新诗的问题》，学苑出版社，2002，第121页。
② 米歇尔·福柯：《什么是启蒙》，汪晖译，《文化与公共性》，三联书店，2005，第430页。

>　　诗人作为诗人对本民族只负有间接义务；而对语言则负有直接义务，首先是维护、其次是扩展和改进。在表现别人的感受的同时，他也改变了这种感受，因为他使得人们对它的意识程度提高了；诗人使得人们更加清楚地知觉到他们已经感受到的东西，因而使得他们知道了某些关于他们自己的知识。但是诗人并不只是一个比别人更有意识的人；他作为一个个人与别人也不同，与别的诗人也不同。他能使读者有意识地分享他们未曾有过的经验。这就是仅仅追求怪异的作家同真正的诗人之间的差别。前者的感情可能独特但无法让人分享，因此毫无用处；后者则开掘别人能够利用的新的感受形式。并且在表达它们的同时，诗人发展和丰富了他所使用的语言。①

通过丰富的现代性体验的展示，新的经验在语言形式中被"意识"到，这意味着，近年来写作民生关怀的诗歌"丰富"了语言。总之，无论把现代性作为一种"态度"，还是描述为语言中的"意识"，有了这些承受的"态度"和被拓展的"意识"，就不用担心经验、场景、历史会被忽视和有意遮蔽，相反，诗歌因此能够深入到复杂经验的脉络中，将现代性体验为"态度"和"意识"，并作出自己的言说。

---

① 艾略特：《诗的社会功能》，《艾略特诗学文集》，第243页。

附论二　诗歌"言说方式"的西方视野

韵律的废退与反抗"散文气味"
——散文诗的美学问题

一　界说散文诗的困难与路径

作为现代写作实践的散文诗，它蕴含的价值迄今仍是隐晦的、充满争议的。是否应该把它主要作为文学类型学上的诗学问题，从形式、结构的维面推定某种诗学风貌即可？还是应该视为现代背景下某种美学症候的激进表征，进而落实为美学问题的探讨，最终探及深刻的美学根源？这样提问并非是没有缘由的。

由于散文诗在格式上的"散文样式"，在细节化、场景化等方面纳入散文元素，对于把散文诗作为诗的一种类型，有人表示了深刻的怀疑。在艾略特看来，"不纯"的散文诗既是反诗的，也是反散文的："当一个人发现自己在读散文诗时，或把它当作散文读或把它当作诗读——两种努力均告失败。"从文类之不可越界考虑，他认为散文诗的"含混性"使它无缘于散文和诗的任何一端："其中绝对的区别是诗由诗写成，而散文由散文写成。"① 在这种文类纯洁性幻想的背后，实质上是封闭的、静止的、原型化的文类观念。

---

① 艾略特：《散文的边界》，转引自王光明《现代汉诗的百年演变》，第166页。

附论二 诗歌"言说方式"的西方视野

从文学实践的多样性和复杂性看，人们更能够认同，文类的界说应该向具体的文本开放，文类的边界是可变动的："未来的理论家们将继续改写类型的历史，提供与新的习俗、审美乐趣或精神奥秘的标准相适应的新的家族谱系。"① 但即使秉持类似的历史主义尺度，从理论上对散文诗作出类型学的界定也困难重重。这当然和散文诗是一种混合类型有关，波德莱尔即以"诗的散文"② 称呼散文诗。更内里的原因则可能是，散文诗扬弃散文和诗的质素，实现偏离、重组与变异，造成的变动和距离很难精确测定。这主要表现为，散文诗挣脱了在文类的既有知识谱系中进行参照性定义的可能。

较之任何一种文类，散文诗的自我异化可能是最彻底的。它以悖反化的方式作出如下反应：对于文类的新变、更生本应遵循的历史连续性与渐进性，它是尖锐的反对者，在与散文和诗的关系上，它以对垒的、否定的姿态与两种文类规范保持疏离。一方面，散文诗的"诗"或许和某种具有一定韵律的诗甚至自由诗大异其趣，在"诗"的通常意义上它是反诗的；另一方面，散文诗的"散文"或许和散文的运思方式不一样，很可能的情形是，内中的"散文"不过构成了散文诗的"诗"之框架与边界而已，在散文的通常意义上它又是反散文的。有鉴于此，有人不把散文诗作为有确定特征的文类，而强调它的偶然性、过渡性："不连续的历史使人们很难确定散文诗是否受到足够的限制，从而不能成为一种明确的类型，也很难确定它是否是奇特的诗人所使用的奇特的文学形式，或者，它是否最好视为临时性的或过渡性的东西，其主要价值在于它能促进新的形式，尤其是自由诗。"③ "主要价值在于促进新的形式"，道出了从形式、结构维面界说

---

① 阿拉斯泰尔·福勒：《类型理论的未来：功能和构件型式》，伍厚恺译，拉尔夫·科恩编《文学理论的未来》，中国社会科学出版社，1993，第389页。
② 波德莱尔：《献给阿尔塞纳·乌塞》，《恶之花·巴黎的忧郁》，钱春绮译，人民文学出版社，1991，第378页。另一位译者则将其译为"诗意散文"，参见《巴黎的忧郁》，郭宏安译，上海译文出版社，2009，第4页。
③ 克莱夫·斯科特：《散文诗和自由诗》，马·布雷德伯里、詹·麦克法兰编《现代主义》，胡家峦等译，上海外语教育出版社，1992，第324页。

散文诗的困难。

事实上，散文诗不能从文本的形式规范层面定量定性，提醒人们注意，其不可测定性或不规范性也许深沉地呼应着，散文诗所存身的现代的诸种症候，并与深刻的美学问题互为表征：第一，散文化的形式外观彰显着诗之韵律不可逆转地废退了，它在更大的范围内应和着黑格尔意义上"艺术终结"的现实，即美的衰落，更确切地说，在美的衰落这个大背景下，和谐的节奏、韵律作为美的外观溃散了；第二，在内在趣味和使命上，包括作为更深层的语言之秘密结缔方面，它又是反散文的，或者说，在散文化的外观下反抗"散文的掌握方式"，以此趋近诗；第三，外观的散文化与本质上的反散文，是以它自身的方式应答，在充满理性强制与抽象的"散文气味"的现代，如何重建诗与真理的双重要求，并以此挣脱"散文气味"；第四，面向现代性一往无前的地平线，它的抱负是，以形式不逮意趣的悲壮感，在无形式的境遇中奋力捕捉不可呈现之物，借此，既体现它对语言洞察力的更新，更体现它对现代性的忠诚。对以上表征的缕述，应该从既作为背景又作为出发点的"韵律废退"谈起。

二　在美的衰落中废退的韵律

从文类的原型看，诗之具备一定的韵律似乎天经地义。历时地看，对诗体、诗律的探索与实践不绝如缕，且是多元化的，人们对何种诗音是雅俗正悖的，固然也可能相互攻讦，但基本不出"诗应有独特的节奏"这个文类神话范围。进入19世纪以来，诗的变调、破格日渐成了世界范围内的趋势。在这个趋势中，有两种不同的表现值得注意。一种是瓦莱里等人的路数，在诗律的大传统中进行革新，通过具体而微的修正，顽强地挽留诸如音乐性、"诗是舞蹈"等特质。另一种是兰波等人的实践，在其最极端的情形下，不仅放弃了通常的诗律之构设，甚至把藕断丝连的诗之规律性节奏一并打破，其意味深长的表现是，把作为外观的散文框架突兀地置入到他们富于争议的写作中。

就照顾诗文类的稳定性与包容性而言，瓦莱里诸子的写作更能够作为成功的后继者被文学史家肯定,作为一种方向或回归,它甚至成了诗的集体无意识渗入了诗人们的血脉。譬如,在艾略特充满造反与可能性的自由诗中,存在着大量的韵律。① 不过,如果将两种不同的表现放置在现代美学自我反思的背景下看,显然,瓦莱里等人更像是向古典遥遥地致敬,兰波等人则义无反顾地跃进了当代现实,跃进了波德莱尔所说的对另一半美的追寻:"构成美的一种成分是永恒的、不变的,其多少极难加以确定;另一种成分是相对的、暂时的,可以说它是时代、风尚、道德、情欲,或是其中的一种,或是兼收并蓄。"②

这个潮流有着深刻的时代原因和美学趣味,它的动力源于构设一种迥异于作为典范的古典的美,并自视为崭新的美学。这就是,在美的衰落的大背景下,打破某种原型化的美成了诗的过程与目标。黑格尔在其巨著《美学讲演录》中,分别以建筑、雕塑、诗作为象征型艺术、古典型艺术、浪漫型艺术的代表。其中古典型艺术最能符合美的理想,它在形式与内容(理念)上高度统一,借助感性显现的原则外显为和谐的外观。这种统一的、未曾分裂的美不同于象征型艺术的形式大于内容,也有别于浪漫型艺术的内容大于形式,它是平衡的,体现了美的要素之间的辩证法。

黑格尔认为,在美的等级上,古典型艺术的雕塑处于顶峰,但在美的演进时序上,浪漫型艺术的诗则处于即将为宗教所取代的终结点位置。他对诗的特质的分析有助于我们理解,这种内容(理念)压倒形式的类型之特点。他从不同艺术媒介和类型差异的角度,认为诗既抛弃了绘画的个别性,也抛弃了音乐的唯音调是求的特点。在表现形式上,对于诗而言,那种内容与形式谐和的古典型艺术业已不可能成为诗之追求,则专注于自我

---

① 罗杰·福勒在他的"自由诗"词条中如是说:"很多人都认为'自由诗'是一个不恰当的名称,因为在大多数自由诗中都存在着某种形式的格律,譬如艾略特在《普鲁弗洛克的情歌》中采用了音节-重音的方式,而在《四重奏》中则采用了纯重读的方式。"(《现代西方文学批评术语词典》,第113页)帕斯也作了相似的表述:"艾略特与庞德初期致力于拉弗格式的有韵自由体诗;后来,他们回到了格律诗。"(《弓与琴》,《帕斯选集》上卷,作家出版社,2006,第300页)

② 波德莱尔:《现代生活的画家》,《1846年的沙龙》,广西师范大学出版社,2002,第416页。

的探求成了必然，一种重内容轻形式的倾向亦是必然，所谓"文字固然没有完全抛弃声音因素，但是已把音调降低为只供传达用的单纯外在符号。"①

事实上，认为现代诗歌不再以音调或韵律作为诗的标志，这种观点也体现在比较晚近的研究者那里。热奈特认为："一个世纪以来，散文与诗的区别确实愈来愈明显地依赖格律标准之外的其它标准，这些标准不像格律标准那么不容置疑，且源自多种渠道，或多或少地重合在一起（如优先题材、'意象'之含量、书写符号的分布），以'散文诗'、'诗体散文'或其它名义，为中间形式留下了空间，它们使得散文与诗的对立不再那么泾渭分明，而具有由渐进到两极的分布特征。"② 他深刻地指出了现代诗歌的不纯粹性，此种不纯体现为，诗不再定点式地居于严格的格律一端，形式或许已经破碎，或者如黑格尔所言形式被理念（内容）所压倒。固然，黑格尔是从理念与形式的辩证，借助强大的历史逻辑（精神现象必得按照辩证的原则不断扬弃着向前演进），不无遗憾地从诗的衰微处宣称艺术的终结。但他触及的重要事实是，作为象喻着典范美的形式与内容分裂了，在它的衰落处应和着韵律的废退。的确，现代诗歌尤其是散文诗的写作始终处于这种境遇中：作为代表了形式之和谐、一致的美在近代以来已为那种乖张的、自反性的美所取代，温克尔曼所言的"高贵的单纯和静穆的伟大"③ 已为动荡的美所取代。

兰波正是在古典美之不可能的背景下大谈无形式的散文诗，"古代诗发展到希腊诗已告完成，即和谐生活的时代"，他敏锐地把握到了现代在美的形式上的匮乏，因而，他认为"有形式，就赋予形式；如果是不定形

---

① 黑格尔：《美学》第三卷下册，朱光潜译，商务印书馆，1979，第8页。
② 热奈特：《热奈特论文集》，史忠义译，百花文艺出版社，2001，第103~104页。
③ 温克尔曼认为，"希腊杰作有一种普遍和主要的特点，这便是高贵的单纯和静穆的伟大。正如海水表面波涛汹涌，但深处总是静止一样，希腊艺术家所塑造的形象，在一切剧烈情感中都表现出一种伟大和平衡的心灵。"在温氏看来，那些古代最成功的作品之所以成功显然就在于造型尺度对情感或激情的把握与节制，一如拉奥孔巨大的痛苦最终凝定在顶点（嚎叫、动的趋势）与下降（叹息、静的趋势）之间。参见《希腊人的艺术》，邵大箴译，广西师范大学出版社，2001，第17页。

的，就出以不定形。"①

在美的衰落背景下，诗弃绝韵律，抵制形式之和谐的美并不是孤立的，现代音乐亦然。一般地看，现代音乐不再像古典音乐那样追求某种调性、某种形式上的整体性。保罗·亨利·朗在其名著《西方文明中的音乐》中如此描述："19世纪末的音乐，情绪和轮廓模糊不清，好像暗中摸索的姿态，导致音乐句法的不对称，这种情况有点近似自由体诗。发展的线索是零散的，和声常常在诸调性之间的无人区里徘徊，虽然从来没有放弃某一中心调性，但不断使用同音异名的和半音的转调使明晰的调性骨架无法显示，这也促使形式的突变和破裂。"② 现代音乐中形式或调性的模糊被一些理论家称之为无调性音乐。从艺术的大范围看，的确暗合了黑格尔的论断，形式与内容谐调的美已经微乎其微甚至无处寻觅了。

具体到现代诗歌，在呼应不美的节律的同时，诗尤其是散文诗面临的压力不是减轻而是增强了，作为有着散文外观的散文诗，它如何运用散文元素呢？它的尺度在哪？只有理解了散文诗首先建基于"散文"的这个基础上，才能更进一步探析，散文诗如何克服时代投射给语言的诸种症候，才能在一个相对宽阔的视野，从美学、哲学的立场回答罗兰·巴特对文学的追问："古典时代的写作破裂了，从福楼拜到我们所处的时代，整个文学都变成了一种语言的问题。"③

这是普遍性的美学问题，和谐的、一致性的美消失后，源于形式与内容之间的紧张性，一种不安的、瞬时的、主体性的焦灼紧紧地攫住了绝大多数的艺术探险者。从这个意义上，形式，作为客体的客观化显现要求，愈来愈像尼采在讨论古希腊悲剧时的一个梦想：阿波罗精神和狄奥尼索斯精神之间的短暂平衡。但毕竟，古希腊悲剧作为未曾分裂的世界原型，在今日已荡然无存了。

---

① 兰波：《兰波致保罗·德莫尼》，《地狱一季》，王道乾译，花城出版社，2004，第60~64页。
② 保罗·亨利·朗：《西方文明中的音乐》，顾连理等译，贵州人民出版社，2009，第882页。
③ 罗兰·巴特：《写作的零度》，李幼蒸译，中国人民大学出版社，2008，第4页。

日常的而非诗（美）的世界之表象化日渐铺天盖地，散文诗的美学抱负因此可以恰当地概括为，在意识到不美的世界如何构筑自身的美。这种美显然应该是，一方面是其动荡或者说震惊的美；另一方面，在世界的散文状态中，构设自己的乌托邦，不按某种"给定"的表象说话，毋宁说，它必须又是反散文化的。

三 散文元素的运用和限制

散文诗以明显的散文元素的运用，在许多时候体现了某种似是而非的散文外观，这些元素与外观从一种片面的、肤浅的文学技巧学角度看，对于视散文诗为越界者的人，显得缺乏文类风格的可靠性，对于视散文诗为扩容者的人，则使散文诗的确认陷入了某种含混性。为此，就有必要深入检视散文诗的"散文"特性，包括它对"散文"功能意味深长的转移与变异。

在兰波惊才绝世的短暂写作生涯中，可以简略地划分出他的诗歌实践的起伏和转折：在大形式系统内革新诗歌——逸出法国诗歌传统的散文诗写作——写作的放弃（对他而言，最终的结局既是边界的抵达也是其困境）。他在著名的《元音》中书写了"通过发明语言抵达世界"的诗歌理想，不过它采取的是十四行诗的体式，就表达诗思的理路而言，与波德莱尔同样在体式上中规中矩的《应和》并无二致，都是在象征的系统中梦想语言获得更生动的活力，尽管前者在思想上更为激进。对于兰波，通过典型的诗之形式框架，显然很难传递出他的根本诗歌理念。固然，兰波诸阶段的写作充满争议，其中所凝结的诗学特性也有种种不确定性，但可以确定的是，他试图通过某种反形式的方式推进诗歌语言探索的边界。

于是，在《通灵人书信》中，兰波既有限肯定了波德莱尔对法国诗歌的拓展，也对后者的局限表达了遗憾："窥察那不可见，谛听那不可闻并不等于去再现死去的事物的精神，鉴于这一点，只有波德莱尔才是第一位通灵人，诗人之王，一位真正的上帝。不过，他曾经生活在过于艺术化的环境之中，而且他那被人极力赞扬的形式也是褊狭平庸的：创造未知要求新形式。"①

在一篇题为《桥》的散文诗中，内中的桥不再有了物象的桥的明晰性，它在语义上引发的联想也不再是单一的、连续的，而是多义的、间断的。这种复杂性一方面和"桥"背后的自我有关，其观察是自我的，但这种自我不是散文的自我，而是专注于语言之扩张性和生产性的自我。《桥》全文如下：

> 水晶灰的天空。多座桥组成一幅怪异图画——一座笔直，一座腹部宽大，另一座沿着斜角向前几座垂下，而这种种形态重现于运河另几处被照亮的拐角——然而，一切都是如此颀长而轻盈，载有教堂的河岸于是沉落而消退。这桥中有几座还载着古老的墙。在另几座上立着旗杆、信号、瘦削的栏杆。小三和弦彼此交错，一条条掠过；从斜坡里升起琴弦。你会认出一件红色夹克，也许还有其他衣裳，就如乐器一般。这是民间的歌谣，是高贵音乐会的片段，还是国歌的余音在响？水且灰且蓝，宽阔如海湾。
>
> 一束白光从天空降下，毁灭了这一喜剧。

胡戈·弗里德里希对这首诗做了卓越的分析，认为"这个文本虽然充满了细致描绘，但是它的对象却是想象出来的，不是通过摹画而是通过幻景而形成的一座城市剪影，不知在何处，不知在何时。"不仅那种认知上的时空之感性形式荡然无存，内中也缺乏某个透明的散文观察者："物象是主导，但却处于复数的不确定性中，处于彼此关系的荒诞中，在他们的关系中没有正常的因果关系。"② 弗氏拈出《桥》中"幻景"的呈现和物象的荒诞性，可谓体贴入微。此中的非因果性关系还可以放置在散文形式

---

① 兰波：《兰波致保罗·德莫尼》，《地狱一季》，《兰波作品全集》，作家出版社，2015，第70页。

② 胡戈·弗里德里希：《现代诗歌的结构——19世纪中期至20世纪中期的抒情诗》，李双志译，译林出版社，2010，第74~75页。

的维面作进一步分析。

文学中意象、情境等诸审美特质应该是非因果性的,这已为美学上的康德主义者深深服膺,作为一个公理康德把它表述为"无概念的"。不过具体到散文诗,尤其是散文诗中散文元素的作用,单单看出其物象呈现上的非因果性显然不够。以这首《桥》为例,兰波的散文诗特质深刻地呈现了它与散文的"离合"关系。在形式维面,它的特点是散文的,其中起承转合的逻辑非常清晰。譬如,在呈现想象中的"桥"由重到轻的"不合理"的变幻,放在"合理"的语义组织中,用非常具有逻辑性的连接词"而""然而""于是"罗织而成。这表面上带来了语义上的明晰性和指向性,但是,这种明晰和指向又是局部的,它在平行的句式结构中以不平衡的倾向性滑向"另有所指"。这是以局部的散文结构反总体的散文结构,它反对按既定的、单线的、明晰的方式指物,这也就是伽达默尔所说的:"把诗歌语词单纯解释为添加到日常语言中的情绪因素和指示因素的结合,这样一种美学理论完全是误入歧途。"①

从这个意义上说,兰波又是反散文的,更可能的考虑是,散文对于其来说既是一个必要的但同时受限的框架。说到底,这既是专注于语言可能性的探索,更是专注于对理性所宰制的想象力萎缩的反抗。当然,不惟兰波,包括马拉美、瓦莱里诸人终究都是在更新"诗语"活力的层面,推进着他们的诗歌写作与思考。但兰波与马拉美的不同之处是,在文本策略和运思向度上,马拉美带着诗律与语词深入到无人之境,最后与语言一起跃进了《骰子一掷永远取消不了偶然》中的"偶然",跃进了"绝对的诗"。兰波则以可见的散文外观,在其最佳时刻,像在《桥》那样一类散文诗中,有效地构设了一种诗之探索的张力。这就是,就可计量的元素和组织看,它是散文的,但在诗的可能与限度中,散文只是必要的框架,其单向性被成功扭转为诗的编织物。这种散文诗以散文的可能与不可能性向诗致敬。这或许是兰波的散文诗探索的最大启示,散文诗如何有效地扭转了散

---

① 伽达默尔:《诗歌对探索真理的贡献》,严平编选《伽达默尔集》,上海远东出版社,2002,第541页。

文的单向度性，并有力地投身到对无形式依傍的诗的开掘。

四 反抗"散文气味"以呼应真理性要求

除了潜藏在散文外观之下的反散文诉求，在更深刻的层面，散文诗就其本性而言，表现为反抗世界的散文状态，通过抗辩理性进行抽象和删减时的散文意识的专制性，试图把它对世界的理解倒转为诗之真理性要求的重建。

就诗与真理的关系问题，自柏拉图以来不断在不同的诉求和语境中表现它们的恩怨纠葛。柏拉图认为诗是真理的反对，源于他对作为理念的真理作形而上学的理解（诗或者艺术的摹仿只是局部的，它是摹本的摹本，影子的影子，和真理隔了三层）。[①] 进入现代以来尤其是 20 世纪的哲学运思中，真理性表面上的普遍性、理性化特点被尖锐地指证为形而上学和逻各斯的贯彻者与体现者。它的问题被尼采诸子逆转为颠倒的形而上学，代表着真理的不再是落入迷障的理性哲学，而是诗。海德格尔正是在此意义上重视诗和艺术保存了本真意义上的"存在"，换句话说，诗乃真理之本质。

当然，散文诗的独特性毕竟在于，它不能采取现代哲学对理性传统的运思方式，不是用一种新哲学反对另一种旧哲学对真理的遮蔽。它对真理性问题的反应表现为，重建一种反"散文气味"的趣味与诉求，以此重申诗和真理的关联。

在黑格尔那里，诗本应是真理的表征。他把现代状况形象地刻画成"散文气味"，是为一种枯燥的、了无诗意的状态，因而是反诗意的。[②] 这意味着理想形象的匮乏，意味着诗意的匮乏，从根本上就意味着诗"诉说"、表征真理的困难。落实到艺术体系的探讨时，黑格尔还就"诗的掌握方式"和"散文的掌握方式"之间不同进行了分别，在他看来，一者仍

[①] 柏拉图：《理想国》卷十，《文艺对话集》，朱光潜译，人民文学出版社，1997，第 70~81 页。
[②] 黑格尔：《美学》第一卷，商务印书馆，1997，第 246~248 页。

旧按"理念的感性显现"原则，寻求内容（理念）和形式相互拥抱的可能性，一者却从因果律、孤立性的层面对世界进行有限的、偶然的乃至既定的解释。这种日常的、散文的意识妨碍了诗："等到散文已把精神界全部内容都纳入到它的掌握方式之中，并在其中一切之上都打下散文掌握方式的烙印的时候，诗就要接受重新熔铸的任务，它就会发现散文意识不那么易听指使，而是从各个方面给诗制造困难。"① 最终，诗之使命就是，在弥漫的"散文气味"中努力反击散文意识的掌控。

作为古典哲学的维护者（亦是其终结者），黑格尔对诗与真理之间的断裂毕竟不可能以颠覆性的方式提出来，他只能暗示，散文的掌握方式潜隐地控制了诗的领地。海德格尔则尖锐地把理性的专制性和诗对立起来，他从技术时代和重构形而上学的维度深入检讨了语言的本质。在他看来，那种理性的、作传达之用的、单一性的语言认识与逻各斯和理性的专制性相关："制造活动的对象事物处于理性的计算性命题和原理的陈述之中。此理性从命题到命题不断延续。自身贯彻意图的无保护性领域被理性统治着。理性不仅为其道说，也作为说明性谓词的逻各斯（λσγos），建立了一个独特的规则系统，而且理性的逻辑本身就是对在对象领域中进行的有意的贯彻意图的组织化。……人具有语言。在被形而上学烙印了存在范围内，人以这样一种方式拥有语言，即，人自始而且一味地只把语言当作一种所有物，从而把它当作人的表象和行为的依据。正因此，作为推理工具的道说，逻各斯（λσγos）就需要逻辑加以组织。唯有在形而上学中才有逻辑。"② 从这个意义上说，时代是散文气味的状况，它在本性上要求以散文的掌握方式进行表象，但散文的掌握方式贯彻的是那种与专制的理性有着相同轨辙的表象方式，最终远离了真理。

从重建诗和真理的关系理解散文诗反散文的意义，则会发现，散文诗以和日常语言组织最为相宜也最为相反的方式，提示人们，在呈现存在之

---

① 黑格尔：《美学》第三卷下册，商务印书馆，1979，第25页。
② 海德格尔：《诗人何为》，孙周兴选编《海德格尔选集》（上），上海三联书店，1996，第452页。

向度上，在捕捉动荡的现代性投影上，它与通常的真理之把握不一样，乃至截然相反。"艺术是个不与经验主义存在（empirical being）共同扩张的存在物（existent）。艺术的一个本质要素是这种非事实性（non-facticity），藉此，艺术超越了经验主义衡量万物的尺度。"① 这种非事实性就是兰波在《言语炼金术》中所表征的：

> 我已经习惯于单纯的幻觉：那分明是一座工厂，我在那里却看到一座清真寺，天使组成的击鼓队，天宇路上驰行的四轮马车，沉没在湖底深处的厅堂；……

表面上看，这种散文诗的言说并不比自由诗的言说更多，譬如同是兰波的自由诗体式的《和诗人谈花》写道："是的，去发现黑色矿脉的心，/近似石头的花朵，——卓越的鲜花，——/她们硬质的金软巢里，/蕴藏着扁桃体的萌芽！//为我们表演吧，滑稽演员，你能做到，/在珠光宝气的红盘中/熬出百合花的糖浆，/腐蚀我们的铜勺！"这首诗就其呈现现代之丑——与美尖锐对立的丑——而言，与波德莱尔所追求的"恶之花"在向度上是一致的，固然，在强度上或略有差别。但是，散文诗在强度上更为激进的表现是，它以双重性的方式体现出来。第一，散文的外观和排列，以及细节化乃至条理化的结构，印证着世界的散文状态，在此意义上它是反诗的（反对那种可以和美相互置换的有形式的诗）；第二，这种外观上的散文化又要挣脱散文意识的因果律和规约化惯性，在"平常语""日常语言"的组织中，反抗"散文气味"的渗透与控制。

事实上，应该从散文诗既要在外观上印证世界的散文状态，又要在诗的内里击溃"散文气味"的控制这个角度，充分估量散文诗否弃格律、投入到无形式境遇中的意义。在这一点上，诗是以内质反拨声音的规定性，譬如莫里纳在面对米斯特拉尔不规范的或者说印证现实之混乱的诗时如是评价：

---

① 阿多诺：《美学理论》，四川人民出版社，1998，第563页。

这些诗表现的绝非闲情逸致，而是生活的一部分。所以要用教科书上讲的修辞学和诗韵学来衡量这些诗，它们的韵律是不规范的：几乎没有一首诗的格式无懈可击。有时语言也是不正确的；诗体有时亦不完美；有些重复损害了诗歌形式的优雅和纯净；有些强烈的色彩显得刺耳或者影响了韵律的和谐……因为激起读者诗兴的并不是纯洁无瑕、温柔宁静的形象，并不是彼达为缪塞的《四夜组歌》所做的木刻插图的形象，而是一个使诗人绝望的鲜血淋漓的现实的蓬头垢面、痛苦（哭）流涕的化身。①

五 在无形式境遇中表现不可表现之物：走向崇高美学？

从散文诗的物化形态看，散文诗不再是合乎某种惯常诗体形式的诗，而体现为显著的散文外观。这既源于诗律的舍弃，也与美的结构性衰落有关。某种意义上，散文诗的双重性表现为，一方面以散文的外观展现世界的散文状态，仿佛世界的散文状态也已作为一种外观嵌入诗中；另一方面，在内在趣味上，它又得反抗散文气味的渗透。这种由外而内的转型，其实印证着某种美学运思方式的转型。

在现代性不断伸延，"一切坚固的东西都烟消云散了"的背景下，无论英雄主义的还是悲观主义的主体，只能由现世眺望未来，但是，试图予以形式化地把握的现世面对的未来并不可知，这使得现世（"此刻"是其突出的特性）沦落到无形式的境遇中，现代性因而也表现为不符合规划与预设的症候。这迥然不同于哈贝马斯的"未完成的现代性预案"，而与利奥塔的"后现代性的现代性"或者说"被重写的现代性"近似。

在现代性问题上，哈贝马斯和利奥塔之间爆发了深刻的、影响广泛的争论。简略地说，在哈贝马斯所言的"现代性的地平线"中，既包含远景也包括取自过去的启蒙等一揽子问题，这是把现代性不断从过去不断弹射

---

① 胡里奥·萨维德拉·莫里纳：《卡夫列拉·米斯特拉尔的生平和创作》，陈光孚选编《拉丁美洲当代文学论评》，漓江出版社，1988，第130页。

到未来的设计,其形式与内容之妥帖(黑格尔意义上的)总是作为理想或者乌托邦进行追求,其审美表征因而体现为形式与内容的辩证法。这是一种现代性。但对于利奥塔而言,他的重写现代性与这种审美表征相反,即在无形式的境遇中面向一种美之终结之后的崇高美学。①

崇高在这里主要不是指它的内容或者作为伦理学的描述性话语,而被作为一种匮乏的见证,在现代的"无形式"状态中,如何通过崇高的方式体现为,在无形式中把握那不可把握的东西。按照康德的说法,美体现为知性和想象力的和谐游戏,知性是一种运用时空等直观形式的能力,在美的鉴赏判断中,主要体现为主体寻找适当之模型的能力,体现为主观形式的把握。但在崇高中,知性面对无限的(数学的崇高和力学的崇高分别对应体积的绝对大和力量的绝对大)事物时一无所用,因为知性的形式在面对无限时失效了(无限本质上是不可呈现的),最终只能动用理性直接进行面对。崇高因此可以概括为,面对无法置入形式中的无限的把握。

固然,康德对崇高所牵涉的形式的理解与诗学范畴的形式大异其趣,但在结构上颇具启发性。这种理论上的迂回也更能让人理解散文诗探索者的表述。兰波在《通灵人书信》中表述的正是美和崇高的二分法。根据海德格尔对兰波书信的引述,从中清晰地体现了,在诗的审美表征方式上,兰波倾心于诗之演进从美向崇高的位移。兰波把是否以格律赋形作为界分古希腊和现代的表征:"在古希腊……自由诗和抒情诗都赋予现实以格律","而现代诗则不再赋予现实以格律;它要先于一切。"② 在海德格尔看来,兰波深谙可说的与不可说的区别:"趋临那无法企及的东西恰恰保留住了地界,只有越来越罕见的诗人向此一地界趋临,只是因为他们罕见的

---

① 利奥塔:《崇高与先锋》,《非人——时间漫谈》,商务印书馆,2001。不只是崇高美学的问题,利奥塔在讨论现代性问题时大量借助了康德、伯克等人的概念。其中一个重要概念是"感性直观形式",康德认为,诸如时间、空间这样的直观形式是主体的先天能力,人借着这个"无条件"的条件进行思考,也是以此为起点,康德得以建构他的哥白尼式革新的哲学体系——首先回答认识何以可能,以应答休谟不可知论的挑战。
② 海德格尔:《不朽的兰波儿》,《思的经验(1910—1976)》,陈春文译,人民出版社,2008,第203页。

趋临才指引着什么？"向无法企及的东西趋临，就是呈现不可呈现的东西。这也是海德格尔在别的场合指认诗的本质时所言的无蔽（解蔽）："诗的言说已经摆脱了只是对既成物进行表述的成规。诗性地言说被规定为一种预言，此一预言把可在场物以及可在场物的统摄力显现给我们，向我们允诺，并允诺地护养在语言中。"① 从"既成物"到"可在场物"是对不被呈现之物的开放，它敞开的正是那种被遮蔽的不在场，是对曾为"有"而今"无"的恢复。

"对曾经有而今无的恢复"，不只在修辞学的意义上可以视为诗对被遮蔽、被忽略的敞开，视为某种象征，更应该视为一种美学类型，它应答的是对不可呈现的事物的追求，应答的是崇高的要求。具体到散文诗，这种无形式的诗，从文学试验的角度，它似乎以这种先锋的姿态伸张着：有意突破边界，甚至自由诗的边界，进入到无形式的境遇中，目的是应和崇高的"无形式"特点，为把握不可把握的事物准备自身，而后抵近自身的边界或许亦是诗的边界作勇敢的探索。

---

① 海德格尔：《语言与家乡》，《思的经验（1910—1976）》，人民出版社，2008，第149页。

主要参考文献

《清议报》，横滨（日本），清议报馆，1898~1900。

《新民丛报》，横滨（日本），新民丛报馆，1902~1907。

《新小说》，广益节局，1902~1905。

《东方杂志》，商务印书馆，1904。

《国粹学报》，上海，国粹学报馆，1905~1911。

《新青年》，新青年社编辑，1915~1922。

《新潮》，北京大学新潮社编，北京大学出版部，1919~1922。

《少年中国》，少年中国学会编，1919~1924。

《少年世界》，少年中国学会南京分会编，1920。

《星期评论》，戴季陶、沈弦庐编，人民出版社1981年影印本。

《晨报附刊》，北京晨报副刊社主办，1921~1934。

《文学旬刊》（《文学》），郑振铎等编辑，时事新报馆发行，1921~1923。

《诗》，中国新诗社编辑，中国新诗社，1922~1923。

《小说月报》，上海商务印书馆，1910~1931。

《学衡》，吴宓主编，上海中华书局，1922~1923。

《创造季刊》，创造社编，上海泰东图书局，1922~1924。

《创造周报》，创造社编，上海泰东图书局，1923~1924。

《洪水》，创造社编辑，上海光华书局，1924~1927。

《文学杂志》，朱光潜编辑，上海商务印书馆，1937~1948。

《中国现代文艺资料丛刊》，上海文艺出版社编辑，1962。

《新文学史料》，人民文学出版社，1979。

《文学评论》，中国社会科学院文学研究所编辑，人民文学出版社，1959。

《中国现代文学研究丛刊》，北京出版社，1979。

《郭沫若研究》，中国郭沫若研究学会郭沫若研究编辑部编，文化艺术出版社，1985。

《新诗集》（第一编），上海新诗社出版，1920。

《分类白话诗选》，许德临编，上海崇文书局，1920。

《新诗年选》（一九一九年），北社编，上海亚东图书馆，1922。

《〈尝试集〉批评与讨论》，胡怀琛编，上海泰东图书局，1922。

《诗学讨论集》，胡怀琛编，上海新文化书社，1934年再版。

《大江集》，胡怀琛著，国家图书馆，1921。

《吴宓诗话》，吴宓著，吴学昭整理，商务印书馆，2005。

《吴宓日记》，吴宓著，吴学昭整理注释，三联书店，1998~1999。

《吴宓自编年谱》，吴宓著，吴学昭整理，三联书店，1995。

《梅光迪文录》，罗岗、陈春艳编，辽宁教育出版社，2001。

《国故新知论——学衡派文化论著辑要》，孙尚扬、郭兰芳编，中国广播电视出版社，1995。

《吴芳吉集》，贺远明编，巴蜀书社，1994。

《胡先骕文存》（上、下），张大为等编，江西高校出版社，1995~1996。

《饮冰室合集·文集》，上海中华书局，1936。

《梁启超著译系年》，李国俊编，复旦大学出版社，1986。

《人境庐诗草笺注》，钱仲联，上海古籍出版社，1981。

《黄遵宪集》，天津古籍出版社，2001。

《黄遵宪全集》，陈铮编，中华书局，2005。

《严复集》，王栻主编，中华书局，1986。

《康有为政论集》（上、下），汤志钧编，中华书局，1981。

《章太炎全集》（四册），汤志钧编，上海人民出版社，1986。

《范伯子诗集》，上海古籍出版社，2004。

《樊樊山诗集》（上、下），上海古籍出版社，2004。

《文廷式集》（上、下），中华书局，1993。

《张之洞全集》（第十二册），河北人民出版社，1998。

《散原精舍诗文集》，上海古籍出版社，2004。

《南社丛刻》（影印本），江苏广陵古籍刻印社，1996。

《民国诗话丛编》（一至六册），张寅彭主编，上海书店出版社，2004。

《陈独秀著作选》，上海人民出版社，1993。

《胡适文集》，欧阳哲生编，北京大学出版社，1998。

《胡适遗稿及秘藏书信》，耿云志主编，黄山书社，1994。

《胡适来往书信选》，中国社会科学院近代史研究所中华民国史组编，中华书局，1979。

《胡适书信集》，耿云志、欧阳哲生编，北京大学出版社，1996。

《胡适日记全编》，曹伯言编，安徽教育出版社，2001。

《胡适口述自传》，唐德刚译注，华东师范大学出版社，1993。

《胡适学术文集·新文学运动》，姜义华主编，中华书局，1993。

《胡适学术文集·语言文字研究》，姜义华主编，中华书局，1993。

《胡适著译系年目录》，季维龙编，安徽教育出版社，1995。

《胡适著译系年目录与分类索引》，华东师范大学图书馆编，上海人民出版社，1984。

《三叶集》，宗白华、田汉、郭沫若著，上海亚东图书馆，1923。

《中国新文学大系》，赵家璧主编，上海良友图书出版印刷公司，1935。

《中国新诗集序跋选》，陈绍伟编，湖南文艺出版社，1986。

《半农诗歌集评》，赵景深原评，杨扬辑补，书目文献出版社，1984。

《康白情新诗全编》，诸孝正、陈卓团编，花城出版社，1990。

《郁达夫诗词抄》，周艾文、于听编，浙江人民出版社，1981。

《郭沫若全集》，郭沫若著作编辑委员会编，人民文学出版社，1982~1992。

《俞平伯全集》，花山文艺出版社，1997。

《宗白华全集》，林同华编，安徽教育出版社，1994。

《郁达夫全集》，浙江文艺出版社，1992。

《朱自清全集》，朱乔森编，江苏教育出版社，1996。

《郑振铎全集》，花山文艺出版社，1998。

《茅盾全集》，《茅盾全集》编辑委员会编，人民文学出版社，1984。

《鲁迅全集》，人民文学出版社，1981。

《朱光潜全集》，安徽教育出版社，1987~1992。

《南社史长编》，杨天石、王学庄编著，中国人民大学出版社，1995。

《梁启超年谱长编》，丁文江、赵丰田编，上海人民出版社，1983。

《章太炎年谱》，汤志钧编，中华书局，1979。

《严复年谱》，孙应祥著，福建人民出版社，2003。

《黄侃年谱》，司马朝军、王文晖合撰，湖北人民出版社，2005。

《鲁迅年谱》第一册、第二册，鲁迅博物馆、鲁迅研究室编，人民文学出版社，1981。

《周作人年谱》，张菊香、张铁荣编，天津人民出版社，2000。

《郭沫若年谱》，龚济民、方仁念编，天津人民出版社，1982~1983。

《闻一多年谱全编》，闻黎明、侯菊坤编，湖北人民出版社，1994。

《创造社资料》，饶鸿兢等编，福建人民出版社，1985。

《文学研究会资料》，贾植芳编，河南人民出版社，1985。

《文学研究会评论资料选》，王晓明编，华东师范大学出版社，1986~1992。

《胡适研究资料》，陈金淦编，北京十月文艺出版社，1989。

《刘半农研究资料》，鲍晶编，天津人民出版社，1985。

《郭沫若研究资料》，王训昭编，中国社会科学出版社，1986。

《俞平伯研究资料》，孙玉蓉编，天津人民出版社，1986。

《刘大白研究资料》，萧斌如编，天津人民出版社，1986。

《郁达夫研究资料》，王自立、陈子善编，天津人民出版社，1982。

《成仿吾研究资料》，史若平编，湖南文艺出版社，1988。

《尝试集》，胡适著，上海亚东图书馆，1920。

《女神》，郭沫若著，上海泰东图书局，1927。

《女神》汇校本，郭沫若著，桑逢康校，湖南人民出版社，1983。

《文艺论集》汇校本，郭沫若著，湖南人民出版社，1984。

《学生时代》，郭沫若著，人民文学出版社，1979。

《郭沫若书信集》，黄淳浩编，中国社会科学出版社，1992。

《樱花书简》，郭沫若著，唐明中、黄高斌编注，四川人民出版社，1987。

《郭沫若佚文集：1906-1949》郭沫若著，王锦厚编，四川大学出版社，1988。

《郭沫若论》，黄人影编，上海光华书局，1931。

《郭沫若研究资料索引：1919-1990》，于天乐等编，四川大学出版社，1993。

《胡适与中国的文艺复兴》，格里德著，鲁奇译，江苏人民出版社，1989。

《国语运动史纲》，黎锦熙著，上海商务印书馆，1934。

《清代学术概论》，梁启超著，上海商务印书馆，1924。

《中国新文学的源流》，周作人著，杨扬校订，华东师范大学出版社，1995。

《自己的园地 雨天的书》，周作人著，人民文学出版社，1988。

《五四运动史》，周策纵著，陈永明等译，岳麓书社，1999。

《中国的启蒙运动——知识分子与五四遗产》，微拉·施瓦支著，李国英等译，山西人民出版社，1989。

《五四：文化的阐释与评价—西方学者论"五四"》，王跃、高力克编，山西人民出版社，1989。

《五四新文化的源流》，陈万雄著，三联书店，1997。

《五四运动回忆录》，中国社会科学院近代史研究所编，中国社会科学出版，1979。

《五四时期的社团》，张允侯编，三联书店，1979。

《现代性的追求》，李欧梵著，三联书店，2000。

《从传统到现代》，金耀基著，台北时报文化出版企业有限公司，1990。

《中国传统的创造性转化》，林毓生著，三联书店，1988。

《晚明与晚清：历史传承与文化创新》，陈平原、王德威、商伟编，湖北教育出版社，2002。

《民国时期总书目》（语言文学），北京图书馆编，书目文献出版社，1986。

《民国时期总书目》（文学理论、世界文学、中国文学），北京图书馆编，书目文献出版社，1992。

《现代文学总书目》，贾植芳、俞元桂主编，福建教育出版社，1993。

《中国近代文学之变迁、最近三十年中国文学史》，陈子展，上海古籍出版社，2000。

《新文学运动史》（影印本），王哲甫著，上海书店，1986。

《中国新文学渊源》，任访秋著，河南人民出版社，1986。

《近二十年中国文艺思潮论》，李何林著，陕西人民出版社，1981。

《中国新文学史》（上中下），司马长风著，香港昭明出版社有限公司，1975、1976、1978。

《文坛五十年》（正编），曹聚仁著，香港新文化出版社，1949。

《现代中国文学史》，钱基博著，上海书店出版社，2004。

《中书集》，朱湘著，上海生活书店，1934。

《沫沫集》，沈从文著，上海大东书局，1934。

《论新诗及其他》，冯文炳著，辽宁教育出版社，1998。

《梁实秋批评文集》，徐静波编，珠海出版社，1998。

《叶公超批评文集》,陈子善编,珠海出版社,1998。
《李健吾批评文集》,郭宏安编,珠海出版社,1998。
《现代汉诗的百年演变》,王光明著,河北人民出版社,2003。
《面向新诗的问题》,王光明著,学苑出版社,2002。
《文学批评的两地视野》,王光明著,北京大学出版社,2002。
《走向哲学的诗》,吴思敬著,学苑出版社,2002。
《中国新诗学》,杨匡汉著,人民文学出版社,2005。
百年新诗诗体建设研究》,王珂著,上海三联书店,2004。
《"新诗集"和中国新诗的发生》,姜涛著,北京大学出版社,2005。
现代汉语的诗性空间》,张桃洲著,北京大学出版社,2005。
《梦苕盦论集》,钱仲联著,中华书局,1993。
《谈艺录》(修订本),钱锺书著,中华书局,1984。
《嬗变——辛亥革命时期至五四时期的中国文学》,刘纳著,中国社会科学出版社,1998。
《晚清社会与文化》,夏晓虹著,湖北教育出版社,2001。
《中国近代小说的兴起》,韩南著,徐侠译,上海教育出版社,2004。
《中国翻译简史"五四"以前部分》(增订版),马祖毅著,中国对外翻译出版公司,2004。
《汉语诗律学》(增订本),王力著,上海世纪出版集团、上海教育出版社,2002。
《中国文学现代性的起源语境》,郑家建著,上海三联书店,2002。
《日本现代文学的起源》,柄谷行人著,赵京华译,三联书店,2003。
《中国文论选·近代卷》,邬国平、黄霖编著,江苏文艺出版社,1996。
《中国诗学》,叶维廉著,三联书店,1992。
《叶维廉文集》(第壹卷、第叁卷),安徽教育出版社,2002。
《现代危机与思想人物》,于英时著,三联书店,2005。
《梁启超与中国思想的过渡(1890-1907)》,张灏著,崔志海、葛夫平译，江苏人民出版社，1995。

《中国近代思想与学术的系谱》，王汎森著，河北教育出版社，2001。

《国家与学术：清季民初关于"国学"的思想论争》，罗志田著，三联书店，2003。

《裂变中的传承——20世纪前期的中国文化与学术》，罗志田著，中华书局，2003。

《触摸历史与进入五四》，陈平原著，北京大学出版社，2005。

《古史辨》（第一册、第三册），顾颉刚编著，上海古籍出版社，1982。

《公共领域的结构转型》，哈贝马斯著，曹卫东等译，学林出版社，1999。

《自我的根源：现代认同的形成》，查尔斯·泰勒著，韩震等译，译林出版社，2001。

《想像的共同体：民族主义的起源与散布》，本尼迪克特·安德森著，吴叡人译，上海人民出版社，2003。

《艺术的法则——文学场的生成和结构》，皮埃尔·布迪厄著，刘晖译，中央编译出版社，2001。

《启蒙哲学》，E.卡西勒著，顾伟铭等译，山东人民出版社，1988。

《人论》，恩斯特·卡西尔著，甘阳译，上海译文出版社，1985。

《巴赫金、对话理论及其他》，托多罗夫著，蒋子华、张萍译，天津百花文艺出版社，2001。

《体验与诗》，狄尔泰著，胡其鼎译，三联书店，2003。

《接受美学与接受理论》，姚斯、霍拉勃著，周宁、金元浦译，辽宁人民出版社，1987。

《文艺杂谈》，瓦莱里著，段映虹著，百花文艺出版社，2002。

《意识形态与乌托邦》，卡尔·曼海姆著，黎铭等译校，商务印书馆，2000。

《立法者与阐释者——论现代性、后现代性和知识分子》，齐格蒙·鲍曼著，洪涛译，上海人民出版社，2000。

《现代性的五副面孔》,马泰·卡林内斯库著,顾爱彬、李瑞华译,商务印书馆,2002。

《文学与现代性》,伊夫·瓦岱著,田庆生译,北京大学出版社,2001。

《一切坚固的东西都烟消云散了—现代性体验》,马歇尔·伯曼,徐大建等译,商务印书馆,2003。

《现代性的五个悖论》,贡巴尼翁著,许钧译,商务印书馆,2005。

《纯粹现代性批判——黑格尔、海德格尔及其后》,大卫·库尔珀著,臧佩洪译,商务印书馆,2004。

《历史的话语—现代西方历史话语哲学译文集》,汤因比等著,张文杰编,广西师范大学出版社,2002。

《文化与社会》,雷蒙德·威廉斯著,吴松江译,北京大学出版社,1991。

《关键词——文化与社会的词汇》,雷蒙德·威廉斯著,刘建基译,三联书店,2005。

《文学批评理论——从柏拉图到现在》,拉曼·塞尔登编,刘象愚等译,北京大学出版社,2000。

《现代主义》,马·布雷德伯里、詹·麦克法兰编,胡家峦等译校,上海外语教育出版社,1992。

《现代与现代主义》,弗雷德里克·R·卡尔著,陈永国等译,中国人民大学出版社,2004。

《语言的牢笼、马克思主义与形式》,弗雷德里克·詹姆逊著,李自修译,百花洲文艺出版社,1997。

《镜与灯——浪漫主义文论及批评传统》,M. H. 艾布拉姆斯,郦稚牛等译校,北京大学出版社,2015。

《美学原理》,帕克著,张今译,广西师范大学出版社,2001。

《美学权威主义批判》,林赛·沃特斯讲演,昂智慧译,北京大学出版社,2000。

《结构主义和符号学》,特伦斯·霍克斯著,瞿铁鹏等译校,上海译文出版社,1997。

《意大利文艺复兴时期的文化》,雅各布·布克哈特著,何新等译校,商务印书馆,1979。

《发达资本主义时代的抒情诗人》,本雅明著,张旭东译,三联书店,1989。

《资本主义文化矛盾》,丹尼尔·贝尔著,赵一凡等译,三联书店,1989。

《十九世纪文学主流》,勃兰兑斯著,张道真译,人民文学出版社,1997。

《近代文学批评史》(第三册、第四册),韦勒克著,杨自伍译,上海译文出版社,1997。

《卢梭与浪漫主义》,欧文·白璧德著,孙宜学译,河北教育出版社,2003。

《批评的概念》,雷内·韦勒克,张今言译,中国美术学院出版社,1999。

《文学理论》,乔纳森·卡勒著,李平译,辽宁教育出版社、牛津大学出版社,1998。

《二十世纪西方文学理论》,特里·伊格尔顿著,伍晓明译,陕西师范大学出版社,1987。

《中国研究的范式问题讨论》,黄宗智主编,社会科学文献出版社,2003。

《学科·知识·权力》,华勒斯坦等著,刘健芝等编译,三联书店,1999。

《历史对于人生的利弊》,尼采著,姚可昆译,商务印书馆,2000。

《古典的,浪漫的,现代的》,雅克·巴尊译,侯蓓等译校,江苏教育出版社,2005。

《观念史论文集》,AO 洛夫乔伊著,吴相译,江苏教育出版社,2005。

图书在版编目(CIP)数据

经验、体式与诗的变奏：晚清至"五四"诗歌的"言说方式"/赖彧煌著.--北京：社会科学文献出版社，2019.3

ISBN 978-7-5201-4311-0

Ⅰ.①经… Ⅱ.①赖… Ⅲ.①诗歌研究-中国-近代 Ⅳ.①I207.2

中国版本图书馆 CIP 数据核字（2019）第 028293 号

经验、体式与诗的变奏
——晚清至"五四"诗歌的"言说方式"

著　者／赖彧煌

出 版 人／谢寿光
责任编辑／周志宽　李建廷
出　　版／社会科学文献出版社·人文分社（010）59367215
　　　　　地址：北京市北三环中路甲 29 号院华龙大厦　邮编：100029
　　　　　网址：www.ssap.com.cn
发　　行／市场营销中心（010）59367081　59367083
印　　装／三河市尚艺印装有限公司
规　　格／开　本：787mm×1092mm　1/16
　　　　　印　张：18.75　字　数：275 千字
版　　次／2019 年 3 月第 1 版　2019 年 3 月第 1 次印刷
书　　号／ISBN 978-7-5201-4311-0
定　　价／118.00 元

本书如有印装质量问题，请与读者服务中心（010-59367028）联系

▲ 版权所有 翻印必究